星卡大師

STAR DECK GRANDMASTER

4

目　錄

CONTENT

第一章　全明星掉節操大賽 005

第二章　你操控我的植物卡，我來操控你的人物卡 031

第三章　全明星團戰第一準則：先殺謝明哲 059

第四章　鍋裡的青蛙皮太厚，我只能再加一把火 087

第五章　你問過我了嗎？你怎麼知道我不願意？ 117

第六章　師兄睡著了，偷親一下應該沒問題吧？ 145

第七章　地府鬼門開！卡牌們的牌生終於圓滿了 173

第八章　惡夢級訓練套餐，請給我也來一份 203

第九章　卡牌被逼上梁山！殺了人還要做成人肉包子 .. 231

第十章　八仙過海！搞成一場仙族音樂會 259

第十一章　聯手製作四君子植物擬人卡 287

第十二章　一二三！大郎，喝藥了 315

第十三章　全鬼出動！在鬼界高速公路上狂飆 343

第十四章　真正來無影、去無蹤的刺客 371

第十五章　該怎麼打？我全力配合 401

特別收錄　作者獨家訪談第四彈 430

【第一章】

全明星掉節操大賽

六月六日，對喜歡星卡遊戲的所有玩家來說，無疑是個重要的日子，因為一年一度的全明星賽將在這一天開幕，能受邀參加全明星的都是聯盟人氣頂尖的選手，真可謂「群星雲集」。

更重要的是，也只有全明星賽才能一次性看到這麼多大神同臺，平時不在同一支戰隊的大神很難有機會並肩戰鬥，但是在全明星賽，這一切都不再是奢望。

官網開啟購票頁面後，短短一分鐘內，現場的門票就被搶購一空，網上出現的高價黃牛票也有不少人搶著買，可見粉絲們有多瘋狂。

六月五日晚上全明星選手們提前到達官方指定的飯店。為避免選手們被大量記者和粉絲團堵發生安全隱患，這次飯店的位置是保密的，安檢也很嚴格，記者們進不來。雖然飯店位置保密，俱樂部位置卻很清晰，有不少狗仔隊蹲守在俱樂部門口，謝明哲和陳霄的車就被狗仔給跟上了，幸好陳霄車技一流，迅速甩開他們順利到達飯店。

謝明哲鬆了口氣，道：「真是跟娛樂圈一樣，參加個活動還要防著狗仔！」

陳霄笑道：「能參加全明星的選手，粉絲數量確實比得上娛樂圈的明星。」

旁邊傳來個熟悉的聲音，低沉的音色裡融著暖暖的笑意：「陳霄說得沒錯，在星卡聯盟這個圈子裡，你們已經是明星了。」是唐牧洲。

他穿著一身白色休閒裝，長身玉立，風度翩翩，如同偶像劇裡的白馬王子，再加上唇邊溫和的笑容，魅力十足的男人殺傷力巨大，女孩子們見到他估計會腿軟。

就連謝明哲都心頭一跳，覺得師兄真是英俊得有些過分，完全可以靠臉吃飯，去娛樂圈當明星肯定很有前途。他玩笑道：「如果我們是明星，那師兄你就是影帝級的巨星了。」

唐牧洲聽懂了小師弟的弦外之音，微微一笑，走到謝明哲的身邊道：「我就當這是誇獎了。先去櫃臺辦入住吧，我帶你們過去。」

謝明哲和陳霄跟上了他。

唐牧洲畢竟是老油條，對全明星熟門熟路，領著謝明哲和陳霄辦好入住手續，緊跟著帶他們去聯盟的簽到處報到。官方負責接待的小姐，本來想過去接待謝明哲和陳霄，見唐神居然親自接了兩人，就聰明地沒去摻和，轉身去接待其他選手。

三人來到簽到處時，正好碰見裁決的聶遠道和山嵐師徒。

聶神一身黑色的西裝，配深藍色條紋領帶，氣場十足，事業有成的成熟男性形象，絕對能俘獲一大批粉絲。山嵐的衣服是淺色系的，襯得一張臉白皙精緻，笑起來眼睛彎彎的，就像是月牙，他身上有種鄰家小哥哥的親和氣息，給人的感覺特別舒服。

山嵐主動微笑著朝他們打招呼。

時間已經不早了，大家辦完入住手續就各自回房睡覺。

飯店安排的都是雙人間，同隊的住在一起，落單的選手或者女選手會另外調整。

謝明哲和陳霄一起住，躺在床上睡不著，他就給唐牧洲發訊息：師兄，全明星賽穿什麼衣服有規定嗎？我看你們都穿正裝。

唐牧洲秒回訊息：著裝沒有嚴格要求，可以隨便穿。

謝明哲這才放下心來，既然沒有嚴格要求，那他就自然一點好了，平時喜歡穿牛仔褲和運動鞋，沒必要因為全明星賽就去刻意打扮。

正想著，唐牧洲又發來訊息：出去旅遊的話，你喜歡山清水秀的地方、遼闊的大草原，還是大海和沙灘？

謝明哲愣了愣，回覆：突然問這個做什麼？

唐牧洲：之前不是答應請大家出遊嗎？我正在選地方，參考一下你的意見。

事實上謝明哲的意見才是最重要的，這次藉著集體出遊的名義帶小師弟出去玩兒，正好拉近一下雙方的距離。親媽給了他一大堆攻略，唐牧洲也挑得頭疼，乾脆問問謝明哲的喜好。

謝明哲想了想，建議：人多的話我覺得去海邊不錯，可以躺在躺椅上曬曬太陽吹吹海風，放鬆一下心情。會游泳的人還可以下水玩，海上娛樂項目也挺多的吧？

唐牧洲立刻拍板決定：好，就去海邊。

剛結束和唐牧洲的對話，白旭的訊息緊跟著彈出來：明天要穿正裝嗎？剛才吃宵夜，看見聶神和嵐神，都是一身西裝革履的，嚇到我了。

謝明哲迅速打字回道：我剛剛問過你哥，他說衣服沒有嚴格要求，聶嵐這對師徒是日常愛穿西裝，你哥是因為穿西裝更帥，其他人都是隨便穿。你就按平時的風格來吧，全明星賽是娛樂活動，又不是重大典禮，不用這麼緊張。

白旭：喔，那就好。我還想著，要是規定穿西裝的話，我得去買一套。

謝明哲玩笑道：店裡可能沒有適合你穿的。

白旭沒反應過來，繼續聊：對啊，所以我剛才很頭疼，買不到怎麼辦？

發完之後他才突然回過神，立刻惱羞成怒：你是拐彎說我個子太小，不能穿西裝是不是？

謝明哲點頭道：嗯。你看起來像十六歲，穿上西裝，會像小孩子套了個麻袋。

白旭：「……」這是什麼形容！小孩子套麻袋？果然不能跟謝明哲聊天，越聊越生氣。

白旭乾脆悶頭睡了，謝明哲逗完小白弟弟，也心情愉快地睡下。

次日早晨去樓下吃自助早餐的時候，謝明哲和其他人不是很熟，就跟陳霄一起和風華的選手坐在同一桌。隔壁桌坐的正好是鄭峰、凌驚堂、聶遠道三位老選手和他們的徒弟。

鄭峰見到唐牧洲，立刻問道：「小唐，你之前說要請大家集體出遊的，該不會忘了吧？」

唐牧洲說：「放心，我已經選好地方了，全明星結束後就請大家出去玩兒。」

「吃住全包，去的人肯定會很多，這次你可要破費了。」老鄭一臉的幸災樂禍。

「沒關係，應該的。」唐牧洲的態度特別誠懇，連帶謝明哲都有些心虛起來，結果下一刻就聽

老鄭突然問：「你師兄答應請大家出去玩兒，小謝，你就沒什麼表示嗎？」

「咳，全明星這兩天，我請大家吃飯行嗎？」謝明哲問道。

「勉強可以。」老鄭豪爽地擺擺手，「吃什麼就讓小歸來選，這方面他是行家。」

「我可以選比較貴的地方嗎？」歸思睿一本正經地問。

「可以！」謝明哲非常爽快。

「好，那我一定選個最貴的地方，讓你好好放放血。」歸思睿認真地道。

「……」謝明哲有些心疼自己的錢包。

歸思睿很快就決定好午飯的地點。

謝明哲意外地發現這裡的菜價格並不貴，還挺合理，看來小歸也只是開個玩笑，給謝明哲留了些情面，選了價格適中，但環境很好、位置隱蔽的私房菜館直接包場。

大家吃得心滿意足，邊吃邊聊。

只到這個時候，謝明哲才有種「自己融入了這個圈子」的感覺。不管賽場上的爭鬥多激烈，結束比賽後，大家能玩兒到一起——場上是對手，場下也可以成為朋友。

謝明哲還發現了一些很有意思的事，比如歸思睿是個超級大吃貨，帝都所有知名的餐廳都在他光腦裡記了詳細的攻略，他還毫不吝嗇地給大家都分享了一份——怪不得能做出「食屍鬼」這張牌，吃屍體增強攻擊力什麼的，卡牌中最強的吃貨就是食屍鬼了！

再比如，山嵐看上去親和力十足，一直維持著溫文爾雅的男神形象，其實就是個終極跟屁蟲，聶遠道去哪裡他就跟到哪裡，他對師父特別依賴，叫師父的時候，眼神中滿滿的都是崇拜。聶遠道對徒弟也很包容，兩人的相處模式如同父子？

謝明哲疑惑之下問了問唐牧洲，師兄告訴他，山嵐和聶遠道的年齡差距超過八歲，兩家人住同一個社區，山嵐小時候就是隔壁聶哥哥的跟屁蟲，後來聶遠道去打職業聯賽，他居然也跟了過去，

聶遠道知道他來裁決後就收了他當徒弟，對他很是照顧。

這樣的師徒之情也確實讓人羨慕。

謝明哲對其他選手瞭解得越多，就越覺得自己加入星卡聯盟是很正確的決定。這些選手各有特色，能認識這些人，又何嘗不是自己的一種幸運？

晚飯是聯盟統一安排的飯店自助餐，五點就開始了。因為全明星賽要在晚上七點正式開幕，大家也加快了吃飯的速度，加上中午吃得很飽，晚飯大部分人都只吃了一些蔬菜水果。

六點的時候，眾人回房間換完衣服，便坐上聯盟安排的大巴來到全明星場館。

這個場館，比常規賽的比賽場館還要大，足以容納十萬觀眾，據說是很多明星開演唱會的最大場館。而且為了迎接全明星賽，場館還做了特殊的布置，十六位明星選手的巨幅海報被懸掛在二樓扶手處，再加上粉絲們帶來的各種應援布條，從大舞臺上抬頭望去，真是格外壯觀。

吳月和劉琛作為官方解說，今晚也來到現場擔任主持人。

晚上七點整，場館內燈光全暗，追光燈投射在大舞臺上，主持人穿著禮服出場。

吳月激動地道：「第十一屆全明星賽正式開幕，接下來，讓我們以熱烈的掌聲有請明星選手們出場！首先，是來自裁決俱樂部的聶遠道和山嵐師徒！」

在聚光燈的照射下，師徒兩人並肩走上大舞臺，現場響起熱烈的掌聲，隨著兩人的臉被近距離放大在現場螢幕中，觀眾席再次傳來震耳欲聾的尖叫！

裁決的人氣相當穩固，火系野獸卡組的開創者聶遠道，在經過整整十年的磨礪後愈發沉穩。山嵐乖乖地跟在他身邊，這一幕畫面讓很多粉絲激動得幾乎要落淚。

十年啊！聶神現在已經三十多歲了，還堅持留在賽場，真是不容易。

粉絲們當中有一種傳言，可能聶神打完十一賽季就要退役，或許，這是他最後一次參加全明星

了，想到這裡，粉絲們的掌聲更加熱烈，幾乎要把手掌給拍爛。

同樣不容易的還有老鄭，他也是第一賽季出道的老選手，土系奠基人，今天他帶著徒弟歸思睿來到全明星的賽場，也迎來粉絲們熱烈的歡迎。

接下來出場的是凌驚堂、許星圖，眾神殿的金系卡牌特色鮮明，死忠粉無數，不管是凌驚堂的兵器卡還是許星圖的神族卡，都有大批的擁護者。

暗夜之都的裴景山、葉竹，人氣不能跟老選手相比，但在年輕一代的選手中，這兩位已經毫無疑問地站在金字塔的頂端，裴景山的蟲蟲牌和葉竹的蝶系牌都開創了全新的打法流派，雖然是很小眾的卡組，卻也特色鮮明，得到了網友們的肯定。

流霜城這次只有方雨一位選手，作為水系亡語流開創者，人氣自然很高。

暗影的隊長邵夢晨這次也來了全明星，這是她第一次參加全明星。她今天穿著一身簡單大方的白色連衣裙，頭髮紮起個馬尾，看上去十分乾淨俐落。

白旭入選全明星讓很多人意外，畢竟白旭是本賽季出道的新人，星空戰隊也沒打進季後賽，但他個人主頁的粉絲數量有四百多萬。粉絲們覺得白旭蠢萌蠢萌的，於是「母性大發」送他來了全明星。

在白旭之後出場的是來自涅槃的選手。

謝明哲和陳霄一來到大舞臺，現場的尖叫聲立刻拔高了一個分貝！

同樣是本賽季出道的新人，謝明哲的人氣比白旭高太多，對比鮮明。白旭聽到粉絲們的尖叫只覺得羡慕，他心裡也知道，謝明哲有這個資格獲得如此高的人氣。

謝明哲面帶微笑，很有風度地朝觀眾席揮了揮手。距離他比較近的觀眾席再次爆發尖叫，有些迷妹的尖叫聲都快喊破了喉嚨。

主持人道：「接下來，歡迎來自風華俱樂部的唐牧洲、甄蔓和沈安！」

風華果然壓軸。能入選三人可見這家俱樂部粉絲基數有多龐大。本次全明星投票，唐牧洲高居

榜首，也充分證明了他的超高人氣。

現場粉絲的尖叫聲震耳欲聾，十六位選手並排站在大舞臺上，這一幕畫面真是難得一見。

主持人吳月不由感慨道：「看到這麼多大神站在一起，我覺得快要被閃瞎眼了。相信對於喜歡星卡聯盟的粉絲們來說，今晚的全明星比賽，絕對會成為大家最難忘的記憶！」

劉琛迅速將話題正了回來，「我想大家也期待了很久，今年的全明星賽具體的規則是什麼樣的呢？下面我先來公布一下今天和明天的比賽項目！」

大螢幕上打出了全明星專案的具體規則。

第一項，野外生存遊戲。所有選手將被投放到一處荒島上，島上有很多散落的寶箱，裡面存放著隨機卡牌，大家可以打開寶箱來獲得卡牌。同時荒島上還有大量的野外Boss對選手進行攻擊，選手們必須在時限內趕到指定地點，否則會被淘汰出局。

謝明哲很快就聽明白了，這不是卡牌版的吃雞遊戲嗎？

不過，這個遊戲中加入了野外Boss的設定，選手們不但要面對來自其他選手的攻擊，還要從野外Boss的攻擊中掙扎求生，確實是驚險刺激的生存遊戲。

更有趣的是，由於卡牌存放在散落的寶箱裡，活動策劃到底把哪些選手的卡牌帶進了荒島？具體會撿到什麼卡？誰都不清楚。一切都是未知數，觀眾們看著自然會更加有趣。

緊跟著，吳月又宣布了其他項目的比賽規則，「第二項是傳統項目，粉絲挑戰。現場會抽取二十位幸運粉絲，任選一位選手單挑。卡牌庫會全面開放，粉絲和被挑戰的選手，都可以隨意選用卡牌庫中的任意卡牌！」

光是這兩項就夠讓謝明哲期待的，然而，劉琛說出的第三項玩法卻讓他目瞪口呆。

「第三項玩法是今年首創的新玩法叫分組挑戰。所有選手抽籤分成兩大組進行對戰。比較有趣的是，這次雙方對抗需要使用人物卡，選手們可以挑選一位指定的對象，製作和選手本人形象一致

的人物卡，技能可以隨意設定，資料控制在合理範圍內就行。製作出的卡牌專屬於本次全明星娛樂項目，不受資料庫審核規則的限制。」

官方明確規定過，真人形象不允許做成卡牌，這是為了防止某些玩家在遊戲裡把現實世界討厭的人安上各種奇怪的技能進行醜化，星卡可以生成幻象，如果做成真人肯定會亂套。

但全明星只是短短兩天的娛樂項目，所用的伺服器也是獨立的，全明星使用的卡牌不會帶入網遊用戶端，所以卡牌的製作也可以不受資料庫的審核限制。

這一屆的全明星，加入的製卡玩法讓現場不少粉絲都特別感興趣。

參加全明星的選手，都是職業聯盟頂尖的人物，都有原創卡牌的能力，讓他們大開腦洞為其他選手製作卡牌，做出來的人物卡肯定會很好玩。

謝明哲完全沒想到，全明星居然會有這麼奇葩的環節。

他好像為師兄做過一張人物卡來著？

謝明哲看向唐牧洲，正好對方也看向他，兩個人相視一笑，唐牧洲低聲在他耳邊道：「到了製卡環節，你可以直接選我。之前幫我設計的那張卡牌，正好有了用武之地。」

謝明哲興奮地說：「好，真沒想到這張卡牌居然能在全明星露面，到時候我再把你畫得更帥一些。」唐牧洲早就想到了，因為給全明星官方「增加選手製卡環節」的建議郵件就是他寄的。

謝明哲做了一張唐牧洲卡，他想讓所有人都看到這張卡牌。

一想到謝明哲會當著全場觀眾的面，親自畫出一張逼真的唐牧洲，他心裡就莫名的有點甜。當然，製卡環節他也會挑謝明哲，給小師弟量身訂製一張超強戰力的真人卡！

劉琛道：「接下來開始分組，大螢幕上會快速滾動十六位選手的照片，當倒數計時五秒滾動停止的時候，出現哪位選手，就由該選手優先挑選搭檔。」

他按下遙控按鍵，螢幕中開始快速滾動十六位明星選手的照片。倒數計時結束後，一張清秀、

白皙的臉放大在螢幕中，男人微笑起來的時候一雙眼睛彎彎的，看上去特別親切——正是全聯盟脾氣最好的選手，裁決俱樂部的山嵐，飛行牌空襲打法的開創者。

山嵐上前一步，接過麥克風，目光忐忑地看向身旁氣場強大的男人：「我選師父，可以嗎？」

聶遠道平靜地點頭，「當然可以。」

山嵐很開心地笑起來，「我會為師父做一張戰鬥力很強的卡牌。」

吳月補充道：「製卡階段還可以做連動技，兩位正好是師徒，做連動也很方便！」

山嵐道：「我就是這麼想的！」

配完對的兩人照片從資料庫中刪除，接下來的十四位選手繼續配對。

下一個在大螢幕定格的照片是裴景山，葉竹很激動地說：「裴哥選我啊！」

裴景山湊過去在他耳邊說了幾句話，葉竹愣了一下，緊跟著點點頭。

讓人意外的是，裴景山挑的搭檔居然是歸思睿。

粉絲們都知道裴景山和唐牧洲是好朋友，跟葉竹是多年隊友，他不選唐和葉，莫名其妙選歸思睿幹麼？而歸思睿也很友好地點頭表示同意，確定跟裴景山組隊。

唐牧洲很快就明白了小裴的意圖——這是要讓葉竹和白旭搭檔。

白旭是個新人，跟大家都不熟，到最後要是沒人選他，小白肯定非常難堪。葉竹和白旭因為「一起黑胖叔」的戰友情，加上兩個人身高相近，心理年齡都很幼稚，因此關係挺好的，讓兩個小傢伙搭檔顯然是更好的選擇。

裴景山不愧是哲學系出身，想問題非常全面，將現場的形勢看得一清二楚。

果然，下一個輪到葉竹時，葉竹選了白旭做搭檔，白旭很開心有人選自己，立刻跟葉竹組隊站在一起。鬼獄的鄭峰選了凌驚堂這位老朋友，甄蔓和邵夢晨兩個女生組隊，陳霄早就知道唐牧洲的意圖所以沒選謝明哲，而是選了小沈安，眾神殿的許星圖和流霜城的方雨搭檔。

結果就是唐牧洲和謝明哲最後居然被剩下了。

粉絲們哭笑不得，「看來大家都很嫌棄唐神和阿哲！」

「我覺得，大神們是故意讓他們師兄弟組隊的！」

「讓他們師兄弟互相傷害，真是喜聞樂見！」

這個結果唐牧洲求之不得，其他人都配對完畢，他和小師弟自然而然地成了搭檔。

吳月道：「十六位選手已經分組完畢，大家回去之後可以互相商量該怎麼幫對方製作卡牌，期待明晚各位選手做出的成品！」

劉琛道：「準備工作已經完成了，那麼接下來，就讓我們進入本屆全明星賽的第一個項目——野外生存大挑戰！請十六位選手走上備戰區，坐在各自的座位上！」

大舞臺上燈光亮起。

十六個座位前方的螢幕上出現了選手們的頭像，大家找到自己的座位，順著樓梯登上大舞臺，在旋轉座椅上坐下，並戴上特製頭盔。

在選手們調試設備時，直播間插播了一大堆廣告，都是全明星的贊助商，有不少商家瞄準了星卡聯盟這個大市場，數以億計的粉絲，消費能力非常可觀。

謝明哲戴上頭盔，聽到耳邊響起系統音：「設備調試正常，下面宣讀遊戲規則——野外生存挑戰遊戲，會將所有選手投放到一處荒島，荒島沒有玩家保護機制，所有玩家的血量，統一標準設定為五萬，玩家可以被擊殺，陣亡後無法復活。遊戲開始的前三分鐘，建議儘量避免與人交戰，先累積卡牌和各類增益buff提升自己的戰鬥力。請注意，選手們雖然可以無差別攻擊，但也可以臨時組隊。當然遊戲裡並沒有組隊設定，組隊只能是口頭協議，只有一位選手能成為最後的勝利者。」

也就是說，選手們可以先臨時組隊幹掉其他人，最後再互相PK。但想做到這一點其實很難，因為大家都不知道自己在荒島遇到的第一個人會是誰。

觀眾們也很想看看大家在荒島的大亂鬥，到底誰才是最終贏家？比賽開始。

十六位選手集體乘坐飛船在宇宙中航行，飛船突然動力失衡，選手們迫不得已逃生，十六個逃生艙，如同流星雨一般劃過漆黑的宇宙蒼穹，散落在一處荒涼的星球上。

開場動畫做得很漂亮，現場響起熱烈的掌聲。

謝明哲的眼前出現一絲光亮，角色載入遊戲，他打開逃生艙的門走出去，豎起耳朵警覺地觀察著四周——這是一處茂密的叢林，逼真的視覺效果讓他有種身臨其境之感，他能聽到溪水潺潺的流動聲，還有周圍鳥兒的鳴叫聲。

他推測環境音效很可能是遊戲策劃給選手們的指引，否則，茂密的叢林裡要從哪裡尋找卡牌？河邊或許會有收穫。

抱著這樣的想法，謝明哲迅速朝流水聲的位置走，然後他看到一座小木屋——房子，寶箱放在房子裡，這是多麼合理的設定！

謝明哲毫不猶豫地走進木屋，果然看見一個閃閃發亮的寶箱，他打開寶箱，耳邊立刻響起提示：「恭喜你獲得卡牌大禮包，飛雁一張，白髮女鬼一張。」

分別是山嵐攻速最快的飛雁卡，和歸思睿的群攻鬼牌。有了兩張輸出牌傍身，謝明哲心裡略微感覺到一絲安慰。遇到危險時，至少不用擔心自己毫無反抗之力了。

他整理好卡牌，從木屋出來，沿著小徑繼續往前走。

剛走過一處轉角就見到一條河，走到河邊，耳邊響起提示：「子母河，環境效果，飲用河水後，可以讓自己的一張卡牌懷孕生子。一次只能讓一張卡牌飲用河水，冷卻時間十分鐘。」

聽到這個提示，謝明哲真是哭笑不得。

——官方你也很皮啊！居然用我的子母河設定？

既然有這樣的設定，那謝明哲當然會利用，於是他讓白髮女鬼喝下了河水。

正在關注謝明哲主視角直播螢幕的觀眾們都很是無語。

你讓女鬼懷孕生了個小女鬼，這件事歸思睿知道嗎？

歸思睿的粉絲們真心想把謝明哲打一頓——請不要毀掉我們女鬼的清白！

歸思睿的白衣女鬼形象設計得比較驚悚，生下來的寶寶雖然臉上慘白慘白的，但是身高、臉型等全部縮小了一半之後，看著還挺可愛。

謝明哲收好寶寶卡，繼續朝前走去。

為了保持神祕感，上帝視角的地圖目前還沒有放出來，要等安全區階段才放。此時，十六位選手前方的大螢幕中，都在同步直播大家的卡牌獲取情況，大螢幕則會隨機播放某位選手的刷新區域來進行解說。

吳月道：「我們看到，聶神的降落點在一處山洞，他撿到毒蜘蛛和蜂王卡！蜂王是非常強的群攻牌，可以召喚蜂群。相信看過常規賽的觀眾們都不陌生，毒蜘蛛是單攻卡，附帶劇毒效果疊加……聶神撿到兩張輸出卡，很快就走出了山洞，他還在繼續搜尋卡牌。」

劉琛道：「從地形來看，山嵐的降落點也在這片區域，他撿到了黑紋蝶和碧蝶，前者是一張群控卡，後者是治療卡，全是輔助牌……」

「山嵐也走出了山洞，他在樹叢中找到一張蝴蝶牌，是追蹤能力最強的透明蝶！」

「山嵐真是個尋寶小能手，他在草叢裡認真翻找，又找到了單攻能力很強的鳶尾花，以及群體幻覺控制牌曇花！」

「目前所有選手的卡牌數量，山嵐是五張牌，收集的最多……糟糕，他和聶遠道要相遇了！」

吳月有些緊張地盯著兩人的直播螢幕，粉絲們也捏了把汗。

雖說小嵐卡牌很多，可都是控制、輔助牌，真跟聶神打的話，誰都討不到便宜。

此時，聶遠道和山嵐正隔著一片亂石堆。

聶遠道從石堆裡找到了老鄭的經典反擊牌石巨人，山嵐也猜到這裡會有石類卡，想去石頭堆裡找找看，結果拐過彎，一眼就看見了師父。

聶遠道：「……」

山嵐：「……」

兩人大眼瞪小眼——打還是不打，這是個問題。

對視持續了三秒，山嵐靦腆地笑了一下，以示友好。聶遠道朝他點點頭，他便乖乖地走到師父身後，顯然是決定臨時組隊。

劉琛輕嘆口氣：「我就知道打不起來，讓山嵐對師父動手，這是很難的事情。」

吳月道：「山嵐也比較理智，與其和師父打半天分不出結果，還不如兩人聯手，他們一旦聯手，所擁有的卡牌完全可以對付野外Boss，也能配合擊殺掉其他人。」

大螢幕中播放了唐牧洲所在的位置。

唐牧洲發現了位於山林深處的大房子。他剛才本就撿了兩張獸卡——獅王和白狼。在房子裡打開寶箱後，居然又拿到三張人物卡——孫策、諸葛亮、華佗。

觀眾們發現，這次出現在荒島的卡牌都是選手們的卡組中人氣很高的牌。

葉竹和白旭都拿到了人物卡，白旭拿了郭嘉、曹丕和曹植，葉竹拿到王熙鳳、賈探春，而且，兩位小少年居然也很機智地臨時組隊了。

兩人一起搜索卡牌，在路上遇見了沈安。小傢伙比較倒楣，他開局刷新的位置其實是在謝明哲的附近，但他一直在叢林裡轉來轉去地迷失方向，也不知道去找水流聲，搞半天居然一張卡牌都沒找到，被葉竹和白旭圍攻，瞬間陣亡。

——荒島剩餘玩家：十五人。

這條訊息的刷新讓大家都知道有一個人出局，但出局的是誰並沒有公布。根據職業選手們的經驗判斷，一對一單挑很難被殺死，肯定是有人臨時組隊了。

緊跟著，大螢幕上又彈出一條訊息

——荒島剩餘玩家：十三人。

又有兩個人出局！

聶遠道、山嵐師徒組合，遇到了方雨和許星圖的臨時搭檔，雙方展開激戰。

由於山嵐撿到的碧蝶牌具治療功能，最終聶遠道和山嵐險勝，擊殺對手，將方雨、許星圖撿到的卡牌全都收入囊中。

師徒兩人的卡牌數量已經超過十張，成了全場最強的Boss組合。

氣氛越來越緊張，必須搜索更多的卡牌才行！

謝明哲深吸口氣繼續往前走去，他的手裡目前只有飛雁、白髮女鬼和女鬼寶寶三張輸出牌，沒控制、沒防禦，要是遇到兩人組隊的情況他也是被完虐的結果。

好在他運氣不錯，走過一片叢林時，找到兩張植物卡——這兩張卡原本是刷新在沈安附近的，可惜沈安沒找到。其中一張是唐牧洲喜歡用的白罌粟，群體混亂控場；另一張則是唐牧洲的大榕樹，群體無敵保護。

謝明哲心情愉快地將兩張卡牌收進背包裡。

有了師兄的植物卡加成，自己至少在遇到危險時可以留下大榕樹跑路。

這種遊戲真的要看運氣，實力再強的選手，遇到多人包圍也只有死路一條。

而此時，謝明哲也陷入了危機！

上帝視角的觀眾都可以看到，葉竹和白旭在剛剛擊殺完空著手的沈安後，就在這片區域繼續搜尋，想找找看有沒有沈安遺落的卡牌。

而兩人剛走過轉角，就看見謝明哲正忙著四處搜索。

葉竹和白旭對視一眼，同時心跳加速——千載難逢的好機會啊！

白旭湊在葉竹耳邊輕聲說：「怎麼辦？要不要殺了他？」

葉竹毫不猶豫，「當然，他一個人在那裡，肯定沒隊友，我們二打一還怕什麼？」

白旭道：「對啊，二打一，我們還有曹丕和曹植的連動技能！」

葉竹興奮地道：「上吧！一起殺了他！」

話音剛落，兩人就迅速召喚出一大堆人物卡牌，郭嘉開始快速掉血，曹丕、曹植連動，王熙鳳的笑聲攻擊還有賈探春的搧耳光。

謝明哲察覺到背後有種奇怪的氣流，緊跟著就聽到身後傳來熟悉的笑聲——哈哈哈哈！

這不是王熙鳳嗎？

未見其人、先聞其聲的王熙鳳，謝明哲親自做的卡，魔性笑聲攻擊耳熟極了，沒想到，有一天自己也會成為王熙鳳的攻擊目標。

到底是誰？

警覺的他立刻召喚大榕樹，迅速冷靜下來扭頭看去。

——葉竹和白旭，兩個小傢伙帶著一大堆人物卡，氣勢洶洶地殺了過來。

只見王熙鳳的笑聲攻擊後，賈探春緊跟著瞬移過來想搧耳光，結果因為謝明哲的大榕樹防護罩開得太過及時，王熙鳳的笑聲被抵消，賈探春的輸出也打了個空。

現場觀眾席響起一陣驚呼，謝明哲的反應真是夠快！

但也只有謝明哲可以做到這樣精確的預判，因為他對自己製作的卡牌極為瞭解，王熙鳳的笑聲攻擊其實有零點二秒的延遲，第一個哈字笑出聲後傷害才會觸發。他就卡著那一點極限，條件反射般一秒招出大榕樹，扛住葉竹的第一波傷害，順便看清形勢，給自己調整的時間，迅速召喚卡牌。

但是大榕樹的防禦畢竟只有五秒。

五秒結束後，白旭又開始讓曹丕和曹植配合開連動技。

謝明哲沒想到這兩人居然撿到這麼多人物卡，曹丕的攻擊力不高，但集權吸取的攻擊力相當可怕，而曹植醉闖司馬門、七步成詩等技能的群控也很給力，何況還有兄弟連動造成的目瞪口呆群體恐懼。預測到白旭的下一步動作，謝明哲立刻搶先手——直接開白罌粟的群體混亂！

在曹丕和曹植連動技能還沒開出來之前，白罌粟雪一般的花瓣紛紛揚揚飄散在空中，伴隨著致命的香氣，率先觸發混亂效果！

結果就是謝明哲的技能放得早了那麼零點幾秒，白旭和葉竹的卡牌開始亂七八糟的內鬥，曹植的七步成詩技能沒放完，曹丕也沒能成功擊殺曹植。

就在這時，謝明哲讓白髮女鬼和女鬼寶寶同時發起了群攻！

大鬼和小鬼的長髮漫天飛舞，一通凌厲的絞殺，讓人物牌群體殘血！

葉竹和白旭都有些慌了——糟糕，沒想到謝明哲連續兩次精確的預判，讓他們的輸出根本沒有打出來，還反過來被混亂！

更致命的是，他們的卡牌中沒有解控和治療卡啊！

謝明哲對這些人物卡的瞭解程度，不是白旭和葉竹可以比的，他先把一直掉血的郭嘉給秒掉——郭嘉陣亡會觸發亡語技，讓隊友群體提升攻擊力，可是那又如何？

郭嘉陣亡的時機必須有精確的計算，葉竹他們這樣臨時組個搭檔，隨便亂來，根本發揮不出郭嘉的一成威力。

謝明哲看著熟悉的卡牌，冷靜地分析計算著所有卡牌的傷害。

殺掉郭嘉後，緊跟著讓飛雁牌出動，強殺曹丕，破掉曹丕、曹植的連動技。

轉眼之間，葉竹和白旭組成的臨時聯軍就被謝明哲輕鬆擊潰，兩個小傢伙臉色一白，轉身就想

跑路，謝明哲當然不會客氣，直接讓飛雁牌追著一路咬！

山嵐的飛雁卡也是靠普攻吃飯的，攻速、移速都很快。被追著咬了一路，葉竹和白旭同時倒地，鬱悶得想要吐血——這是遇到了大魔王啊！早知道不該打謝明哲。兩人簡直是在老虎嘴裡拔牙，結果被老虎嗷嗚一口吞進肚子裡，後悔莫及。

謝明哲站在兩人「屍體」旁邊，笑著說道：「你們兩個，這是千里送人頭啊？看我的卡牌不夠，大老遠跑過來，一次送給我五張？」

兩個人簡直要被謝明哲給氣哭。

而現場的粉絲聽到謝明哲的聲音卻是哄堂大笑，連主持人吳月也笑了起來，「小竹和小白這兩位也是挺逗的，見到謝明哲就去殺，這是多大的仇！」

劉琛道：「其實他們不該動手的，他倆雖然有五張卡牌，但他們忽略了這五張卡都特別脆皮，沒有任何自保技能，一旦被反控肯定會崩盤。而且，沈安既然在這片區域沒找到卡牌被他們輕鬆擊殺，那就意味著，謝明哲拿了沈安遺落的卡牌，身上至少有四張牌。所以，別看是二打一，謝明哲的牌量其實並不比他們少。」

吳月笑道：「大概是看見謝明哲落單，兩人都太過興奮，沒想這麼多吧。」

結果就衝上去送了人頭。

當玩家陣亡時，攜帶的所有卡牌會在原地重新生成寶箱，就像副本裡打完Boss掉落的箱子。謝明哲美滋滋地收下葉竹、白旭親自送過來的卡牌大禮包——郭嘉、曹丕、曹植、王熙鳳、賈探春……真是謝謝兩位了！

謝明哲瞬間變成全場個人卡牌量最多的Boss。

粉絲們激動極了。

「完蛋，阿哲已經成了大魔王啦！」

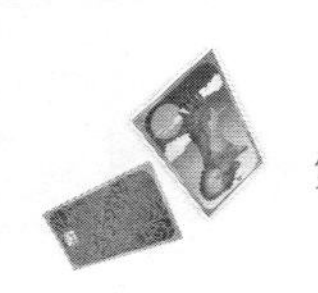

「真是謝謝葉竹和白旭千里送人頭啊！」

「除非阿哲直接遇上聶嵐師徒，遇到別人，單挑完全不用怕！」

手上有這套卡組，謝明哲確實不怕任何人來單挑。

就在這時，所有人耳邊同時響起系統提示：「安全區已刷新，請大家儘快前往安全區，否則將被獸群淹沒。當然，如果你對自己有足夠的自信，也可以繼續留在安全區外跟獸群搏鬥。」

按照荒島的設計，到了晚上獸群就會出來襲擊所有玩家，只有安全區不受影響。而到達安全區，意味著雖然不會被野獸攻擊，卻有可能遭到其他玩家的攻擊。

這時候該怎麼選？

聶遠道和山嵐果斷前往安全區，其他選手也盡數前往安全區，畢竟孤身一人在外面跟獸群搏鬥很難贏，還是先在安全區收集一些資源，或者找個臨時的隊友再說。

謝明哲非常幸運地發現，自己距離安全區挺近的——居然只隔著這一條河。

看來通往安全區必經這條子母河啊！

而看到上帝視角俯視圖的觀眾，此時的心情是極為複雜的。

這張地圖非常大，面積是聯賽圖的十倍之多，可以看見子母河環繞著整張地圖形成了一個O形，也就是說，不論選手們降落在荒島的哪個位置，如果想前往安全區，都必須經過子母河。

很快地，聶遠道和山嵐就從西北方向來到子母河附近。

兩人看到這條河後，沉默了三秒，然後就很有默契地讓卡牌喝水生寶寶，聶遠道讓石巨人生了個小石頭，這樣一來就有兩次石牆的反擊；山嵐讓碧蝶生了隻小蝴蝶，雙治療，生存能力更強。

東北方向，匆忙趕來的歸思睿、裴景山、鄭峰等人，也毫不猶豫地開始讓卡牌喝水。

東南方向，邵夢晨和甄蔓組建的臨時搭檔及時趕了過來，甄蔓直接讓黃金蟒喝了一口水，生下一隻金色的小蟒蛇；邵夢晨也讓撿到的路西法喝下河水，複製出一張小路西法。

觀眾們：「……」

大神們的節操已經掉光了！這積極興奮地讓卡牌們生寶寶的態度是怎麼回事？

所有人都忙著讓卡牌喝水，有十多張卡牌同時懷孕，這畫面實在太傷眼睛。要不是有十分鐘冷卻時間的限制，大家恨不得把自己的卡牌全部複製出一張縮小的寶寶版。

觀眾們紛紛看向罪魁禍首謝明哲。

謝明哲滿臉的無辜——這關我什麼事？應該把全明星項目的活動策劃拉出來打一頓吧！

此時，從上帝視角俯瞰整個荒島的觀眾們可以發現，所有進入安全區的大神不約而同地在子母河邊停下腳步，非常默契地讓卡牌們生寶寶，寶寶卡們一張接一張地出生，圍繞成一個O形，完全可以開一家寶寶幼稚園。

可見，為了贏比賽，大神們早就把「節操」拋在腦後。嘴上說著謝明哲做的女兒國地圖很討厭，真的遇上子母河設定的時候，一個個的生寶寶可積極了。

子母河後的安全區是一片叢林，等卡牌們生完寶寶後，選手們才繼續往叢林深處走去。眾人很快地發現安全區的地圖設定沿用了風華俱樂部在常規賽最後一局的主場圖——魔鏡森林。而且還是升級版的魔鏡森林，到處都是鏡子，幾乎變成了一座魔鏡迷宮！

在這樣的魔鏡迷宮，選手們如果相互廝殺，對操作和意識的考驗完全不亞於正式比賽。謝明哲此時的手裡雖然有九張卡牌和一張寶寶卡，但他不知道其他人的組隊情況，萬一遇到臨時小隊，他獨自一個人也很難存活，說是「安全區」，其實這裡才是真正的危機四伏。

系統提示再次響起：「安全區存活玩家：九人。」

謝明哲愣了愣，心裡默默一算，這人數明顯不對勁。

參加荒島生存遊戲的選手總共有十六人，開局淘汰三人，人數變成十三人，然後他遇到白旭和葉竹，這兩個傢伙千里送人頭被謝明哲反殺，此時的剩餘人數應該是十一人，之後就響起了「黑夜

即將到來，請大家前往安全區」的提示。

結果現在安全區只有九個人？

那麼，到底是有兩個人被淘汰出局，還是有兩人根本沒來安全區？

謝明哲仔細一琢磨，覺得後者的可能性更大，因為所有到達安全區的選手首先要經過子母河，大家遇到子母河的第一反應就是讓自己最強力的卡牌先生個寶寶來增強戰鬥力，生寶寶需要九秒的時間，這段時間就算遇到其他人，一般也不會貿然開戰。

今天的荒島求生遊戲，並沒有強制玩家必須去安全區。系統也說了，夜晚降臨，安全區外會有大量獸群襲擊玩家，這跟系統最開始公布的規則——擊殺野外Boss與獲得buff，正好相符。

這就意味著，如果前期收集到的卡牌夠多，對自己夠有信心，那完全可以不來安全區，而是選擇留在外面打Boss拿增益buff。

在安全區，你可以擊殺其他玩家，獲取對方的卡牌。

在野外，可以擊殺Boss，獲得增益buff，同時也可以繼續搜尋散落的卡牌。

具體怎麼選擇，完全由選手自行決定。

謝明哲整理了一下自己的卡牌，果斷決定跑路——安全區目前有九個人，肯定有人組隊，與其留在這裡變成對方的卡牌大禮包，還不如放手一搏，去野外碰碰運氣。

手裡拿著「大榕樹」這張群體無敵的輔助牌，足夠讓他在遇到野獸時自保。

於是，謝明哲迅速轉身離開安全區，系統提示——安全區剩餘玩家：五人。

從剛才的九人瞬間變成五人，不斷縮減的人數，讓所有選手都感覺到一絲緊張。到底是發生了戰鬥有人被淘汰出局，還是又有人離開了安全區？

大家對此毫不知情。

只有上帝視角的觀眾們知道——是裴景山、謝明哲想清楚利弊之後獨自離開了安全區，邵夢

晨、甄蔓雙人組合，遇到了聶遠道和山嵐兩位卡牌數量巨大的Boss，被兩人擊殺。

目前還留在安全區的是陳霄、鄭歸組合以及變成Boss的聶嵐組合。

陳霄似乎也意識到了什麼，緊跟著迅速離開安全區，孤身一人潛伏到黑夜之中。

安全區只剩下四人——老鄭、歸思睿師徒，聶遠道、山嵐師徒。

觀眾們都為他們捏了一把汗。

顯然，如果再互相殘殺下去，聶遠道和山嵐絕對會變成最終贏家！

鄭峰和歸思睿的卡牌數量遠低於聶嵐兩人，如果正面對抗，絕對會輸得很慘。但是如果放任聶遠道和山嵐獨自占據安全區，他們就可以利用安全區的子母河繼續複製卡牌，十分鐘複製一張，實力只會越來越強。

老鄭和小歸會不會像其他選手一樣逃離安全區呢？

兩人的做法，讓現場觀眾大跌眼鏡——猥瑣，極其猥瑣！

這兩人利用魔鏡迷宮的設定，挑了個很難被人發現的樹洞，在裡面藏著，歸思睿還放出一張石靈卡牌，偽裝成石頭在外面偵查敵情。兩人的目標很明確，安全區只剩下四人，不代表整個荒島只剩四人，肯定還有不少選手察覺到安全區有Boss組合，主動避戰去了野外。

那麼，在野外冒險擊殺野怪的選手們，天亮以後來到最終目的地，肯定會跟安全區的Boss組合展開一番廝殺。

到時候他倆再坐收漁翁之利，這樣才會有勝算。

在樹洞裡藏好的老鄭和小歸開始愉快地聊天，「師父，你猜在安全區裡的人會是誰？」

老鄭笑道：「估計是聶遠道和山嵐吧。山嵐是他師父的小跟班，肯定會輔助師父拿下生存模式的冠軍，他倆的配合默契度一般人比不上，一旦有雙人組遇到他們，二打二肯定被殺。」

歸思睿若有所思地點點頭，「有道理。不熟的人，哪怕遇到，一般也不會輕易組隊，很難形成

默契配合。如果是聶遠道和山嵐的話那就說得通。一開始的系統公告，從十五人突然變成十三人，應該就是有兩人遇到他們，同時被殺了。

鄭峰道：「他倆手裡的卡牌肯定特別多，所以能在安全區裡橫行無阻，連殺不少人。」

歸思睿道：「那我們可要藏好！」

「欸，藏在樹洞裡好無聊，跟師父說說最近有什麼好吃的？」

「帝都大學附近新開了一家排骨店，專門賣排骨，糖醋排骨、麻辣排骨、還有紅燒、蒜蓉清蒸等等口味，每一種都特別好吃，改天帶師父去嚐嚐。」

觀眾們：「……」

大螢幕上正好播放到鄭峰和歸思睿藏身區域的視角，兩個人的對話傳了出來，在緊張刺激的荒島逃生遊戲裡，這兩個不靠譜的人居然藏在樹洞裡聊起了排骨，聽得觀眾們都餓了。

導播很無語地把鏡頭切走。

聶遠道和山嵐在安全區搜尋剩餘的玩家，但老鄭和小歸藏身之處太猥瑣，一時很難找到。顯然，接下來的安全區會相對平靜一段時間，而十分鐘可以飲用一次子母河水，霸占了安全區的聶嵐師徒，將會利用子母河複製出越來越多的寶寶卡，最終成為全場最強的Boss。

到底有沒有人能跟他們對抗？

鏡頭終於切到了唐牧洲的視角。

唐牧洲的降落點距離安全區非常遠，是在地圖最南邊靠海的位置，他開局撿到了五張卡，包括孫策、諸葛亮、華佗三張輔助，以及獅王和白狼兩張輸出。

事實上，裴景山的降落點就在他的附近，但裴景山察覺到自己身處地圖的南邊後，選擇北上搜尋卡牌，唐牧洲則繼續南下，兩人因此並沒有相遇。

越走越遠的唐牧洲，從最開始就決定了不去安全區。

因為他知道安全區一點都不安全，與其這麼早去安全區變成別人的卡牌大禮包，還不如自己在野外多搜集一些資源。

他敢獨自留在野外，也是因為他的卡牌配置非常合理。開局就撿到搭配合理的五張牌，唐牧洲絕對是被幸運之神所眷顧的人。

夜晚降臨，唐牧洲繼續孤身一人在外面搜索資源。

他來到地圖的最南邊，果然發現海邊有兩個貝殼形狀的寶箱在夜色下散發著金色的光芒，他上前一步開啟寶箱，耳邊果然響起提示：「恭喜你獲得海月水母一張、燈塔水母一張。」

吳月感嘆道：「唐神真是聰明，主動避開安全區混戰，自己在外面撿卡。他撿到的兩張水母牌都是控制牌，他的七張牌已經可以拿去打競技場了，嘲諷、治療、隱身、控場、輸出樣樣齊全！」

劉琛道：「唐神的運氣是真好，他又撿到了大章魚和珊瑚魚，全是水系的群攻牌！」

唐牧洲的卡牌量已經達到了九張。

他沿著海邊繼續往東走去，結果沒走多遠，耳邊就突然響起一陣野獸的嚎叫聲。

「糟了，唐牧洲遇到了獸群——七隻黑狼，平均血量超過二十萬，其中還有一隻精英Boss，狼王的血量高達五十萬！」吳月緊張地道。

劉琛也有些擔心：「想要擊殺這批狼群，從他目前卡組的傷害量來說，似乎有些困難，除非用水系卡拖著慢慢打……」

好不容易撿到九張卡牌的唐牧洲，該不會喪命於猛獸之手吧？那樣也太可惜了。

夜晚的光線極為昏暗，七匹黑狼將唐牧洲團團圍住，眼睛發出幽幽的綠光，看上去格外懾人，現場的觀眾們都緊張地屏住了呼吸。

但唐牧洲本人卻極為冷靜，幾乎是在狼群撲向他的那一瞬間，他立即召喚出孫策，大範圍嘲諷，自身開無敵，讓狼群的攻擊全部撲了個空。

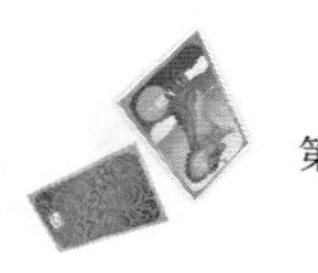

緊跟著，海月水母單體指定冰凍，直接控住狼王；燈塔水母範圍亮光幻覺，廢掉其他小狼的攻擊，四張輸出牌迅速跟上了輸出，集火先殺狼王！

唐牧洲的操作冷靜又迅捷，幾乎是轉眼間，狼王就被他打掉三分之一的血量，其他小狼身上也疊滿了水系群控牌的減速效果。

唐牧洲就跟遛狗玩兒似的，用水系的減速、冰凍，拖著總血量超過一百萬的狼群放風箏，在孫策扛不住傷害的時候，他就讓諸葛亮出來，空城計群體隱身拉開距離。

狼群打著打著，面前的卡牌全部不見了，滿臉懵逼。

等諸葛亮的隱身結束後，舌戰群儒又來一波群體混亂！被混亂的狼群互相撕咬，全部殘血，唐牧洲再放水系群攻牌出來收割。

狼群被打得完全沒脾氣。

唐牧洲單挑七隻黑狼，遊刃有餘。他對小師弟的人物卡顯然很熟悉，對流霜城的水系卡也頗有研究，九張牌配合起來，形成完美的技能迴圈。到最終擊殺狼王時，他的卡組幾乎沒怎麼掉血。現場觀眾不得不服！

作為聯盟唯一的個人賽雙冠王得主，唐牧洲的個人實力確實強得可怕！

在觀眾看來非常危險的狼群包圍，被唐牧洲輕鬆化解。而擊殺狼群的唐牧洲也獲得了野外Boss給予的增益效果加成——自身血量提升百分之百，所有卡牌血量提升百分之二十。

五萬血的唐牧洲變成了十萬血，加上這麼多卡牌，別人想擊殺他就沒那麼容易了。

獲得增益效果的唐牧洲繼續在野外搜索。

而同一時間，謝明哲剛剛走出安全區時也遭遇了獸群的攻擊。

大榕樹無敵開啟，白罌粟群體混亂——操控師兄的植物卡牌，謝明哲也是熟門熟路，何況他的手裡捏著不少葉竹和白旭送來的人物輸出牌。謝明哲也迅速解決掉獸群，獲得「所有卡牌輸出能力

提升百分之五十」的增益效果。

目前還留在野外的其他選手，包括凌鷲堂、裴景山和陳霄，這三人也各自遇到一波獸群的攻擊，有驚無險地化解了危機。

隨著遊戲的時間推移，聶遠道和山嵐在子母河又生了第二張寶寶卡。

直播間內的觀眾們開始開玩笑。

「聶神表示，我二胎都生了，你們這群磨嘰的人，還不來安全區決戰？」

「哈哈哈，老聶和小嵐的二胎萌萌噠！」

「咳咳，這倆沒節操的，要是其他人再不過來，估計他們還會生三胎……」

安全區最大的好處就是子母河，聶遠道和山嵐充分地利用這個優勢。而在野外搜尋資源的選手，此時卻遭遇了新一輪的危機！

凌鷲堂和陳霄相遇，兩人對視一眼，直接開戰！

謝明哲和裴景山也相遇了，氣場不合，也是直接開戰！

只有唐牧洲依舊在海邊一路往東搜刮資源，頗有把整個荒島都翻一遍的架式。

粉絲們哭笑不得——唐神你是學會了司馬懿的「忍」字大法，想最後再爆發嗎？「荒島生存遊戲」被你玩成了「單機尋寶遊戲」，也是厲害！

【第二章】你操控我的植物卡，我來操控你的人物卡

陳霄其實挺倒楣，他在地圖上到處逛，本來是想找阿哲或者唐牧洲，要是找到了就可以臨時組個隊去對付安全區的那對Boss，結果剛出安全區沒多久，就遇見凌驚堂。

他和凌驚堂完全不熟，也不可能臨時組隊，只好果斷開戰。

如果擊殺凌驚堂，獲得對方的卡牌，自己就算遇到雙人組合，或許也有一戰之力。當然，凌驚堂同樣是這麼想的。

兩人的戰鬥異常激烈，給觀眾們帶來一場精彩的個人賽直播現場，打了五分鐘才分出勝負——由於老凌一個人搜到了很多金系的兵器牌和神族卡，自家的卡牌操作起來更加得心應手，陳霄無奈戰敗，將收集到的鬼牌和飛禽牌都轉交給凌驚堂。

此時，凌驚堂一人手裡的卡牌量已經達到十五張，一躍成為個人牌量最多的選手。

而謝明哲和裴景山的戰鬥就沒那麼容易了。

謝明哲手裡有九張卡牌加一張寶寶卡，裴景山是八張牌，看上去謝明哲占牌量上的優勢。但是裴景山之所以敢跟他開打，完全是因為卡組搭配——裴景山的卡組搭配實力超強！

他撿到了白象這張最強土系肉盾卡、千年神樹和沙漠玫瑰兩張神級群攻牌、可群可單的植物牌黑玫瑰、靈活攻擊牌四季海棠、後期爆發力極強的食屍鬼，還有群體治療牌神農，以及功能型控制牌荀彧。

這套卡組，單挑完全不怕任何人。

謝明哲剛召喚出卡牌，就被荀彧的「驅虎吞狼」給指定，王熙鳳和賈探春互毆，結果就是王熙鳳的哈哈哈全部攻擊到了賈探春身上，賈探春居然跑過來朝著鳳姐搧耳光？最終探春因為單攻能力更強，直接強殺了鳳姐。

謝明哲的粉絲們哭笑不得。

「難得看見阿哲被自己的卡牌坑！」

「哈哈哈，謝明哲你也體驗到其他選手面對荀彧時的鬱悶了吧？」

謝明哲確實體驗到了，怪不得裴景山直接跟他開戰，原來是卡組裡有荀彧。

他深吸口氣迅速冷靜下來，大榕樹無敵開啟，白罌粟來一波混亂！

裴景山沒有解控卡，被混亂後自己的卡牌也亂成一團，謝明哲趁機放出白髮女鬼、女鬼寶寶，大小鬼聯手頭髮絞殺，瞬間將裴景山的卡牌血量給壓低。緊跟著，飛雁牌出動空襲，鋒利的鳥喙啄一下就是大量傷害，還能觸發連擊，轉瞬間就啄死了千年神樹和沙漠玫瑰！

謝明哲靠白罌粟迅速打反手，郭嘉、曹丕和曹植也同時出動。

裴景山的反應也是極快，立刻開荀彧的技能「荀令留香」控場。

但謝明哲對自己的卡牌極為瞭解，見荀彧的抬手動作，立刻操控著曹植將荀彧擊退了幾公尺，結果就是留香的範圍並沒有影響到曹丕！

曹丕集權後的傷害相當可觀，顯然，他要卡郭嘉陣亡的時間讓曹丕集權一波清場。

裴景山看過謝明哲靠郭嘉和曹丕一波翻盤的比賽，自然會對郭嘉的血量格外留心，在郭嘉血量掉到百分之三十左右的時候，他突然開四季海棠的單攻技能強殺郭嘉，同時召喚大後期卡牌食屍鬼！

食屍鬼吞噬四張屍體，攻擊力提升四倍，足夠一口氣秒掉曹丕、曹植兄弟，這樣謝明哲就很難再翻盤了。

謝明哲在看到食屍鬼出現的那一瞬間，就知道自己會完蛋。

沒有強力單控，很難對付食屍鬼。看來自己這回要栽了。謝明哲無奈地想著。

就在這時，突然有一道冰冷的氣流從身後竄出來，準確地瞄準了食屍鬼。

——海月水母，單體冰凍！

剛出場的食屍鬼直接被凍在原地。

謝明哲心中一喜，回頭一看，就見唐牧洲帶著大量卡牌從天而降！

一直單機的唐牧洲大魔王來啦！

現場響起熱烈的掌聲，觀眾們的視角看得更清楚，其實唐牧洲早就到了附近，藏在旁邊觀戰。裴景山和謝明哲具體拿了多少張卡牌，他要先看一看，他一直冷靜地旁觀著，直到裴景山突然召喚食屍鬼的那一刻他才出手，用海月水母強控住食屍鬼，救下命懸一線的小師弟。

帶著這麼多卡牌坐收漁利的唐牧洲，解決裴景山僅剩的幾張牌無比輕鬆，先放獅子和狼迅速強殺食屍鬼，緊跟著讓孫策出來嘲諷一波，然後用水系群攻卡拖死白象。

——裴景山出局。

眼看能殺掉謝明哲獲得大量卡牌，突然被半路殺出的唐牧洲截胡，裴景山真是哭笑不得。

不過，荒島求生遊戲就是這樣，充滿了未知數，運氣的成分很重要。

觀眾們想著，唐牧洲應該會順手殺了謝明哲，拿到謝明哲的人物牌，這樣他就有二十多張卡牌，拿下最終冠軍很有希望。

謝明哲也是這樣想的，他甚至站著不動等師兄收人頭。

然而……

謝明哲本來已經做好了出局的打算，結果唐牧洲殺完裴景山後，居然停手了。

停手了？全場觀眾都滿臉的不敢相信。

在無數雙眼睛的注視下，唐牧洲微笑著走到謝明哲面前，說道：「阿哲，我們聯手吧。」

謝明哲疑惑，「不殺我嗎？」

——怎麼捨得殺你？師兄是在救你，你居然看不出來？

唐牧洲知道現場會有直播，如果大螢幕播放了他們所在區域的畫面，他們的對話也會同步傳出去，因此他並沒有多說什麼，而是冷靜地道：「我只有一個腦子，沒辦法同時操控二十多張卡牌。

安全區應該有Boss組合，我們把卡牌分一下，聯手去殺掉他們才是最好的選擇。」

謝明哲覺得有道理。操控卡牌需要選手耗費精神，一個人操控二十多張卡牌確實挺難的，唐牧洲的決定其實很明智。將擊殺裴景山後得到的卡牌分一分，每人拿十張左右，再去和聶嵐師徒一戰，才有獲勝的希望。

其實他殺了謝明哲，跟裴景山聯手也是一樣。不過，在多年好友和心愛的小師弟之間，唐牧洲選擇和誰聯手，完全不需要猶豫。

陣亡的玩家卡牌會全部重置，兩人獲得了裴景山的八張卡牌大禮包。

看師兄弟兩人瓜分戰利品，討論著怎麼分配卡牌，現場的觀眾們都無語了。

唐牧洲這也太寵著師弟了吧？

沒殺謝明哲不說，居然把千年神樹、沙漠玫瑰、四季海棠這些植物卡全部送給了謝明哲！

你操控我的植物卡，我來操控你的人物卡……

兩人瓜分好卡組後很有默契地相視一笑，觀眾們莫名覺得被塞了滿嘴的狗糧。

出局的裴景山滿臉無奈地進入上帝視角的觀戰區。

他發現出局後來到觀戰席的人還挺多的，粗略一數，被淘汰的選手已經有九位了，葉竹和白旭也在。裴景山好奇地問：「小竹，你是怎麼出局的？」

「……」千里送人頭的葉竹不想說話！

「各位呢？」裴景山沒再追問耷拉著腦袋一臉鬱悶的葉竹，改問其他人。

「我跟凌神單挑，沒能打贏。」陳霄攤了攤手，笑著說道。

「我和夢晨在安全區遇到了聶遠道、山嵐這對師徒Boss。」甄蔓說道：「方雨和許星圖也是被這兩人淘汰出局的，聶神和小嵐現在的卡牌量應該快三十張了吧。」

「小安是什麼情況？」裴景山看向坐在角落裡滿臉茫然的沈安。

沈安不好意思地撓了撓腦袋，道：「我是被葉竹和白旭殺的，我連一張牌都沒有撿到！」

眾人齊齊向他投去同情的眼神——那你也太可憐了，沒有卡牌直接裸奔，被人輕鬆擊殺，遊戲體驗一定很差吧。

「這麼說，還活著的人有聶神、山嵐師徒，唐牧洲、謝明哲組合，還有淩神、老鄭和歸思睿，總共七個人。」裴景山迅速總結道。

「什麼？」聽到這裡的葉竹霍然抬起頭，「唐牧洲和謝明哲組隊了嗎？」

「嗯。」裴景山笑得很無奈，「我就是被他倆幹掉的。」

眾人的神色都有些複雜起來，紛紛集中精神看向直播螢幕。

此時，唐牧洲和謝明哲的耳邊同時響起系統提示：「野外剩餘玩家：兩人。」

謝明哲聽到這裡，立刻捕捉到關鍵，認真分析著：「看來，野外和安全區是分開報數的，我剛才離開安全區的時候，那邊的玩家並不少，不知道現在怎麼樣了。」

唐牧洲說：「不管安全區什麼情況，野外就剩我們兩個。」

謝明哲回頭看向師兄，「那我們可以盡情刷Boss了吧？多攢一些增益buff。」

唐牧洲點頭，「嗯，走吧。」

兩個人相視一笑，愉快地並肩往前走去。

師兄弟配合默契，操作水準都是頂級。原本設定中據說很「兇殘」的野獸群，被他倆聯手擊殺了一波又一波，就跟打地鼠玩兒似的。

幾分鐘後，謝明哲和唐牧洲自身的血量都超過三十萬，所攜帶的卡牌血量、攻擊力、攻速、暴擊效果、防禦全部加成百分之五十，而且是永久性的加成。

全屬性加成，相當於整套卡組的作戰能力直接翻了一倍之多！

觀眾們看到這裡都激動起來，唐牧洲和謝明哲也成了實力超強的Boss組合，足以和聶嵐組合一

戰。讓觀眾們比較揪心的，反而是單獨一人進入安全區的凌驚堂。

凌驚堂的運氣其實也很好，他沒選擇去安全區理由和唐牧洲一樣，想依靠金系牌高閃避、高暴擊的優勢，獨自在野外殺Boss積攢資源，結果遇到倒楣撞上來的陳霄，擊殺陳霄又把對方的卡牌收入囊中。

此時的凌驚堂個人卡牌量超過了十五張，也刷到了金系卡牌暴擊效果加成的buff，因此，他決定大著膽子前往安全區。

反正只是娛樂遊戲，輸贏無所謂，他想去安全區看看情況，萬一能遇到混戰的局面，他再跑出去撿便宜收個人頭，豈不是很爽？

凌驚堂在進入安全區時，也經過圍繞安全區的子母河。

他沒有一秒猶豫，就讓自己暴擊傷害最強的一張兵器牌「噬魂刀」飲下子母河的水，等待九秒生了一把小刀，粉絲們看到縮小版的噬魂刀，紛紛刷屏。

「小刀寶寶好萌啊！」

「凌神的大刀生了一把小刀，我對這個不講究繁殖規則的世界已經絕望了！」

「這算什麼？聶神和小嵐已經生了三胎，他倆真的不考慮開家幼稚園嗎？」

直播間內非常熱鬧，彈幕都比往年的全明星多出一倍，顯然粉絲們還挺喜歡寶寶卡的設定。

凌驚堂收起複製完成的小刀寶寶卡，進入安全區後，他發現這裡的環境居然是魔鏡森林。

鏡子中的幻象太過逼真，大量魔鏡的投影讓玩家很容易在視覺上產生錯誤的判斷，凌驚堂對魔鏡的設定私下有過研究，加上他作為指揮，能迅速判斷場景的虛實，一路走來，他一次都沒有撞到透明的「魔鏡」，而是順利走入迷宮的深處，尋找藏身之地。

此時，在安全區的人同時聽到提示：「安全區存活玩家：五人。」

最開始的四人持續了很久，變成五人，顯然是又有倖存者在野外刷夠buff 進入了安全區。聶遠

道和山嵐對視一眼，迅速開始在迷宮裡找人。

觀眾們緊張地屏住了呼吸。從上帝視角可以清晰地看到每個人的移動軌跡，凌鷩堂在魔鏡的左側，聶遠道和山嵐正好在右側，雙方只隔著一片魔鏡，但因為魔鏡會讓周圍的景物產生反向翻轉的錯覺，雙方彼此都沒法看到對方，除非在轉角處走入同一片魔鏡區域。

就在雙方即將在轉角處相遇的那一瞬間，凌鷩堂像是被命運之神所眷顧一樣，正好轉身走向了另一個轉角，雙方驚險地擦身而過。從俯視的角度可以看見他們剛才距離不到五公尺，但是因為魔鏡的影響，聶嵐師徒並沒有看見凌鷩堂。

凌鷩堂憑著可怕的記憶力在魔鏡迷宮中走了一遍，然後停下腳步，仔細分析著其他四人可能的位置。

自己到來之後，安全區報數是五位玩家，那麼在他到來之前這裡肯定有四個人。系統提示讓大家前往安全區已經是十多分鐘之前的事了，安全區能長時間維持著四個人的平衡，只有兩種情況——要麼是四個人組隊，淘汰了所有的其他玩家；要麼是兩人一隊，兩支小隊在刻意避戰。

在生存遊戲中，四人組隊幾乎不可能，兩兩對戰的可能性倒是很大。

他的到來，明顯打破了這種平衡，會變成兩支小隊覬覦的肥肉。拿下他，增強自身實力，就可以吞掉另一支小隊。

或許，兩支小隊的人都在找他，想率先擊殺他，分走他的卡牌？

凌鷩堂思考片刻，決定藏起來——坐山觀虎鬥的道理他很清楚，他可不想變成送上門的大禮包。巧合的是，凌鷩堂選擇藏身的地方，也是一處魔鏡夾縫之間看上去毫不起眼的樹洞。

他彎著腰鑽進了樹洞裡，然後就對上了兩雙眼睛。

鄭峰：「……」

歸思睿：「……」

凌鷲堂：「……」

一個比一個猥瑣啊！全藏在樹洞裡，形象都不顧了嗎？

老鄭和小歸肯定聯手了，在對方動手之前，凌鷲堂立刻開口：「別打，我加入你們。」

鄭峰挑了挑一側的眉毛，「為什麼我們要加你這個隊友？」

凌鷲堂微笑著解釋，「你們藏得這麼深，安全區的另一對組合應該是殺了不少玩家的Boss組合吧？就算擊殺了我，你們自己的卡牌也會有陣亡損失，而一旦我們三個人聯手，我們這一隊的卡牌數量絕對全場最多，戰力也是最強的，不對嗎？」

老鄭摸著下巴點了點頭，「也對。不過我提前告訴你，如果我們三人走到最後，淘汰掉其他玩家，你要做好我和小歸先聯手幹掉你的準備喔！」

這話真是太直白了，凌鷲堂哭笑不得，「就不能給我一點希望？」

鄭峰哈哈笑道：「沒徒弟的人，不要和有徒弟的人爭冠軍嘛。我家小歸肯定會幫我，難道他還會幫著你來對付師父嗎？」

歸思睿認真點頭，「我肯定幫師父，我的薪水就是師父發的。」

凌鷲堂：「……好吧，這理由無法反駁。」

觀眾們聽到同步傳來的對話，都有些心疼凌神了。

沒徒弟就沒人權啊？

聶遠道有山嵐幫忙，老鄭有小歸幫忙，可憐的凌神，該怎麼在夾縫中求生存？

凌鷲堂和鄭歸二人組隊確實很吃虧，不少觀眾都覺得他這是羊入虎口，就算協助鄭峰和歸思睿以三打二擊敗了聶嵐組合，但最終他也跟冠軍無緣，只是給老鄭當墊腳石罷了。

如老鄭所說，一旦三人進決賽圈，肯定是鄭歸師徒聯手先殺凌鷲堂，然後再師徒內戰。

而凌鷲堂還跟他們組隊，只能說是……心大，不在乎結果吧。

事實上，凌驚堂卻在做別的打算。

——聯手只是表面，真正到了大混戰的時候，你們就不怕我突然放冷箭嗎？臨時組建的三人同盟其實並不堅固。更關鍵的在於，安全區和野外是隔離的，野外的玩家不知道安全區的情況，同樣，待在安全區的人，也不知道野外還活著多少潛在的對手。

而凌驚堂是目前唯一知道兩邊情況的人，掌握著第一手情報。

鄭峰主動問道：「你剛才在野外，那邊存活的人還有幾個？」

凌驚堂淡定地道：「沒了，就我一個。」

歸思睿不大信，「人數不對吧？安全區之前從九人變成四人，那麼短的時間，不可能同時淘汰掉五位選手，我估計是有人主動離開了安全區，去野外刷Boss。」

凌驚堂道：「確實，野外最開始是五個人，後來有三個單人被淘汰出局，我正好路過撿了漏，收掉陳霄的人頭，最後就剩我一個倖存者來到安全區。」

觀戰席的大神們：「……」

凌神你真是攪渾水攪得很愉快啊？一本正經地胡說八道！明明他剛才離開野外的時候，野外報數還有三人，他顯然知道野外除了他還有另外兩個倖存者。

而凌驚堂之所以這樣放煙霧彈，明顯是想讓老鄭和小歸提前去跟聶嵐組合決戰。

歸思睿對此將信將疑，老鄭也是疑惑地瞄了對方一眼，發現凌驚堂神色淡定極了，臉上還帶著微笑，一副「我說的是真的，你們要相信我」的誠懇表情。

他接著說道：「天亮後就會強制決戰，按照遊戲裡的時間設定，應該還有十分鐘就天亮了。安全區那對組合，肯定會利用子母河一直複製卡牌，從時間上推測，他們已經複製了六張寶寶卡吧？你們難道想等他倆弄出八個寶寶再去決戰？」

鄭峰和歸思睿對視一眼——凌驚堂說得沒錯，寶寶卡的屬性雖然只有母卡的一半，但是一旦關

鍵技能被複製，就不能按單純的屬性來算，八張寶寶卡會更難打。

鄭峰果斷地說：「走吧，反正遲早要打，天亮之前解決他們！」

如果是二打二，老鄭其實沒太大信心打贏卡牌量超多的聶嵐師徒，但有了凌驚堂這位臨時盟友的加入，三打二的話勝算就大了很多。與其等聶嵐組合繼續複製寶寶，還不如提前決戰。

三人走出樹洞，一起朝著魔鏡森林的中心地帶趕去。

反正天亮後的決戰時刻很快就要到了，他們不怕任何對手。

然而，當老鄭、小歸和凌驚堂三個人一起出現時，聶遠道還是有些意外，問道：「你們三個臨時組建同盟？」

他的目光看向凌驚堂，似乎在說：你沒搞錯吧？

凌驚堂一本正經地道：「反正野外沒人了，就我們五個活著，乾脆一點決出勝負吧！」

他說罷就召喚出單體暴擊最強的噬魂刀，順便帶出一把小刀寶寶，直衝山嵐砍去！

在荒島生存模式下，一旦玩家的身邊沒有卡牌，所有的攻擊都會自動轉移到玩家身上，而一旦玩家身邊有卡牌存在，必須先擊殺全部卡牌才能擊殺玩家。

山嵐當然知道這一點，五萬血的他如果不召喚卡牌，很可能被凌驚堂一套暴擊秒掉。他反應極快，迅速召喚出碧蝶給自己加了一口血，同時連招幾張牌擺好防禦的姿勢。

聶遠道同樣召喚出收集到的卡牌，雙方展開了激烈的混戰！

由於荒島生存遊戲並沒有「組隊設定」，選手之間組隊只是口頭協議，卡牌技能並不會把隊友的卡牌給排除在外。

比如，聶遠道撿到的蜂王，技能是「召喚蜂群對範圍內敵對目標發起攻擊，群體掉血，並附帶被蜜蜂螫傷後的出血負面效果」，那麼，山嵐的卡牌，對蜂王來說也屬於「敵對目標」，他放群攻的時候依舊會打到山嵐的牌。同樣，歸思睿的群攻技能也會打到鄭峰的卡牌身上。

臨時組隊，關鍵在於不去主動攻擊臨時隊友，單攻技能衝著別人打。但是群攻和群控……大混戰的時候，免不了隊友也會受到一些波及。

凌驚堂就是利用這個「無差別攻擊」的設定，想引發混戰，藉此消耗所有人的實力。

——他撿到的卡組中，七成以上都是單攻卡。

等到了殘局的時候，他可以放暴擊力極強的金系單攻卡來收割殘血，先殺掉卡牌數量最少的那個人，獲得對方的卡牌大禮包，迅速跑路，這樣他就是全場最強的Boss，多麼機智！

到了這個時候，觀眾們也終於看清了凌驚堂的意圖，紛紛表示：「凌神好心機啊！」

「這攪渾水的做法我也是服了，五個人混戰很傷元氣，他正好坐收漁利！」

「沒徒弟的凌神，只能讓兩組師徒混戰，趁機撿便宜！」

現場的混戰還在繼續，聶遠道和山嵐極有默契，打配合堪稱是「雙人搭檔教科書級別」，聶遠道放群控技能的時候，山嵐就讓卡牌提前撤出控制範圍免得被波及，兩人的單體指定攻擊技能同時瞄準了歸思睿的牌，顯然是想優先擊殺掉小歸。

歸思睿和鄭峰也是齊心協力，先殺山嵐！

只有凌驚堂混在其中打醬油，他假裝和鄭峰、歸思睿聯手，時不時朝聶遠道和山嵐的卡牌丟一些技能，但他真正的目的還是以「保留實力」為主——十五張牌，他只召喚出了一半，剩下的王牌卡都偷偷捏在手裡，靜待最佳的時機。

五人大混戰，想在亂戰中擊殺其中一個人的所有卡牌，這並不容易。

尤其是聶遠道和山嵐的卡牌數量高達三十多張，歸思睿和鄭峰加起來的牌量也有近二十張。凌驚堂雖然隱藏了部分實力，但是在場的都是大神，他不能做得太過明顯，所以召喚出來的卡牌，也有控制、單體輸出、群體輸出以及嘲諷牌，看上去搭配得非常合理。

觀戰區的選手們紛紛抱著看好戲的心態。

裴景山道：「凌神的想法挺好，他一個人又沒有隊友，只能在夾縫中求生存，引起混戰，趁機撿便宜是最好的方法。」

陳霄摸著下巴說：「這麼打下去，一時分不出勝負，陣亡的卡牌沒法復活，大家的實力其實都會不斷削減。山嵐有碧蝶和蝶寶寶兩張治療牌不斷加血，反倒是目前損失最少的。」

白旭小聲嘀咕：「這樣一來，豈不是讓我哥和謝明哲撿了便宜嗎？」

旁邊的沈安突然激動地說道：「哇，我師父和小師叔又殺掉一批狼群，血量已經達到四十萬了，哈哈哈！」

眾人定睛一看，確實從唐牧洲、謝明哲的視角看到了兩人的血量。

——還真是四十萬！

這兩人在野外刷獸群刷得很開心，在卡牌所有增益buff 刷滿之後，還專門挑給玩家增加血量的狼群刷，結果就是基礎血量一再翻倍，達到了驚人的四十萬血！

看著安全區的聶遠道等人五萬的血量，選手們同時沉默了。

玩家光有血量沒什麼用，一旦卡牌死光，那就是個任人魚肉的靶子。可是，四十萬血看著還是讓人心驚膽戰，就跟行走的Boss一樣。

片刻後，裴景山才若有所思地道；「或許……不去安全區，一直在野外刷buff，才是荒島生存模式最好的選擇？野外地圖很大，散落的卡牌也很多，還有獸群可以拿到各種buff。」

葉竹愣了愣，覺得裴隊似乎發現了真相，他不敢相信地道：「所以說，官方讓我們儘快前往安全區，這是故意給大家挖了一個陷阱？」

眾人都在心裡吐槽官方太坑。

就在這時，天亮了。

倖存者的耳邊都響起提示：「決戰時刻終於到來，請所有玩家前往魔鏡森林中心的決戰地點，

限時三分鐘，遲到者將被淘汰出局！」

已經在決戰地點的五人也都聽到了這個提示。

聶遠道微微皺眉，總覺得有種被坑了的感覺……安全區外面會不會還有其他人？凌鷩堂這是故意搞事啊，在削減大家的實力啊！

此時，正在戰鬥的五人卡牌數量已經損失了將近一半。直播間的觀眾紛紛刷屏。

「凌神太強了，真是深藏不露！」

「唐牧洲和謝明哲馬上就要到了，大神們看到這兩位出現，肯定會很驚喜。」

「看到四十萬血的唐謝組合，這不是驚喜，是驚嚇好吧！」

唐謝兩人前往安全區，路過子母河時，唐牧洲複製了一張小食屍鬼。

這就有點可怕了……食屍鬼的基礎攻擊力很低，複製的寶寶卡，攻擊只有一半，自然更低。可是，這張牌的機制決定著它根本不靠基礎屬性吃飯，只要現場的屍體足夠多，它吞噬屍體，就可以讓攻擊力不斷地提升。

也就是說，食屍鬼寶寶只要能吃下足夠的屍體，攻擊力也可以達到資料庫設定的最高值！大的食屍鬼，面色蒼白，一副沒吃飽的清瘦模樣，瘦得只剩一把骨頭；複製出來的寶寶，跟它「爸爸」一樣，也是瘦巴巴的，很小的一隻看上去格外可憐。

但等他們吃飽之後……見過歸思睿食屍鬼清場的觀眾都覺得頭皮發麻。

一大一小兩個食屍鬼同時吃飽，會是什麼場景？

觀眾們都面面相覷，估計待會兒歸思睿看到這一幕會很想哭吧！

而謝明哲因為子母河十分鐘的冷卻限制結束，他也複製了一張卡牌——曹丕。

曹丕同樣基礎攻擊特別弱，屬於三流輸出卡水準，但是曹丕的技能「集權」可以迅速吸取周圍所有輸出牌百分之二的攻擊——包括師兄兩張食屍鬼的攻擊！

複製出來的小曹丕寶寶，看上去可愛極了，攻擊力可憐巴巴的不到兩萬。

但小曹丕一旦開啟了集權……後果有多可怕，觀眾們可以想像。

唐牧洲和謝明哲在做大戰之前的最後準備，他們複製的兩張超強輸出寶寶卡牌，似乎在告訴大家——他們接下來，要在安全區直接清場！

兩位大魔頭的到來，讓正在決戰區混戰的大神們同時一怔。

因為大家耳邊同時響起了系統提示：「安全區存活玩家：七人。最終決戰即將開始。」

七人，神他媽的七人！

老鄭的眼刀立刻掃向凌驚堂，「不是說野外沒人了嗎？」

凌驚堂笑著摸鼻子，「我說的話你也信啊？其實野外還有兩個，他們來了。」

老鄭氣極，恨不得立刻把這老混蛋抓過來揍一頓。

然而他還沒來得及動手，就見不遠處有兩個熟悉的身影出現在大家的視野中，身後跟著密密麻麻的大量卡牌幻象。

能以這麼快的速度來到決戰地點，顯然這兩人對魔鏡迷宮非常熟悉。

——唐牧洲，謝明哲！

野外的倖存者居然是這對師兄弟！

大家頓時感覺到不妙，脊背嗖嗖地冒起了涼氣。

五人不約而同地看向兩個人頭頂顯示的血量資料……四十萬？

四十萬？這兩個是大妖怪吧！

聶遠道毫不猶豫，斬釘截鐵地開口說道：「聯手，先打Boss！」

其他四人完全沒意見，立刻轉身，紛紛讓卡牌的技能對準了唐牧洲和謝明哲。

謝明哲：「什麼情況？」

——我倆的仇恨值有這麼大嗎？

五個正在內鬥的大神，看見他倆，居然同時停手，集體轉火攻擊他們？

——喂喂，沒有這樣的！我們剛來，請給我們一點適應的時間……

五位大神表示：居然在野外刷了四十萬的血！兩個大魔王，你們先去死吧！

謝明哲也沒想到安全區的情況居然這麼混亂。他離開安全區時這裡還剩下九人，按照正常推斷，他走後剩下的幾人經過長時間的廝殺，最後應該只剩下一對搭檔，他和唐牧洲在野外刷夠了buff再來安全區，就可以和安全區剩下的Boss組合直接決戰，分出勝負。

結果，大神們的猥瑣遠超過他的想像。

老鄭和小歸在樹洞裡躲了將近半個小時，凌驚堂大神居然也跑到安全區攪渾水，五人大混戰的局面讓謝明哲看得一臉懵逼，更懵的是，這五個人居然集體轉火先殺他們師兄弟？

唐牧洲聽到了聶遠道的那句「聯手，先打Boss」，他立刻反應過來，朝謝明哲吩咐道：「阿哲，退後！」

謝明哲回過神，迅速往後退。

由於身邊沒有卡牌存在的玩家會受到攻擊，哪怕刷到四十萬的血，毫無反抗之力的玩家也很容易被殺，兩人一路走來不敢空手，都召喚了幾張保護性的卡牌在身邊跟隨護駕。

唐牧洲果斷放出孫策——只見騎著馬的英俊青年揮動著手裡的長鞭就衝向人群當中，全聯盟移動速度最快的嘲諷卡，這一波嘲諷拉得那是真穩！

五位大神指向他們的攻擊技能全部被孫策吸收，哪怕血量很厚的孫策也瞬間只剩一絲血皮，還好華佗在旁保駕護航，立刻「刮骨療傷」讓孫策滿血，並且讓他刷新技能再拉一波仇恨！

華佗配孫策的雙嘲諷技能迴圈是謝明哲非常擅長的，在常規賽也曾出現過。沒想到唐牧洲操控師弟的卡牌也這麼熟練，幾乎是極限操作，在孫策血量剩下不到一百的時候，華佗的技能驚險地開

出來，要是再慢個零點一秒孫策就被秒了。

可惜，哪怕孫策被華佗加滿血後又來了一次嘲諷，也沒能撐住五秒——可見五位大神的集火能力有多猛！

唐牧洲爭取到的這五秒時間，謝明哲也迅速冷靜下來思考對策。

二打五，而且大神們同仇敵愾地先殺他們師兄弟，這讓他有些失算，局面相當不利。

好在五位大神經過了一波內耗之後，剩下的卡牌已經不多了。當然，從場上的總牌量來看，五人的牌量加起來依舊是大於他們師兄弟的。

但是荒島生存是「無差別攻擊模式」，只要放群攻技能，管你是不是臨時隊友，卡牌的範圍技能肯定會打到其他選手的卡牌身上。也正因此，一旦在混戰局面被「群體混亂」的效果控制，那臨時組建的聯盟只會從內部崩潰瓦解。

而且，人越多，局勢就會越亂！

他們二打五，正好可以利用這個設定。

謝明哲想到這裡，立刻輕聲在唐牧洲耳邊說：「師兄，諸葛亮！」

唐牧洲會意，果斷召喚諸葛亮，開啟技能「舌戰群儒」——只見五位大神原本組建的臨時同盟頓時亂套，歸思睿的群攻打到鄭峰的卡牌身上，聶遠道的指向性單攻也打偏，差點秒殺了山嵐的蝴蝶。

更雪上加霜的是，唐牧洲開完諸葛亮的舌戰群儒後，緊跟著空城計群體隱身，而謝明哲在這一刻立即開啟了白罌粟的群體混亂。

師兄弟兩人的默契簡直讓觀眾們拍案叫絕！

方才唐牧洲開混亂時，謝明哲主動撤出技能範圍，避開了師兄的技能影響。而此時，諸葛亮的群體友軍隱身，正好也規避了謝明哲放出的混亂。兩人互相避開群控技能，哪怕是臨時同盟，也做

到了完美的技能銜接！

唐牧洲趁著群體隱身的時間，大量召喚卡牌，繞去歸思睿的後方——先殺小歸！

以他銳利的眼光判斷，此時歸思睿的卡牌數量是最少的，柿子要挑軟的捏。

眼看唐謝的連續群控讓五位大神的卡牌被混亂效果所影響，不斷地內鬥，局面瞬間陷入極為不利的境地，凌驚堂輕嘆口氣，終於不再藏了，把壓箱底的卡牌給召喚出來。

突然間，一片大範圍的聖潔光芒從天而降，在純白色的光芒中，容貌秀麗的女子浮現在半空中，她身穿淺紫色的衣裙，面帶微笑，高高舉起了金色的法杖——聖光籠罩！

——雅典娜，指定範圍內一切負面效果清除，指定範圍免控八秒！

眾神殿最強的輔助牌之一雅典娜出場。

凌驚堂一直捏在手裡打算最後再放出來打一波撿便宜，但現在的形勢，如果他繼續坐山觀虎鬥，很可能唐牧洲、謝明哲會聯手把他們的臨時聯盟給打崩。

因為他敏銳地發現，這兩位師兄弟在野外刷的buff 太強了——所有卡牌的攻擊、暴擊、敏捷、防禦全部加成百分之五十，相當於實力提升一點五倍，而且他倆的所有卡牌目前狀態都特別好，配合也非常有默契。

再繼續看戲的話，自己也要玩完，所以凌驚堂果斷出手救人。

眾神殿的卡牌設計比較特殊，大部分俱樂部設計卡牌技能都會針對「敵方目標」和「友方目標」，這樣系統在判定的時候，會自動讓友軍規避傷害，讓敵軍規避增益效果。

然而眾神殿卻有好幾張牌的效果是不分敵我，比如雅典娜的「聖光籠罩」技能，是劃出一個範圍，範圍內所有卡牌負面效果都會被清除。冥王哈迪斯的技能也是劃出一個範圍，所有卡牌不允許復活。

這樣的設定一開始讓很多人無法理解——雅典娜以劃範圍的方式施展技能，不是連帶幫範圍內

的對手也清除了負面效果嗎？

但是凌驚堂的多次指揮讓大家明白，只要卡準技能釋放的時機，實戰中並不會出現「幫對手清除buff」的烏龍。而由於雅典娜的技能是不分敵我的範圍內清除負面buff，因此，這個群體淨化加群體免控的技能，也是全聯盟作用時間最長的輔助技能——整整八秒的大範圍免控，冷卻時間還特別短，只有二十秒。

平時打團戰的時候，凌驚堂會卡住對手關鍵控制技放出來的時機，用雅典娜清buff，範圍內八秒免控，緊跟著眾神殿會打反攻。眾神殿的金系牌暴擊傷害都很高，哪怕對手也處於免控，硬碰硬拚暴擊也足夠讓對手崩盤。

雅典娜的設計，和眾神殿的快攻暴擊風格非常契合，輔助能力也漸漸得到了肯定。

這張神級輔助牌的出現，相當於立刻廢掉了唐、謝想要聯手利用混亂控場、讓五人聯盟從內部瓦解的思路，凌驚堂的及時救場也迎來現場觀眾的熱烈掌聲。

但老鄭就有些心情複雜了——這傢伙藏了這麼多寶貝牌，明顯是故意保存實力要搞事啊！

凌驚堂在下一刻又召喚出另一張神族卡。

只見容貌俊美的男人手持法杖出現在半空中，他的背後長著純白色的聖潔翅膀，六隻白色的羽形翅膀象徵著他在神族的尊貴身分。

大天使長，米迦勒！

這也是眾神殿的經典神族卡之一，跟墮落天使路西法設有連動技「光與暗」。

此時，路西法正好在山嵐的手裡。

雖說米迦勒和路西法現在是互相可以攻擊的敵人，但連動技能的設定是「當場上有某某存在時，即可觸發連動」，所以不管你是敵是友，只要存在就可以連動。

——光與暗，神牌連動！

山嵐也被這個出人意料的操作給嚇了一跳。

凌驚堂讓米迦勒放技能，他都沒來得及反應過來，結果待在身邊的路西法也跟著放起了技能——被強制連動了！

只見米迦勒揮動著身後聖潔的白色翅膀，翅膀上的無數羽毛陡然變成鋒利的劍雨，瘋狂襲向混戰的中央；路西法高舉法杖，捲起的黑色颶風和白色羽毛利箭混雜在一起，兩張最強群攻神族卡連動的傷害加成，簡直就是毀天滅地啊！

這一波群攻讓歸思睿本就剩餘不多的卡牌受到波及，瞬間死了兩張；而本來繞後想要強殺歸思睿的唐牧洲，由於空城計隱身時間正好結束，卡牌的行蹤曝光，結果也受到路、米雙神連動的群攻波及，瞬間被打掉大量血量！

歸思睿很想吐血——凌神你打唐牧洲，怎麼還順帶打我啊！你這是唯恐天下不亂？

現場唯一沒受影響的就是謝明哲了。

看到雅典娜出場，他就預感到不妙，在米迦勒出場的那一瞬他立刻召喚大榕樹保平安。神樹護佑，全體友軍無敵！

這個無敵開得太巧妙了，把路、米連動的大範圍暴擊群攻給扛了過去，謝明哲虛驚一場，退後一步開始迅速觀察局勢。

凌驚堂的目標很明確，他應該藏了不少王牌，比如剛才出現的雅典娜、米迦勒，都是滿血滿狀態的初始卡，而不像其他大神，很多卡牌混戰半天都殘血了。

藏這麼多神族牌，凌驚堂肯定是想鑽空子、撿便宜。那麼，他手裡應該還有一張大後期的必殺牌，可以一波清場的那種。

會是什麼？

全聯盟最強的後期Boss牌，像裴景山的蜘蛛皇后，可以吞掉蠱蟲變成最後的蠱王，攻擊力爆

表，但前提是有大量蟲蟲給牠吞噬，目前場上並沒有存活的蟲蟲牌，可以排除。

另一張大後期Boss牌食屍鬼就在師兄手裡；人物牌中的後期牌司馬懿，需要提前召喚積攢怒氣值，現場也沒看見。黑白無常爆標記的打法，也是需要收割人頭做鋪墊。

其他俱樂部的收割型後期牌似乎不多，難道是……

凌鷩堂的王牌兵器卡——吸血匕首！

這是他的兵器牌中體積最小、看上去最不起眼的一張牌，基礎攻擊力不高，但被動技能的設定很特殊——吸血匕首被注入了惡靈的詛咒力量，攻擊必定觸發連擊，當連擊次數達到五、十、十五等倍數時造成額外金系暴擊傷害，每當擊殺目標，則吸取目標百分之五的基礎攻擊力。

吸血匕首的大後期連殺收割，曾經在常規賽的組內賽階段打崩過裁決！

謝明哲關注了本屆常規賽每一局比賽，因此對所有選手常用的卡牌記得非常清楚。這張卡牌讓他留下深刻的印象，算是凌神標誌性的暴擊兵器牌之一，甚至還被列入聯盟紀念牆。

小小的吸血匕首，成長空間極為可怕！

當大後期所有人的卡牌都殘血之後，凌鷩堂一旦召喚出吸血匕首，這張卡牌就會越殺越強，越戰越猛！吸血匕首可以不斷地普攻、連擊，殺死對手還能吸取對手攻擊力，只要沒有受到控制技能影響，它可以在後期一直連擊、不斷地殺下去，殺光全場……

意識到這一點的謝明哲，只覺得脊背一陣發冷。

凌鷩堂這位選手，真是太可怕了！

別看他平時嘻嘻哈哈地在群裡搶紅包、一本正經地胡說八道，這個人心思之縝密、計畫之周詳，真是讓謝明哲刮目相看，不愧是一代兵器流派的開創者，金系鼻祖。

想在全明星大混戰中撿便宜，他也真是膽子大啊！

歸思睿真是倒了大霉，本來他帶的卡牌就很少，結果被凌鷩堂用「打唐牧洲」的藉口順便一波

群攻，他就只剩下可憐的兩張牌，唐牧洲立即放出獅子和狼群迅速咬死他！

現場出現了「歸思睿留下的卡牌大禮包」寶箱。

歸思睿哭笑不得，莫名體驗了一下作為Boss被集火的感覺，掛了還掉個寶箱，也算圓滿吧！

金光閃閃的寶箱放在原地，裡面有歸思睿的全部卡牌，而且是刷新過的滿血卡。

然而，沒有人敢撿。

開寶箱需要讀條十秒，並且在開寶箱期間不能操作卡牌。

在野外打死對手之後開寶箱，不需要太多顧忌。可是現在，大家正打得不可開交，這時候去讀條撿寶箱只會讓自己所有卡牌原地罰站，腹背受敵。

在眾目睽睽之下，靜止不動十秒撿寶箱，無疑是增加自身的仇恨值。

於是，歸思睿的寶箱就一直留在原地，無人問津。

見師兄收掉歸思睿，謝明哲這時候總算出手了——千年神樹，死亡絞殺！

無數綠色的藤蔓迎風飛起，如同有靈性的觸手一般，朝著混戰的中央陡然襲捲過去！

這張木系最強群攻牌打出的傷害，簡直讓觀眾們心驚膽戰。而緊跟著，還有沙漠玫瑰的群攻、四季海棠的群攻、黑玫瑰的群攻……

連續四張木系植物卡的群攻，讓原本就殘血的卡牌死傷慘重！

更何況，謝明哲緊接著召喚出曹丕、曹植兄弟。

這對組合的出現讓聶遠道雙眼一瞇——曹丕的集權，可以吸取範圍內所有卡牌百分之二的攻擊力。一次集權後，曹丕的群攻將達到極為可怕的數值，這時若再來一波群攻，那是要團滅的節奏。

而曹丕殺曹植的三秒大範圍群控也是極大的威脅，絕對不能讓謝明哲把曹丕的技能放出來。

想到這裡，聶遠道立刻跟山嵐使了個眼色。

山嵐秒懂師父的意思，召喚出隱形追蹤蝶，讓透明的蝴蝶迅速飛去曹丕身後。

曹丕眼看就要集權完畢，結果透明蝶突然拉過來一群卡牌，群體傳送直接把曹丕給秒了！

然後，謝明哲笑咪咪地在另一處位置召喚出了曹丕寶寶。

山嵐：「……」殺掉大的，居然出來個小的，你可要點臉吧！

現場大神很無語，觀眾們也很無語，謝明哲放曹丕，其實就是吸引對方單攻技能，當炮灰用的。曹丕雖然被殺，但是使得山嵐的單攻技能都在冷卻中！

這樣一來曹丕寶寶就會很安全，這也是他複製寶寶的目的，雙重保險。

——集權，群攻！

這一波群攻放下去，現場的卡牌存活量再次銳減，一波殺掉五張牌。

第二個出局的是鄭峰，也在原地留下了金光閃閃的卡牌大禮包，但是戰況激烈，沒人敢用十秒時間去讀條撿禮包！

此時，聶遠道、山嵐的狀態都不是很好，卡牌數量減少，血量也都在半血以下，主要是剛才跟鄭、歸師徒的內耗太嚴重了！

唐牧洲因為召喚卡牌繞後加入戰局，被凌驚堂一波針對，此時也陣亡了好幾張卡牌。反倒是凌驚堂和謝明哲的狀態都不錯。可惜，謝明哲的卡牌血量雖然高，但是經過一波群攻，為師兄的食屍鬼打出大量屍體之後，植物牌的技能都陷入冷卻，所以他暫時沒什麼攻擊力了。

五人同盟掛了兩個，三打二，如果三人齊心協力的話，或許還有一戰之力。

但是下一刻，唐牧洲召喚出了食屍鬼，旁邊還帶著一隻食屍鬼寶寶。

已經來到觀戰席的歸思睿：「……」

怪不得唐牧洲和謝明哲面對五人的圍攻還從容不迫，原來是有雙後期牌！

謝明哲突然連開四個群攻，就是抓準了大量卡牌殘血的時機，為師兄的食屍鬼打鋪墊！

食屍鬼開始瘋狂吞屍體，小鬼也跟著爸爸積極地吃屍體，原本骨瘦如柴的身體以肉眼可見的速

度極快地膨脹，攻擊力也一再翻倍！

聶遠道很無奈，看來今天的冠軍要在唐牧洲和凌驚堂之間誕生。

唐牧洲能撿到這種大後期的收割牌，也算是運氣。

他和山嵐開局的運氣還不錯，可越到後面運氣就越差，沒有在安全區裡找到鄭歸組合，反倒是被後來才進入安全區的凌驚堂打亂了計畫。

凌驚堂看見食屍鬼也有些心驚，這張牌的收割能力太強了，如果不儘快解決，很可能被唐牧洲一波清場！

食屍鬼攻擊力巨高，但有著致命缺點，那就是防禦超低！

凌驚堂召喚兩張暴擊很高的兵器牌，想要強殺食屍鬼，卻被諸葛亮的草船借箭擋住，緊跟著一波反擊，刺過來的武器又被反彈了回去！

唐牧洲這是要跟凌神正面開戰啊！

觀眾們驚訝地看著場上的變故。

這時候，聶遠道和山嵐的卡牌已經不多了，唐牧洲想用食屍鬼收掉他們並不困難，但他沒有這麼做，反而轉向凌驚堂，開始瘋狂攻擊凌驚堂的兵器牌和神族牌！

聶嵐那邊就交給謝明哲盯著，不一定要殺死他們，打斷他們去撿寶箱就行。

吳月和劉琛對視一眼，不約而同地道：「唐牧洲是要削弱凌神的實力？正面跟凌驚堂對拚，他大概也猜到了凌驚堂留了收割牌，想把對方的底牌給逼出來！」

食屍鬼是單體攻擊牌，不會造成打到其他人的烏龍，唐牧洲專門挑凌驚堂的牌殺，針對特別明顯，凌驚堂無奈，只好連續召喚幾張藏起來的牌，直接收拾掉了食屍鬼和食屍鬼寶寶！

兩人硬碰硬的後果，就是凌驚堂的卡牌數量銳減，已經剩不到五張。

這時候唐牧洲才召喚出水系牌，開始拖著放風箏、打消耗！

而凌驚堂也不負眾望地召喚出藏了很久的後期牌——吸血匕首。

吸血匕首一出現，眾神殿的粉絲們立刻開始興奮地尖叫！

此時，場上的所有卡牌都殘血，大家手裡也沒什麼新牌可以用，吸血匕首一路連殺，聶遠道、山嵐迅速出局，謝明哲的群攻牌被砍死大半，唐牧洲因為有神農的治療陣扛著，多支撐了一段時間，卻也只是螳臂擋車，撐不住多久。

現場只剩下三人，凌驚堂徹底變成了Boss！

有雅典娜護著，吸血匕首免疫一切控制，還有個雅典娜套在身上的免死金系護盾，越戰越強的吸血匕首一口氣連殺七張牌，把唐牧洲的卡牌殺得只剩下兩張！

他沒有先去對付謝明哲，是因為謝明哲的植物卡群攻技能冷卻非常久，沒有技能的植物，就是個活靶子，不足為懼。

何況謝明哲威脅最大的曹丕已經被解決，曹丕寶寶也放完了限定技，變成了無技能可用的賣萌寶寶，相對來說，唐牧洲的水系卡對他的威脅更大！

被凌驚堂的吸血匕首追殺，唐牧洲哪怕有神農開著治療陣，也只支撐了十幾秒。

他只剩最後一張牌。

這時候，唐牧洲突然朝謝明哲的方向看了一眼，謝明哲立刻會意。

兩人對彼此手上有什麼牌都很瞭解，唐牧洲手裡捏著的最後一張牌，正是對付大後期卡牌的利器——單體冰凍強控，海月水母！

這時候大部分卡牌技能冷卻，加上雅典娜的免控和金系護盾免死，也就造成凌驚堂利用吸血匕首打出了一波收割大高潮！

但是雅典娜的免控時間畢竟有限，八秒，早就已經過了。

唐牧洲召喚出了最後一張卡牌——海月水母，單體強制冰凍！

吸血匕首果然被凍在原地，謝明哲意識一流，看師兄用最後的一張牌凍住凌神的Boss牌吸血匕首，他立刻召喚藏起來的飛雁牌，以極快的速度從空中俯衝過去——只聽耳邊響起一聲尖銳的鳴叫，飛雁牌如閃電般襲向吸血匕首，終於將這張後期Boss牌給殺了！

凌驚堂很意外。

沒想到謝明哲年紀輕輕，居然這麼沉得住氣，藏了一張飛雁，最後才出手。

飛雁不算後期牌，也不算爆發牌，就是一張普普通通的飛禽類高敏捷攻擊卡。但這張牌最大的好處是不靠技能，靠普攻就可以打出高額傷害。

這時候，凌驚堂的神牌技能冷卻，兵器牌被唐牧洲硬碰硬，非死即殘。

謝明哲召喚飛雁，解決掉了吸血匕首，然後就開始迅速空襲！

就連山嵐都覺得，這傢伙操縱飛禽牌有模有樣的，角度找得特別準。

轉瞬間，局勢就出現了逆轉！

由於唐牧洲提前預判到凌驚堂的策略，專門留下一張限制吸血匕首的單體強控牌，並跟凌驚堂對拚削弱對方實力。結果造成在最終的殘局裡，謝明哲手上雖然沒有大後期牌，卻成了實力保存最好、輸出能力最高的一位選手。

凌驚堂想趁機撿漏的計畫失敗，謝明哲靠飛雁的空襲普攻，迅速殺掉殘血的斷魂刀和小刀寶寶、擊殺米迦勒、打死輔助牌雅典娜，再用白衣女鬼、女鬼寶寶的技能強殺了凌驚堂。

凌驚堂無奈出局，功虧一簣！

現場觀眾紛紛表示：「怎麼打著打著就忘了謝明哲呢？」

「對啊！剛才大混戰，明明是要針對唐謝兩個人，結果大家打著打著，都去打唐牧洲了……」

「好像是唐神主動拉的仇恨吧！」

此時，荒島上只剩下唐牧洲和謝明哲兩個人。

唐牧洲手裡拿著一張牌，是技能陷入冷卻的單體控制卡，海月水母。

謝明哲手裡，有曹植、飛雁，還有女鬼和小鬼寶寶，四張牌。

擊殺海月水母只是幾秒鐘的事，唐牧洲也來不及再去撿個寶箱。

師兄弟兩人對視一眼，唐牧洲微笑著舉雙手投降，「不想被雁子啄死，我直接投降吧！」

謝明哲笑著走過去，給了對方一個大大的擁抱。

唐牧洲：「……」師弟抱我了，師弟主動抱我了？

唐牧洲脊背微微一僵，臉上的笑容迅速擴大，用力收緊了雙臂。

——師弟真的抱我了！

雖然只是遊戲裡的擁抱，但是全息遊戲裡的感觸真實，幾乎能感覺到彼此的體溫。

唐牧洲心滿意足，覺得自己所做的一切都沒有白費。

謝明哲其實懂師兄的意思，師兄最後的打法是在給他鋪路。

當時，唐牧洲有很多單攻卡，還有食屍鬼這張後期牌，而謝明哲的卡牌大部分是群攻，想跟擁有高敏捷金系牌的凌驚堂對拚，只能唐牧洲上。

如果不這麼打，最後肯定是凌驚堂贏，兩人都會變成他的墊腳石，只有把凌驚堂的卡牌殺掉大半，逼出吸血匕首，才有希望跟凌神抗衡。

而唐牧洲一旦去跟凌驚堂對拚，自身肯定會損失慘重，只能寄希望於謝明哲。

謝明哲果然沒讓他失望。群攻鋪墊先讓食屍鬼爆發，削減了凌神實力，然後刻意留了一張單體普攻牌「飛雁」，應付後期大量植物卡牌技能冷卻的殘局。

謝明哲始終保持著冷靜，縱觀全場，因此也能迅速跟上師兄的思路，配合師兄的單控，關鍵時刻強殺掉凌神的Boss牌，反敗為勝！

兩個人的默契配合，一口氣殺掉五位大神，真是讓觀眾們嘆為觀止！

而謝明哲聰明的留牌方式，也讓大神們不得不服。

別看是一張小小的飛雁，謝明哲在荒島撿到的第一張牌，關鍵的時刻卻發揮了巨大的作用。並不是說只有後期牌才能收割，每一張卡牌都不弱，就看你怎麼用。

全明星，荒島生存模式，最終的勝出者——謝明哲！

在全場熱烈的掌聲中，謝明哲走下了大舞臺。

十六位選手齊聚，主持人將全明星的紀念獎盃送到謝明哲的手裡。

謝明哲笑著接過獎盃，高高舉起。

少年意氣風發的模樣讓粉絲們忍不住嗷嗷尖叫，現場響起了震耳欲聾的歡呼聲。

粉絲們紛紛表示：「阿哲活到了最後，我們阿哲果然是最皮厚的！」

【第三章】

全明星團戰第一準則：先殺謝明哲

在荒島求生娛樂活動開始之前，網上投票預測呼聲最高的奪冠熱門，分別是聶遠道、鄭峰和唐牧洲。聶遠道有山嵐這個跟班徒弟，山嵐肯定會幫師父，兩人配合默契，很有可能在混戰局面殺出一條血路，事實也證明聶嵐師徒在前期確實占據了優勢……

然而，觀眾們都沒想到，凌驚堂會在後期攪局，而唐牧洲居然和謝明哲聯手變成了Boss組合，在混戰之中連殺五位大神活到了最後。

整場比賽的劇情真是跌宕起伏。

最可憐的要屬沈安，一張牌都沒撿到就被擊殺。而最遺憾的便是凌驚堂，他在多方勢力的混戰下掙扎求生，籌劃好了一切，結果被唐、謝這對師兄弟聯手滅了。

凌驚堂笑得很無奈，但他還是很有風度地對謝明哲說了聲「恭喜」。

官方舉辦全明星這種娛樂項目，也是為了讓大神們歡聚一堂、放鬆娛樂，給粉絲們一些福利，所以對最終的結果大家都不是很在意，誰奪冠都無所謂。

而且，全明星有個潛規則：誰拿獎誰請客。

謝明哲拿獎，大家對此喜聞樂見——今晚又有宵夜吃了，繼續幫謝明哲的錢包放血。

大螢幕上重播了荒島生存模式的經典片段後，主持人吳月便說道：「第一天的全明星娛樂活動，到這裡就暫時結束了，明天中午會有粉絲挑戰賽，晚上則是製卡活動，觀眾朋友們，我們不見不散！」

直播結束，此時已經晚上九點，散場後大家坐著官方安排的大巴返回飯店。

謝明哲也是剛從師兄那裡聽說拿獎的人要請客，於是他很大方地表示要請大家去吃宵夜。具體吃飯的地方當然是問這方面的行家歸思睿，小歸在整理好的美食攻略中查了查，找到一處吃烤串的店，帶著大家一起過去。

為避免遇到媒體記者，眾人走了飯店的後門，步行一公里就到了。

餐廳環境不錯，小歸提前訂了包廂，眾人邊吃邊聊。

鄭峰看著凌驚堂道：「明天不是要互相製作人物卡牌嗎？我已經想好你的第一個技能該怎麼做了，就叫『一本正經胡說八道』！」

他到現在還對凌驚堂攪渾水的事情耿耿於懷，要不是凌驚堂一臉誠懇地說「野外沒人了」，他也不可能那麼早就跟小歸出去和聶嵐組合混戰，結果被最終趕來的唐謝組合撿了便宜。

相信凌驚堂說的話，那才是見了鬼！

凌驚堂滿臉無辜，「那我幫你做個什麼技能好？土系鼻祖愛吃土嗎？」

老鄭笑罵：「你才愛吃土！能不能給我安個正經點的技能？」

兩位大神不正經的討論吸引了不少人加入。

葉竹看著白旭，興奮地湊到他耳邊說：「我給你做個技能，叫『天文學家』好不好？你不是特別喜歡宇宙、星空之類的嗎？」

白旭雙眼一亮，道：「那我給你做個技能，就叫『蝴蝶專家』，再給你畫一雙蝴蝶翅膀？你喜歡什麼顏色的？」

葉竹興奮道：「可以嗎？官方只說了要畫真人卡牌，但沒限制不能給真人的身上加一些道具，哈哈哈，你給我畫對翅膀，把我做成飛行卡吧，我喜歡綠色！」

謝明哲：「……」

聽到兩個小傢伙的討論，謝明哲頓時感覺到一種濃濃的中二病風格。

長著翅膀會飛的葉竹，那畫面太美他不敢想像，而且還是綠色的翅膀？這大紅大綠的審美，怪不得他倆能湊到一起成為好朋友。

沈安的表情很糾結，他的搭檔是陳霄，他不知道陳霄為什麼要選他，他其實更想和師父一組，他跟陳霄完全不熟啊，只知道陳霄喜歡暗黑植物卡，剛才聽見小竹和白旭的對話後，他突然靈機一

動，或許可以給陳霄畫一些藤蔓觸手？

沈安提出了自己的想法，「我幫你畫一些黑色的藤蔓觸手，做成群體控制牌可以嗎？」

陳霄滿臉黑線，「……不要吧？我不想變成觸手怪。」

沈安滿臉茫然，「那該怎麼做啊？」

陳霄無奈道：「你還是按常規設計吧，比如讓我拿一束黑玫瑰花，放放群攻什麼的。」

旁邊邵夢晨和甄蔓兩位女生倒是心有靈犀，很快就為對方想好了技能，開始討論人物卡的畫風是不是走寫實風格？畫的人物要穿什麼衣服？

女生們的關注點果然不一樣——衣服，這可是很重要的因素！

官方只說做一張選手本人形象的人物卡，其他沒有限制，人物要穿什麼都可以自由設計。大家又開始討論服裝、表情之類的細節，越聊越興奮，一直討論到晚上十一點才返回飯店。

謝明哲和陳霄住一起，回屋後就去洗澡。

洗完澡出來，正好看見陳霄正在跟陳千林視頻。

面前的投影螢幕中師父已經換上睡衣，坐在臥室的床邊，他的皮膚白得近似透明，那雙顏色偏淺的眼睛，原本給人的感覺很冷漠，就像是冬日裡結了冰的湖面。但現在臥室暖色的燈光照在他臉上，讓他的表情看上去倒是比平時溫和許多。

陳霄眉眼間淨是笑意，低聲說著：「哥，阿哲最後拿了冠軍，唐牧洲真是太狡詐了，專門留了一張海月水母，對付凌神的吸血匕首。我運氣不大好，打了一輪醬油就被凌神給幹掉！」

平時的陳霄是隊裡最穩重的大哥，比賽的時候會給大家心理上極大的安全感，謝明哲很少見他如此開心，就像一個正在給家長彙報成績的大男孩兒。

陳千林點了一下頭，神色平靜，「全明星只是娛樂活動，盡力就好，結果沒必要太在意。」

他瞄到謝明哲洗完澡出來，便說：「阿哲，涅槃的卡組我已經把分類整理好了，等你們回來，

我們就著手製作季後賽無盡模式的卡牌，你們有空也可以多想想。」

師父總是很嚴肅，謝明哲也乖乖點頭，「知道了師父，不過，師兄之前說好全明星賽後要請大家出遊，做卡牌的事情，可能還要再推遲一週。」

「一週？」陳千林輕輕皺眉，回頭看了一下日曆，目前還是六月上旬，季後賽會在八月底正式開幕，並且第一個項目是個人賽，然後是雙人賽，團賽是放在最後的。距離季後賽的團賽，他們的時間其實還很充裕，至少有三四個月可以製卡和磨合。想到這裡，陳千林對大徒弟請客出遊的事也就沒什麼意見了，說：「好，那你就跟著你師兄去玩吧，好好放鬆一下。」

謝明哲問：「師父您去嗎？」

陳千林道：「我對這種集體活動不感興趣。」

陳霄張了張嘴本想勸他，但對上他平靜的目光，陳霄還是暫時忍了下來，道：「哥，我們在這邊參加全明星，你也沒必要急著整理卡牌，給自己放幾天假吧。」

謝明哲附和道：「就是，師父你也休息幾天，等我們回來再一起研究！」

陳千林淡淡地「嗯」了一聲，「我先睡了，你們也早點睡。」

見眼前螢幕中的人瞬間消失，陳霄的臉上有些悵然若失，心裡想著：要是哥哥不去出遊，他也不去了，沒意思。

倒是謝明哲在旁邊很是感慨，「師父好認真啊，我們都放假了，師父還一個人留在涅槃整理各大俱樂部的卡牌資料，搞得我都有些愧疚……有這樣敬業的教練，我們季後賽的成績肯定不會差的！」

陳霄微笑起來，語氣頗為自豪，「我也覺得，我哥他肯定利用休假研究出了各種針對季後賽的戰術，等回去之後我們再好好準備吧。」

兩人對視一眼，對涅槃的未來都充滿信心。

次日中午，選手們再次被官方派來的車子接到全明星的會場。

粉絲挑戰賽的節目結束後，有一個小時的休息、下午茶時間，分配好的搭檔兩兩湊在一起討論，某些搭檔還認真盯著對方看，加深印象，以免待會兒畫卡牌畫得不像本人。

相比起來，唐牧洲和謝明哲就顯得氣定神閒——因為他們把對方的卡牌早就設計好了，兩人對彼此的印象都很深刻，不可能出現「畫的卡牌不像對方」這種烏龍局面。

晚上七點整，全明星活動的最後一個環節正式開始，伴隨著震耳欲聾的掌聲，十六位選手被再次請上大舞臺。

「萬眾矚目的製卡環節終於到了，接下來，請各位選手坐在自己的位置上，連接全明星製卡資料庫，給指定的搭檔製作一張量身訂製的人物卡牌！限時五分鐘，製卡開始！」

主持人一聲令下，所有選手都走向自己的位置，戴上頭盔連接製卡中心。

這個動作大家都很熟悉，網遊裡，大家就經常在個人空間連接資料庫製作卡牌、通過審核，聯賽的每一張卡牌都要經過這樣的過程。

繪製卡牌需要強大的精神力，如今製作人物卡牌，首先就要在精神世界裡仔細地描繪出自己搭檔的形象。

直播螢幕隨機抓取各位選手的製卡狀況，鏡頭給到了老鄭。

鄭峰和凌鷲堂認識多年，畫對方的形象還是很輕鬆的，很快就在星雲紙上描繪出對方的模樣，聶遠道和山嵐給對方設計形象也很快……

就在這時，現場突然響起主持人驚訝的聲音：「唐牧洲和謝明哲已經完成了卡牌的製作，只用了短短一分鐘的時間！」

觀眾席一片譁然。

大神們製卡經驗豐富，加上全明星不受技能審核的限制，在技能設計上肯定難不倒他們。反倒

是形象設計成了這次製作卡牌的難點。平時製卡的時候可以隨意發揮想像力，但如今要畫一個逼真的現實人物出來，哪怕只用精神力繪製，也不一定畫得像。

唐牧洲和謝明哲做卡的速度那麼快，只能說明這兩人腦海中對彼此的形象清晰、明確，不需要多做猶豫就可以直接設計。

五分鐘的倒數計時很快過去，主持人宣布：「倒數計時結束，請各位選手依次展示卡牌！」從分組的順序開始，第一組是聶遠道、山嵐師徒。

山嵐靦腆地笑了笑道：「師父先來吧。」

聶遠道也沒客氣，大大方方地展示出自己設計的卡牌。他設計的是山嵐十七歲時的形象，粉嫩的少年，彎彎的眼睛帶著笑，穿著一身裁決的紅色隊服，青澀靦腆的模樣看著特別可愛。

山嵐的粉絲都開始尖叫：「啊啊啊，幾年前的小嵐！」

「這是十七歲時的小嵐嗎？」

「聶神好給力，畫得也太像了吧？」

「沒記錯的話，那一年聶神剛收了小嵐做徒弟！」

五年前，山嵐加入裁決俱樂部拜聶遠道為師，在聶遠道的指導下完善了自己的卡組，次年第七賽季，山嵐正式出道，並以獨特的空襲打法在職業聯盟開創了全新的流派，大量飛禽牌的出現，也成了第七賽季最大的看點。

製作的卡牌被放大在螢幕中展示，星卡幻象也同時生成在山嵐的身邊，聶遠道召喚出來的少年版山嵐幻象，和如今的成年版山嵐站在一起，有種「時空交錯」的微妙感，勾起粉絲們無數的回憶，不少粉絲眼含熱淚，似乎又看到了第七賽季那個意氣風發的少年。

山嵐看到自己的卡牌時也愣住了——他沒想到師父會畫少年時代的他，幾年前的他看著還有點傻，面對自己年少時青澀、稚嫩的模樣，山嵐有些不好意思。

官方只說量身訂製人物卡，並沒有規定必須是現在的形象，聶遠道的做法確實符合規則。

主持人笑著道：「聶神的形象設計很有新意，居然出現了少年版的山嵐，真是讓人懷念啊！讓我們來看看少年版山嵐的技能設計！」

為了避免用材料升級卡牌的麻煩，官方要求大神們設計卡牌時直接製作滿級資料，因此全明星中設計出來的卡牌都是七十級，並且沒有使用次數的限制。

山嵐（火系）

等級：70級

基礎屬性：生命值50000，攻擊力50000，防禦力150000，敏捷100，暴擊100%

附加技能：超級親和力（山嵐很愛笑，每次微笑起來眼睛彎得像月牙，給人十足的親切感，當山嵐使用該技能時，敵方會受到他親和力的影響，停止對山嵐的一切攻擊，範圍內的友方目標也會被他的親和力所感染，防禦集體提升100%，冷卻時間1分鐘）

附加技能：好脾氣（山嵐脾氣很好，從來不生氣，開啟技能時，山嵐可清除30公尺範圍內隊友的負面狀態，並在接下來5秒內讓隊友免疫任何控制、嘲諷效果；冷卻時間40秒）

附加技能：飛禽流派（山嵐最愛飛禽牌，開創了特色的飛禽空襲流派。山嵐可以召喚冰晶鳳凰、火鳳凰兩張代表性的飛禽牌協同作戰，召喚的卡牌屬性減半；限定技，一場比賽只能用一次，召喚的卡牌陣亡後技能失效，不可再次召喚）

附加技能：師徒同心（連動技。當聶遠道在場時，山嵐喜歡聽師父的命令行事，開啟連動技後可瞬移到師父身邊，並自動跟隨師父，對師父攻擊的目標發起一次協同攻擊）

聽主持人一條一條唸出卡牌的技能設計，山嵐更不好意思了，耳根微微發紅。

師父給他設計的技能確實很契合他的個性，但把「親和力」和「好脾氣」之類的詞彙變成技能名稱，感覺有點羞恥是怎麼回事？

吳月讚道：「超級親和力，這確實很符合小嵐的形象啊，看見小嵐笑，別人也不好意思攻擊他了，聶神這張卡牌設計得很出色！」

劉琛道：「我們來看看小嵐給師父製作的卡牌！」

山嵐紅著臉拿出了自己設計的師父。

現場觀眾只覺得眼前一亮——這也太帥了吧！

聶神的顏值在聯盟本就排前五，可是山嵐戴著徒弟濾鏡畫出來的聶遠道，比本人還要英俊幾分，卡牌裡的聶遠道一身熨燙整齊的西裝，打著條紋領帶，神色嚴肅，那種不怒自威的氣場，簡直就是偶像劇裡的標準霸道男主角。

技能設計方面，山嵐為師父設計了三個技能——

聶遠道（火系）

等級：70級

基礎屬性：生命值50000，攻擊力150000，防禦力50000，敏捷100，暴擊100%

附加技能：萬獸之王（作為開發野獸近戰普攻流打法、奠定了火系獸卡基礎的前輩大神，聶遠道被粉絲們稱為「萬獸之王」。開啟技能時，聶遠道可以召喚獅王和狼群協助作戰；限定技，一場比賽限用一次，召喚的卡牌基礎屬性減半）

附加技能：神級預言家（聶遠道經常猜對即將發生的事，尤其是別人會遇到的壞事。當聶遠道開啟預言家技能時，被他預言的選手會在接下來陷入「倒楣」狀態，每秒掉血5%持續10秒，且攻擊力、防禦力下降50%；冷卻時間30秒）

附加技能：王之蔑視（聶神氣場強大，光是站在原地就讓人心生崇拜，當「王之蔑視」狀態開啟時，被他冷漠的目光掃過，範圍30公尺內敵對目標集體陷入恐懼，無法釋放任何技能，持續5秒；冷卻時間1分鐘）

附加技能：師徒同心（連動技。當山嵐在場時，聶遠道可以開啟連動技，護短的師父會保護徒弟，對攻擊山嵐的目標額外釋放一次「王之蔑視」。潛臺詞：敢打我徒弟？不想活了！）

觀眾們：「……」

聶遠道：「………」

原來山嵐心目中的師父是這個樣子的！冷漠的目光被他設計成技能「王之蔑視」，聶神的粉絲們都覺得小嵐設計得很貼切，尤其是聶神的「王之蔑視」加上潛臺詞，太符合聶神的強大氣場了，這個技能名稱很貼合本人！

現場其他選手倒是更關注聶遠道的第二個技能。

預言家──這不就是「烏鴉嘴」比較好聽的說法嗎？聶神的烏鴉嘴那可是出了名的，山嵐顯然不敢給師父直接設計「烏鴉嘴」這種技能名字，所以才選了一種比較委婉的表達方式。

聶遠道摸了摸鼻子，低聲在山嵐耳邊問：「王之蔑視？我的眼神有那麼可怕？」

山嵐紅著臉道：「我隨便設計的，師父別生氣。」

聶遠道難得揚起唇角微笑了一下，「看來是我對你太嚴厲了。」

記得當年山嵐剛來裁決的時候，聶遠道冷著臉看他一眼，他就縮起脖子乖得像個鵪鶉，明顯對師父又敬又怕，怪不得會設計出「聶神目光掃過，範圍內敵人陷入恐懼」的技能。

聶遠道看了徒弟一眼，道：「設計得不錯，我很喜歡。」

山嵐這才鬆口氣，朝師父笑了笑，放下心來。

這對師徒組的卡牌設計讓製卡階段有了一個好的開始，顯然大家回去後都用心思考過，聶遠道、山嵐這兩張牌不論是技能或是資料分配，都設計得非常合理。

山嵐卡是團隊解控、免控的輔助牌，聶遠道人物卡是強控、攻擊牌，兩人不約而同地為對方設計了一個補充傷害的召喚技能，可以召喚代表卡牌協助作戰。

有了聶嵐的開頭，其他人的卡牌會如何設計？觀眾們更加期待起來。

按照抽籤順序，接下來要出場的是裴景山、歸思睿組合。

在年輕一代中，這兩人都是粉絲超過五千萬的一流選手，並且都有自己的特色卡組，但私下交情如何粉絲們並不清楚，他們極少有公開互動，個人空間甚至沒有互相關注，大家都以為他們關係很一般，所以這次突然組隊，粉絲們都很意外。

其實裴景山和歸思睿私交不錯，因為唐牧洲和歸思睿很熟，朋友的朋友也就變成了朋友，三人還曾經一起去歸思睿推薦的餐廳聚餐。

這次臨時搭檔是裴景山的主意，他想讓葉竹帶著白旭一起玩，所以就組了歸思睿。

兩人的卡牌並沒有設計出連動技，都是單卡，不過，兩人都是設計能力一流的選手，設計出來的單卡也很不錯，作為全明星娛樂活動的卡牌已經綽綽有餘了。

歸思睿（土系）

等級：70級

基礎屬性：生命值180000，攻擊力10000，防禦力180000，敏捷80，暴擊10%

附加技能：終極吃貨（歸思睿鍾愛美食，手裡有大量美味餐廳的資料，當歸思睿開啟「終極吃貨」技能時，他可以進行選擇：選項一，讓範圍30公尺內的敵對目標集體陷入「饑餓」狀態，卡牌防禦力下降50%；選項二，讓範圍30公尺內所有隊友達到「飽腹」狀態，卡牌攻擊力、暴擊效果增強50%。冷卻時間1分鐘）

附加技能：恐怖主義（歸思睿從小愛看恐怖片，並在職業聯盟開創了特色「鬼牌」打法，當歸思睿開啟「恐怖主義」技能時，可以製造出30平方公尺的恐怖幻象區域，使範圍內敵對目標被恐怖幻象所影響，無法釋放技能持續3秒；冷卻時間30秒）

附加技能：鬼王降臨（作為鬼牌創始人，歸思睿被粉絲們稱為「鬼王」，鬼王可以操控亡靈，

現場一旦有人物卡牌陣亡，歸思睿可以在屍體消失前使其變身為亡靈，並獲得該亡靈的操控權；限定技，一場比賽只允許使用一次，操控亡靈數以1個為限）

看到歸思睿的卡牌設計，粉絲們都開始激動地尖叫！

裴隊設計的小歸技能超強，終極吃貨是群體狀態技能，可以選擇讓對手餓肚子減buff或者讓隊友吃飽了增加buff，進可攻、退可守。恐怖主義是群控，最關鍵的是鬼王，現場人物死亡後變成鬼，也就是亡靈，歸思睿可以操控亡靈，這絕對是後期大Boss。

一旦聶遠道、山嵐這些人物牌陣亡，歸思睿就可以把他們變成亡靈，獲得操控權！

職業選手們看到這裡，也不禁為裴景山的設計鼓掌。

而歸思睿設計的裴景山卡牌，同樣很強——

裴景山（土系）

等級：70級

基礎屬性：生命值50000，攻擊力150000，防禦力50000，敏捷100，暴擊100%

附加技能：哲學思維（裴景山是帝都大學哲學系畢業的高材生，喜歡以辯證思維看待一切事物。始終保持絕對的冷靜，分析清楚利弊之後再決定下一步行動。裴景山可無視任何負面效果控制，做出的攻擊為鎖定攻擊，無法被躲避和免疫。他能快、狠、準地瞄準對手弱點，對範圍30公尺內指定目標打出300%單體暴擊土系傷害；冷卻時間40秒）

附加技能：密集恐懼症剋星（裴景山很喜歡各類蟲蟲、昆蟲，密密麻麻的蟲子對密集恐懼症患者造成威脅。當裴景山使用此技能時，對手可以進行選擇。選項一：對手中如果存在密集恐懼症患者，則裴景山出於人道主義精神停止召喚蟲蟲，該患者陷入虛弱狀態，持續10秒無法釋放任何技能，且自身防禦力降低至10%；選項二：現場沒有密集恐懼症患者，則裴景山召喚大量毒蟲，對30公尺範圍內敵對目標釋放一次土系群攻，施加5層中毒效果；冷卻時間5分鐘）

附加技能：蠱王（裴景山擅長養蠱，被粉絲們稱為「蠱王」，他在出場時可以飼養一隻基礎攻擊力10000的蜘蛛蠱，隨著戰鬥時間增加，蜘蛛蠱基礎屬性不斷成長——每隔5秒，基礎攻擊增加10000，最多成長到150000。成長期間，蠱蟲放在養蠱專用的器皿中，免疫一切傷害。蠱蟲完全聽從裴景山的指令，在裴景山陣亡時消失）

裴景山被歸思睿設計成了非常暴力的土系攻擊卡。

四張人物卡牌公布後，其他選手都有些心驚膽戰。只不過是一次娛樂活動，設計的卡牌這麼強，待會兒要怎麼打！

直到葉竹和白旭上臺，畫風才突然一變。

看到前輩大神們設計了這麼多優秀卡牌，兩個小少年神色都有些窘迫，葉竹甚至臉都紅了。

觀眾們疑惑地想：你倆設計的到底是什麼卡？

很快地，大家得到了答案。

主持人差點笑出聲來，強行咳嗽一聲才忍住笑場的衝動，其他選手的表情也都一言難盡。

只見召喚出來的白旭幻象，穿著一身「科學家」的正裝，一本正經地拿著臺光腦，他站在一片紅色的燈光下，如同綜藝節目裡出場時的聚光燈，身體周圍還環繞著無數金色特效小星星，簡直bling-bling地閃瞎人眼！

出場自帶星星光效和燈光的少年，就問你怕不怕？

白旭尷尬得恨不得找個地縫把自己埋了。

謝明哲湊到唐牧洲耳邊吐槽，「我就知道，這兩個傢伙搭檔，肯定會變成中二風格。」

唐牧洲輕笑，「白旭的夢想是當天文學家，葉竹給他設計的形象倒是很符合他的夢想，至於那些閃閃發光的星星，應該是葉竹自己加上去的吧。」

確實是葉竹加上去的……但白旭並沒有反對，因為白旭也給他加了特效。

很快地，葉竹的卡牌形象也被召喚出來。

只見少年身後長了一雙綠色的蝴蝶翅膀，居然是飛著出場的，搧動蝴蝶翅膀的時候還會蕩漾起綠色的柔光，也跟白旭一樣bling-bling地閃瞎人眼。

觀眾們：「……」

一個出場自帶紅色聚光燈和特效星星，一個長著綠色的翅膀變身蝴蝶滿天飛，大紅大綠的特效湊在一起，你倆這畫風，瞬間從大神們的寫實人物變成了熱血動漫啊！

葉竹看見長著翅膀的自己，垂下頭耳朵通紅，顯然是不好意思。白旭也滿臉尷尬，覺得自身周圍環繞的星光特效非常傻逼。

設計的時候覺得挺酷，真的召喚出來，真是羞恥度爆表啊！

主持人不忘調戲兩個少年，「你們設計卡牌形象的時候，是互相商量過的吧？」

兩人垂著腦袋，同時「嗯」了一聲，聲音小得跟蚊子一樣。

主持人笑道：「卡牌形象確實比較奇幻！」

現場觀眾哄堂大笑，白旭和葉竹這下連脖子都紅了，「……」

主持人沒有繼續逗他們，認真地說，「我們來看看兩位設計的技能吧！」

白旭（土系）

等級：70級

基礎屬性：生命值50000，攻擊力150000，防禦力50000，敏捷100，暴擊100%

附加技能：星光護盾（白旭的夢想是成為天文學家，他對宇宙星空很有研究，出場時可以召喚等同於自身血量20%的星光護盾環繞周圍，抵擋傷害，並免疫一次必死傷害；當星光護盾被打破後，30秒重新生成）

附加技能：星雲攻擊（白旭驅動大片星雲，對指定30公尺範圍內敵對目標造成一次200%群體

暴擊傷害。冷卻時間40秒）

附加技能：蟲洞傳送（白旭在指定的位置開闢出一片宇宙蟲洞，使友方目標群體傳送到蟲洞另一面的位置，場上可以同時存在兩個宇宙蟲洞，每次開闢蟲洞冷卻時間30秒）

葉竹（土系）

等級：70級

基礎屬性：生命值50000，攻擊力150000，防禦力50000，敏捷100，暴擊100%

附加技能：蝴蝶少年（被動技：葉竹對蝴蝶的愛如同愛自己的家人，從小收集蝴蝶標本，因此在葉竹出場時可以化身為蝴蝶，長出綠色的翅膀，擁有飛行能力，增強自身500%移速）

附加技能：神祕追蹤（葉竹擁有出色的飛行能力，可追蹤任意指定的卡牌幻象，並讓指定的友方目標瞬移至自己身旁協助攻擊；連續追蹤冷卻時間1分鐘）

附加技能：蝶群圍殺（葉竹可以召喚大量蝴蝶群，對被追蹤的單體目標發起一次圍殺，造成350%單體暴擊傷害；並使對方被蝴蝶群包圍，失去視野持續5秒；冷卻時間35秒）

光看技能設計的話，兩個小少年做的卡牌倒是說得過去，而且可以打出配合，比如葉竹的追蹤加白旭的宇宙蟲洞集體傳送，能瞬間秒掉對手的一張核心牌。

可是……他倆居然設計了一個連動技！

同仇敵愾（連動技。當葉竹在場時，白旭和葉竹同仇敵愾，白旭的星雲群攻可以對葉竹針對的目標額外進行一次單體攻擊，如果葉竹鎖定的目標是謝明哲，則暴擊傷害增加50%）

同仇敵愾（連動技。當白旭在場時，葉竹共用白旭的星光護盾，可免疫一次必殺傷害，並且和白旭同仇敵愾，可以選擇優先追蹤並擊殺目標謝明哲）

謝明哲：「啊？」

真是躺著也中槍。

——你們兩個，連動技專門針對我，這是多大仇？

謝明哲哭笑不得，主持人也很無奈地看著兩人，道：「看來，小竹和小白對謝明哲在荒島模式反殺他們的事耿耿於懷啊！」

粉絲們集體笑出聲來，阿哲的仇恨值太大了啊！

兩個小傢伙對謝明哲的又愛又恨可不是一兩天了，早在謝明哲用豬八戒揹走葉竹的蝴蝶時，早在謝明哲常規賽打崩星空戰隊時，這兩人對謝明哲就有很大的怨念。

荒島模式結伴去殺謝明哲，結果被反殺。他倆堅定立場，這次的分組挑戰賽一定要擊殺謝明哲報仇。於是兩人商量過後，在連動技裡設計了這個針對謝明哲的同仇敵愾技能。

謝明哲笑咪咪地看了兩人一眼，頗有種看好戲的愉快心情。

——知道你們很愛我了，待會兒先殺你們兩個！

這時，主持人說：「這次全明星活動的人物卡牌，將會收錄到聯盟總部的卡牌紀念牆上！」

葉竹和白旭：「什麼？」

不早說！星光環繞、長著翅膀的卡牌放在紀念牆上，以後的選手肯定會笑話他們兩個人吧？等將來他倆變成了老選手，這絕對是黑歷史啊！

兩人對視一眼，欲哭無淚，腦袋快垂到胸口。

接下來是鄭峰和凌驚堂的組合，兩位認識已有整整十年，雖是最強的對手，但私下關係很好，也經常互相開玩笑，加上這次荒島生存遊戲最後被凌驚堂攪渾水，鄭峰在設計卡牌時，就給凌驚堂安了幾個名字很長的技能。

凌驚堂（金系）

等級：70級

基礎屬性：生命值50000，攻擊力150000，防禦力50000，敏捷100，暴擊100%

附加技能：一本正經胡說八道（凌驚堂總是一本正經地胡說八道，他說胡話時滿臉誠懇，很容易讓人信以為真；當凌驚堂開始胡說八道時，範圍30公尺內的敵對目標被他的胡言亂語所影響，集體陷入混亂狀態，持續3秒；冷卻時間40秒）

附加技能：沒有徒弟很傷心（五系前輩中，聶遠道、鄭峰、蘇洋、陳千林都有寶貝徒弟，就凌驚堂沒有徒弟，可憐的凌驚堂在看到別人的徒弟時，心情會忍不住低落，以主動降低50%防禦為代價，使自身攻擊力、暴擊傷害獲得100%的加成；該技能在看到山嵐、唐牧洲、謝明哲、歸思睿、方雨等徒弟輩的選手時自動生效，一場比賽限使用一次）

附加技能：兵器收藏家（喜歡製作各種兵器牌的凌驚堂，可額外攜帶一把金屬武器作戰，他拿出「無名劍」後進入狂暴狀態持續30秒，對鎖定目標造成100%單體連擊傷害，當連擊次數達到5、10、15等5的倍數時，額外造成200%金系暴擊傷害；無名劍冷卻時間1分鐘）

老鄭給凌驚堂畫了一把很簡單的長劍，懶得取名字，於是叫「無名劍」。第三個使用武器的技能，是針對凌驚堂善於使用金系暴擊牌所設計。但是第一個技能「一本正經胡說八道」和第二個技能「沒有徒弟很傷心」，顯然是故意氣凌驚堂的。

而且，這賤兮兮的技能描述風格，怎麼那麼像謝明哲呢？老鄭明顯是故意模仿謝明哲的人物卡設計風格，這是針對凌神的同時，還把謝明哲也拖下水，真是一箭雙鵰！

凌驚堂看了老鄭一眼，無奈一笑，拿出自己為對方設計的卡牌。

鄭峰（土系）

等級：70級

基礎屬性：生命值200000，攻擊力30000，防禦力100000，敏捷10，暴擊10%

附加技能：土系鼻祖（鄭峰身為土系奠基人，可以操控泥土，將周圍的泥土瞬間疊成一面長10公尺的泥牆，抵擋並反彈一切傷害，持續5秒；冷卻時間45秒）

附加技能：石像雕塑（鄭峰可指定30公尺範圍內的單體目標，催動泥土使目標石化成為雕塑，持續4秒，冷卻時間60秒）

附加技能：沙暴攻擊（鄭峰召喚大量泥沙，形成範圍沙塵暴，對30範圍公尺內的敵對目標造成80%土系群體傷害，並使目標群體失去視野，持續4秒；冷卻時間60秒）

相對來說，凌驚堂給鄭峰的技能描述就比較正常了，他把老鄭設計成了土系輔助牌，血量跟土系最高血量的大象一致，防禦力略有下調——泥牆的反傷、石像雕塑的強制單控，以及沙塵暴造成的群攻，傷害雖然不高，但群體失明的控場效果卻非常給力。

接下來，甄蔓和邵夢晨兩位女生的卡牌也讓觀眾們眼前一亮。

她們為彼此畫的人物形象都很逼真，甄蔓穿了件墨綠色收腰長裙，濃密的大捲髮加上精緻的妝容，性感又妖嬈。她的手臂上盤旋著一條竹葉青小蛇，口吐蛇信，足以致命的毒素看上去非常危險。邵夢晨則是一身純黑色的殺手裝扮，頭髮俐落地紮成馬尾，左右手各持一把鋒利的彎刀，身姿輕盈靈巧，顯然是被設計成刺客牌。

甄蔓（木系）

等級：70級

基礎屬性：生命值50000，攻擊力160000，防禦力50000，敏捷100，暴擊100%

附加技能：毒蛇出擊（甄蔓操控手臂上的竹葉青毒蛇，讓竹葉青潛伏至指定目標的背後，咬住對方致命弱點，造成350%單體木系傷害，並施加一層中毒狀態，每秒掉血2%，持續5秒；冷卻時間40秒）

附加技能：群蛇狂舞（甄蔓召喚劇毒蛇群，對30公尺範圍內群體目標造成200%木系群攻傷害，並施加兩層中毒狀態，每秒掉血3%，持續5秒；冷卻時間40秒）

附加技能：蛇族女王（當甄蔓召喚出體積巨大的黃金蟒時，造成30公尺範圍內群體恐懼，持續

3秒，對30公尺範圍內敵對目標進行範圍絞殺，施加三層中毒狀態，每秒掉血4%，持續5秒；冷卻時間60秒）

邵夢晨（金系）

等級：70級

基礎屬性：生命值50000，攻擊力160000，防禦力50000，敏捷100，暴擊100%

附加技能：飛影（邵夢晨可以在原地留下一個影子，自身瞬移至全場30公尺範圍內的任意指定位置，瞬移期間免疫任何控制，並提升自身200%閃避；冷卻時間15秒）

附加技能：絕殺（邵夢晨可鎖定單體目標，揮動手中雙刀對目標發起攻擊，當她在目標身後時，必定會觸發暴擊，造成350%金系暴擊傷害，並使目標暈眩1秒；冷卻時間35秒）

附加技能：嗜血女王（被動技，邵夢晨攻擊血量低於30%的目標時，會造成額外50%金系暴擊傷害；若成功擊殺目標，則立刻刷新飛影、絕殺技能）

兩位女選手設計卡牌的思路清晰，兩張都是超強的攻擊牌，也不知道她們會和誰成為隊友？粉絲們都暗暗期待著。

目前已經有十位選手展示了卡牌，還剩六人。

陳霄和沈安是一隊，兩個人不算很熟，沈安本想給陳霄設計藤蔓觸手，讓他帶著暗黑系藤蔓去捆綁別人，但陳霄說那樣設計的話畫風太奇葩，沈安只好打消這個念頭，按照常規設計，給陳霄穿了一身西裝，並且讓他手裡拿上一束盛開的黑玫瑰。

陳霄（木系）

等級：70級

基礎屬性：生命值50000，攻擊力150000，防禦力50000，敏捷100，暴擊100%

附加技能：重返聯盟（陳霄曾經離開星卡聯盟，幾年後重新歸來。當陳霄開啟「重返聯盟」技

能時，他可以脫胎換骨，瞬移至指定位置並提升自身100%攻擊力，持續10秒；限定技，只能使用一次）

附加技能：玫瑰芬芳（陳霄將手中的黑玫瑰獻給指定目標，使目標陷入恐懼狀態持續3秒，且無法接受治療效果；若目標收到玫瑰時的血量低於15%，則使目標在拿到黑玫瑰的瞬間立即死亡；黑玫瑰獻出後，冷卻3分鐘即可再獲得一束黑玫瑰）

附加技能：暗黑藤蔓（陳霄可以種植一片30平方公尺的暗紅色吸血藤，吸血藤會對範圍內的敵對目標施加出血狀態，每秒掉血2%；吸血藤造成的所有傷害，將按一比一的比例轉化為我方的群體治療量；吸血藤每隔5秒可持續成長壯大，成長後造成的傷害增加1%，增加上限為10%；當第一批吸血藤死亡後，技能刷新，可種植第二批）

小沈安設計的陳霄人物卡，一身黑色西裝，手裡拿著一捧黑玫瑰，確實很符合「暗黑系」風格。只是，小傢伙為了使技能和形象更加貼切，他把陳霄的臉也畫得特別蒼白，黑玫瑰的花瓣上還有一些血珠，看著有點像是恐怖片裡的吸血鬼……

陳霄哭笑不得，不過也難為沈安了，設計的三個技能他倒是很喜歡。

沈安（木系）

等級：70級

基礎屬性：生命值50000，攻擊力150000，防禦力50000，敏捷100，暴擊100%

附加技能：水果樹苗（沈安可以在指定位置播種蘋果樹，蘋果樹在3秒內長大並結出果實，可隨時根據沈安的指令發起範圍群攻，造成200%木系群體傷害；同時播種的水果樹最多不超過三棵，每次播種間隔時間必須達到10秒以上）

附加技能：水果拼盤（沈安選擇指定的四種水果製作出大型水果拼盤，邀請30公尺範圍內的隊友品嚐水果拼盤，並選擇指定的增益buff：鳳梨增加50%基礎防禦，香蕉增加300%移動速度，草莓

增加50%基礎攻擊和攻速，椰子增加50%暴擊傷害；製作拼盤的間隔時間為45秒）

附加技能：鮮榨果汁（沈安可以摘取大西瓜現榨出大量新鮮果汁，並擺放在指定位置，讓隊友自行取用。每一杯西瓜汁可回復20%血量；現榨西瓜汁一次最多8杯，製作間隔1分鐘）

看到沈安這張牌，小朋友都很喜歡，陳霄把沈安畫得特別可愛。更關鍵的是，他除了按照沈安的喜好設計了大量跟「水果」有關的技能之外，還把小沈安做成了治療牌——水果拼盤的狀態輔助、鮮榨果汁的群體回血，這可是超強的團隊輔助治療牌！

也是目前為止出現的第一張治療牌。

還剩下方雨、許星圖、唐牧洲和謝明哲沒有公布卡牌。

方雨在職業聯盟裡除了流霜城的三位師弟之外，沒有什麼朋友，平時他也很少和其他人私下來往。因此，當其他搭檔在熱烈討論卡牌製作方案的時候，許星圖和方雨只能大眼瞪小眼……

方雨個性實在是太悶了，半天都不說一句話。

兩人沒太多交流，好在設計卡牌的實力都不弱。

方雨（水系）

等級：70級

基礎屬性：生命值50000，攻擊力50000，防禦力50000，敏捷100，暴擊10%

附加技能：獨善其身（方雨不喜歡熱鬧，也從不關注外界八卦，開啟技能時，方雨可以立刻脫離戰場，瞬移至安全區，並給自己施加一個水系護盾，免疫一切控制及傷害持續5秒；冷卻時間50秒）

附加技能：細雨綿綿（方雨作為流霜城大師兄、水系代表選手，可以在30平方公尺指定範圍內製造持續10秒的降雨，被雨水淋到的隊友身上出現水系護盾，每秒回血5%，持續10秒；被雨淋到的敵對目標身上出現水毒，每秒掉血2%，持續10秒；降雨間隔時間40秒）

附加技能：亡語之父（方雨是水系亡語流打法的開創者，當方雨陣亡時，可以同時觸發以下三

種亡語效果：敵對目標群體冰凍，持續3秒；友方攻擊力、暴擊效果提升50%，持續8秒；友方集體回血50%；亡語技，一場比賽限觸發一次）

方雨畢竟是亡語流派的開創者，專門為他設計的亡語技，完全不輸於謝明哲設計的郭嘉、竇娥這些一流的人物亡語牌。由於全明星製卡模式不需要經過官方資料庫的審核，眾神殿的設計師抓住了這一個關鍵，協助許星圖把方雨設計成了又能治療、又能觸發亡語的超強輔助卡。

謝明哲心裡也很佩服這張牌的設計思路，目前出現了沈安、方雨兩張治療卡，待會兒分組的時候，兩支戰隊各有一位治療會比較好打。萬一沈安和方雨分在同一組，那就要變成一個小時都打不完的終極膀胱局了！

方雨設計的許星圖同樣很給力——

許星圖（金系）

等級：70級

基礎屬性：生命值80000，攻擊力160000，防禦力50000，敏捷100，暴擊100%

附加技能：神殿守護者（許星圖可以開闢出一片30平方公尺的神殿守護區域，使範圍內所有友方目標處於金系護盾的保護之下，抵抗一次必死攻擊；冷卻時間40秒）

附加技能：聖光籠罩（許星圖獲得雅典娜的聖光庇護，可以解除隊友身上的一切負面效果，並在接下來8秒內，自身進入戰鬥狀態並提升50%基礎攻擊力、攻擊速度和暴擊傷害；冷卻時間40秒）

附加技能：眾神降臨（許星圖可邀請路西法、米迦勒協助作戰，被邀請的諸神只是神靈協戰，並非卡牌本身親臨現場，因此所有基礎屬性、技能效果皆減半；限定技，只可邀請一次）

許星圖的卡牌公布後，最後還剩唐牧洲、謝明哲師兄弟。

觀眾們發現，除了聶遠道和山嵐、小竹子和白旭做了連動技之外，其他大神的卡牌都沒做連動，但唐牧洲和謝明哲是師兄弟，應該也可以做連動吧？

粉絲們期待極了，紛紛屏住呼吸盯著大螢幕。

謝明哲上前一步，放出了自己為師兄設計的卡牌。

大家看到他召喚出來的唐牧洲幻象，居然跟唐牧洲本人一模一樣，相似度百分之百，站在一起簡直就像是雙胞胎！

而且，卡牌版的唐牧洲臉上也掛著招牌笑容，風度翩翩，如同王子一般。

粉絲們立刻在直播間內刷屏。

「阿哲畫的師兄帥出了新天際啊！」

「阿哲不愧是美術系的，這真人畫得就跟拍了張照片一樣，像極了！」

「製卡是以精神力製作，看來阿哲對師兄印象深刻！」

唐牧洲（木系）

等級：70級

基礎屬性：生命值50000，攻擊力150000，防禦力50000，敏捷100，暴擊100%

附加技能：溫柔表象（唐牧洲看上去溫和親切，似乎是個好人？他以溫柔的微笑來矇騙對手，每次微笑時，都可以讓範圍內敵對目標防禦下降50%、攻擊力下降50%，持續5秒，冷卻時間30秒）

附加技能：滿腹壞水（別看唐牧洲很溫柔的樣子，其實他滿腦袋都是壞主意！偷偷在四周布下範圍30平方公尺的隱形綠色藤蔓陷阱，範圍內指定目標在唐牧洲的微笑引導下，會情不自禁地位移到陷阱之中。唐牧洲可以在敵人毫不知情的情況下引爆陷阱，對敵對目標造成150%木系暴擊傷害，同時以藤蔓捆綁目標，禁足持續5秒；冷卻時間60秒）

附加技能：男神親臨（當唐牧洲走向人群，由於男神人氣太高，引起周圍粉絲們狂熱尖叫，對範圍內敵對目標造成無差別聲波攻擊，使30公尺範圍內敵對目標喪失聽覺，原地發呆持續5秒；冷卻時間40秒）

因為男神人氣太高，粉絲們集體尖叫，讓男神的對手原地發呆五秒？

真不愧是皮皮哲設計出來的技能，一如既往的皮啊！

其他大神看見這個技能心裡也都在吐槽——男神親臨，粉絲尖叫太大聲導致其他人原地發呆？謝明哲你是夠討打的，我們才不會原地發呆！不過，溫柔表象、滿腹壞水這些技能設計倒是很貼切，唐牧洲的真面目也該讓粉絲們瞭解一下。

其實謝明哲設計的這一版唐牧洲卡，和他當初送給師兄的人物卡牌相比，有了一些變動。主要是關於第二個技能的補充描述，既然要實戰，肯定得寫清楚資料和範圍，方便系統判定。此外他還加入了「藤蔓捆綁」的設定，是師兄最愛的捆綁play。不但可以誘敵深入，還可以把敵對目標全部綁起來折磨。

唐牧洲看著身邊跟自己一模一樣的卡牌幻象，微微笑了笑。早在半年前，師弟親自為他繪製了這張卡牌，如今終於能公開露面，他的心裡真是又暖又甜。

當然，他也為師弟親自製作了一張相似度百分之百的人物卡，幻象裡燦爛微笑的少年，帥氣十足，只是笑得有些欠揍，和謝明哲本人的神韻完全一致！

謝明哲（木系）

等級：70級

基礎屬性：生命值150000，攻擊力50000，防禦力150000，敏捷100，暴擊100%

附加技能：我很皮你來打我啊（謝明哲調皮得很，總是大範圍拉仇恨。當謝明哲開啟「我很皮你來打我啊」技能時，可以主動開啟嘲諷，吸收範圍30公尺內的一切傷害，同時增強自身防禦50%；冷卻時間60秒）

附加技能：打不死我吧？我很強大（謝明哲皮厚打不死，讓對手恨得咬牙切齒。當謝明哲遭到致命傷害時，可以用強大的精神力免疫此次傷害，並自動回血30%，讓對方重新再打一次；冷卻時

間40秒）

附加技能：想不到吧（作為聯盟最出色的人物卡牌設計師，當自身變成人物卡牌後，謝明哲心情愉快，終於可以光明正大地皮了！他可以突然讓自身攻擊力和防禦力資料互換，並對周圍30公尺內敵對目標造成150%木系暴擊傷害，若擊殺任意目標，則刷新該技能，想不到吧，再打一次；冷卻時間200秒）

粉絲們：「……」

謝明哲：「……」

——師兄你這樣我是真的想不到！你設計的這張牌，我自己看了都想打自己！

謝明哲和唐牧洲為對方設計的卡牌，不但卡牌的形象和本人相似度高達百分之百，連卡牌的技能描述也和本人的性格極為貼切——真不愧是同門師兄弟，仇恨值拉得特別穩！

吳月好奇地問：「兩位沒有設計師兄弟的連動技能嗎？」

唐牧洲微笑著說：「當然有，兩張卡牌同時出現，連動技能就會顯示。」隨著唐牧洲的解釋，兩張卡牌的連動技也被投影放大在螢幕中。

心有靈犀（連動技。當謝明哲發動技能「想不到吧」的時候，唐牧洲也會讓大家意想不到。他會瞬移到師弟的身邊，給師弟施加一個木系防護罩，保護謝明哲不被對手殺死；防護罩數值繼承唐牧洲20%基礎攻擊力，冷卻時間與謝明哲「想不到吧」技能一致：200秒）

心有靈犀（連動技。當唐牧洲開啟技能「男神親臨」，利用粉絲尖叫聲使範圍內的敵對目標集體發呆5秒，謝明哲會心有靈犀地跟隨師兄，對發呆的目標造成一次150%木系群攻傷害，並延長2秒的發呆時間）

眾人：「……」

打不死的皮皮哲，有唐牧洲的木系護盾，更打不死了。

而唐牧洲的群控技能，有謝明哲添亂，別人是不想發呆都不行了？

這兩人設計的卡牌真是一如既往的討厭啊！

鄭峰提議道：「待會兒的對戰可以十四打二嗎？我們十四個人一組，唐牧洲和謝明哲一組。」

其他人立刻贊同，「沒錯，讓他倆自己去組隊。我不想要這樣的隊友！」

葉竹興奮道：「主持人，唐牧洲和謝明哲的卡牌生命值、攻擊力資料可以適當的增加，我們十四個人組團打這兩個Boss，可以嗎？」

兩位主持人面面相覷。全明星舉辦了這麼多屆，每一屆都會有最終分組對戰，大神們分組抽籤時都很和諧，這還是第一次出現十四個人集體針對兩位選手的情況。現場觀眾也在瘋狂尖叫，可見，唐牧洲和謝明哲的仇恨值已經拉滿了全場！

不過，比賽規則是早就定好的，兩位主持人也無法現場更改。

吳月尷尬地笑笑，朝葉竹說：「不可以，唐牧洲和謝明哲的卡牌技能雖然……比較另類，但卡牌資料都在活動規定的合理範圍內，卡牌的戰鬥力和其他大神的卡牌差距並不大。」她看向搭檔劉琛，後者立刻附和道：「我們還是按之前的規定，抽籤來決定最終的對戰！」

觀眾席發出一陣遺憾的聲音，顯然大家更想看十四打二，眾人聯手打Boss。

司儀小姐拿來一個盒子，裡面放了紅、藍兩種顏色的卡牌。最終的對戰，會把十六位選手分成紅隊和藍隊進行比賽，製卡搭檔必定會分在同一組，因此只需要八組搭檔分別派一位代表上來抽籤。所有選手會操控自己的卡牌，就像是真人參賽一樣。

眾人迅速抽籤完畢，結果很快地就公布在大螢幕上。

藍色方：聶遠道、山嵐，葉竹、白旭，鄭峰、凌鷩堂，方雨、許星圖。

紅色方：謝明哲、唐牧洲、裴景山、歸思睿，邵夢晨、甄蔓、陳霄、沈安。

最終的勝負，光看分組名單依舊很難預料。

主持人道：「分組已經結束，接下來會有十分鐘的休息時間，現場的觀眾朋友們可以開始投票預測了！到底藍隊會贏，還是紅隊會贏？請按下你們座位上的投票鍵！」

「同時，場外的觀眾朋友，也可以在官方網站為自己喜歡的隊伍投票。活動結束後，我們會抽出參與投票的一百位幸運觀眾，贈送本屆全明星活動的紀念周邊！」

投票頁面一開放，支持紅隊和藍隊的票數就一直僵持不下，並在短短一分鐘內迅速增加至三千萬票，可見觀看今晚直播的觀眾數量之多。

直播間內的觀眾也紛紛刷屏討論。

「藍隊贏面大！聶、鄭、凌三位鼻祖在一起，難得一見的場面啊！」

「我覺得紅隊更有可能贏！唐神、裴隊、小歸全是年輕一代選手中最強的，加上兩位女神，還有阿哲、陳哥和小安，隊伍的配置非常合理！」

十分鐘的廣告時間裡，觀眾們討論得非常熱鬧，支持藍隊或紅隊的人分成兩個陣營，誰也沒法說服誰。

大神們也聚在一起商量接下來的對策。

藍隊，鄭峰很乾脆地道：「待會兒的團戰還是得有人擔任指揮才行，不然會亂套。先選出一位總指揮吧。」

凌驚堂看向聶遠道，笑容誠懇，「老聶你來？」

聶遠道皺著眉頭剛想推辭，鄭峰緊跟著道：「我也覺得老聶來比較合適，紅隊那邊亂七八糟的控制太多，我們就以暴制暴，用你最擅長的速戰速決打法。」

山嵐看向師父，笑著說：「師父，您就別推辭了。」

聶遠道只好點頭答應，「行，我來。我們待會兒的團戰，大家記住第一準則。」

眾人都豎起耳朵，湊在一起認真聽。

聶遠道果斷地說：「先殺謝明哲。」

眾人：「……」太對了！這正是我們的心聲！

紅隊這邊，大家年紀相仿，真的論資歷來算，唐牧洲出道的時間是最早的，第五賽季就拿下了個人賽的冠軍。歸思睿、裴景山、邵夢晨都比他晚，甄蔓是他發掘的選手，沈安是他收的徒弟，謝明哲更不用說了，本賽季剛出道。陳霄跟他同期，但陳霄曾經離開聯盟五年。

在全明星擔任指揮的話，最有資格也最能服眾的，只有唐牧洲。

謝明哲道：「論資排輩，團戰的指揮還是師兄你來吧。」

他的建議立刻得到隊友們的支持，全票通過。

「好吧。」阿哲主動提議，唐牧洲也懶得推辭，道：「不管大家對我和阿哲有什麼意見，現在我們是隊友，待會兒還請儘量配合。」

歸思睿玩笑道：「我怕我看見謝明哲這張卡牌，會忍不住去打他兩下。」

裴景山道：「我也是。」

誰叫他的技能設計得太招人恨，第一個技能就叫「我很皮你來打我啊」，還有「打不死我吧？我很強大」，別人看見了肯定想打他幾下試試！

唐牧洲看向兩人，「隊友之間互相不能攻擊，你們克制一下。」

裴景山和歸思睿對視一眼，聳了聳肩，「好吧。」勉強克制住想打謝明哲的心情。

謝明哲笑咪咪地道：「我要離你們遠一點！」

【第四章】鍋裡的青蛙皮太厚，我只能再加一把火

十分鐘討論時間過去，雙方選手重新回到大舞臺，來到各自的備戰區。

今晚的大舞臺有了明顯的變動，十六張旋轉座椅呈「左右對峙」順序排列，左邊是藍色區，右邊是紅色區。

主持人道：「請各位選手在位置上坐好。本屆全明星分組對抗賽即將開始，現在公布地圖！」

隨著選手們坐上旋轉椅戴上頭盔，大螢幕中、以及選手們的視野中，同時出現了最終戰的俯視地圖——大觀園！

居然是涅槃戰隊在本賽季提交的超大面積系列合成圖「大觀園」！

當初為了製作這張地圖，秦軒和謝明哲沒少熬夜，把瀟湘館、怡紅院、蘅蕪苑等大量場景融合在一起的大觀園，雕梁畫棟，氣勢磅礡，面積完全可以和現實世界中的大型公園相比，在遊戲裡幾乎可以做成一個主城。

隨著地圖的播放，現場傳來觀眾們此起彼伏的尖叫聲。

謝明哲也激動得雙眼發熱。

在這個世界裡，居然有一天能重現紅樓夢中的大觀園盛景！

雖然今天的「大觀園」只是他和秦軒根據自己的理解繪製而成的，由於地圖太過龐大，平時比賽沒辦法直接選用，但能出現在全明星的賽場上，讓所有觀眾們都看到富麗堂皇的大觀園建築群，他心裡真的超級滿足。

主持人道：「大觀園系列場景圖，在常規賽階段已經全部公布過，相信大家並不陌生。但是由所有小場景拼接起來的大場景，今天還是第一次亮相。奢華、壯麗的大觀園完整地圖，終於能讓觀眾們大飽眼福了！大家喜不喜歡這張決戰地圖？」

現場的呼聲震耳欲聾，可見粉絲們對大觀園系列場景的評價很高。

主持人接著說：「今天的最終戰，十六位選手會隨機出現在大觀園的八個小院落中，瀟湘館、

們匯合，所以在地圖播放階段大家要集中精神觀察地圖路徑，免得待會兒迷路。」

不用主持人多說，所有選手都在認真觀察。

謝明哲和陳霄對這張場景地圖早就爛熟於心，兩人都分在紅隊，從地形上來說，紅色方其實有一定的優勢。但由於選手刷新的位置是隨機的，萬一運氣不好被刷在對手包圍圈裡那可就完了。在比賽開始之前，一切都還是未知數，可不能大意。

主持人接著說：「在大觀園地圖中，選手們可以隨意選擇場景展開團戰，陣亡後不能復活，大家必須操控搭檔為自己製作的真人卡牌，進行八對八實戰。現在開始最終戰倒數計時！」

地圖在大螢幕上反覆播放了三遍，倒數計時十秒，比賽終於開始！

在倒數計時為零的那一瞬間，謝明哲只覺得眼前一亮——他仔細觀察了一下環境，立刻判斷出自己出現的位置是在黛玉的居所：瀟湘館。

耳邊響起唐牧洲溫和的聲音，「大家報一下位置。」

謝明哲道：「我在瀟湘館，小地圖顯示瀟湘館有三位玩家？還有人在嗎？」

甄蔓道：「我在怡紅院，同樣是三位玩家。」

緊跟著傳來邵夢晨冷靜的聲音：「我也在怡紅院，蔓姐我來找妳匯合。」

陳霄道：「秋爽齋只有我一個人。」

沈安道：「我好像在紫菱洲，地圖顯示也只有我一個人。」

歸思睿和裴景山緊跟著報了位置，兩人同時出現在稻香村，在這裡還有另一人，顯然是藍隊的落單隊員。

唐牧洲微微皺眉，「隨機出現？看來有些小場景中紅藍隊的人數懸殊，可能會出現小規模的遭遇戰。大家不要戀戰，遇到包圍，馬上在地圖上發警報，保命為主。在瀟湘館匯合！」

幾乎是唐牧洲話音剛落，謝明哲就發出了警報。

出現在瀟湘館的確實有三人，除了謝明哲之外，另外兩人正好是藍隊的葉竹和白旭，兩個小少年從房間出來，在院子裡看見謝明哲，毫不猶豫就撲了過來！

二打一，這次他們就不信打不死謝明哲……打不死也能打殘對吧？

為了最後的分組對戰，葉竹和白旭專門做了針對謝明哲的連動技。瀟湘館小場景目前只有三個人，顯然，謝明哲落單了，這可是千載難逢的好機會。

葉竹開啟第一個技能「蝴蝶少年」，脊背上立刻生出一雙綠色翅膀，移速加成百分之五百，飛在空中的葉竹很快就追上了想要逃跑的謝明哲，並且開啟二技能「神祕追蹤」！

當葉竹追蹤目標時，他可以召喚指定隊友瞬移至自己的身邊。

但是召喚有三十公尺的距離限制，葉竹最多只能把同場景的白旭給召喚過來，白旭被召喚到葉竹身旁後，毫不猶豫地放了個「星雲攻擊」，葉竹也放出「蝶群圍殺」！

兩個中二少年的技能特效閃瞎人眼，幸虧謝明哲皮糙肉厚，血量高達十五萬，防禦力也有十五萬，兩個小少年集火只打掉他三分之一的血量，只是葉竹群蝶圍殺造成的失明五秒讓他有些難受。

謝明哲深吸口氣，心想：不用慌，憑葉竹和白旭的這點攻擊力，想殺掉他這位皮厚的嘲諷牌可沒那麼容易。剛才公布卡牌階段他已經用心記下所有人的技能，葉竹和白旭的攻擊技能冷卻時間都在三十秒以上，也就是說，接下來的三十秒，兩個少年會拿他毫無辦法。

然而，恢復視野的那一刻他就傻眼了——

瀟湘館怎麼突然來了這麼多藍隊的人啊啊啊！

除了葉竹和白旭外，居然還有凌驚堂、山嵐、聶遠道和許星圖！

上帝視角的觀眾們看得很清楚，其實是白旭和葉竹在發現謝明哲的第一時間就彙報給了總指揮聶遠道，聶遠道和山嵐立刻前往瀟湘館；而白旭知道自己和葉竹打不死皮厚的謝明哲，於是他放了

一個攻擊技能後，立刻機智地跑出去，並在瀟湘館的門口開了技能「蟲洞傳送」。

白旭在地圖開啟傳送點後，可以讓附近的隊友直接經過蟲洞傳送過來，節省跑路時間。於是，正好在附近的凌驚堂、許星圖也迅速趕來，跟聶嵐師徒以及白旭、葉竹會合。

比賽開始才半分鐘，瀟湘館戰況激烈，居然形成了六打一的圍殺局！

粉絲們尖叫出聲，主持吳月也忍不住感慨道：「看來藍隊是提前商量過啊，團戰先殺謝明哲。所以白旭開蟲洞叫來了一大批幫手，六打一，阿哲要危險了！」

謝明哲面對六人圍攻也有些慫。

不過沒關係，他皮厚啊！

師兄給他設計的卡牌，有血量十五萬、防禦十五萬，白旭和葉竹的技能都已經放過了，哪裡那麼容易被殺？

謝明哲毫不猶豫開啟第一個技能——我很皮你來打我啊！

當謝明哲開啟一技能時，會主動吸收範圍內傷害，並增強自身防禦百分之五十。

吸收傷害是其次，目前瀟湘館就他一個人，哪怕他不拉嘲諷，大家也是毫無疑問地集火打他，他開這個技能，關鍵在於百分之五十的防禦加成。

謝明哲技能一放，防禦力瞬間達到二十萬，也是資料庫規定的最大值！

粉絲們看到這裡紛紛吐槽：「唐神沒說錯，謝明哲是真的皮厚啊！」

「二十萬的防禦，我的天，皮厚的阿哲能扛住多久？」

謝明哲到底能扛多久，這也是全場觀眾都在關心的焦點。

他防禦高、血量高沒錯，可是凌驚堂、許星圖、聶遠道、山嵐，四個人的輸出也不是假的！

聶神立即召野獸，獅子和狼同時撲向謝明哲；凌驚堂拿出手中無名劍，對準謝明哲就是一招金系暴擊；許星圖也召喚出路西法和米迦勒圍攻謝明哲……

享受到了Boss待遇的謝明哲，血量那是嘩嘩地掉，如同血崩。
然而……打不死我吧？我就是這麼強大！
謝明哲的第二技能出現——當謝明哲遭到致命傷害時，可以用強大的精神力免疫此次傷害，並自動回血百分之三十，讓對方重新再打一次。
剛剛凌驚堂一個暴擊差點就幹掉謝明哲，謝明哲眼明手快地開啟「打不死我吧？我很強大」技能，回血百分之三十！
眼看他差點死了，結果招人煩的技能一開，又回到四萬五的血量。
重新再打一次，你妹的！
大神們恨不得真人聯手揍他。
今天的遊戲必須用卡牌技能來揍他，有點不過癮。尤其是技能尚在冷卻的葉竹和白旭，只能眼巴巴地跟著謝明哲，在他後面放普攻，一次打掉他一百點血量，簡直心酸。
聶遠道皺了皺眉，道：「速度集火，不然紅隊的支援要來了！」
……聶神這個烏鴉嘴，關鍵時刻就不該說話。
他話音剛落，紅隊的支援果然來了。
先到的是唐牧洲，一聽到謝明哲說瀟湘館有三人，他就察覺到不對勁，迅速趕來支援。
謝明哲在語音頻道聽見師兄說「我到了」的那一瞬間，立即開啟師兄弟的心有靈犀連動技。唐牧洲的連動設定是，師弟放第三個技能「想不到吧」，他可以瞬移到師弟身邊。
此時，唐牧洲距離謝明哲三十公尺遠。
謝明哲果斷啟動第三個技能「想不到吧」！
這個技能會讓謝明哲的防禦力和攻擊力資料互換，由於他剛剛開了技能「打不死我吧？我很強大」，他此時的防禦力是最大值二十萬，攻擊力是基礎設定五萬。

資料互換的結果，就是謝明哲防禦變成五萬脆皮，但是攻擊力卻達到了最大值！

由於群攻技能係數設計得並不高，他一波群攻造成的傷害不足以毀天滅地，只把低防禦的脆皮對手打掉了三分之一的血量。他開這個技能，更重要的目的是——召喚師兄！

沒想到吧，連動發起。

唐牧洲瞬移到謝明哲身邊，在謝明哲身上套了一個淺綠色的護盾。

有師兄保護的謝明哲更打不死了，何況唐牧洲反應極快，瞬移過來後看見師弟被六個人圍攻，他立即開啟技能「男神親臨」，粉絲的尖叫導致範圍內敵對目標集體發呆五秒。

本來在攻擊謝明哲的大神們開始集體發呆……

謝明哲又開連動，延長發呆時間兩秒！

大神們：「……」

還能不能愉快地參加全明星賽了？

明年的全明星要是有謝明哲，我們都不來，行不行？

討人厭的師兄弟連動，徹底打破了聶遠道「先殺謝明哲」的計畫。

轉眼間，雙方隊友的支援都到了。

藍隊這邊，方雨、鄭峰及時趕過來，山嵐立刻開「好脾氣」解控，方雨緊跟著召喚出大範圍的降雨，讓隊友回血，並讓敵對目標疊加水毒。他這個技能位置放得很是巧妙，讓謝明哲和唐牧洲不得不後退幾公尺。

鄭峰直接開了反傷泥牆，因為剛才過來的路上他已經看見對方的歸思睿、裴景山等人也正往這邊趕來，他開泥牆，就是避免藍隊被對方後面趕到的人一波團滅。

聶遠道果斷下令：「撤！」

正好這時候，大螢幕中彈出一行提示「瀟湘館事件觸發，林黛玉淚盡而逝，所有卡牌基礎防禦

力降低至百分之二十」。

聶遠道一直在冷靜地關注賽場動態，因此撤得非常及時，並沒受到瀟湘館降防禦的事件影響。幾乎是下一秒，裴景山、歸思睿、甄蔓、邵夢晨，以及距離超遠的陳霄、沈安全部到了，如果不是藍隊果斷撤退，已經放了很多技能去打謝明哲的藍隊，大部分技能都在冷卻，絕對會陷入被動！

現場的粉絲心驚膽戰，紛紛為聶神乾脆的撤退鼓掌。

白旭的蟲洞這時候發揮了極大的作用，將隊友集體傳送出去。

唐牧洲冷靜地道：「不用追，他們肯定傳送走了，具體去了哪裡還要再找。」

陳霄笑著道：「阿哲你這仇恨值是多大？開局就引來大家圍攻！」

謝明哲很是無辜，說道：「我倒楣跟葉竹、白旭撞在同一個場景裡，白旭直接開蟲洞叫人來啊，我也沒辦法。」

然而，六個人一通集火居然沒能秒掉他，可見謝明哲「打不死我吧」這個技能有多賤，眼看著就要死了，結果回血百分之三十讓大家重新打一次……見過賴皮的，但沒見過這麼賴皮的！

怪誰？

粉絲們表示：「這應該怪唐神，是他設計的卡牌啊！」

「要不是謝明哲本人很皮，唐牧洲會這樣設計嗎？」

「好像也對……」

「皮皮哲用師兄設計的技能用得很流暢，看來這技能很合他心意！」

剛才連放三個技能的謝明哲，此時沒技能可用，比較危險，血量也很殘，沈安很乖地做了幾杯果汁給他喝，讓他回滿血量。

第一波遭遇戰，開始得很突然，結束得也很突然。

唐牧洲道：「我們儘快離開瀟湘館，免得藍隊又殺回來。」

假裝撤退卻突然殺個猝不及防，這也是有可能的。唐牧洲已經猜到對方應該是老聶指揮，否則剛才也不會撤得那麼果斷。

瀟湘館集體降卡牌防禦，哪怕藍隊的大量技能冷卻中，留在這裡也相當危險，眾人立刻按照唐牧洲的指示離開瀟湘館，前往附近的怡紅院進行休整。

此時，上帝視角的觀眾們可以發現，藍隊的人集體來到櫳翠庵，利用場景回血將狀態回滿，並且商量著對策。

剛才第一波攻擊用掉不少技能，但大部分技能都是冷卻一分鐘以內的，很快就可以再用。聶遠道仔細思考過後，說道：「謝明哲和唐牧洲的連動冷卻需要兩百秒，我們最好在接下來的三分鐘內主動進攻。葉竹移速最快，負責偵查，你和白旭找出紅隊的位置，然後開蟲洞傳送把我們集體召喚過去。」

鄭峰道：「你的意思是，直接正面八打八？」

聶遠道平靜地點頭，「紅隊那邊，有甄蔓、邵夢晨兩個特別擅長單殺的刺客。我們這邊，小嵐的火鳳凰，小許的路西法、米迦勒，白旭的星雲攻擊，全都是大範圍群攻技能。單殺能力強的只有葉竹的追蹤、老凌的無名劍以及我的獅子，正面打群戰我們是有優勢的。」

群攻多，大範圍壓低血線再單殺，從輸出上來說，藍隊確實更強。

凌驚堂贊同道：「沒錯，方雨的持續回血、持續水毒都會讓對手頭疼，他們要是先殺方雨，還可以觸發亡語技，我們再一波爆發秒殺。」

葉竹期待地問道：「還是先殺謝明哲嗎？」

聶遠道看了他一眼，說：「剛才集火強殺謝明哲，只是為了逼掉他的技能。待會兒打團戰時隨機應變，葉竹盯著謝明哲，製造要強殺謝明哲的假象，我跟老凌見機行事，先殺其他脆皮。」

葉竹：「……」

不愧是聶神，剛才明知道對手的支援很快就會到，謝明哲不一定打得死，故意強殺謝明哲只是為了逼掉他冷卻時間兩百秒的「沒想到吧」技能，讓他和唐牧洲的連動受限！

而我方技能冷卻快。聶遠道就是卡準這個時間差，想出其不意來一波反擊！

先殺脆皮輸出才是最正確的決定——謝明哲皮太厚，其他人相對而言皮薄一點，比謝明哲脆的人，肯定扛不住金系暴擊和火系暴擊的集火！

藍隊醞釀著接下來的攻擊方案，同一時間，紅隊這邊也在仔細籌劃。

唐牧洲湊到謝明哲的耳邊說了幾句話，謝明哲點點頭，兩人都是一臉意味深長的笑容。

其他人頭疼地問：「你們又在算計什麼？」

謝明哲說：「師兄讓我利用葉竹和白旭的仇恨值，去當誘餌。」

眾人不解，「誘餌？」

唐牧洲道：「如果你看見謝明哲只剩不到百分之十的血量在你面前晃，你會不會追殺他？」

眾人毫不猶豫，「當然啊！」

唐牧洲道：「待會兒師弟會掉血當誘餌，把藍隊的人引到我們布置的陷阱裡。」

沈安困惑地撓了撓頭，「可是，隊友不能互相攻擊，小師叔怎麼主動掉血呢？」

謝明哲的「沒想到吧」和「打不死我吧」兩個技能效果已經結束，防禦和攻擊又變成了初始值。被沈安加了血後，目前謝明哲是十五萬滿血狀態，他要怎麼主動掉血？

謝明哲微微一笑：「大觀園場景圖當然要好好利用了，有個地方就可以讓我掉血。」

大觀園中有一處小場景，藕香榭，正好可以滿足主動掉血的要求。

這裡是惜春的住處，當初設計的時候，謝明哲將它設計成了純水戰地圖，玩家必須在荷葉上面作戰，不慎掉入池塘的卡牌，每秒掉血百分之十，十秒後淹死。

於是，在唐牧洲的計畫下，謝明哲大著膽子獨自一人前往藕香榭，並主動落水，讓自己掉血。

觀眾們看到他跳進池塘都有些疑惑。

「阿哲這是不小心掉水裡了嗎？」

「他應該不會犯這種低級錯誤，很可能是有什麼計畫？」

「他一個人走出去，不怕被圍攻？」

謝明哲確定這條路是安全的。藍隊的人休息調整最可能去的地方是櫳翠庵，那裡有妙玉的茶杯可以回血；或者去稻香村，範圍免控避免紅隊偷襲。

不管怎麼說，聶神都不可能帶隊友來水戰地圖休息吧？

所以謝明哲大搖大擺走過來，路上確實沒碰到人。

他在水裡待了幾秒，血量下降到百分之十，這才爬上岸邊，繼續往前走。

唐牧洲給他發來語音訊息：「阿哲，夢晨剛剛偵查到葉竹的位置，他從櫳翠庵那邊過來，正前往蘅蕪苑方向。」

葉竹長著翅膀會飛，移速最快，但是邵夢晨也可以三十公尺內隨意瞬移。

作為刺客，邵夢晨的「飛影」技能追蹤能力同樣很強。

葉竹和白旭顯然也在尋找他們。

邵夢晨由於瞬移時只會留下「影子」，她做慣了殺手，每次瞬移的落點都在牆角、轉角、樹後之類的視野死角，所以她看見了天上飛的葉竹——中二少年一雙翅膀，目標實在太大。

但葉竹並沒有看見她。

向唐牧洲彙報了葉竹的方位及移動路線後，負責偵查的邵夢晨回到怡紅院據點。

唐牧洲立刻開始部署，指揮道：「我們集體去蘅蕪苑，藏在假山後面。阿哲你從另一個方向過去，假裝和葉竹偶遇。」

謝明哲乾脆點頭，「明白！」

師兄果然滿腹壞水，這一招「誘敵深入」太高明了。

於是，觀眾們看到紅隊其他七人悄悄地從後門出去，集體前往蘅蕪苑。謝明哲則從另一個方向經過走廊，假裝「很不湊巧」地遇到了葉竹和白旭，並且假裝「沒看見」葉竹和白旭。

見謝明哲只有百分之十的血量，葉竹和白旭都是一愣。

兩個小傢伙太單純，沒想到「有詐」，還以為謝明哲剛才被圍攻後沒來得及回血，就跑出來偵查。於是葉竹迅速跟上謝明哲，白旭緊隨其後，想找機會殺掉謝明哲。

謝明哲心情愉快地保持好距離，帶著兩個「跟屁蟲」往蘅蕪苑趕去。

看見殘血的謝明哲，真是很想殺掉！

葉竹和白旭自然緊追不捨。

很快就追到了蘅蕪苑，葉竹躲在假山後面一看，紅隊八人都在，謝明哲還是殘血，顯然這裡就是他們的大據點，只要把隊友們傳送過來，打他個猝不及防，紅隊絕對會團滅！

於是葉竹和白旭使了個眼色，白旭立刻開出蟲洞，直接把隊友集體召喚過來。

紅隊大神們群體瞬移。

結果，就在大家剛走出蟲洞的那一瞬間，無數碧綠色的藤蔓陡然從地面生長，並將所有人綁在原地，無法動彈——唐牧洲施展「滿腹壞水」技能，偷偷在四周布下範圍三十平方公尺的隱形綠色藤蔓陷阱，引爆陷阱對敵對目標造成百分之一百五十的木系暴擊傷害，目標同時會被藤蔓捆綁，禁足持續五秒！

大神們一臉血：白旭小朋友，你是唐牧洲派來的臥底吧？怎麼把大家往唐牧洲的陷阱裡傳送！

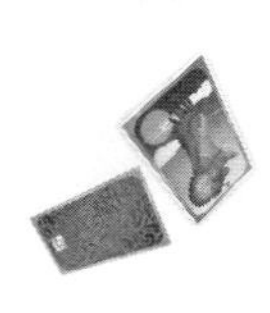

白旭滿臉呆滯，完全沒想到會有這樣的變故。

他這個蟲洞簡直是群體送死蟲洞，直接把隊友送進了唐牧洲的陷阱包圍圈……

守株待兔的紅隊，在白旭開傳送的那一刻集體撲了上來。

地上不但有唐牧洲的捆綁藤蔓，還有陳霄的吸血藤！

沈安早就在蘅蕪苑的三角位置種下蘋果樹，對準陷阱的中心就是一波蘋果亂轟！歸思睿開啟「終極吃貨」，降低藍隊的防禦力，同時開「恐怖主義」群體恐懼控場；裴景山「哲學思維」單體暴擊直接瞄準方雨，甚至不怕方雨的亡語技，先殺這位治療！

邵夢晨瞬移到方雨身後，甄蔓放出竹葉青。

紅隊的單體集火能力太可怕，不出五秒，方雨被大量單體攻擊技能同時集火，瞬間陣亡。

紅隊的策略，就是為了在藍隊出其不意的情況下殺掉方雨，讓對手無法利用方雨的亡語技進行反攻。這誘敵深入、突然襲擊的策略，確實打得藍隊猝不及防！

方雨陣亡的那一刻，唐牧洲果斷開控場，配合裴景山，硬是拖過了方雨亡語技的時間。

藍隊吃了個啞巴虧，都怪葉竹和白旭上了謝明哲的當！

但藍隊的大神們反應也很快，山嵐秒解負面狀態，許星圖開神殿守護保隊友不死，藍隊在控制結束的那一刻開始了全面反擊！

就在這時，喝了沈安的西瓜汁後又一次滿血的謝明哲，再次展示了自己有多皮。

連續開啟第一與第二技能，先大範圍嘲諷吸收傷害，然後「打不死我吧」自動回血百分之三十，讓對手再打一次！

藍隊很多輸出都被謝明哲吸收，無奈之下，山嵐只好召喚冰晶鳳凰來一波群控！

緊跟著山嵐一起開群控的，還有鄭峰的「沙暴攻擊」集體失明群控，以及凌驚堂的「一本正經胡說八道」群體混亂。

三個連控砸下來，紅隊的解控技能本就不多，局面瞬間扭轉。

方雨這位唯一的治療已經陣亡，一旦不能一波打崩紅隊，以紅隊恐怖的單體集火能力，以及陳霄吸血藤、沈安鮮榨果汁的回血，藍隊會被拖入越來越不利的局面。

所以必須一鼓作氣，打開缺口！

聶遠道毫不猶豫：「打！」

藍隊大堆技能砸下來，開著嘲諷的謝明哲被打成只剩幾滴血，立刻腳底抹油開溜。

他的嘲諷技能結束，技能冷卻的他也沒什麼作用了，聶遠道暫時沒理他，優先擊殺其他脆皮。

但葉竹不甘心，眼看謝明哲一滴血溜出了蘅蕪苑，他和白旭立刻追上，想殺掉只剩絲血的謝明哲——但謝明哲對大觀園的熟悉程度，可不是他倆能夠比的。

謝明哲鑽進怡紅院，然後又跑去秋爽齋，躲在一棵芭蕉樹下面。

葉竹和白旭找啊找啊，最後找懵了——這不是捉迷藏遊戲，你這個王八蛋給我出來！

但觀眾們卻眼睜睜看著兩人追了半天，結果居然被謝明哲逃走，真是恨不得替他倆去把躲在芭蕉葉子下面的謝明哲給揪出來！

沒能追到謝明哲的葉竹和白旭，只好迅速回到團戰現場。

現場局面驟變，藍隊的大神們超級給力，鄭峰、聶遠道和凌驚堂配合，硬生生地用泥牆反擊活了下來，並且在山嵐的協助控場之下，把沈安和甄蔓給打死。

聶遠道並沒有責怪跑去追殺謝明哲的兩人，冷靜地道：「集火裴景山！」

一旦裴景山的蜘蛛蠱王養成，絕對是個大禍害，所以聶遠道清晰、冷靜地制定了擊殺順序，沈安一死立刻殺裴景山！

轉眼間，藍隊抓住節奏點，打出一波小高潮，紅隊陣亡三人。

然而，下一刻就看見藍隊有人被擊殺的消息。

唐牧洲開技能群控，恰到好處地跟上了蘅蕪苑的場景事件——花香撲鼻，蘅蕪苑全場景陷入幻覺！他選蘅蕪苑作為團戰地點，也是這個原因。

邵夢晨一直在旁邊等待機會，在花香四溢的時刻立即上前，強殺掉單體攻擊力最強的凌驚堂，順帶把葉竹和白旭也給打殘——幻覺，這是她最喜歡的場景，暗影戰隊的夢幻泡影比這張地圖難多了，在幻覺控場下憑記憶和感覺收割人頭是她的強項。

邵夢晨的凌厲雙刀讓觀眾們心驚膽戰。

陳霄的吸血藤也一直在成長，利用這個機會，直接收掉葉竹和白旭的人頭。

雙方攻守互換，紅隊存活五人（包括躲在芭蕉樹下的謝明哲），藍隊存活四人。

場景幻覺很快結束，選手們大部分技能都在冷卻，陳霄和唐牧洲只好後撤，聶遠道這時候就有了優勢——他的獅子和狼不靠技能吃飯，光靠普攻就能打出傷害，加上和山嵐的「師徒同心」可以觸發連動協戰，轉眼間，邵夢晨也被擊殺。

粉絲們都緊張地盯著大螢幕。

如今紅隊只剩唐牧洲、陳霄和歸思睿，藍隊有許星圖、聶遠道、山嵐和老鄭，唐牧洲、陳霄技能都在冷卻，紅隊似乎是必輸的局。

歸思睿有個技能可以操控亡靈，他把凌驚堂變成亡靈彌補輸出上的不足，但是他才剛發動技能殺掉許星圖，自己也被聶遠道和山嵐集火擊殺——聶神顯然一直在留意他的技能，不給他操控亡靈的機會！

陳霄趁著這個時機，強行給山嵐的手裡塞了把黑玫瑰。

此時，山嵐血量偏低，拿到黑玫瑰後觸發低於百分之十五血量的即死判定，直接陣亡。

剩下唐牧洲、陳霄VS.聶遠道、鄭峰。

雙木系VS.火系加土系，一點都不好打，因為木系的技能冷卻時間久，火系野獸則可以一直放

普攻。只要老鄭開泥牆防住關鍵技能保護好老聶，聶遠道一直放普攻，陳霄和唐牧洲是打不死這兩位大神的。

直播間內。

「看來紅隊要輸啊！」

「唐神的技能全冷卻，陳哥也是，聶神卻可以讓獅子普攻打傷害，這麼打下去他們很被動！」

「吸血藤被殺光，陳哥是不是還能再種一片？」

就在這時，突然有個觀眾表示：「你們忘了謝明哲嗎？」

這條彈幕引起了大家的注意。

仔細一看，旁邊的分螢幕上，正好是謝明哲的視角。只見剛才藏在芭蕉葉下，躲掉葉竹、白旭追殺的殘血傢伙，居然偷偷摸摸地又繞回到了蘅蕪苑。

此時，謝明哲血量只剩一百。

他在語音頻道問：「陳哥，你的吸血藤技能好了沒？我出現的話肯定會被聶神的獅子秒殺，至少給我吸一口血，我才敢過來啊！」

陳霄、唐牧洲：「……」

——你還活著呢？

兩人突然聽到謝明哲的聲音，都有些意外。

剛才謝明哲剩一百血量跑出去，身後跟著氣勢洶洶的葉竹和白旭，大家都默認為：他死定了。

結果最後關頭這傢伙突然詐屍？

陣亡的選手是沒法在語音頻道說話的，他還在說話，說明他真的活了下來。

這調皮的傢伙到底是怎麼活下來的？唐牧洲有些哭笑不得，聲音卻透著溫柔，「你過來吧，我們的技能很快好了。」

謝明哲笑聲爽朗，「好的！我來救你們。」

聶遠道、鄭峰正和唐牧洲、陳霄二打二，突然看見角落裡出現一個熟悉的身影。那一瞬間，兩人都以為自己產生了幻覺。

——我很皮你來打我啊！打不死我吧？我就是這麼強大！

謝明哲開著一、二技能就衝了進來，聶遠道的獅子攻擊全部打在他身上。

幾乎是同一時間，陳霄大範圍吸血藤播種生長，從聶遠道、鄭峰以及獅子身上吸取的血量，等量轉換給了謝明哲。而唐牧洲的綠色藤蔓也開始再次播種，迅速削減著聶、鄭兩人的血量。

聶遠道：「啊？」

鄭峰：「……」

——我擦，謝明哲你還沒死呢！

大觀園場景只按院落顯示存活的人數。因此，剛才謝明哲剩一百血量跑出去，葉竹和白旭隨後追出去的時候，聶遠道並沒有阻止，想著，這個禍害，殺掉也好。

葉竹和白旭很快回來，蘅蕪苑存活人數也跟現場人數一致，所以大家都以為謝明哲死了。

結果這時候，謝明哲居然又跑出來？

竟然還沒死！

一百點血量跑出來攪局，你怎麼那麼皮呢？

聶遠道腦殼疼，鄭峰也是頭疼欲裂。

看他開著「打不死我吧」技能在那裡蹦躂，陳霄和唐牧洲兩個人給他當保鏢，聶遠道和鄭峰簡直想真身上陣去打人了！

這場比賽，在讓人哭笑不得的畫面中結束……

謝明哲一百點血量重返戰場，開著一、二技能繼續拉嘲諷保護隊友，在陳霄吸血藤的幫助下，

他慢慢回到一萬點血量，被獅子一咬，最後又變成一百點。

但由於他拉走獅子的仇恨，讓唐牧洲和陳霄殘血活下來，用藤蔓把聶神和鄭峰給耗死了。

謝明哲居然站到了最後？

看他血條閃著紅光站到最後，眾人都不敢相信。

聶遠道回頭看葉竹，「他剩一百點血量，你們都沒能殺了他嗎？」

葉竹和白旭羞愧地垂下頭，才不想承認自己被謝明哲遛彎給遛迷路了，誰叫大觀園的地形那麼複雜來著，簡直是捉迷藏遊戲！不過，將來看重播的時候他倆估計要哭——其實謝明哲很猥瑣地躲在芭蕉葉子下面，葉竹長著翅膀飛得太高了，沒看見……

最終攪局的謝明哲，帶領紅隊走向了勝利。

——我很皮你來打我啊！

——打不死我吧？我很強大！

——沒想到吧，哈哈哈！

直到比賽結束時，觀眾們還有藍隊大神們的腦海中，還在反覆迴蕩著謝明哲的技能名字。可以說，唐牧洲製作的「謝明哲」這張卡牌，真是謝明哲本人無疑了。

別的大神卡牌，技能就是技能。

謝明哲的卡牌技能，彷彿自帶「出場音效」，還能無限循環播放。

打不死我吧……打不死我吧……我就是這麼強大！

面對職業聯盟最強的嘲諷卡牌謝明哲，其他選手紛紛表示：精神攻擊太討厭，打個全明星賽都這麼頭疼，心累！誰能收了謝明哲這個禍害？

「恭喜紅隊獲得全明星分組對抗賽的勝利！」主持人吳月宣布了本屆全明星活動最後一個比賽結果，緊跟著就有司儀小姐帶著紀念品走上大舞臺，發給參與全明星活動的選手們。

除了可愛的全明星活動吉祥物、特製的金屬紀念書籤之外，十六位選手還拿到了官方製作的限量卡牌——居然是給自己量身訂製的人物實體卡，可以在現實世界裡召喚出星卡幻象。

在紅藍對戰的這段時間裡，工作人員趕工製作，將大神們設計的真人版卡牌印刷成了實體卡——這類可召喚星卡幻象的實體卡在遊戲裡需要經過嚴格的審核，太嚇人的卡牌形象不允許帶入現實世界。

在禁止製作真人卡牌的原則下，全明星娛樂型人物卡原本也無法通過官方資料庫的審核，不可能製成實體卡生成幻象。

但官方給大神們開了個特例，這次在獨立全明星活動伺服器中設計完成的人物卡牌，製作成實體卡同樣也不受資料庫的審核限制。算是給大神們的紀念品，只此一張，無法複製，因此也格外珍貴。

謝明哲接過自己的人物卡牌，掌心裡的特製卡牌帶有滿級卡的黑色金屬光澤，卡牌的背面加了些淺銀色的花紋點綴，並且有「第十一屆全明星紀念」的字樣。卡牌正面的人物形象，正是謝明哲本人，就跟自己親自拍攝的照片一樣，繪製得極為逼真。

師兄不是美術專業人士，畫人物圖卻能畫得這麼像，顯然是精神力太強的緣故！

謝明哲低下頭認真查看自己的卡牌，上面的技能描述真是……該說師兄太瞭解自己，還是該吐槽師兄的技能描述太欠揍呢？念著念著就忍不住想唱起來，自帶音效，太魔性了。

唐牧洲見他看得認真，便湊過來低聲問：「為你設計的這張卡牌，喜歡嗎？」

謝明哲抬頭看他，笑容格外燦爛，「當然喜歡。師兄你真是瞭解我，技能設計得很魔性，比王熙鳳的哈哈哈聲波攻擊還要討厭，特別符合我的風格！」

唐牧洲微微一笑，「喜歡就好，好好收起來當紀念吧。」

謝明哲開玩笑道：「那我要不要像你一樣，把卡牌放大，裝裱起來掛在臥室裡？」

唐牧洲心想，掛單人照多沒意思，以後的臥室，還是掛我們的結婚照比較好。

當然，心裡想歸想，表面上唐牧洲還是保持著君子風度，微笑著說：「你喜歡的話就隨意吧，反正這張卡牌已經是你的了。」

兩人正聊著，就聽主持人說道：「全明星活動的三個比賽項目已經全部結束，接下來就是每一屆全明星的傳統項目，也是很多粉絲期待的真心話大冒險——所有參與全明星的選手，可以向指定的選手提出一個問題或者是大冒險的要求。而被指定的選手必須據實回答問題，大冒險也必須認真完成！」

主持人看向紅隊的方向，說道：「紅隊獲得了分組挑戰賽的勝利，所以有優先權，從最左邊的選手開始，請選擇要懲罰的對象吧！」

站在最左邊的選手，正好是謝明哲。他選了葉竹，微笑著道：「小竹不是特別喜歡蝴蝶嗎？製作的人物卡牌也要帶著翅膀，不如你來模仿一下蝴蝶翩翩飛舞的樣子，繞著舞臺飛一圈就行。」

葉竹瞪大眼睛：「……」

——你找死啊！讓我當著這麼多人的面模仿蝴蝶翩翩飛舞？還嫌我不夠丟人嗎？

見小傢伙的一張臉紅得就像煮熟的螃蟹，謝明哲快要笑抽筋了，表面上卻一本正經地道：「主持人說了，必須滿足對方的要求！」

主持人這時候跟謝明哲一條戰線，明顯要看好戲，「是的，只要是合理要求，必須滿足。」

葉竹脹紅了臉，猶豫片刻後，彆扭地伸出兩隻胳膊，模仿著蝴蝶的翅膀，在大舞臺上揮舞著胳膊「飛」了一整圈，這畫面太辣眼睛，觀眾席爆笑出聲，大神們也是沒眼看……太中二了，謝明哲夠狠！葉竹估計要氣瘋，待會兒肯定會以牙還牙！

果然，輪到藍隊，葉竹立刻舉手，指著謝明哲道：「請謝明哲現場學五種動物的叫聲！」

這個簡單！謝明哲反正臉皮厚，捏著鼻子就開始學起來。

喵喵、汪汪、嘰嘰……學得那叫唯妙唯肖！

現場觀眾笑得肚子痛，紛紛表示：阿哲你不打職業聯賽的話，可以去給動畫片配音！

唐牧洲輕笑著看向阿哲，他學動物叫學得很像，真是又皮又可愛。尤其是學貓的時候，就像是真的貓咪一樣，聲音特別的撩人。

葉竹則目瞪口呆，我擦，謝明哲切換各種動物的叫聲，居然毫無違和感，果然是自帶背景音效的男人！服了，惹不起！

接下來有如懲罰比賽，大家開始互相出難題。

「請老聶現場示範一下小嵐給你設計的技能，王之蔑視。」凌驚堂笑著說道。

聶遠道只好冷冷地瞄了他一眼。

觀眾們紛紛表示：這眼神太貼切了！

主持人在旁邊笑出聲，道：「師父這眼神真的很凶啊。」

有了這幾位選手開頭，大家也都放開了來玩，互相出難題折騰，現場一時間遍布歡聲笑語。每年的全明星活動，都會在這樣輕鬆愉快的氣氛中結束，粉絲們也難得看見大神們出糗，直播間內刷滿了哈哈哈。

輪到裴景山的時候，他突然指定了同隊的唐牧洲，「我想問牧洲一個問題。」

之前一直在大冒險，但其實這個環節也可以玩真心話。主持人說大家可以隨意指定選手，並沒有規定同隊的不能提問，裴景山顯然是抓住這一點細節，挑了唐牧洲提問題。

裴家和唐家背景都很神祕，粉絲們只知道他倆是一起長大的，私交特別好，兩人都是帝都大學畢業，唐牧洲比裴景山高一屆，雙方粉絲的關係也很融洽。

裴景山選唐牧洲提問，大家並不意外。

只是他提出的問題，卻讓全場觀眾突然間激動得嗷嗷尖叫。

只聽他認真地問：「你有喜歡的人嗎？」

唐牧洲：「……」

見對方不回答，裴景山繼續嚴肅地提問：「有，還是沒有？」

唐牧洲挑眉，「你覺得呢？」

主持人在旁提醒，「唐神犯規了，不能反問！請認真回答問題。」

唐牧洲只好乾脆地點頭，「有。」

裴景山道：「是圈內人還是圈外人？」

圈內人，那就意味著唐牧洲喜歡的是星卡職業聯盟的人，可能是選手、主持人、記者等等。如果是圈外人的話，範圍就廣了。

觀眾們都期待地等著他的答案，但唐牧洲並沒有回答，微笑著說：「只能提問一次，你已經問過了，第二個問題我可以不回答。」

裴景山聳聳肩，看向白旭。

白旭很機智地接上話題，興奮地道：「那我接著問吧，你喜歡的這位，是你的初戀嗎？」

唐牧洲點頭，「是的。」

兩個字的回答，乾脆俐落。

白旭愣住，沒想到哥哥真的會大方承認這是初戀？他悻悻地退了回去，有點擔心哥哥答應自己的生日禮物天文望遠鏡會作廢。

直播間內的粉絲們聽到這裡卻要瘋了。

「我的天，唐神真的有喜歡的對象？親口承認的？」

「啊啊啊啊！羨慕嫉妒恨！誰能得到我男神的喜歡，簡直是上輩子拯救了宇宙吧？」

「唐神一定是個超級溫柔的老公，被他喜歡的人肯定會很幸福的！」

「他居然心裡有人了，老婆粉們好想原地爆炸！」

謝明哲聽到師兄的回答，心臟部位突然傳來一陣微微的刺痛，就好像是被針尖輕輕地扎了一下——那種感覺並不算難受，卻清晰得無法忽略。

師兄心裡居然有喜歡的人嗎？還是初戀？

自己感覺有點不高興是怎麼回事？

自從成為師兄弟以來，唐牧洲對自己十分關照，每天晚上睡前都會討論卡牌的設計，關係也越來越親密。謝明哲一直以為，兩人應該是無話不談的好哥們，差點還跟唐牧洲結拜成異姓兄弟，結果，這麼大的事情，師兄居然瞞著自己？

是因為不夠信任自己嗎？

還是因為感情的事涉及到隱私，師兄覺得有些為難，所以才沒告訴自己？

以唐牧洲的條件——家世好，顏值高，粉絲破億的超人氣明星選手，他喜歡的人肯定不會差到哪裡去，或許是個超級難追的大美女，怕說出來反而把事情搞砸？

這樣倒也解釋得通。

謝明哲勉強找到了理由，可是不知道為什麼，心裡還是不大舒服。總覺得沒有人能配得上唐牧洲，不管以後唐牧洲和多漂亮的人結了婚，「嫂子」這個稱呼，他還真叫不出口。

謝明哲腦子裡有些亂，直到主持人點了他的名字，他才猛然回過神來。

原來是邵夢晨在好奇提問：「我想問一下阿哲，有沒有談戀愛的經歷？」

好好的全明星，怎麼莫名其妙變成了戀愛訪談節目？

謝明哲回過神來，乾脆地答道：「沒有，我根本沒時間考慮這些。」

緊跟著又是山嵐冒了出來，彎起眼睛微笑著道：「我選阿哲玩大冒險，既然沒有談戀愛的經驗，不如現場找個人，深情求婚，就當是提前練習吧！」

謝明哲：「……」

——尼瑪，山嵐你跟我多大的仇？怎麼也跟著瞎起鬨呢？

謝明哲很想拒絕，主持人吳月卻說：「大冒險必須完成。你隨便挑，挑我也行！」

現場觀眾哄堂大笑。

謝明哲琢磨了片刻，決定讓山嵐「引火焚身」，於是他從主持人的手裡接過一朵用來做道具的玫瑰，走到山嵐面前笑咪咪地說：「既然是你提議的，那我就找你了。」

山嵐：「什麼？」

這劇情怎麼不對？果然不能小看謝明哲的腦回路！

謝明哲「深情」地凝視著山嵐，道：「嵐嵐，從第一眼看到你的那天開始，我就深深地愛上了你，我真是時時刻刻都想著你，你願意嫁給我嗎？」

山嵐：「……」

挑戰Boss，結果被Boss反殺的山嵐欲哭無淚。

聶遠道看了謝明哲一眼，繼續使用卡牌技能「王之蔑視」。

謝明哲察覺到聶神在盯自己，立刻撤退。反正是山嵐提議的大冒險，他只是應付完成而已，以牙還牙，明顯的惡搞遊戲，粉絲們肯定也不會多想。

只是，謝明哲不知道，在他嘻皮笑臉地跟山嵐說這些話時，唐牧洲正在身後微笑著看著他。

裴景山湊到唐牧洲耳邊，低聲問：「真是他嗎？」

唐牧洲沉默，等於是默認。

裴景山揉揉太陽穴，頭疼地道：「你居然喜歡這麼調皮的傢伙，口味真是獨特。」

唐牧洲微微一笑，「我喜歡的人，在我看來就是最好的。」

裴景山：「……」

——好好好，你這當師兄的把他寵上天，讓他繼續無法無天吧！

全明星的活動在一片掌聲中落下帷幕，這一屆的真心話環節，爆出了唐牧洲有心儀的對象，使得「唐牧洲初戀」的話題迅速被粉絲們頂上當日熱搜。大家紛紛猜測著男神喜歡的對象是誰，並且從各種緋聞裡尋找蛛絲馬跡。找來找去，唐牧洲鬧得最大的一次緋聞，還是跟謝明哲深夜在涅槃的樓下擁抱，被狗仔偷拍的那次。

當時，謝明哲穿著涅槃的隊服，身分很快被扒出來，加上唐牧洲自爆和謝明哲是師兄弟，緋聞也就壓了下去。官方解釋是：兩人賽後吃宵夜，師兄送師弟到樓下，擁抱只是鼓勵。

於是粉絲們自覺地排除了謝明哲。

「不是阿哲，這個緋聞早就已經澄清過了！」

「不要侮辱唐謝兩人純潔的兄弟情好嗎？」

唐牧洲看到這些評論，無奈地表示：請盡情侮辱，我對他的想法一點都不純潔。

粉絲們繼續猜測。

「我覺得唐神喜歡的人，更可能是個知性又溫柔的女生？」

「說不定是商界大佬的富家千金？從小一起長大的白富美？」

大家猜來猜去卻找不到任何證據，只能說，唐牧洲藏得太好了。

眼看評論區吵得熱火朝天，唐牧洲只好主動發了一條消息：謝謝大家對我的關心。我喜歡的人是誰，請不要瞎猜了。等將來結婚的時候，我會公布的。

粉絲們這下又炸了。

「結婚？天吶，唐神是認真的？」

「我男神想跟那個人結婚？真的假的！」

「恭喜唐神，能遇到真正心愛的人並不容易，祝福你順利追到對方！」

粉絲們一開始不能接受，但當唐牧洲公開表態要「結婚」，大家只能認了——看來這次男神真的很喜歡、很喜歡那個人，都想結婚了啊！

對於能得到唐牧洲摯愛的那位神祕人物，粉絲們真是羨慕嫉妒恨。

就連謝明哲也有些羨慕起來。

忽略賽場上滿腹壞水的戰術布局，在現實當中，師兄真的是個特別溫柔的人，又暖又體貼，肯定也會很專情吧？能得到這樣的男人的喜歡，想想都覺得很幸福。

謝明哲有個原則——雖然他喜歡同性，但他不會去掰彎直男。

唐牧洲看上去筆直筆直的，所以他一開始就沒有多想，只想跟對方當兄弟，有個這樣的師兄也很好。只是，突然知道師兄心裡有了喜歡的人，一時不大習慣，總感覺屬於自己的關心會被搶走，莫名地有些失落。

回去之後，謝明哲失眠到凌晨三點，翻來覆去地想心事。

他的生理年齡很快就要十九歲了，重生以來，一直忙著打比賽，感情的事情根本沒考慮過，但其實，他一直很渴望能遇到個貼心的戀人。

上一世的他，大學畢業後忙著找工作，想著等事業穩定了再考慮感情。這一世的他也沒機會談戀愛，所以到現在為止，他的初戀、初吻全都留著。

他根本不知道喜歡一個人是什麼感覺。

自從發現自己的性向後，他看過不少耽美小說，很羨慕小說裡描寫的那些絕美愛情。

也不知道自己能不能有這樣的幸運，遇到一個真心相愛的人呢？

胡思亂想了一整夜的謝明哲，次日醒來時頂著一對大大的黑眼圈。

全明星活動結束，大家各自退房回俱樂部，謝明哲在樓下退房時正好遇見唐牧洲，對方看見他這副樣子顯然有些驚訝，關心地問：「昨晚沒睡好嗎？」

謝明哲找藉口道：「做了個惡夢，半夜被驚醒了。」

其實是個很奇怪的夢，他夢見自己抱著一個看不清面容的男人親吻，還跟對方這樣那樣做了很多特別親密的事情……

年輕人血氣方剛，做這種夢很正常，但他不好意思跟師兄明說。

偏偏唐牧洲還繼續問：「這幾天不是玩得挺開心嗎？怎麼會做惡夢？」

謝明哲耳根一紅，隨口敷衍道：「昨天不是拉嘲諷拉得太過分了嗎？夢見我被聶神的獅子老虎追殺。」

這個藉口很是合理，唐牧洲顯然信了，微微一笑，伸出手輕輕幫他整理了一下略顯凌亂的頭髮，柔聲道：「回去好好休息一天吧，明天再出發。」

謝明哲愣了愣，「出發？去哪裡？」

「你忘了我請大家出遊的事？」

謝明哲恍然大悟，「喔對！地方已經確定了嗎？」

「嗯，你提議的海邊，我包了一個度假飯店，可以盡情放鬆。」

「……」謝明哲感嘆道：「你這次真是下了血本啊！」

——可不是嗎？誰叫鍋裡的青蛙皮太厚，煮了這麼久都沒反應，我只能再加一把火。

唐牧洲微笑著看向謝明哲，說：「沒關係，反正這些年存了很多錢，花不完，不給你……們花，我賺錢又有什麼意義？」

謝明哲沒察覺到不對勁，豎起大拇指，「有錢就是任性！」他頓了頓，又說：「對了，上次跟師父視訊的時候，他好像說，他不想參加這次的集體出遊？」

「師父不喜歡熱鬧，一向不參加集體活動。」唐牧洲微微皺眉，「我再親自去邀請一下他吧，這次度假也不全是集體活動，飯店隱密性很好，有不少度假別墅，我可以單獨包一套給他住，到時候他想做什麼，都由著他。」

「這樣最好！這幾天我和陳哥來參加全明星活動，師父還留在俱樂部裡忙著整理卡組。他太敬業了，也該給自己放個假。師兄你親自去邀請的話，他肯定會給你這個面子。」謝明哲興奮地問道：「還有誰一起去？參加的人都定了嗎？」

「全明星的選手基本上都會去，你也可以叫上你們俱樂部的小柯和秦軒。另外，流霜城那邊，蘇洋前輩也說要去，只有他出動，流霜城的四位師兄弟才願意跟著出動。」

「蘇洋前輩？」謝明哲雙眼一亮，「那他的雙胞胎女兒也會去嗎？」

「嗯。」看來謝明哲真的很喜歡小孩子，尤其是蘇洋的寶貝雙胞胎。唐牧洲溫柔地看著他，「海邊的娛樂活動特別多，你可以帶兩個小孩子去玩遊戲。」

「太好了！」謝明哲一臉興奮，對接下來的出遊期待極了。

當天中午，唐牧洲開車和陳霄、謝明哲一起回了涅槃俱樂部。

三人到的時候，陳千林正在教練辦公室裡整理卡牌，唐牧洲親自去請他，加上謝明哲在旁邊勸說，陳千林最終同意了一起出去旅行。陳霄是最高興的，他本來也不打算去，既然陳千林參加，那

他當然不會缺席。

陳霄私下找了唐牧洲，問道：「這次出遊，住宿方面怎麼安排？」

唐牧洲道：「我訂的飯店大部分是雙人海景別墅，師父不喜歡被外人打擾，但一個人住的話又太無聊了。我在想，要不你跟他住？」

陳霄心中狂喜，表面上卻不動聲色地點了點頭，「沒問題。」

他頓了頓，又裝作不知情地問道：「那你呢？跟徐長風住，還是跟沈安一起住？」

唐牧洲淡淡看了陳霄一眼，「我跟誰住，你不是早就想到了嗎？」

陳霄挑眉，「果然，你喜歡他？」

唐牧洲聳肩，「你跟裴景山，應該都看出來了吧。」

職業聯盟裡知道唐牧洲性向的人，只有陳霄和裴景山。

裴景山和唐牧洲一起長大，早就知道他喜歡男生，加上裴景山辯證思維、分析問題的能力一流，已經從唐牧洲的各種反常行為中分析出了真相。

而陳霄當初和唐牧洲一起跟陳千林學習製卡，那時的唐牧洲還在大學讀書，曾經遇到過不少美女大膽表白，唐牧洲毫不猶豫地拒絕，一來二去的，陳霄就知道了唐牧洲喜歡男生。

只是，唐牧洲一直潔身自好，從不輕易動心。

以陳霄的瞭解，唐牧洲是那種看上去很溫柔、很好相處，實際上卻特別有原則的人，哪怕是關係極好的朋友，跟他的距離也不能逾越。

只有謝明哲是特例。

自從兩人深夜擁抱的影片被狗仔曝光之後，陳霄就一直懷疑唐牧洲對謝明哲特別不一樣。因為，哪怕是跟唐牧洲認識五年的他，還有認識二十年的裴景山，都沒有和唐牧洲這麼親密過！

況且，當時影片裡的唐牧洲，臉上的笑容是那麼的溫柔。

他每次看謝明哲的時候，目光中都是滿滿的寵溺和溫暖，那不僅僅是對師弟的寵愛而已。其他人可能不會多想，但陳霄對唐牧洲瞭解更深，自然知道他這種眼神意味著什麼。

他顯然很喜歡謝明哲，所以才會對謝明哲這麼包容。

這次下血本請聯盟這麼多人集體出遊，唐牧洲顯然另有一番目的！

他一向獨立有主見，決定的事情別人根本改變不了什麼。陳霄對他的私事並不想干涉太多，他到底能不能和阿哲在一起，陳霄決定順其自然，讓他們自己去處理。

感情的事情，作為外人還是不要插手比較好。

不過，謝明哲看上去完全不知情，依舊把唐牧洲當成兄長。想讓皮皮哲這個沒心沒肺的傢伙對他死心塌地，估計不大容易，唐牧洲真是任重道遠啊！

【第五章】你問過我了嗎？你怎麼知道我不願意？

去涅槃俱樂部親自邀請了師父之後，唐牧洲便回到風華。

作為請客的東道主，他當然希望讓大家玩得開心、吃得滿意，不過，他自己並沒有主辦大型活動的經驗，生怕有地方疏漏。因此，他請風華俱樂部的選手經紀人薛林香來擔任這次集體出遊的總策劃。

薛姐辦事細心謹慎，在統計了大概的名單後，很快就訂好飯店以及接下來幾天的餐廳，就連海上的娛樂項目行程，也提前和飯店的活動中心打了招呼。

現在是六月份，學生們還沒放暑假，不算是旅遊高峰期，因此飯店並不難預訂。但是確切的房間數，還是需要拿到最終的名單才能和飯店確認。薛林香催著唐牧洲給名單，唐牧洲也在聯盟群裡再次發出邀請，直到晚上再沒有其他新人報名了，他才將這次出遊的朋友全部拉進一個新的群裡。

薛林香粗略一數，這都超過三十人了，可見唐牧洲的號召力有多大。

唐牧洲在群裡發消息：這次出遊的地方在海邊，我們訂的度假飯店有高層海景房、附獨立游泳池的雙人度假別墅，以及可以住四到八個人的大別墅，大家對住宿方面有什麼要求，可以儘管跟薛姐說，由薛姐來統一安排。

葉竹立刻跳出來道：@白旭小白，我們一起住吧？

經過全明星活動，兩個中二少年的「革命友誼」進一步加深。他倆在荒島模式被謝明哲反殺，在挑戰賽追殺謝明哲結果又讓對方跑了，同仇敵愾的兩個人已經變成無話不談的死黨，加上大紅大綠的審美觀也很一致。

白旭毫不猶豫地就答應了：沒問題，我們一起住雙人別墅！

裴景山有些納悶：小竹跟白旭住，那我呢？

暗夜之都參加這次出遊的只有裴景山和葉竹兩個人，葉竹察覺到自己拋棄了自家隊長，立刻改口說：我們三個一起住吧！

裴景山果斷拒絕：算了，我還是跟小歸一起住吧。

他可不想跟兩個嘰嘰喳喳的小傢伙待在一起，感覺就像帶小朋友的家長，肯定會被吵得頭疼。

歸思睿道：我師父、凌神也會一起去，我們四個住一套大別墅可以嗎？」

裴景山欣然同意：沒問題。

山嵐發了個笑咪咪的表情：我跟師父住一間，麻煩安排一下，謝謝薛姐。

小嵐不管去哪都跟在師父後面，幾乎要變成聶遠道的人體掛件。大家都已經習慣了這對師徒的相處模式，兩人單獨住一套雙人別墅也不覺得有什麼問題。

流霜城那邊，因為蘇洋前輩帶頭，四個宅男師兄弟也難得集體出動。蘇洋和他的妻子、雙胞胎女兒，以及流霜城的四兄弟全部住在一套大別墅裡，特別熱鬧。

其他俱樂部的人也和自己認識的選手一起住，落單的邵夢晨決定和薛姐、甄蔓姐姐湊一間。

謝明哲見大家都在積極發言，便冒出來道：有大套的別墅是嗎？那我們涅槃的人也全住在一起吧！師父和陳哥住樓上，我跟喻柯、秦軒住樓下！薛姐安排一下吧，謝謝！

薛林香：好的。

然而，這話剛發完，唐牧洲就緊跟著發來一句：@謝明哲你跟我住。

謝明哲：「啊？」

知道真相的裴、陳兩人沉默不語，其他人則對唐牧洲的突然插話有些疑惑。

薛林香覺得臉有點疼——小唐我剛點頭，你就這麼打臉真的好嗎？

唐牧洲微笑著解釋：師父喜歡安靜，你們涅槃的一群人湊在一起肯定會吵到他。師父和陳霄住雙人別墅，你跟我住，小柯和秦軒一起住，反正這次訂的房間夠多。

謝明哲則考慮到更經濟、實惠的安排方式，認真地道：可是那樣的話，你就要多掏三間別墅的住宿費，海景度假別墅肯定不便宜吧？有錢也不能這麼浪費啊！我覺得，我們五個人住大套就挺好

的，我知道師父喜歡安靜，我們不會吵他。

被拖出來當槍使的陳千林很是莫名其妙——關我什麼事？

唐牧洲有些頭疼，小師弟居然籌劃著怎麼幫他省錢！該說這傢伙太體貼，還是太單純？

這次出遊的關鍵目標，就是為了跟你同居，好嗎？

唐牧洲哭笑不得，乾脆地說道：薛姐那邊房間都已經訂好了，不能再退。

薛林香只好自打耳光：我剛才是在回答小嵐，你跟聶神的房間已經安排好了。@謝明哲你跟唐牧洲一起住吧。大別墅只有兩套，流霜城一套，小歸老鄭他們一套，沒有多的了。

謝明哲只好答應下來。

想想都替師兄心疼，好大一筆錢就這麼沒了！

見阿哲不再反對，唐牧洲就在群裡說道：住宿安排方面，大家需要調整的話再找薛姐。明天大家可以睡個懶覺，中午十一點準時在空間站集合。

薛林香緊跟著提醒道：海邊的紫外線比較強，大家可以帶上防曬用品和墨鏡。另外，度假別墅都有私人游泳池，想游泳的人也請自帶泳衣。

謝明哲把薛姐的提示都記了下來——這還是他第一次去海邊。

上一世作為孤兒，要養活自己都很勉強了，根本沒錢去海邊度假。這一世重生之後就開始製卡、打比賽，雖然已經不缺錢了，存款還高達八位數，卻一直沒有時間出去旅遊。

師兄包吃包住請大家出遊，謝明哲挺興奮的，關掉聊天群就上網查了此行的目的地——唐牧洲選擇的地方是一顆位於太陽系的度假小星球，據說是最近幾年剛開發的，位置非常偏遠，但有著整個宇宙最美的海景。澄澈的海水沒有遭到絲毫污染，純天然的景觀，美不勝收。

網上搜來的圖片，看著就像是特效合成的一樣。

正翻看著資料，唐牧洲突然發來一條語音私聊：「收拾行李的時候，記得帶上泳褲和泳鏡。」

謝明哲道：「我是個旱鴨子，不會游泳，這些東西不用帶吧？」

唐牧洲說：「去海邊玩，不游泳有什麼意思？我可以教你游泳，帶上吧。很多海上的娛樂活動也需要穿泳褲，不然你想穿著短袖短褲，被海水淋得全身濕嗎？」

謝明哲平時喜歡跑步、健身、打球什麼的，對游泳這種運動不大感興趣。不過，這次難得去海邊，唐牧洲也說可以教他，謝明哲覺得自己正好趁機學一學——萬一天賦不錯，學會了呢？

自我感覺良好的謝明哲立刻答應下來，「好，我明天上午去買。」

唐牧洲道：「我陪你去吧，正好我也想去買一套新的。」

兩人約好時間，次日上午十點，唐牧洲開車來接謝明哲，先去了賣墨鏡的地方。

專賣店裝修奢華，門口掛著大明星的海報，似乎是娛樂圈超人氣明星代言的產品。唐牧洲在櫃檯掃了一眼，給謝明哲挑了一款墨鏡，道：「試試看吧。」

謝明哲的五官長得精緻帥氣，下頜的線條尤其漂亮，戴上遮住半邊臉的大墨鏡之後，簡直就是娛樂圈小鮮肉，很容易被路人錯認成明星。

偏偏這傢伙又很皮，戴上墨鏡後，對著鏡子笑容燦爛，把手放在下巴處擺了個很酷的姿勢，問：「師兄，你覺得怎麼樣？」

唐牧洲微微一笑，目光中是滿滿的溫柔，「挺好看的。」

店員小姐也在旁邊添油加醋，「帥哥，你戴我們家的墨鏡特別好看！這款是今年新上市的限量版，臉型不好看的人駕馭不了，你男朋友的眼光真不錯。」

謝明哲看了唐牧洲一眼，笑著解釋：「他不是我男朋友。」

唐牧洲：「……」

——你問過我了嗎？你怎麼知道我不願意？

店員小姐怔了怔，「啊，抱歉。」

謝明哲擺擺手，「沒關係，就買這個吧，我也覺得不錯。」

正要掏錢，結果唐牧洲主動刷了卡，微笑著說：「師兄送你吧。」

謝明哲本想推辭，但唐牧洲動作太快，轉眼就付了錢，這個時代的移動支付比掃碼還要快，攔都攔不住。

謝明哲只好收下墨鏡，道了聲謝。

接下來去買泳褲的時候，謝明哲就積極主動地搶著付錢，「你給我買墨鏡，泳褲和泳鏡換我買給你，總不能都讓你掏錢！」

唐牧洲笑了笑，沒有反對。

泳褲這種貼身的私密衣物，非情侶關係的話一般不該隨便送，但阿哲顯然懵懂無知，就像當初生日送唐牧洲衣服一樣——居然主動掏錢給唐牧洲買了條嶄新的黑色泳褲。

唐牧洲欣然接受，反正將來會讓謝明哲親手脫掉。

兩人買完東西後一起來到空間站，謝明哲看到了不少熟悉的面孔，大家都提著行李箱或者揹著旅行包，一週的出遊行程肯定要帶換洗衣服，男人們帶的可能不多，女生們一天一套都是正常的。

這裡是一處私人空間站，不用擔心這麼多人集體出行會被路人或者狗仔隊撞見。空間站中央停著一艘嶄新的客運飛船，謝明哲推測，這應該是唐牧洲找他舅舅借來的。

他舅舅也就是白旭的父親，據說是一家大型航空公司的老闆，這一點唐牧洲曾經跟謝明哲提起過。既然是唐牧洲主辦的出遊活動，交通方面請舅舅幫忙也在情理之中。

眾人登上飛船，午飯直接在飛船上解決，安排的是簡單的自助餐。

謝明哲吃飽喝足，坐在船艙裡，看著外面陌生的宇宙景觀，心裡很是感慨。

窗外是廣袤的宇宙天幕，偶爾滑過的流星妝點著蒼穹，飛船在經過一片形狀奇特的星雲時，白旭還會用自己豐富的天文學知識為大家講解。

這讓謝明哲更加清晰地意識到——自己再也回不去地球了。

但奇怪的是，他一點也不覺得失落。

剛開始的時候他偶爾還會想，自己能不能回去？這裡實在太陌生。

可是現在，他卻很慶幸自己來到了這個世界——他走上一條完全沒有料到的路，成為一名職業牌手，認識了這麼多有趣的人，還把他喜歡的許多名著人物製作成卡牌，也算「不虛此行」吧！

謝明哲嘴角帶著笑，心底充滿了暖意。

他喜歡這個世界，也下定決心要在這裡徹底安定下來。當然，能找到一個心愛的人，相守一世是最好的，不知道自己將來的伴侶會是什麼性格？

正胡思亂想著，突然有個低沉的聲音打斷他的思緒，「在想什麼？」

唐牧洲端著兩杯果汁走過來，將一杯謝明哲愛喝的草莓汁遞到他的手裡，「笑得這麼開心，是想到什麼好事了嗎？」

謝明哲接過草莓汁喝了一口，大著膽子問道：「師兄，我能不能問你一個比較隱私的問題？」

唐牧洲道：「問吧。」

謝明哲湊到他耳邊，神祕兮兮地問道：「全明星問答時，你說自己有喜歡的人，是你的初戀……喜歡一個人是什麼感覺？你是怎麼確定自己喜歡她的呢？」

唐牧洲回過頭，對上小師弟明亮的眼睛。

那雙眼睛清澈又純粹，眼裡滿是好奇，顯然，他確實不知道喜歡別人是什麼感受。

唐牧洲從他的眼中看到了自己的投影。

他喝完果汁的嘴唇濕漉漉的，是很紅潤的顏色，唇形非常的飽滿，特別適合接吻。微微張開的唇瓣下面，是整齊、潔白的牙齒，說話的時候還會露出紅潤的舌尖……簡直要命！

唐牧洲的喉結劇烈地滾動了一下。

——怎麼確定的？我該怎麼回答？難道要說現在就想親你，想把你按在床上徹底的占有你，這算不算喜歡？

一開始唐牧洲也不確定。謝明哲當時最吸引他的，是出色的製卡天賦。他覺得小師弟很皮，也很可愛，性格直率陽光，做事非常認真，他當師兄的幫幫師弟，也在情理之中。

但是不知道從什麼時候開始，變得越來越在意，會因為對方的靠近而心跳加速。

想親他、想獨占他、想讓他永遠留在自己的身邊。

這種強烈的獨占欲，自然是因為喜歡。

在這件事上，唐牧洲非常清醒理智，絕對不會做出錯誤的判斷。

「師兄？」見唐牧洲的目光突然變得深邃，臉上的笑容也消失不見，謝明哲察覺到自己或許問了不該問的問題，立刻開口道：「不方便說也沒關係，我只是好奇。」

唐牧洲回過神來，神色複雜地看著他，「好奇嗎？」

謝明哲嘿嘿笑，「我這不是沒經驗嗎？想找你這個有經驗的，交流交流感想！」

唐牧洲微不可察地揚起唇角，說：「不急，以後慢慢交流。」

謝明哲：「現在不行嗎？」

唐牧洲：「不行，我要去睡覺。」

謝明哲：「……」

低頭看錶，正好是下午四點。

聽說唐牧洲有每天睡「下午覺」的習慣，風雨無阻，粉絲們都說他像植物被曬蔫了需要休眠。

謝明哲不敢挑戰師兄的生理時鐘，只好眼睜睜看著唐牧洲轉身走進單人船艙裡睡覺。

心裡卻很好奇，師兄喜歡的人究竟會是誰？

這次旅行的目的地有些遠，一直到傍晚六點才終於抵達。

一覺睡醒的唐牧洲精神極了，和大家一起去飯店吃了頓豐盛的海鮮大餐。海邊的海鮮特別新鮮，帝王蟹、大龍蝦之類的海鮮料理，就跟不要錢似地擺了滿桌，大家都吃得很是滿足。

這家度假飯店的隱密性很好，唐牧洲直接包下了Ａ區，大廳裡除了飯店的工作人員外，就只有他們這些選手，不用擔心被外人撞見。

飯後，大家在接待的指引下來到各自的住處。

謝明哲一路上看見不少獨棟別墅，這家飯店的環境太美了，別墅的造型看著也很精緻，大部分別墅都建在海邊，出了門就是沙灘。這樣的住處肯定價格不菲，謝明哲很佩服師兄的豪氣。不過唐牧洲這個級別的選手，收入不是一般人能想像的，這點錢對他來說也不算什麼。

兩人來到二十一號別墅，謝明哲興奮地提著行李走進去。

雙層別墅，一樓是客廳、餐廳、廚房以及一個露天的游泳池，陽臺是落地窗，推開窗就能直接走進沙灘，潔白的沙子看上去非常細膩。

二樓則是兩間臥室，面積都很大，並且有獨立的浴室——唐牧洲雖然很想跟師弟睡在一起，但現在關係還沒到那個地步，謝明哲又不傻，不可能同意跟他睡一張床。

兩人各自選了房間把行李放下。

謝明哲興奮地從箱子裡翻出泳褲換上，「師兄我想去游泳，一起去嗎？」

樓下的游泳池設計得很漂亮，有一半伸進了大海裡，僅用一道瓷磚牆將池水和海水隔絕開來。趴在泳池旁邊，正好可以看見一望無際的大海，如同置身於海裡。

池水顯然是剛換過，清澈見底。

這顆星球的氣候比首都星還要炎熱，但由於現在是傍晚，太陽已經快要落到海平面，迎面吹來的海風散去了周圍的熱氣，溫度非常舒服。

謝明哲很想跳進泳池裡泡一會兒，順便看看落日，想想都覺得很愜意。

他倒也不拘謹，打定主意之後回到臥室把衣服一脫，穿著泳褲就來找唐牧洲教游泳。

唐牧洲看見他這樣子，脊背微微一僵，不知道說什麼才好。

——你也太沒危機意識了吧！就像一隻在狼面前攤開肚皮的小白兔，就不怕師兄把你給吃了？

謝明哲身材偏瘦，一雙腿又直又長，精緻的鎖骨、腰身的曲線，全都映入唐牧洲的眼裡。

唐牧洲強行忍住衝動，低聲道：「你想現在就學游泳？」

謝明哲興奮點頭，「吃飽喝足沒事幹，反正時間還早，你來教我吧，看看我有沒有天賦。」

對上他期待的目光，唐牧洲根本就沒法拒絕。

於是，唐牧洲也換上泳褲，來到樓下的游泳池。

他比謝明哲高出幾公分，腿顯得更長，成年男人穿上泳褲、戴上泳鏡，全身上下都散發著性感的荷爾蒙，讓謝明哲看得心頭一顫。

師兄真是模特級的完美身材，居然可以看見整整齊齊的腹肌！

八塊腹肌，這也太漂亮了吧！

謝明哲有些羨慕地道：「師兄你身材真好，是怎麼練出來的？」

當初重生的時候因為躺在醫院當了很久的植物人，謝明哲整個人瘦成一把骨頭，後來補充營養，慢慢調整，身材恢復到正常水準，但比起唐牧洲來說，還是算不上健碩。

唐牧洲的身材男人味十足，女生們看見了估計會腿軟，就連謝明哲都受到強烈的視覺衝擊，心臟跳得特別快，呼吸都有些困難，強行保持著鎮定。

唐牧洲微笑著回答：「我平時經常去健身房，練了好幾年才練出這些腹肌。你年紀還小，沒必要學我，你這樣就挺好的。」

說罷又打量了他一眼，阿哲到今年八月份才滿十九歲，少年的模樣，青澀中透著一些小性感，穿著同款的泳褲對自己笑，笑容特別勾人。

怕自己會忍不住，唐牧洲只好移開視線，「不是要學游泳嗎？下水吧。」

謝明哲嗯了一聲，跟著唐牧洲一起走入泳池。

智慧泳池調整過溫度，剛下水的那一剎那，會感覺到微微的涼意，但很快就覺得渾身舒暢，一整天的疲憊在泡進游泳池的那一刻似乎消失殆盡。

謝明哲不會游泳，但也不怕水，走進泳池後就扶著牆壁往前挪步。

唐牧洲看他如同小孩學走路一樣小心謹慎，目光不由更加溫柔，主動游到他的身邊，伸出手輕輕攬住他的肩膀，帶著他走到泳池的另一邊，道：「你先跟著我學換氣。」

謝明哲認真點頭，「好。」

唐牧洲給他講解了注意事項，緊跟著示範一遍。

謝明哲剛開始完全把握不住呼吸的節奏，憋氣和吐息總是控制不好，腦袋一埋進水裡，那種被水淹沒的窒息感會讓他忍不住地心慌，結果就嗆了好幾口水，咳得滿臉通紅。

唐牧洲在旁邊溫柔地幫他拍背，「別怕，我在這兒，放輕鬆再試試。」

大概是唐牧洲的聲音太溫柔，謝明哲漸漸地安心下來，按照他的指導慢慢調整。

幾次之後，謝明哲終於掌握了換氣的技巧，興奮地抬起頭，「我好像學會了一點！」

正是黃昏時分，夕陽終於落到海平面，整個海面就像是灑下一縷金色的光芒，海風吹過時，海

面揚起的波瀾，不斷地晃動著，波光粼粼的海水裡，像是有無數細碎的鑽石。天空中的晚霞和海面連成了一片，真正地呈現出「海天一色」的壯美景觀。

謝明哲回頭看到這一幕，立刻眯起眼睛，趴在泳池邊向遠處眺望。

「好美……」謝明哲感嘆著，「網上那些圖片，我還以為是合成的，沒想到真的這麼美！」

然而，唐牧洲的眼中，卻完全沒有什麼大海和夕陽。

他的眼裡，只有趴在泳池邊的謝明哲。

剛剛學會換氣的謝明哲，就像是考試拿到第一名的學生那樣興奮，臉上的笑容燦爛極了，他只穿著黑色的泳褲，泡在水裡的身體上全是晶瑩剔透的水珠，被陽光一照，像是全身都在發光。淋濕的頭髮烏黑如墨，髮梢上的水正順著鎖骨往下流，他隨意地甩甩頭髮，水珠飛濺，真是帥氣又性感。

唐牧洲聽到自己劇烈的心跳聲。

真是個誘人而不自知的傢伙……

唐牧洲輕輕笑起來，伸出手幫謝明哲把幾根調皮地垂下來的頭髮別去耳後，他聽見自己用溫柔到極點的聲音說：「你要是喜歡大海，以後我可以常陪你來，我們有很多時間。」

謝明哲正欣賞著壯觀的海景，並沒有察覺到這句話裡的深意。

其實對唐牧洲來說，這個許諾，是可以用一生來兌現的。

——以後你想去哪兒，我都會陪著你。

唐牧洲追求喜歡的人的方式，跟他本人一樣很有風度。

他不會強迫謝明哲答應，也不想貿然告白打亂兩人親密的關係，他只做自己應該做的事——陪伴才是最長情的告白。比起轟轟烈烈的愛情，他更想溫柔、長久的相守。

所以，先讓小師弟適應一下自己在身邊的日子，一週的時間應該足夠了。

習慣著習慣著，總有一天會離不開的。

謝明哲的學習能力特別強，作為一個從沒游過泳的旱鴨子，能這麼快就學會換氣的技巧，他自己也有些意外——大概是因為師兄親自教他，還教得特別溫柔耐心，所以他學起來事半功倍？有這樣的好老師帶著，謝明哲發現游泳一點也不難。

學會了吐息的技巧之後，他興奮地還想繼續學自由式，但唐牧洲卻說：「一步一步來吧，你先把基礎打好。今天已經很晚了，改天再教你。」

「好吧！」師兄的話也有道理，反正時間還長，並不急於一時。

兩人一直練習到十一點鐘，謝明哲這才依依不捨地從泳池出來。學了幾個小時，他也有些累了，回到臥室後簡單沖了個澡，倒頭便睡。

本以為在身體疲憊的狀態下很容易一覺睡到天亮，但是半夜卻被惡夢驚醒。

嚴格來說這不算是惡夢，只是夢境的內容有些奇怪——他又夢見了一個男人，具體的五官看不真切，模模糊糊的，但男人的身材特別好，小腹還有整整齊齊的腹肌。那人將他壓在床上狂熱地親吻，謝明哲感覺到自己快要喘不過氣來，整個人都像是被火燒一樣，全身發燙。

驚醒的時候，謝明哲出了一身的冷汗，感覺就像是傳說中的「鬼壓床」一樣陷入夢魘。他伸出手摸了摸自己的嘴唇，並沒有被親吻的痕跡，只是夢境太過逼真，讓他一時有些恍惚。

真是奇怪，最近總做這種夢，難道是青春期的渴望太過強烈嗎？

夢見有腹肌的男人，顯然是今天看見唐牧洲的腹肌之後，日有所思、夜有所夢的緣故。他確實很喜歡師兄的身材，幾塊腹肌恰到好處，不會像那些大塊頭的肌肉男一樣給人「野蠻」的感覺，反而透著精瘦和幹練，加上修長的雙腿和結實的胸膛，真是性感極了。

不過，欣賞歸欣賞，謝明哲對師兄還是不敢有非分之想。

他一直覺得自己是個清心寡慾的人，上一世青春期發育的時候也看過一些影片資料，但他對這

些並不著迷，只是當成科普隨便看看，瞭解一下具體的流程。由於一直沒有男朋友，完全沒有這方面的經驗，平時也很少做這種曖昧的夢，他的大部分精力都放在兼職賺錢和找工作上。

沒想到，最近做夢的頻率越來越頻繁，總是夢見自己跟人抱在一起卿卿我我，謝明哲也挺不好意思的，就好像他年紀輕輕、慾求不滿一樣。要是被師兄知道了，大概會笑話他……

謝明哲微紅著臉大清早去洗內褲。正在清洗時，突然聽到一陣敲門聲。

唐牧洲早就起床了，聽見對面臥室的動靜就來看看小師弟睡醒了沒有，結果發現門開著，他敲了敲門便走進來，問道：「你起來了嗎？一起去吃早餐。」

謝明哲的雙手猛然一抖，不小心把內褲丟進水池裡，他急忙撿起來，故作輕鬆地朝門外說：「師兄，你在樓下等我一會兒，我還在洗臉。」

「好，那我在客廳等你。」唐牧洲當然不會推開洗手間查看情況，留下這句話便下樓了。

謝明哲鬆了口氣，莫名的有些心虛。

他活了兩世，上一世都活到二十二歲大學畢業了，也沒遇到過這種情況。結果現在卻春心萌動，就像是剛步入青春期的少年一樣，晚上老是夢見奇奇怪怪的場景，讓他感覺有些羞恥。

當然，從科學的角度來看，年輕人血氣方剛做這種夢很正常，身體有反應也證明他很健康。只是最近做夢太頻繁，讓他覺得不大好意思。大概是因為休假期間太閒了，等過段時間季後賽開打，一旦忙起來肯定就不會胡思亂想了。

謝明哲洗完內褲，烘乾後掛進衣櫃裡，換了身新衣服下樓。

唐牧洲正坐在沙發上看光腦裡的新聞，早晨剛起床的師兄，身上有種睡醒後的慵懶氣息，穿著休閒的居家服，給人的感覺比平時還要溫柔。

他對謝明哲輕輕揚起唇角，道：「昨天學游泳學得那麼晚，我還想著你今天或許會睡到十點，結果你倒是起得挺早，現在才八點鐘。」

謝明哲乾笑著解釋：「我的生理時鐘不習慣睡懶覺。」

其實是凌晨被奇怪的夢境驚醒之後，他就沒能睡著，睜著眼睛發呆到天亮。

唐牧洲站起身，走到他面前，「那我們先去吃早餐，你要是感興趣的話，今天也可以去飯店的海上活動中心，玩一些娛樂項目。」

謝明哲沒有意見，跟在他身後出門。

這次雖然打著「集體出遊」的名義，但是薛姐都是按照小團體或雙人組合的方式來安排住宿，因此大部份的時間都是各組自由安排行程，也不用擔心天天跟這麼多人聚在一起會太吵。

按照薛姐的安排，接下來的幾天，大家可以隨意去玩海上的娛樂活動，也可以選擇在沙灘上曬曬太陽、聊聊天，甚至可以待在自己的別墅裡睡個天昏地暗也沒人管你，自由度極高。

一日三餐唐牧洲費用全包，這家飯店設有五家主題餐廳，各種美味應有盡有，午餐和晚餐大家可以任意選擇在自己喜歡的餐廳用餐，早餐則是在自助餐廳吃，菜色非常豐富。但是因為自助餐廳只有一家，因此在吃早餐的時間遇到其他人的機率是最高的。

唐牧洲和謝明哲來到自助餐廳時，就看見山嵐正端著盤子在門口的糕點區挑吃的，謝明哲主動走過去打招呼：「嵐嵐，你起這麼早啊？」

山嵐怔了怔，回頭看他，「你怎麼沒大沒小的，叫我嵐嵐？」

謝明哲嘻皮笑臉地開著玩笑，「年齡差距不是問題，畢竟你是我第一個公然求婚的對象！全明星所有觀眾都可以作證，你還沒答應我的求婚。」

山嵐臉一紅，有些後悔自己惹了這個厚臉皮——當時為什麼要給謝明哲出難題呢？結果自己也被拖進了坑裡。謝明哲可是用一百點血量站到最後、出場自帶「打不死我吧」音效的傢伙！

挑戰Boss結果被反殺，真是自作自受。

山嵐苦笑道：「我只是開個玩笑，你別記在心裡，就當我錯了好不好？」

謝明哲發現嵐神的性格真的特別軟，雖然比自己大了幾歲，但面相看著很年輕，身上有種介於少年和青年之間的青澀感，愛穿白色，看上去特別乾淨。

他對山嵐一直很有好感，當初他在星卡世界裡還是個「小白」的時候，山嵐就曾邀請他加入裁決，也沒有因為他是新人就欺負他，反而把他製作的卡牌價值說得清楚清楚，讓他自己考慮。

在他拒絕加入裁決時也沒有為難他，後來甚至還把武松卡的版權還給他，可見得山嵐是個很溫柔、善良的人。

他覺得這樣的人很適合做朋友。

而且，調戲山嵐的時候，對方臉紅的樣子也挺可愛，就像剛出爐的包子，臉上幾乎要冒熱氣。

謝明哲忍著笑道：「你還說我沒有戀愛經驗，讓我提前練習一下求婚，我想問，那你有沒有談過戀愛？或者有沒有喜歡的人啊？」

山嵐這下連耳根都紅了，端著盤子的手微微發白。

就在這時，耳邊突然響起個低沉的聲音：「小嵐，我正在找你。」

山嵐如同遇到救星，立刻轉身走到聶遠道的面前，「師父，我拿了你愛吃的巧克力蛋糕，我們去那邊坐吧。」簡直就是落荒而逃，顯然是怕了謝明哲，惹不起，躲得起。

聶遠道朝兩人點頭打過招呼，便帶著徒弟去窗邊坐下，臨走時瞄了謝明哲一眼，似乎在警告謝明哲不要欺負他徒弟。

謝明哲看著山嵐的背影，忍不住道：「山嵐人很溫柔，脾氣又好，看他剛才的表情好像也沒談過戀愛的樣子，居然害羞了……星卡聯盟的選手難道全是單身嗎？」

「大部分是，但不全是。」唐牧洲看了謝明哲一眼，並沒有從師弟的臉上看見對山嵐的喜歡，顯然這傢伙只是跟山嵐開玩笑而已，他心底微微鬆了口氣，說道：「其他人我不知道，但裴景山有女朋友，感情很好，不是這個圈子的，他擔心公布女友身分後會被粉絲騷擾，所以一直保密。」

「這樣啊……」謝明哲有些好奇，但又不方便八卦。

「他女朋友我認識，帝都大學法學院的學姐，工作很忙，平時也聚少離多，但小裴對女朋友很專一，我估計他退役之後就會回家結婚。」唐牧洲把好友的情況告訴謝明哲，也是覺得阿哲不算外人，以後肯定有機會見到，裴景山的婚禮說不定他倆到時候也得一起去參加。

「你跟裴景山一起長大，愛情觀應該差不多吧？你對喜歡的人是不是也很專一？」謝明哲想到師兄發的那條聲明，當時很多粉絲在猜測他喜歡的人是誰，有些老婆粉還對他喜歡的人惡語相向，唐牧洲卻很乾脆地說「結婚後會公布」，顯然是認定了對方，衝著結婚去的。

「當然。」唐牧洲回答得毫不猶豫，回頭看向謝明哲時，目光非常溫柔，「要是隨便變心的話，豈不是對自己的眼光太沒有自信了？我喜歡的人，就是最好的。」

「……」突然有點羡慕那個人，等得到唐牧洲如此專注的愛，真是幸運。

謝明哲心裡又不舒服了，他迅速忽略掉這種異樣感覺，拿了空的餐盤去找吃的。

結果在轉角遇見精神抖擻的葉竹和白旭，兩個小傢伙正在狼吞虎嚥，早餐擺了滿滿一桌。謝明哲好笑地道：「你倆是餓壞了嗎？」

葉竹一邊吃蛋糕一邊說：「今天會消耗大量的體力，早餐當然要多吃一點！」

白旭說：「我們準備去海上活動中心。」

謝明哲提起了興趣，乾脆在他倆旁邊坐下來，問道：「好玩的項目多嗎？」

葉竹直接打開光腦給他看，上面有活動中心所有娛樂項目的介紹，除了有一般常見的海上飛艇、降落傘等等，甚至還有懸崖邊的高空彈跳，看上去特別刺激。

謝明哲心裡也蠢蠢欲動起來，回頭看向唐牧洲，「反正今天閒著，不如我們也去玩吧？」

唐牧洲當然不會反對：「好。」

水上項目會淋濕衣服，於是飯後，兩人回去拿了泳褲、防曬用品和墨鏡，便朝活動中心出發。

兩人到場的時候，葉竹和白旭已經去玩兒了，謝明哲興致勃勃，也和唐牧洲一起玩了幾個驚險刺激的項目，興奮地嗷嗷叫。唐牧洲倒是很少叫出聲來，只是唇角浮著笑意，覺得看著這樣開心的謝明哲，讓他的心情也跟著變好。

一整天的海上娛樂活動，讓謝明哲玩得特別盡興。

到了晚上，兩人本來打算去飯店的主題餐廳吃飯，蘇洋前輩突然在群裡提議：大家要不要來沙灘吃燒烤？一邊吹海風一邊吃燒烤，來一次沙灘派對，肯定很愜意。

這個提議得到很多人的回應，謝明哲想到蘇洋前輩的兩個寶貝女兒，也立刻舉手加入。

於是唐牧洲去飯店借了燒烤的工具和食材。

傍晚時分，大家圍坐在沙灘旁自助燒烤，享用著烤肉再配上啤酒，真是無比愜意。

謝明哲主動和蘇洋前輩坐在一起，特別體貼地幫雙胞胎姊妹烤吃的，兩個小丫頭一左一右地坐在他身邊，叫「哥哥」叫得可親熱了，謝明哲哄小孩兒是真有一套。

小丫頭吃飽後又跑去海邊的沙灘玩沙子，用沙子堆出各種奇怪的造型。謝明哲童心未泯，陪著她們一起玩兒，也用沙子堆出各種可愛的動物、植物造型。

傍晚的海邊，一個帥氣的大男孩，帶著兩個五歲的小朋友玩得不亦樂乎，這畫面倒是有種別樣的溫馨。

蘇洋看到這一幕，忍不住感慨：「沒想到小謝對孩子這麼有耐心。我這兩個女兒太調皮了，我都不想帶，他倒是很樂意陪孩子們一起玩。」

唐牧洲眼底的神色愈發溫柔，「他確實很喜歡孩子。」

蘇洋哈哈大笑，「你這師弟真是個機靈鬼，這一屆的全明星我也看了，我兩個女兒都很喜歡他，成了他的死忠粉，說年底的賽季MVP票選，一定要投票給他。」

兩個小女孩已經玩瘋了，滿身都是沙子，還傻乎乎地把自己埋進沙子裡，只露出一個腦袋。謝

明哲居然跟著她們一起瘋，也把自己埋進沙子裡。

唐牧洲：「……」

夜晚的海邊氣溫偏涼，不知不覺間天色已經完全黑了，藉著路燈的光線才能看見三人的位置，蘇洋去叫自己的女兒回家，唐牧洲也走過去把謝明哲從沙子堆裡挖出來，看著這個「沙化」的傢伙，唐牧洲哭笑不得地道：「你真是胡鬧，全身都是沙子。」

謝明哲笑容燦爛，隨手拍拍身上的沙子，剛要說話，結果突然打了好幾個噴嚏。

唐牧洲蹙起眉，「著涼了嗎？」

謝明哲搖頭，「可能是被風吹的，沒事。」

唐牧洲立刻拿過一件外套披在他的身上，低聲道：「已經很晚了，快回去吧。」

蘇洋的女兒戀戀不捨地揮手跟謝明哲告別，「哥哥再見！」

謝明哲笑著揉了揉姊妹倆的腦袋，「明天見！」

回到別墅後，唐牧洲讓謝明哲立刻去洗澡。

溫水沖刷過身體，洗乾淨了身上的沙塵，但謝明哲確實不大舒服，不斷地打噴嚏。只穿著條泳褲在夜晚的海邊玩了好幾個小時，大概是被海風給吹感冒了。

他的身體素質向來不錯，一點小感冒他也沒在意，洗完澡就準備去臥室睡下。

結果睡下後，腦殼越來越疼，就像是有個電鑽在頭皮上鑽一樣。謝明哲捂住腦袋，只覺得腦子裡暈暈乎乎的，渾身都開始痠疼。

正痛苦地在床上翻來翻去，結果臥室的門突然被推開，緊跟著亮起了檯燈的暖光。

唐牧洲也洗過澡了，穿著睡衣走到床邊，低聲問：「是不是不舒服？」

謝明哲道：「還、還好……」

只是，沙啞的聲音已經出賣了他。

唐牧洲很細心，早就看出來阿哲的情況不大對，回到別墅後，洗澡的過程中不斷傳來打噴嚏的聲音，臉色也有些不正常的紅潤，顯然是被海風給吹感冒了。

所以，他趁著謝明哲剛睡下還沒睡著，親自來臥室看看。

果然是生病了。

唐牧洲眉頭微蹙，伸出手輕輕摸了摸謝明哲的額頭，道：「有點發燒。」

謝明哲迷迷糊糊地說：「是嗎？怪不得我覺得冷……」

發燒的人，由於自身體溫偏高，有時候反而會覺得很冷，謝明哲在被窩裡發抖，全身冒冷汗，眼睛濕漉漉的，看上去特別可憐。

這傢伙平時笑容燦爛，還很調皮，有時候連唐牧洲都想揍他……但生病的時候，看著卻特別讓人心疼，讓唐牧洲很想把他抱在懷裡，好好地守護和照顧。

大概生病的人本來就會顯得比較脆弱？

發燒狀態的謝明哲，眼神看上去很無辜、很柔軟。

唐牧洲輕嘆口氣，溫柔地揉了揉謝明哲的頭髮，「我去給你找點退燒藥吧。」

謝明哲說：「不用麻煩，我身體素質還行，小感冒而已，很快就好。」

唐牧洲壓低了聲音：「聽話，吃完藥再好好睡一覺，會好得快些。」

說罷便轉身出門，很快就帶了一杯溫水和退燒藥回來，這些是他出門必備的常用藥物，沒想到這次居然用在謝明哲身上。

唐牧洲扶著他坐起來，讓他靠在自己的胸口，耐心地餵他吃退燒藥。

溫水滑過喉嚨，謝明哲感覺到幾乎要冒火的嗓子似乎舒服了許多，不由得吸了吸鼻子，說道：「謝謝師兄。」

唐牧洲揉揉他的頭髮，柔聲道：「客氣什麼。」

緊跟著將他放倒在床上，仔細地蓋好被子，還去洗手間拿了一條毛巾過來，沾上冷水敷在謝明哲的額頭，坐在床邊柔聲問：「好些了嗎？」

額頭傳來的涼意，讓謝明哲的意識更加清醒。

他睜開眼，看著面前溫柔的男人，鼻子猛然間一陣酸澀。

感冒，這是再常見不過的病。上一世他就感冒過很多次，只是，作為一個孤兒，無親無故的，生病了沒有任何人關心，只能自己熬過去。

他以前感冒的時候，不嚴重就喝點熱水自己扛，過幾天便好了。要是嚴重，就去醫院的門診打點滴，只不過，周圍的病人都有家人陪著，一瓶點滴快完的時候家屬會去叫護士來更換，而他卻是自己一個人……每次看病的時候，他都會覺得特別孤獨。

不過，他自小就沒有親人，已經習慣了這種「凡事靠自己」的處境。

這一世醒來的時候就在醫院裡，醫生告訴他當了很久的植物人，隨著身體記憶的慢慢恢復，他感覺到茫然又無助。

但他的適應力一向很強，很快就調整好心情，找到了工作，開始嶄新的人生。

總是一個人面對一切，有時候也會想……如果有一天，生病了有個人能在身邊照顧自己，會是什麼感覺？

也不需要做別的，哪怕只是倒一杯水呢？

以前只是偶爾想想，但是今天，他終於明白了……原來，生病的時候有人照顧的感覺，是這樣的溫暖。

唐牧洲給他倒來了一杯溫度剛剛好的白開水，餵他吃了退燒藥，給他的額頭上敷了冷毛巾——只是最簡單的照顧，卻讓謝明哲心底深處的一根弦突然被觸動了。

有人關心的感覺真好啊！

怪不得人類會那麼熱衷於找個伴侶過日子。當遇到突發事件，有個人可以跟你一起扛，和你自己獨自面對一切，兩種感覺完全不一樣。

他怔怔地看著眼前的男人，心底泛起的暖意溫暖了四肢百骸，就連身體都舒服許多。

唐牧洲的臉上滿是擔心，目光溫柔極了。

謝明哲鼻子酸酸的，眼眶有些濕潤。

唐牧洲看著這樣的小師弟，很是心疼，忍不住伸出手輕輕摸著他的頭髮，柔聲問道：「還難受嗎？要不要我叫醫生來看看？」

謝明哲搖頭：「不用了。」

這個男人真的太溫柔了，讓他有些捨不得。

一想到唐牧洲將來也會這樣細心、體貼地照顧他的妻子，謝明哲就覺得心裡發酸，他甚至有些不理智地想：師兄能不能一直留在自己的身邊？這樣的溫暖，能不能只給自己，不要給別人？

可能是腦子燒糊塗了，才會這樣胡思亂想。

怎麼會對師兄產生這麼強的獨占欲呢？

謝明哲渾渾噩噩地看著唐牧洲發呆，唐牧洲只好又給他倒來一杯溫水，餵他喝下去，然後就坐在床邊守著他，這樣萬一半夜有什麼情況，也好即時發現。

結果，謝明哲就這麼迷迷糊糊地睡著了。

被冷風吹感冒本就不嚴重，他睡著後身體也不難受了，倒是陷入了奇怪的夢境裡。

夢裡，他又看見了那個抱著他親吻的男人。

男人的吻非常的溫柔，體貼的親吻，讓他的心都要融化了。他沉迷於對方的吻中，只覺得臉頰燒得厲害，夢裡非常不科學地讓親吻持續了很長、很長……長到無法計算時間。

謝明哲紅著臉看向對方，問道：「我這幾天，為什麼總是夢見你親我？」

男人聲音低沉好聽，帶著一絲笑意，「因為你喜歡我，日有所思、夜有所夢吧。」

謝明哲道：「你開什麼玩笑，我連你是誰都不知道。」

男人走近了一步，「是嗎？你仔細看看。」

夢裡原本很模糊的五官，在眼中一點一點變得清晰起來。

男人無疑是英俊的，性感的嘴唇，高挺的鼻梁，深邃的眼眸裡還帶著淺淺的、溫柔的笑意。

——唐牧洲？

謝明哲一個鯉魚打挺從夢中驚醒，直接被嚇醒的！

此時正是凌晨，他驚出了一身冷汗，結果睜開眼一看，唐牧洲居然在床邊一直守著他，見他突然抽筋一樣猛地坐起來，便擔心地問：「怎麼了？身體不舒服，還是又做了惡夢？」

謝明哲：「……」我要是說，剛才居然夢見你親我，你會不會打我？

謝明哲羞愧地垂下頭，不敢看師兄的目光。

居然夢見被師兄親吻，謝明哲的心裡很不自在，耳根微微發紅，別過頭去不敢說話，生怕被唐牧洲看出點端倪。

偏偏唐牧洲擔心他又發燒，主動伸出手，輕輕摸了摸他的額頭，柔聲問道：「燒已經退了，還有哪裡不舒服嗎？」

謝明哲：「……」

心跳快得離譜，尤其是師兄溫柔的手指貼到自己額頭的那一刻，謝明哲的心臟差點從胸膛裡蹦出來。他深吸一口氣，儘量維持著平靜的語氣說：「沒有，只是做惡夢被驚醒了而已。」

「怎麼最近一直做惡夢？」唐牧洲仔細地看著他的表情，關心道：「是不是精神不大好？」

「呃……大概是全明星的後遺症吧，老是夢見被野獸圍攻。」謝明哲隨便編了個藉口，心虛地移開視線，迅速轉移話題，「你怎麼還不睡？」

「擔心你半夜又發燒，所以在這裡守了一會兒。」唐牧洲的回答很坦然，目光也很溫柔，「聽你的聲音還是有些沙啞，要不要喝水？我去給你倒一杯水。」

男人說罷便起身出門，很快就倒來了一杯溫水遞到謝明哲的手裡。

謝明哲接過來喝了一口，腦子這才清楚了些，回想起剛才的夢境，他不禁心跳得更加厲害，完全不敢相信自己居然會做這種夢。

以前青春期也做過一兩次類似的夢，但夢裡的對象並沒有具體的容貌，可是今天，抱在一起親熱的人居然具象化，清清楚楚地出現了唐牧洲的臉。

師兄已經明確說過他有喜歡的人，自己居然在夢裡輕薄他，真是太不要臉了！

謝明哲恨不得抽自己一巴掌，總覺得這是對唐牧洲的冒犯。

但夢境又不是他能控制的，為免自己在夢裡叫出唐牧洲的名字，謝明哲立刻找藉口把師兄給支走，「師兄，你回房間去睡吧，我挺好的。燒退了，也沒有不舒服了。」

唐牧洲微微一笑，伸出手整理好謝明哲有些凌亂的頭髮，「沒事，我陪著你。」

謝明哲的心臟劇烈地顫抖了一下——這樣的溫柔，簡直要命啊！

明明理智上來說應該讓唐牧洲回去睡覺，但謝明哲不知道是不是腦子進了水，居然沒有再繼續堅持原則——他有些貪戀這種「被陪伴」的感覺，從小到大生病的時候從來沒有人照顧過他，唐牧洲留在身邊照顧，對他來說是第一次，他心裡暖洋洋的，根本捨不得。

可能是發燒給燒糊塗了吧，等回過神的時候，唐牧洲正用溫柔的目光看著他，保持著君子風度，認真地說：「發燒很容易反覆，你不介意的話，我今晚就睡在這兒，也好隨時照顧你。」

謝明哲：「……」

他應該介意嗎？

在他看來，師兄是個直男，睡在這裡只是出於對病人的關心。性向筆直的唐牧洲，好心留下來照顧師弟，他要是把人趕走，好像顯得自己很心虛？

但如果真的留下，那就意味著要跟師兄同床睡……

他又不是直男，跟一個身材好、顏值高的男人同床共枕，總覺得很彆扭。

謝明哲的腦子有些亂，結果唐牧洲雷厲風行，沒等他拒絕就鑽進了被窩裡。謝明哲只覺得被子被掀開後，一陣微涼的風吹了進來，緊跟著，床墊微微地凹陷下去，有個溫熱的身體填滿了身邊的空白。

謝明哲的頭皮都差點炸了，臉頰頓時脹得通紅。

這這這，師兄鑽進了他的被窩？四捨五入就是同床了啊！

何況睡在身邊的人，長得這麼英俊，性格溫柔，身材又堪稱完美……這樣的誘惑，他真是抵抗不住，謝明哲的心跳越來越快，根本不敢去看唐牧洲。

唐牧洲倒是神態自若，裝出一副「很正人君子」的模樣，跟謝明哲保持著一臂的友好距離，側身看著他，嘴角含著笑意，「睏嗎？不睏的話我們聊聊？」

睏什麼？睡意全被奇怪的夢給嚇跑了……

謝明哲硬著頭皮道：「師兄你想聊什麼？季後賽嗎？」

唐牧洲失笑，「休假時就不聊比賽了吧，聊一聊私事。」

安靜的夜裡，謝明哲能清晰地聽見自己劇烈的心跳聲。唐牧洲晚上剛洗過澡，身上有種很特殊的沐浴露香味，並不刺鼻，反而非常好聞，就像是一種很清淡的植物香。

謝明哲突然想起，在很久之前，有一次師兄約他去現場看比賽的時候，他不小心撞進唐牧洲的

懷裡，聞到的也是這種味道。當時只覺得特殊，並沒有多想。如今再次近距離聞到，記憶漸漸清晰起來，這時候才發現，他對關於唐牧洲的一切，印象都特別的深刻。

察覺到對方在看自己，謝明哲腦子裡亂糟糟的，只好順著話題問：「聊什麼私事？」

「你不是很好奇喜歡一個人是什麼感覺嗎？我那天太睏跑去睡覺了，還沒來得及跟你說。」

「我只是隨便問問……」謝明哲有些心虛，說話的聲音也變小了很多。

「那我也隨便說說吧。」唐牧洲緩緩說道：「其實，喜歡一個人很簡單，不用找那麼多理由，見到他的時候會很開心，心跳控制不住地變快，想跟他更靠近一些。看不見他的時候也總會想著他，想知道他在做什麼。夢裡也經常夢見他。並不需要反覆確認，直覺會告訴你，你就是喜歡他。」

「……」謝明哲怔住了，他對唐牧洲好像也是這種感覺？

每次見到師兄都會很開心，每天晚上接到師兄的語音訊息，聊完天才能睡個好覺，要是不聊就覺得缺了點什麼。

每次贏了比賽，在師父面前不敢張揚，在記者面前總是表現得很冷靜，可在師兄的面前卻會忍不住得意，暴露出自己的本性，因為跟師兄在一起特別輕鬆，不需要任何偽裝。

當初還是個小白的時候就得到過唐牧洲的指導，後來變成師兄弟，關係更進一步。不知不覺間，他好像已經習慣在遇到開心的、不開心的事情時，都會找唐牧洲分享，他對這位師兄產生了奇特的信任感。

難道這就是喜歡？

想到這一點，好像一切情緒都有了最合理的解釋，豁然開朗。

但又覺得腦袋更亂了——他怎麼會喜歡上師兄呢？唐牧洲已經心有所屬了啊！

謝明哲糾結地皺起眉頭，不知道說什麼。

唐牧洲繼續說：「我喜歡的人很聰明，只是在感情上稍微有些遲鈍，一直沒看出來我喜歡他。

我沒有急著告白，也是怕嚇到他。或許，等他對我有了足夠的好感再告白，成功率會更高一些，你說是不是？」

謝明哲的心裡冒起一股酸味，很不爽師兄把那位「喜歡的人」掛在嘴邊。

他深吸口氣，故作鎮定地道：「我又沒經驗，你問我，我沒法給你出主意啊。」

唐牧洲低笑出聲，「不是你說要交流交流感想的嗎？如果換成是你，你會怎麼做？」

謝明哲苦著臉不知道怎麼回答。

他察覺到自己有些喜歡師兄，可是，跟唐牧洲告白？他就算膽大包天，那也是要命的。別看師兄很好脾氣的樣子，真涉及到這種原則性的問題，唐牧洲肯定會嚴肅拒絕，並且讓他端正態度……說不定以後連師兄弟都沒得做？

謝明哲有些糾結，原本就因為發燒而不大清醒的腦子，這下徹底亂成了漿糊。

唐牧洲發現他皺著眉沒反應，便湊過來問：「怎麼不說話了？」

謝明哲回過神來，強笑道：「我有點睏，不想討論這個問題，先睡吧！」

說罷就翻過身去背對著唐牧洲，把自己埋進被子裡。

唐牧洲看著阿哲的背影，心底發軟，真恨不得一把將對方抱進懷裡。

但是最終，他還是忍住了這股衝動。

他看出謝明哲似乎有些動搖，閃爍的目光跟以前不大一樣，只是他還不確定阿哲是什麼態度，還是再等等吧，水到渠成最好。

唐牧洲輕輕給謝明哲蓋好被子，閉上眼睛。

這一覺兩個人都沒睡好，畢竟這麼多年都是自己睡，旁邊突然睡了個大男人，總會不大習慣。

唐牧洲心情很好，小師弟不排斥他的靠近，看來抱到小師弟的時間不遠了。

謝明哲卻是胡思亂想到凌晨，迷迷糊糊地睡過去之後，又做了些亂七八糟的夢，以至於這晚一直處於半夢半醒的狀態，有些分不清夢境和現實。

早上起來，看見睡在身邊的師兄，謝明哲一臉尷尬，沒話找話地道：「早、早安。」

唐牧洲伸出手摸了摸他的額頭，「沒發燒，感覺好些了嗎？」

謝明哲點頭，「嗯，只是小感冒，沒事的……」

他手忙腳亂地穿好衣服，跑去洗手間沖澡。

大清早的跑去洗澡會是什麼原因，作為男人都懂。小師弟看起來非常精神，反應這麼強烈，是又做了所謂的「惡夢」吧？

唐牧洲聽著浴室裡傳來的水聲，嘴角揚起個笑意——看來得加快節奏，謝明哲似乎有些情竇初開的跡象，可不能讓他找錯方向，喜歡上別人那就糟了！

【第六章】師兄睡着了，偷親一下應該沒問題吧？

兩人早上去吃飯的時候，偶遇流霜城的方雨、喬溪、蘇青遠和肖逸四個師兄弟，這四人是職業聯盟出了名的宅男，平時不喜歡出門，今天倒是難得遇到他們整整齊齊一起出動。

謝明哲主動走過去打招呼，發現方雨自己吃過早飯後還額外打包了兩份早餐，但分量並不多。謝明哲不由疑惑，「這是打包給蘇洋的兩個小女兒吃的？」

方雨道：「嗯，師父的女兒昨晚回去感冒了，師父不讓她們出來，我帶吃的回去。」

昨晚的海灘燒烤方雨並沒有參加，因此不知道是謝明哲陪著兩個小女孩一起玩的，就這麼把真相說了出來。

謝明哲一怔，心裡頓時覺得十分愧疚。

顯然是昨天在海邊玩太瘋，兩個小女孩才會感冒，他作為「陪玩」的成年人當然也有責任，想到這裡，謝明哲便執意要去看看孩子，方雨便帶著他回到別墅。

流霜城的所有人住在一棟三層大別墅裡，蘇洋和他的妻子、女兒住頂樓，師兄弟四人住在二樓。謝明哲到的時候兩個小女孩剛剛睡醒。

謝明哲走過去跟蘇洋道歉：「是我的錯，我不該那麼晚還帶她們在海邊玩兒……」

蘇洋爽快地擺擺手，「不能怪你，我這兩個孩子從小就很皮，經常感冒，昨晚只是低燒，今天早上已經好了，還嚷嚷著要出海，我不讓她們出門，是怕吹了海風感冒會變嚴重。」

小姑娘朝謝明哲笑，「哥哥，不怪你，是我們自己要玩的！」

謝明哲仔細一看，發現兩個小朋友挺精神，笑容燦爛，不像病得嚴重的樣子，這才放下心來。但他還是有些內疚，於是主動留下來陪兩個小朋友吃早餐。

雙胞胎特別喜歡他，拉著謝明哲不放他走。蘇洋無奈，只好讓謝明哲陪陪她們。

吃過早餐後雙胞胎要看動畫片，謝明哲也不嫌吵，陪著她們一起看。唐牧洲不是很喜歡孩子，就跟蘇洋前輩下樓去客廳裡聊天，過了一陣子，陳千林和陳霄到訪——五位前輩選手中，跟陳千林

關係最好的，正是早已退役的水系鼻祖蘇洋。

他倆是中學、大學的校友，蘇洋比陳千林年長兩歲，一直叫他「林林」，陳千林也沒意見，兩人有一搭沒一搭地聊起了退役後的生活，唐牧洲和陳霄插不上話，尷尬地對視。

唐牧洲決定把空間留給師父和蘇洋前輩，使了個眼色把陳霄叫走。

兩人來到樓頂的陽臺上，陳霄似笑非笑地問道：「你們同居了兩天，進展怎麼樣啊？」

唐牧洲神色輕鬆，「我不急，你急什麼？」

陳霄挑眉，「阿哲也是我的好兄弟，你看上我們涅槃的人，還不准我關心一下？」

唐牧洲揉了揉太陽穴，「沒什麼大進展，我想找一個合適的時機告白。」

謝明哲陪兩個小朋友看完一部動畫片，剛想去陽臺上透透氣，結果卻看見陳霄和唐牧洲正站在那裡說話，兩個人的聲音壓得很低，他聽不清楚全部的內容，只聽到「告白」兩個字。

謝明哲往前幾步，在轉角處藏起來，好奇地豎起耳朵。

陳霄道：「既然喜歡他，怎麼不乾脆一點說明白呢？」

唐牧洲的聲音很認真：「就是因為太喜歡了，才不敢貿然告白，萬一他對我沒有這種想法，我一旦告白，只會讓兩個人的關係變僵，以後，他只會想方設法避開我，可能連朋友都沒得做。」

陳霄玩笑道：「在我印象中你一直很有自信，真是難得看見你這患得患失的樣子。」

唐牧洲有些無奈：「感情又不像打比賽，我對自己再有自信，也不能保證他一定會喜歡我。打比賽輸了，還可以下個賽季再來。但是他……我輸不起。」

謝明哲的手指用力地攥緊。

輸不起嗎？只有特別在意一個人，才會這麼患得患失，害怕自己會失敗。也正因為喜歡到了極點，怕一旦告白失敗就再也沒有翻身之日，所以才會格外謹慎。

沒想到師兄對那個人用情如此之深，深刻得讓謝明哲忍不住嫉妒。

到底是什麼人，居然能讓唐牧洲這麼癡心？

謝明哲的心裡咕嚕嚕地冒起酸意，這種醋味一直蔓延到嘴邊，整個嘴巴又酸又苦……

不該嫉妒，可是忍不住！

謝明哲心情複雜地想，師兄對那個人如此專一、癡情，自己要是去追他的話，希望肯定很渺茫吧？看來，剛剛察覺到自己喜歡他，就要扼殺在搖籃裡了。

正胡思亂想著，陳霄卻眼尖地發現了謝明哲，驚訝地道：「阿哲？你怎麼在這？」

唐牧洲的脊背微微一僵，不知道他聽到了多少，神色有些不大自在。

謝明哲倒是迅速調整好表情，笑容燦爛地走出來，「我剛陪兩個小丫頭看完一部動畫片，想來陽臺上透透氣，怎麼陳哥也在？」

陳霄解釋：「我哥來和蘇洋前輩敘舊。」

「師父也來了嗎？」謝明哲看了唐牧洲一眼，收起複雜的心緒，道：「你們繼續聊吧，我去樓下找師父。」

等他走後，唐牧洲和陳霄對視一眼，陳霄皺眉道：「他會不會聽見了？」

唐牧洲沉默片刻，說：「看他的表情，應該沒聽到關鍵，不然也不會這麼平靜。」

陳霄覺得有道理，便沒多說什麼，拍拍唐牧洲的肩膀。

兩人很快就下了樓，客廳裡人很多，甄蔓、薛林香和邵夢晨居然也來了，三個女生買了新鮮的水果，說是來看寶貝雙胞胎的。

蘇洋前輩的女兒，是星卡職業聯盟選手中的第一對後代，大家都很喜歡她們。

薛林香還給小朋友買了很多禮物，唐牧洲看向她時目光很溫和，道：「這幾天辛苦薛姐了，我聽飯店的人說，妳把所有的事情都安排得很妥當。」

薛林香道：「客氣什麼，這是應該的。」

唐牧洲微微一笑，主動給她遞過去一顆柳丁，「趁著休假，妳也好好休息，風華那邊的雜事太多，妳忙了這麼多年，季後賽之前我再幫妳徵一個助理。」

兩人坐在旁邊聊天，氣氛很是輕鬆融洽，謝明哲越看越覺得不對勁。

唐牧洲喜歡的人該不會是薛姐吧？

聽說六年前，唐牧洲單槍匹馬闖職業聯賽的時候就跟薛林香在網遊裡認識了，當時，他所有的卡牌升級材料都是薛林香幫他準備的，這位風華公會的總會長辦事特別俐落，是唐牧洲最強大的後盾。後來風華俱樂部成立，唐牧洲把薛林香請去當選手經紀人，另外選了一位會長管理公會。

這些年來，薛林香一直雷厲風行地協助唐牧洲處理風華內外事務，讓唐牧洲可以專心打比賽、培養人才，如果沒有她，風華俱樂部也不會有今天這樣的規模。

裴景山女朋友就是法律系的高冷美女，都說物以類聚，說不定唐牧洲喜歡的，也是這種雷厲風行、精明幹練的御姐型？

他說，害怕告白後連朋友都沒得做。薛林香性格乾脆俐落，確實不是那種好哄的女生，對待感情肯定也不會拖泥帶水，不喜歡就不喜歡，說不定唐牧洲一告白，她直接辭職走人？

所以師兄一直在擔心，不敢貿然行動？

謝明哲越想越覺得有道理，腦洞大開，已經腦補出了一齣大戲。

他湊到甄蔓旁邊，小聲道：「蔓姐，嘿嘿，之前跟妳PK過一次，成了妳的手下敗將，一直想再和妳的蛇群對戰試試，能不能給個聯繫方式啊？」

甄蔓乾脆地加了他私人好友，「隨時可以找我。」

其實謝明哲加甄蔓好友，也是想順便打聽一下風華的內部消息，好做到「知己知彼」。

可看在唐牧洲的眼裡——這傢伙情竇初開，就主動要美女的聯繫方式？

唐牧洲有些不悅地皺了一下眉頭。

由於薛姐帶了很多吃的過來，大家都沒有出去的打算，就在蘇洋前輩的別墅裡邊吃邊玩。下午四點鐘一到，唐牧洲提前離開——他的生理時鐘很難改變，一到這個時間就要睡覺，本想叫謝明哲一起回去，結果謝明哲居然拒絕了，說要跟甄蔓PK。

唐牧洲只好自己先回了別墅。

一覺睡醒後，唐牧洲發現小師弟居然還沒回來？發訊息給他，結果謝明哲回覆說：正要和蔓姐她們一起去吃自助餐。

唐牧洲很不高興，他翻出冰箱裡的食物隨便吃了一些，坐在客廳裡等謝明哲。

等了很久，直到晚上十點鐘，謝明哲才慢吞吞地回來，臉上笑容燦爛，顯然玩得挺開心。他坐在唐牧洲身邊，興奮地說道：「蔓姐好厲害，我和她PK十把，只贏了四局。」

唐牧洲淡淡道：「她打個人賽的經驗比你豐富而已。」

謝明哲笑咪咪地道：「話說，你們風華的幾個女生都好漂亮啊，蔓姐是豔麗型的，薛姐是女王型的，還有個身材比較矮的紅燭是可愛型的，她們是不是都沒男朋友？」

唐牧洲：「……」這都開始打聽風華的女生了，你開竅的方向不對吧？

雖然溫水煮青蛙的方式對謝明哲有點用，但是煮到現在依舊沒熟透，顯然是火候不夠。更過分的是，這隻青蛙還有可能跑到別人的鍋裡去，那豈不是煮了半天結果便宜了別人？

唐牧洲覺得，是時候添一把猛火，至少要讓謝明哲明確方向，別偏到別人那裡去了。

他看著謝明哲，目光深邃，「你突然問她們，是對她們有興趣，想找個女朋友嗎？」

謝明哲心道，師兄果然對薛姐有意思，這話裡滿滿的都是危機感！

於是，謝明哲假裝很輕鬆地說：「是有這想法。」

唐牧洲沉默地看著他。

這種目光讓謝明哲有些心虛，但他還是故作鎮定，笑容燦爛地說：「師兄喜歡的人，是不是薛

姐啊？她很漂亮，不過看上去確實比較難追。」

唐牧洲沒吭聲。

謝明哲強忍住酸味，繼續探口風，好奇問道：「或者是甄蔓？到底是誰，跟我說說吧，說不定我能幫你。」

唐牧洲在心底輕嘆口氣，「你真的想知道？」

謝明哲點頭，「嗯。」

唐牧洲將手放在謝明哲的肩上，認真地說：「你確實可以幫我追到這個人。」

謝明哲笑咪咪地說：「是吧？我可以給你當參謀，一起查查資料什麼的。」

唐牧洲道：「不用那麼麻煩，你只要點頭同意就行。」

謝明哲怔了怔，「同意什麼？」

唐牧洲目光溫柔，聲音也暖到了極致，「同意我追你。」

謝明哲：「啊？」

唐牧洲輕笑著伸出手，揉揉他的腦袋，「你一點都沒感覺到，我喜歡的人就是你嗎？」

謝明哲一臉懵逼，「什麼？」

這次的夢太離奇，也太不要臉了，誰來打醒他？

謝明哲的腦袋裡嗡嗡作響，用力掐了一把自己的大腿，疼痛感清晰地告訴他這不是夢境——難道他沒有聽錯，唐牧洲是真的在跟他告白？

謝明哲的第一反應是師兄在逗他玩兒，不由尷尬地笑道：「師兄，你別開玩笑了……」

「沒開玩笑。」唐牧洲臉上的表情很是認真，「阿哲，我喜歡你，是認真的。」

「……」謝明哲更懵了，他真沒想到！

一直以為師兄是個筆直的男人，也下意識地推測師兄心裡的人應該是個大美女，結果這次居然徹底猜錯了！師兄專一、癡情的對象，居然是自己？

這劇情有點玄幻，讓他一時跟不上節奏。

今天早上，他還因為追師兄的難度是地獄級別而鬱悶，生怕自己剛剛萌芽的初戀就這麼被扼殺在搖籃裡。結果晚上師兄就主動告白說要追他？

要不要這麼有默契！他這運氣也太好了吧？真是想什麼來什麼。

謝明哲很想笑出聲來，但師兄正在告白，他要控制住情緒，不能笑得太明顯把唐牧洲給嚇跑。謝明哲強忍住撲過去抱住師兄的衝動，深吸口氣，問道：「真沒開玩笑？你不喜歡女生？」

「嗯，不管男女，你是第一個讓我心動、喜歡的人。」唐牧洲的聲音低沉又有磁性，深邃的眼睛專注地看著謝明哲，一字一句地柔聲說道：「可能你會覺得意外，但我喜歡你確實不是一天兩天了，怕嚇到你才一直沒敢告白。」

「……」他膽子這麼大，根本不怕嚇，師兄應該早一點告白的。

不過現在也好，謝明哲剛剛確定自己有些喜歡師兄，結果唐牧洲就告白了，時機真是把握得恰到好處。只是，想起唐牧洲在網上公開說的「結婚後再公布」，謝明哲心裡有些不大確定——他跟唐牧洲真的能走到「結婚」那一步嗎？

他雖然沒有戀愛的經驗，但也聽很多人說過，兩個人相處久了會互相厭煩，有些情侶最初感情特別好，後來也因為各種矛盾不歡而散。能從初戀走到婚禮的伴侶真是鳳毛麟角。

他相信唐牧洲現在是認真的，但能走多遠，謝明哲其實沒有太大的信心。

不過，這不妨礙他和師兄談一場戀愛，不管最後的結果如何，至少不留遺憾。

感情的事情沒必要太糾結，既然自己喜歡對方，對方也喜歡自己，那還猶豫什麼？師兄都告白了，自己也該有所表示。

謝明哲想了想，便認真地說道：「那我們在一起試試看吧。」

特別的乾脆俐落。

唐牧洲：「什麼？」

原本準備了一肚子臺詞，還想認真地勸對方給自己一個機會，結果謝明哲就這麼答應了？這下換唐牧洲有點懵——小師弟反應神速，跟他預想的不大一樣啊？

這感覺就像是帶了好幾個隊友去打高難度副本Boss，提前做了充分的準備，研究攻略、安排站位、搭配卡組，打完無數小怪好不容易來到Boss面前，結果Boss突然往地上一躺，說：「不用打了，旁邊有我掉落的寶箱，你們直接撿起來就行。」

唐牧洲哭笑不得。

果然小師弟的腦洞不同於常人，思維也不能按正常人的邏輯來判斷。

發現師兄的目光有些古怪，謝明哲微紅著臉，認真解釋道：「我也喜歡你，所以不用追我，那麼麻煩，我們直接在一起好了。」

唐牧洲的心頭劇烈地跳動起來。

他在說什麼？他說「我也喜歡你」？

看著謝明哲泛紅的臉頰，唐牧洲的心臟頓時軟成一片——這傢伙平時臉皮特別厚，很難見他臉紅的樣子，然而此時，他抬頭看著自己，一雙眼睛清澈明亮，臉上的笑容直率又爽朗，七分認真、三分害羞的模樣，極為誘人。

唐牧洲的呼吸不由變得急促，聲音也格外低沉：「你喜歡我？」

「嗯，我也是這兩天才確定的。師兄你別笑我，我昨晚做夢還夢見你了。」謝明哲似乎是回想起那個曖昧的夢境，臉上的紅暈更加明顯，不大自在地移開目光。

「夢見我？具體是什麼夢？」唐牧洲好奇地問。

「……」謝明哲不想回答。

「是這樣嗎？」唐牧洲靠近一步，單手輕輕摟住謝明哲的腰，另一隻手抬起他的下巴，讓他跟自己對視。

空氣突然間安靜下來，距離太近的緣故，能清楚地聽到彼此劇烈的心跳聲，謝明哲怔怔地看著唐牧洲的臉在眼前不斷地放大，然後，唇上突然一暖。

那一瞬間他只覺得頭皮一炸，整個脊背都傳來一種奇異的酥麻感。

唐牧洲含住他的唇，輕輕地吻了一下，這是一個很有紳士風度的吻，一觸即分，卻讓謝明哲全身如同過電一般，猛地一陣戰慄。

唐牧洲低聲問：「有沒有夢見我這樣吻你？」

謝明哲回過神來，一張臉頓時脹得通紅，「我……」

確實夢見了，不過，夢裡的感覺非常模糊，不像現實中這麼鮮明。哪怕只是一觸即分的親吻，也讓他回味無窮，因為在剛才的那一瞬，師兄唇上滾燙的熱度，清晰地通過接觸的部位傳遞過來，讓他甚至有種被燙到的錯覺。

唐牧洲低聲說：「我經常夢見這樣親你，今天總算能實踐一次。」

謝明哲強忍住激烈的心跳，開玩笑道：「經常夢見？你這麼不正經的嗎？」

唐牧洲彎起嘴角，「夢裡的我，比這更不正經。」

更不正經的畫面具體是什麼，謝明哲大概可以想像。沒想到自己居然經常進入師兄的夢中，還被師兄在夢裡這樣、那樣做很多親密的事，這讓他覺得羞恥的同時又有些甜蜜。

師兄應該很喜歡他，所以才會經常夢見他吧？

上輩子沒有談過戀愛，這次居然一開始就兩情相悅，大概是老天爺也看不過去他孤獨終老，才給了他一份這麼純粹、美好的初戀。

謝明哲越想越樂，看唐牧洲也是越看越帥，有個這麼帥、這麼溫柔的男朋友，真是做夢都能笑

醒。他主動牽起唐牧洲的手，認真地道：「師兄，你放心，我會好好對你的。」

唐牧洲心想：不要搶我的臺詞可以嗎？

謝明哲繼續說：「我們的關係還是保密比較好吧？要是讓聯盟其他人知道我倆在一起，這仇恨值太大了，我怕他們集體針對我們。」

唐牧洲柔聲道：「好，什麼時候公布，你說了算。」

謝明哲認真地表明了自己的態度，「談戀愛我也沒什麼經驗，不知道跟男朋友相處需要注意哪些細節，要是以後我哪裡做得不好，你可以儘管說，我儘量改。」

阿哲的態度真是特別端正，一開始就表明「我要做一個合格的男朋友」。

認真保證的樣子，甚至有點兒可愛。

唐牧洲輕笑著將他拉進自己的懷裡，抱著他在耳邊說：「不用改，我就喜歡你這樣。」

謝明哲被他抱著，心裡也軟軟的，伸出手回抱住師兄。

師兄身上的味道他特別喜歡，閉上眼睛，感受著對方結實有力的胸膛，以及胸膛下心臟規律跳動的聲音，謝明哲心裡突然生起一種奇怪的安全感和滿足感。

就彷彿一直流浪的人，終於找到可以安定下來的家。

原來，小說裡的描述都是真的。能跟喜歡的人擁抱在一起，心裡的空缺像是終於被填滿了。那種溫暖的感覺順著毛細管和神經遊走遍布了全身，來自另一個人身上的溫度和自己的體溫漸漸地融合在了一起，連心跳的頻率都慢慢達成一致。

這就是愛情吧？這麼美好而純粹。

謝明哲有些興奮地想著，活了這麼多年，終於擺脫單身狗的行列，成了有男朋友的人。

他一定要好好照顧自己的男朋友。

雖然唐牧洲身材比他高，年紀比他大，各方面都比他更有實力，但他還有很大的成長空間。總

有一天，他會和師兄並肩而立，跟師兄一樣強大。

他會好好守護這份來之不易的愛情。

確認關係後，謝明哲覺得看師兄真是看哪兒都特別順眼。

他盯著唐牧洲仔細看了半晌，唐牧洲被他看得身體發熱，摸摸鼻子道：「看什麼？」

謝明哲笑咪咪道：「有些不敢相信，我一直在期待的男朋友居然會是你，比我想像中還要好上無數倍。」

唐牧洲問：「你覺得我很好？」

謝明哲果斷點頭，「各方面都很好，挑不出毛病。」這大概就是情人眼裡出西施？

唐牧洲微微一笑，摟住他的肩膀道：「走吧，教你學游泳。」

兩人來到游泳池裡，唐牧洲耐心地教他自由式的姿勢，期間免不了會有一些身體上的親密接觸，但唐牧洲一直很有風度，動作也挺規矩，沒有去摸不該摸的位置，倒是謝明哲臉紅心跳，每次師兄的手輕輕貼在他後背時，被接觸的部位好像要燒起來。

之前穿著泳褲一起學游泳還不覺得什麼，如今確認了關係，氣氛就莫名變得曖昧起來——唐牧洲的好身材給謝明哲造成的衝擊更強烈了，尤其是漂亮的腹肌，他都不敢去看。

結果學游泳的進度自然就慢了許多，因為謝明哲根本沒法專心，學了好一會兒，他還是在泳池裡原地划水，不能順利地游出去，上下肢的協調性越練越糟糕，後來連呼吸都亂了，嗆了好幾口水。

唐牧洲也不著急，耐心地幫他糾正動作。

露天泳池的一側就是神祕的大海，能清楚聽見海浪的嘩嘩聲；頭頂則是廣袤的蒼穹，有無數璀璨的繁星點綴，謝明哲恍惚間甚至有種「天地之大，只剩下他跟唐牧洲兩個人」的錯覺。

夜裡太安靜，觸覺和聽覺都格外的清晰。

每次唐牧洲貼著他的耳朵低聲說話的時候，他就心跳如鼓；每次被唐牧洲的手指接觸到身體，他就面紅耳赤，激動得就像是剛進入青春期的小少年一樣。

他想，他是真的喜歡上這個人了。

只是跟師兄學游泳，穿著泳褲在泳池裡互相接觸一下，他就激動成這樣，要是以後有更加親密的動作……不能再想了，再想下去，萬一當著師兄的面有了生理反應，那豈不是很丟人？

謝明哲將注意力收回，放在游泳動作上，兩人一直學到晚上十一點才回房睡下。

其實挺想跟師兄一起睡的——不過謝明哲沒好意思說出口。

昨晚唐牧洲陪在身邊，是因為他發燒了不放心，今晚沒有任何理由讓師兄留宿，按照正常的戀愛程序，兩人在一起後從牽手、接吻到最後同睡一張床，需要一個循序漸進的過程。

哪有告白第一天就睡在一起的？又不是炮友。

初戀要純潔一點，他心裡也很尊重師兄，所以謝明哲很乾脆地和唐牧洲在門口互相說了晚安，回房後沖完澡就鑽到被窩裡，拿起光腦，點開和蔓姐的聊天視窗，打聽一些事情。

「蔓姐，我師兄平時喜歡吃什麼早餐？」謝明哲假裝不經意地問道。

「在俱樂部的時候，他一般會喝牛奶，配兩塊烤麵包、一盤新鮮水果。你問這做什麼？」

「師兄一直很照顧我，但我對他的瞭解遠遠不夠，這樣不大好，所以想找妳問問。」謝明哲也沒掩飾，只是以師兄弟作為理由，他猜蔓姐應該不會多想，「你們在一家俱樂部那麼多年，應該更清楚他的喜好吧？他平時除了打遊戲之外，還喜歡別的娛樂活動嗎？比如打球什麼的？」

「室內運動的話，他最喜歡撞球，有空就會跟徐長風一起去打幾局。」甄蔓知無不答。

「謝謝蔓姐！」

打聽到有用的資訊後，謝明哲就跟飯店預約了明天的室內撞球館。

作為度假飯店，除了設有豐富的海上活動之外，室內活動場所也是必不可缺的。有一整棟樓專

門做為室內娛樂中心，包括健身房、籃球館、撞球館等等。

謝明哲想著，以前一直受師兄的照顧，現在也該對師兄多上心一些。

感情的付出是相互的，沒道理總是唐牧洲對他好，他也應該對唐牧洲好——自己的男朋友當然要自己心疼。師兄這次請客花了那麼多錢，不如多抽點時間，陪他玩玩他喜歡的活動，這樣唐牧洲也會開心的吧？

謝明哲做好計畫，次日早晨訂了鬧鐘提前半小時起來，去自助餐廳把唐牧洲愛吃的早餐打包回來，在桌子上擺好，然後就坐在餐廳裡等唐牧洲起床。

唐牧洲起來時，推開對面的臥室一看，發現被子疊得整整齊齊的，阿哲卻不在。他有些疑惑地走下樓梯，就見謝明哲正坐在餐廳，抱著光腦看早間新聞，餐廳的桌上擺著熱氣騰騰的早餐。

聽見腳步聲，謝明哲抬頭一笑，「師兄，來吃早餐吧，我已經打包回來了。」

少年臉上燦爛的笑容在陽光下有些晃眼，唐牧洲閉了閉眼睛，不敢相信這一幕。

小師弟不開竅的時候，遲鈍得厲害，在鍋裡煮很久都沒什麼反應。

現在一開竅，這意識是突飛猛進啊！都學會主動替人準備早餐了，覺悟真是高。

唐牧洲最喜歡的就是阿哲的坦然直率不做作，他想對一個人好的時候，就是用這種簡單、直接的方式。其實他就算不做這些，唐牧洲也不會有任何意見，可是他做了，就讓唐牧洲有種「自己的愛意有了回應」的暖意。

唐牧洲疑惑問道：「怎麼突然這麼體貼，帶早餐回來？」

謝明哲笑容燦爛，「體貼自己的男朋友不是應該的嗎？以前總是你幫我，從今天開始，我也想幫你做些事情。喜歡一個人，就想忍不住對他好一點，對不對？」

這個機靈鬼，真是讓唐牧洲越看越喜歡。

唐牧洲揚起唇角，一整天的心情都因為這頓早餐變得格外舒暢。

有生以來最香的一次早餐，麵包似乎都帶著甜味。

飯後，謝明哲主動拉著唐牧洲去打撞球，剛好他也會玩撞球，兩個人包了一間VIP包廂，拿起杆子打得你來我往。當然，唐牧洲的水準明顯比謝明哲要高一些。

在沒有其他人打擾的空間內，兩人玩得很是盡興，中午乾脆叫了飯店的送餐服務，飯店服務生將豐盛的午餐直接送到撞球室，兩人吃過之後又開始新一輪的PK。

唐牧洲確實心情極好，水準超常發揮，好幾次一杆清臺，整個人都神清氣爽。

除了遊戲之外，和師兄有很多共同話題可以聊，還能一起打球，這讓謝明哲無比興奮，打著打著就忘記了時間。直到下午四點，唐牧洲突然開始犯睏，呵欠連連，謝明哲才反應過來，關心地問道：「你的生理時鐘到了，要睡下午覺嗎？」

唐牧洲放下球杆，揉了揉太陽穴，神色間略顯疲憊，「嗯，回去吧。」

謝明哲也放下球杆，一邊走一邊說：「你的生理時鐘確實很奇怪，每天下午都要睡一個小時，很少見到這樣的。」

唐牧洲回頭看他，「我其實也可以不睡，但是會沒有精神。你介意嗎？」

謝明哲立刻擺擺手，「沒事，你的個人習慣我當然會尊重，想睡就睡，無所謂的。」

唐牧洲揚起唇角，「不討厭就好。」

兩人並肩回到別墅，唐牧洲便上樓去睡了。

謝明哲在樓下自顧自地刷論壇，刷了一會兒覺得無聊，他挺好奇師兄這奇怪的作息，忍不住上樓去偷偷地看了幾眼。

臥室的門輕掩著，稍微一推就開了，謝明哲進屋一看，唐牧洲似乎已經睡著了，午後的陽光透過窗紗的縫隙照在他的身上，閉著眼睛的他，將胳膊隨意枕在腦後，比平時多了幾分慵懶。

睡衣的紐扣開了，露出一大片結實的胸膛，看上去性感極了。

謝明哲聽見自己心臟撲通跳動的聲音。

他想到了昨晚那個蜻蜓點水的吻——那是他的初吻，觸電般的感覺還清晰地刻在腦子裡，回味無窮。他想再試試，這種感覺真是新鮮又刺激。

師兄睡著了，偷親一下應該沒問題吧？

反正是自己的男朋友，偷親——合情、合理、合法。

謝明哲深吸口氣穩了穩心跳，上前一步在床邊坐下，俯身認真地看著唐牧洲。

男人的五官真是好看，輪廓硬朗，眉眼精緻，怎麼會有這麼帥的人？

謝明哲湊近一點，發現唐牧洲閉著眼睛完全沒反應，他便大著膽子把嘴唇湊了上去，輕輕地印在師兄的唇上。

軟軟的，觸感真好……謝明哲正心猿意馬，結果下一刻，眼前突然天旋地轉，腦子一暈，等再次回過神來的時候，唐牧洲已經一個翻身將他反壓在床上。

剛剛醒來的唐牧洲看上去有些危險，動作敏捷得如同獵豹，他的眼眸微微瞇著，伸出手輕輕摸了摸謝明哲濕潤的唇瓣，聲音低沉沙啞：「在做什麼？」

謝明哲臉頰微紅，嘴上卻絲毫不饒人，「你明知故問。我就想親你一下，試試是什麼感覺。」

唐牧洲的目光更加深邃，「你在偷親我？」

謝明哲理直氣壯，「被發現了就不算偷親。」

唐牧洲哭笑不得，這人的厚臉皮已經沒救了！

不過，偷偷親吻自己的小師弟，真是可愛到爆。唐牧洲再也忍不住，對準謝明哲的嘴唇直接吻了下去。

先是含住唇瓣輕輕吮吻，緊跟著，撬開他的牙關，在他的口中溫柔地攻城掠地……

謝明哲的口腔裡頓時充滿了成年男人陌生的氣息。

他瞪大眼睛，緊張地抓住唐牧洲的衣服，心跳快得離譜，甚至連呼吸都忘記了，只能僵硬地躺在床上，任憑對方親吻。

見他沒有反抗，唐牧洲便微微一笑，用手扣住他的後腦杓，低聲說：「師兄教你。」

親吻在不斷地加深，謝明哲甚至有種自己要被面前的男人給吃掉的錯覺，這種感覺太刺激，他渾身的血液都快要燃燒起來了。

原來，真正的吻是這樣的？跟昨天蜻蜓點水的吻相比，這才是真的接吻！

師兄昨晚看來是很客氣的只吻了一下嘴唇，如今動真格，謝明哲完全招架不住。

唐牧洲的吻時而溫柔如水，時而又像是狂風暴雨一般瘋狂地襲捲而來，謝明哲全身發抖，雙腿都軟了，只能失神地抱住師兄的肩膀。

親吻還在持續，到後來，謝明哲的大腦因為缺氧而迷迷糊糊，抓住師兄衣服的手漸漸鬆開，整個人都像是躺在棉絮裡一樣，渾身無力，張開嘴巴任唐牧洲親了個夠。

也不知過了多久，唐牧洲才意猶未盡地放開他。

謝明哲雙眼濕漉漉的，有些呆地望著唐牧洲，顯然被親得意識都有些模糊了。唐牧洲像是安撫一樣揉揉他的腦袋，低聲說：「阿哲，我好喜歡你。」

明明昨晚聽師兄說過這句話，可此時再次聽到，謝明哲卻覺得心臟又一次被觸動了，就像是有一雙手，溫柔地將他的心臟捏了一下，又痠又軟的感覺瞬間蔓延全身。

師兄從親吻傳遞過來的那種濃烈情緒，他感受得到。

喜歡一個人，原來就是這麼簡單。

謝明哲調整好呼吸，彎起嘴角看著唐牧洲，「剛才感覺真好，再來一次？」

唐牧洲：「……」你可真皮啊！

謝明哲可不是那種性格靦腆愛害羞的人，覺得接吻很舒服，他就想再來一次。唐牧洲當然會滿足他的心願，微笑著抱著阿哲又親了一遍。

直把謝明哲親得全身發軟、呼吸不暢這才作罷。

唐牧洲低聲問：「舒服嗎？」

「嗯……」謝明哲很乾脆地承認了，躺在床上笑咪咪的傢伙，就像是吃飽喝足的小貓一樣滿臉饜足，他舔了舔嘴巴，主動開口問道：「你從哪兒學到的這麼多技巧？」

這興奮的語氣是什麼情況？被親了兩次，打開了新世界的大門嗎？

唐牧洲不由笑出聲來，伸出手指彈了彈小師弟的腦門，用低柔的聲音道：「我也是看資料學習的，以後我們一起研究。」

「好！」謝明哲一臉期待。

「睡一半被你吵醒，我繼續睡一會兒。」臉頰帶著紅暈，目光中滿含期待的傢伙，根本不知道這樣的自己有多誘人。何況剛才因為親吻，衣服也有些凌亂了，露出漂亮的鎖骨，這對唐牧洲的自制力真是個極大的考驗。

再這樣下去，身體的渴望會壓不住，唐牧洲只好轉移話題讓自己迅速冷靜下來。

他不想第一天告白，第二天就做愛，那樣太突兀。謝明哲雖然說了喜歡他，但畢竟阿哲現在還不到二十歲，想法不大成熟，說不定只是一時好奇才答應試試。唐牧洲更希望謝明哲能理智地對待這件事，是真正想跟他相守在一起，而不是因為「好玩」或者「新鮮刺激」。

年輕的時候很容易被這種新鮮感所蠱惑，唐牧洲是朝著和謝明哲結婚的目標去的，他對這份感情非常認真，不想那麼隨便。

在確認對方的心意之前，他也不會做更出格的動作，也算是對這份感情的尊重。

「我陪你睡吧，我也有些睏了。」謝明哲鑽進師兄的被窩裡不想出來，厚著臉皮編了個想睡覺的藉口。唐牧洲自然不會趕走他，翻身將他輕輕抱進懷裡，「好，那一起睡會兒。」

謝明哲很快就睡著了。

師兄的被窩很舒服，身上的味道也很好聞，加上被對方溫柔地抱著，讓他覺得特別安心。本來下午時間他很少睡覺，可是莫名的，這一覺在唐牧洲的懷裡睡得居然格外香甜。

這還是他從小到大第一次被人抱著睡覺。睡醒的時候，全身都暖洋洋的，舒服極了。睜眼一看，師兄早就醒了，男人的睡衣鬆鬆垮垮，姿勢慵懶地靠在床頭，一隻手臂輕輕摟著他，另一隻手裡拿著光腦，正認真地翻閱著。

謝明哲坐起來，把腦袋湊過去，「看什麼呢？」

唐牧洲說：「我媽媽發來的旅行攻略，她給我推薦了幾個好玩的地方。」

「喔……」謝明哲不知道怎麼接話，他沒有父母，師兄的家庭背景聽說很強大，不知道兩人的關係能不能得到長輩的認可。

萬一唐牧洲的父母不喜歡他怎麼辦？謝明哲的心裡有些忐忑。

唐牧洲發現他神色不對，便放下光腦，認真地說：「別擔心，我媽是個特別好相處的長輩，她肯定會很喜歡你。再說我從小獨立慣了，父母從不干涉我的決定，等時機成熟的時候，我會介紹他們給你認識。」

居然被師兄一眼看穿了想法，謝明哲的耳根有些發燙，點頭道：「嗯。」

他從床上爬起來迅速穿好衣服，臉上也很快恢復明朗的笑容，「一覺睡餓了，今晚吃什麼？」

「隨你。」唐牧洲也起身換好衣服，帶著師弟出門。

兩人最後來到環境很好的海景餐廳，這家餐廳建築在海面上，有露天的座位可以一邊吹海風一邊享受美食，飯菜的味道也十分可口。

大概是真的睡餓了，謝明哲這頓飯吃了很多，飯後還精神抖擻地跑去沙灘上消食。

謝明哲光著腳在海邊的沙灘上散步，唐牧洲坐在不遠處的躺椅上微笑著看著他。

就在這時，突然見兩個熟悉的人走了過來——白旭和葉竹。

兩個小傢伙穿著色彩斑斕的沙灘短褲，紅紅綠綠的配色特別刺眼。

謝明哲看到他倆，嘴角一彎，問道：「你們去哪裡了？」

「去衝浪。」葉竹道：「海上衝浪可好玩了，我們今天玩了一整天，還看見裴哥、歸思睿他們。話說，你會衝浪嗎？」

「不會。」謝明哲是個旱鴨子，別說衝浪這麼刺激的活動，在泳池裡游泳他也才學到第一步。

葉竹怔了怔，緊跟著如同發現新大陸一樣興奮地大笑起來，「哈哈哈，你也有不會的啊？我還以為你無所不能呢！」

謝明哲笑咪咪地說：「我玩卡牌遊戲確實無所不能，贏你特別輕鬆。」

葉竹的笑聲猛地卡在喉嚨裡，不敢相信地看著他，「你還要不要臉啊？」

謝明哲道：「不要。送給你，要嗎？」

葉竹下意識地道：「我要它幹麼！」

謝明哲：「喔，你也不要臉啊？」

「……」葉竹被氣得差點窒息。

白旭小聲吐槽：「你為什麼要跟他說話？難道以為自己說得過他嗎？」

「……」葉竹遭受了一萬點暴擊，表情那叫一個精彩。

謝明哲在旁邊哈哈笑，「還是小白比較明智。」

唐牧洲見他欺負兩個小朋友，唇角不由揚了起來。

光從年紀來看，葉竹和謝明哲差不多大，白旭也只比謝明哲小了半歲。但是謝明哲總喜歡故作老成，把自己劃入「成年人」的行列，而把葉竹和白旭歸到「小少年」的隊伍。奇怪的是，這並不違和，三人站在一起，謝明哲確實比另外兩人成熟許多。

可能是自小沒有父母，經歷了不少波折的緣故？

正想著，旁邊突然傳來個熟悉的聲音，是裴景山：「進展怎麼樣？」

唐牧洲知道他問的是什麼，簡單答道：「還好。」

「看來挺順利的？」裴景山也沒刨根問底，關心了一句便轉移話題道：「我這幾天跟小歸他們住在一起，聽老鄭說，他和聶神在這賽季結束後就會退役。你有沒有想過什麼時候退役？你爸不催你回去繼承家業嗎？」

唐牧洲神色淡然，「我對經商沒什麼興趣。退役的事過幾年再說吧，我一走的話，二隊的新人還沒那個實力撐起風華，何況阿哲現在狀態正好，我也想在聯盟多陪他幾年。就算將來自己不打比賽，我也可以像師父那樣留下來當教練。」

裴景山挑了挑眉，「你這是要跟星卡遊戲糾纏一輩子嗎？」

「看他怎麼選。」唐牧洲看了眼正跟葉竹、白旭拌嘴的謝明哲，目光中是濃得化不開的溫柔，「如果他喜歡這個遊戲，我當然也會留下來陪他。能跟喜歡的人在一起並不容易，和喜歡的人一起做喜歡的事，更加難得。你說呢？」

「……我還能說什麼？」裴景山被餵了一盆狗糧，只好抽搐著嘴角道：「你高興就好。」

「老鄭和聶神要退役的事，確定嗎？」唐牧洲問。

「可能性很大。鬼獄本來就是老鄭他堂兄出資創辦的，退役之後他很可能會轉到幕後當俱樂部的經理。聶神那邊的情況比較複雜，聽說是家裡催婚，他年紀不小了，打完這個賽季退役也很正常。」

「凌神那邊有什麼消息嗎？」

「這就不知道了，眾神殿的幾個選手，我這幾天一直沒有見到。」

唐牧洲摸著下巴若有所思，鄭峰、聶遠道和凌驚堂都已經超過三十歲，伴隨星卡聯盟走過整整

十年。全息卡牌遊戲對競技選手的年齡要求沒那麼高，但隨著年紀增長，反應速度下降也是不可避免的，再加上家裡的原因，選擇退役也是情有可原。

本賽季，謝明哲和涅槃戰隊的出現已經打破了聯盟固有的格局，而下個賽季隨著幾位老選手的退役，聯盟可能又會進入全新的時代，職業選手的排行會再次出現大規模的洗牌。新舊交替，這是職業圈正常現象，阿哲能不能在這個關鍵的賽季打出名氣，對他以後的發展會有很大的影響。

唐牧洲在心底輕嘆口氣，「老鄭和老聶他們，如果確定在十一賽季結束後退役，那今年就是他們的最後一個賽季，季後賽階段他們肯定會拚盡全力。」

「是啊，競爭肯定特別激烈。」裴景山道：「而且我聽到一個消息，今年的雙人賽，聶神和小嵐應該會再次報名。」

「……」這一點讓唐牧洲也很意外，「他們不是拿過雙人賽的冠軍了嗎？」

個人賽屬於選手自己的選擇，想不想報名可以由自己來決定，但雙人賽和團賽是俱樂部開會討論才能確定的。聶嵐組合是聯盟雙人賽最強組合之一，已經拿過兩屆雙人項目冠軍，再次報名，難道是想衝擊雙人賽三冠王？這就有些可怕了……

唐牧洲皺眉，「他倆要是真的報名，雙人賽就難打了。說實話，遇到這對組合，我和長風沒有太大的勝算，你跟小竹對上他們勝率也不高吧？」

裴景山無奈聳肩，「默契根本沒法比，聶遠道和山嵐認識了多久？我們和搭檔認識才多久？」

唐牧洲感嘆：「也是，他倆認識有二十年了吧。」

兩人正閒聊著，謝明哲正好走了過來，看見裴景山便笑著打招呼：「裴……學長。」

他和裴景山並不是很熟，但對方又是男朋友的好友，謝明哲在「裴哥」和「學長」之間糾結了一下，還是用了「學長」這個禮貌性的稱呼，畢竟是同一所大學的，這麼叫準沒錯。

「嗯，聽牧洲說你那天也發燒了，還好吧？」裴景山關心道。

「沒事，小感冒來得快，去得也快。」謝明哲笑呵呵地問：「這幾天怎麼都沒看到你？」

「我跟小歸，鄭峰、凌驚堂前輩一直在玩浮潛，可能是你不喜歡這個項目，所以沒遇到。」

「怪不得，我是旱鴨子，不大敢潛水。」

正好葉竹和白旭也朝這邊走過來，裴景山便招呼他們一起離開。

謝明哲這才坐在唐牧洲旁邊的躺椅上，好奇道：「你們在聊什麼？表情很嚴肅的樣子。」

「在說老鄭和聶神退役的事。」這件事很快會在圈內傳開，唐牧洲也沒想隱瞞。

「退役？」謝明哲倒是沒想到這一點，聶遠道、鄭峰前輩作為五系鼻祖，創下過無數傳奇，哪怕平時交流不多，他也知道這些選手值得他的尊敬。不知不覺間，他已經把這些人當成朋友看了。如今，聯盟這個大家庭突然有人要離開，讓他心裡忍不住有些失落。

「不高興嗎？」唐牧洲低聲問。

「我覺得他們都很厲害，就這麼走了多可惜啊？」謝明哲煩躁地抓了一下頭髮，「我也不知道怎麼形容這種感覺，就是……有些捨不得吧。」

「職業選手到了一定的年紀，退役很正常的。將來，我們也會走到這一步。」唐牧洲微笑著環住他的肩膀說：「老鄭和聶神有自己的考量，退役並不是永遠消失，以後還會見到，不用難過。」

「嗯。」

「我們唯一能做的，就是在賽場上全力以赴，讓他們在最後的這個賽季打得沒有遺憾。」唐牧洲輕輕握住阿哲的手，「對他們最大的敬意，就是拿出你最強的實力。」

「我明白。」謝明哲的心情這才好轉了些。

退役確實無法避免，但是能在聯盟奮戰這麼多年、認識這麼多朋友，還培養出厲害的徒弟接班人，對鄭峰、聶遠道這些選手來說，也算是不虛此行吧。

他們該拿的獎都已經拿過，該有的榮譽也都有了，心理承受能力肯定比一般人強大。輸贏對他們來說反而不是重點，最後一個賽季，他們肯定會全力以赴，只希望他們能不留遺憾地離開。

時間過得特別快，謝明哲也知道，這是季後賽開始之前最後的輕鬆時刻，因此他格外的珍惜和唐牧洲相處的機會，天天黏著師兄，睡覺都要鑽一個被窩……當然，他還是要一點臉的，除了偶爾偷吻一下之外，並沒有做更親密的動作。

最後一天下午，薛林香突然在群裡發通知：一週的出遊很快就要結束了，這幾天大家分頭玩兒，有些人都很少見到面，晚上我們準備了沙灘自助派對請大家來參加，希望在離開之前大家聚一聚，一起熱鬧熱鬧！

這個號召自然得到眾人的回應，於是這天晚上，本次出遊的所有人都很給面子地來了。

在沙灘上搭建了一排涼亭，準備了豐盛的水果、零食和各種口味的菜餚，眾人一邊吃一邊聊，聊完後還聚在一起開了個娛樂晚會。眾人起鬨讓唐牧洲致辭，唐牧洲拗不過，只好無奈地起身，站在中間簡單講了幾句。

「這次請大家出遊，只想讓大家能好好休息、放鬆一段時間，調整好狀態。季後賽越來越近，我也知道大家都急著回去準備，明天我們一起回程，下次見面，可能就在賽場上了。」唐牧洲微微一笑，接著說：「季後賽大家肯定不會互相留情面，可惜冠軍只有一個，不管最後的結果如何，希望我們，以後還是朋友。」

話音剛落，周圍就響起熱烈的掌聲。

老鄭豪爽地道：「賽場事、賽場畢，打完比賽大家都是朋友！以後這種聚會還可以再辦。來，先敬你一杯，包吃包住請大家出來玩，真是破費了。」

其他人配合地舉起酒杯，唐牧洲也很爽快地一飲而盡，「請大家出來玩不算什麼，畢竟我也有對不起大家的地方。」

凌驚堂道：「既然請客，就要拿出作東的樣子來，不如請唐牧洲和他的師父、師弟、徒弟，同師門的幾位一起表演個節目好不好？」

凌神特別擅長攪渾水，這麼一提議，周圍立刻開始起鬨。

「師門一起表演，這主意不錯。」

「掌聲掌聲！」

陳千林面無表情，「別拖我下水。」

凌驚堂眨眨眼，「沒有你這個師父，怎麼會帶出唐牧洲和謝明哲這兩個出色的徒弟呢？」

陳千林：「……」

沈安一臉懵逼，「我也要表演嗎？我什麼都不知道啊！」

作為師門裡唯一的單純小白兔，他真的特別無辜。

最後，唐牧洲主動解圍，「這樣吧，師父的性格大家也知道，讓他公開表演節目，不如讓他直接跳海來得痛快……我跟阿哲作為代表，唱首歌怎麼樣？」

謝明哲對這個世界的歌曲不是很瞭解，有些茫然，「唱什麼？」

唐牧洲道：「職業聯盟開賽主題曲。」

眾人：「……」

你夠了吧！休假還唱開賽主題曲，這是要把大家往火坑裡推？

這首歌謝明哲會唱。常規賽時，每場比賽的準備時間大舞臺都會播放這首曲子，旋律和歌詞都挺熱血的。兩人相視一笑，很有默契地唱了起來，到後來，其他人也跟著哼唱，葉竹和白旭兩個中二少年還跑出來跳舞，沙灘上的氣氛格外熱鬧，大家一起瘋到晚上十二點才散去。

這樣熱熱鬧鬧的聯盟，謝明哲真是發自內心地喜歡。或許如老鄭所說，以後有機會還可以舉辦這種聚會，蘇洋前輩雖然退役了，這次不也很給面子地一起來了嗎？

說不定將來自己退役了，也有新人會叫自己「前輩」。

比賽或許只能打幾年，但朋友，卻可以是一輩子。

次日大家便集體返回帝都，在空間站解散。

臨行時，唐牧洲用很友好的方式擁抱了一下謝明哲，在他耳邊說道：「這段時間我不會打擾你，專心準備季後賽吧。」

謝明哲用力點頭，「嗯，我接下來不會離開涅槃，有事傳語音或者視訊。」

唐牧洲微笑，「好，賽場見。」

第十一賽季的季後賽將在八月份正式開幕，距離季後賽開幕還有一個半月時間，像裁決、風華、鬼獄這些俱樂部都給選手們放了一個月的年假，八月中旬才集合。但涅槃的選手和教練卻自覺地回到俱樂部提前集合。

相比起其他俱樂部豐富的卡池，涅槃的卡牌卻要面臨「無盡模式」根本不夠用的尷尬。

六月二十日這天，職業聯盟的群裡發了一條公告：雙人賽內部報名已經開放申請。雙人賽是下半年的第一個比賽項目，希望大家積極報名。

陳千林知道消息後，立即召集涅槃四位選手開會。

「我們如果不參加雙人賽，那麼八月和九月的時間就能空出來專心製卡，十月份是個人賽的決賽輪，十一、十二月是團賽季後賽，時間方面會更加充裕。如果要報名雙人賽，八月和九月的賽事

安排就會非常緊密，你們的壓力會很大。」陳千林調出安排表，詳細解釋道。

「師父，要在雙人賽拿下名次是不是很難？」謝明哲問。

「聶遠道和山嵐這個賽季會報名，這對組合一旦出現，其他俱樂部的大神選手肯定也會報名跟他們對戰，我們想拿獎確實很難。」陳千林平靜地解釋道。

喻柯好奇地道：「以雙人賽來說，裴景山與葉竹、鄭峰與歸思睿、唐牧洲與徐長風、方雨與喬溪、凌驚堂與許航，這些組合都很強吧！為什麼聶嵐就成了雙人賽的Boss了呢？」

「嗯，第一是默契。聶遠道和山嵐認識二十年，契合度不是一般的搭檔可以比的，他們閉著眼睛都知道對方會做什麼。第二就是戰鬥模式。聶遠道的陸戰，配合山嵐的空襲，是陸、空雙向推進的打法，很難逐個擊破。所以在雙人戰中，聶嵐組合是絕對的王者地位。」

喻柯滿臉震撼，「認識二十年？山嵐這才多少歲啊？」

陳霄道：「他幼稚園時搬家，正好住在聶遠道家的隔壁，這是山嵐受訪的時候說的。」

喻柯：「……」

這麼說山嵐是聶神看著長大的，後來又成了聶神的徒弟，默契自然不是一般人能比。

謝明哲仔細想了想，「雙人賽確實是最需要兩人之間默契配合的項目，節奏也比團戰更快，我們想拿獎難度很高。但我覺得，我們還是應該報名去試一試，可以把它作為一個練習默契度和兩兩配合的踏板，在這過程中，還可以試驗一些新卡。師父覺得呢？」

陳千林看向陳霄，後者也很贊同，「參加雙人賽的話，我們的壓力確實會更大，時間也更緊迫，但這對我們來說也是個磨煉的機會，能跟大神交手的機會很難得，我不想錯過。」

喻柯興奮地道：「對啊，有聶嵐這樣的Boss組合，肯定會有很多其他戰隊的大神們參加，我們也去打打看吧，說不定能學到很多配合上的技巧。」

秦軒不愛說話，只點頭表示贊同。

陳千林見大家都沒意見，便說：「可以。那就阿哲和喻柯一組、陳霄和秦軒一組報名雙人賽。接下來的半個月必須儘快完善卡組，小柯的鬼牌數量還是太少了。」

喻柯眼巴巴地看向謝明哲。

謝明哲豪氣地拍拍他的肩膀，「放心，之前答應過要幫你做鬼牌，我肯定會幫你把卡池完善起來。這幾天我多做一些新卡加入雙人賽的卡組，也可以用在季後賽團戰的無盡模式裡。」

喻柯興奮極了，給了謝明哲一個大大的擁抱，「太棒了！阿哲！」

晚上的時候，謝明哲給唐牧洲發訊息，問：「你會報名雙人賽嗎？」

唐牧洲道：「我跟長風一組，沈安和蔓蔓一組，還有二隊的兩個新人，風華報了三組。」

「這麼多？」

「聯盟官網會即時更新報名的名單，你可以去看看。」

謝明哲點進去一看，頓時震驚了——幾乎是職業聯盟裡所有叫得上名號的選手都報名了本屆雙人賽！而排在最上面的名字格外醒目，後面跟著兩個金光閃閃的冠軍獎盃。

聶遠道、山嵐。

看來這對雙人賽Boss組合炸出了不少人啊！

這個賽季可真是熱鬧。雙人賽、個人賽這些個人項目的比賽居然驚動了全聯盟，這也將是有史以來，個人項目參賽選手最多的一個賽季。還有這麼多前輩選手們集體出動，真是太難得了。

謝明哲覺得自己趕上了一個最好的時代，群星雲集的比賽，肯定會更加精彩。

不管什麼比賽項目，不論結果如何，他會全力以赴！

【第七章】地府鬼門開！卡牌們的牌生終於圓滿了

給喻柯做一套完整的鬼牌卡組，是謝明哲早就答應過的。上半年的常規賽，大家一直忙著磨合團戰陣容，加上謝明哲將主要精力放在完善金、木、水、火、土五系的人物卡牌上，喻柯這邊就一時沒能顧上。

靈活的多段位移、神出鬼沒的背後刺殺，這是鬼牌的優勢，當然要繼續保持。接下來設計鬼牌時，謝明哲想再為小柯多做一些可以靈活操控的輸出牌。

當然，除了考慮小柯的個人卡組之外，也要配合涅槃現有的卡組，做一些輔助性、功能性的鬼牌，以應對即將來臨的團戰賽。

仔細算了一下，他想製作成鬼牌的素材還有很多！

不必擔心沒有製卡靈感，關鍵還是怎麼設計出合理並且有用的技能。

他將所有的鬼牌素材在腦海裡仔細整理了一遍，在光腦上列出一個表格，先挑出幾張可以做成輸出卡的鬼牌，再參考其他俱樂部輸出牌的設計，然後在草稿上寫出製卡的思路。

靠技能輸出的卡牌傷害高，可以配合隊友打出強力的瞬間爆發。而靠普攻輸出的卡牌，優勢在於續航能力強，只要不陣亡，就可以一直不斷地輸出，哪怕短期內輸出較低，但長時間累積下來也非常的可怕。

謝明哲打算給小柯做些技能牌，再做張普攻卡搭配使用。

技能卡，他先想到了聊齋中比較出名的一位女鬼——公孫九娘。

公孫九娘本是個大家閨秀，很有學識文采，因為家族被一樁冤案牽連，她被葬在荒郊野嶺，成了一隻孤魂野鬼。

後來有個叫萊陽生的男人意外見到公孫九娘，對她一見傾心，一人一鬼結為夫妻。但人間畢竟不是女鬼長住的地方，公孫九娘擔心丈夫被自己的鬼氣所影響，為了這段人鬼姻緣能夠長久，她希望丈夫找到她的屍骨安葬回祖墳，這樣她的遊魂就能有所寄託。

她臨走前給丈夫留下一雙羅襪，並囑託他尋找她的屍骨，萊陽生也答應了，可惜年代久遠，他沒能找回妻子的屍骨。直到半年後故地重遊，萊陽生在荒郊野嶺看見一縷幽魂很像自己的妻子，他急忙上前去追，那女鬼卻煙消雲散，只剩下周圍陰森可怖的鬼火。

她和丈夫是人鬼結合，所以在技能設計上，謝明哲決定給她一個「冥婚」的大招，可以改變周圍的環境，再加一個控制鬼火的群攻，這樣不管是個人項目的比賽還是後期的大團戰，公孫九娘都會有很大的用處。

公孫九娘（土系）

等級：1級

進化星級：★

使用次數：1/1次

基礎屬性：生命值500，攻擊力1500，防禦力500，敏捷30，暴擊30%

附加技能：冥婚（公孫九娘是一個女鬼，卻愛上了人類男子，決定和男子結婚，一人一鬼的婚姻無法得到世人的祝福，必須在漆黑的深夜裡舉行婚禮——當公孫九娘開啟冥婚技能時，指定23平方公尺範圍內區域將徹底被黑暗籠罩，以便舉行人鬼婚禮。婚禮需要保密，籠罩黑暗的範圍區域與周邊隔絕，禁止敵對卡牌進入，持續10秒；限定技，一場比賽只可使用一次）

附加技能：鬼火（公孫九娘可以操控鬼火，開啟技能時，可瞬間召喚出9團鬼火，每團鬼火對指定範圍內的敵對目標造成30%土系暴擊傷害，若有3團以上的鬼火攻擊同一目標，則額外造成10%土系暴擊傷害並附帶1秒恐懼負面效果，此傷害可疊加；冷卻時間30秒）

謝明哲把她畫成了明豔的美人，膚色帶著女鬼特有的蒼白，嘴唇也更紅豔一些。既然要結婚，自然要讓她身穿古代大紅的嫁衣，頭上也戴有新娘的鳳冠，她的周圍則畫上九團陰森可怖的幽藍鬼火，發動第二技能時，可以利用鬼火進行法術攻擊。

這張鬼牌完全是為喻柯量身打造的。

冥婚相當於戰場隔離技，正好方便喻柯操控其他鬼牌入場刺殺，讓對手防不勝防。

公孫九娘的操作也非常靈活，九團鬼火要如何攻擊全靠喻柯臨場發揮，如果集中攻擊單一卡牌，高額傷害累積附帶暴擊效果加成，能直接秒殺掉對手的關鍵牌；若分頭追擊殘血牌，則能一舉拿下雙殺或三殺。必要的時候，也可以九團鬼火群攻鋪場，給隊友製造機會。

這張鬼牌靈活度高，但操作難度也很大，想要展現出效果，必定需要大量的實戰練習。

公孫九娘的成功設計，給謝明哲打開了新的思路。

聊齋當中，還有幾個很出名的鬼魂——比如結局最好的一對鬼夫妻：喬生與連城。

喬生是一位很有才華的書生，當時有個姓史的舉人家裡有個女兒叫連城，精通刺繡，史家想為女兒找一門好親事，便拿了女兒刺繡的作品讓年輕的書生們看圖寫詩。

喬生寫的詩最有文采，很受連城喜愛。知道喬生窮，她就私下給喬生送了很多銀兩，讓他好好讀書，喬生特別感激，兩人一來二去，雖然沒有見面，卻早已把對方當成了知心人。

然而父親嫌棄喬生太窮，不肯把女兒嫁給他，反而讓連城跟一個富商的兒子訂親。

訂婚後的連城突生重病，有個和尚給她算命說要用刀子割下胸口的肉碾碎了下藥才能把病治好，連城的父親公開表示「誰能救我女兒，我就把女兒許配給誰」，癡情的喬生聽到後毫不猶豫地跑來，用刀子割了塊胸口的肉給她治病，病果然治好了。

然而連城的父親礙於富商權勢，不敢退婚，只給了喬生一千兩銀子作為答謝，不肯把女兒許配給他。喬生一分錢沒收，拂袖而去。

連城聽說這件事後又一次重病不起，不久即病逝。喬生來給她弔唁，結果也悲傷過度而死。兩人沒能在人世結合，卻在陰間相遇，互訴衷情，在鬼界結婚，成了一對鬼夫妻。

容貌方面，按照書裡的描寫，這兩人應該是郎才女貌，非常相配。謝明哲把喬生設計成了傳統

的書生打扮，劍眉星目，頭髮束起來，手持書本，氣質儒雅；連城則是個小家碧玉，清秀溫柔的姑娘，手裡拿著白色的手帕和彩色繡線，手帕上有她親手繡的精美圖案。

謝明哲將喬生、連城這兩個人物全部設計成鬼牌，並且做了雙卡連動技。

喬生（土系）

等級：1級

進化星級：★

使用次數：1/1次

基礎屬性：生命值1000，攻擊力1200，防禦力1000，敏捷20，暴擊20%

附加技能：割肉（愛慕的女孩生病了，必須用人類胸口的肉做藥引才能治好，喬生毫不猶豫割下自己胸口的肉去救她——喬生每次割肉損失自身50%生命值，並永久提升指定目標50%攻擊速度；一場比賽限用一次）

附加技能：殉情（聽說心愛的人死了，喬生悲痛欲絕跟著殉情。喬生開啟技能後可立刻自殺變身為鬼牌。身為鬼魂的喬生，在鬼界四處搜索愛人的身影，在搜索過程中對直線路徑上的敵對目標造成50%土系群體傷害，找到愛人連城時，搜索終止，並對連城正在攻擊的目標造成額外200%暴擊傷害；冷卻時間35秒）

附加技能：相知相許（連動技。喬生和連城彼此相愛，卻因父親的阻攔無法成婚，變成鬼後才終於在一起。如果喬生、連城變成鬼牌並同時在場，喬生面向連城移動時的速度自動增加500%）

連城（土系）

等級：1級

進化星級：★

使用次數：1/1次

基礎屬性：生命值500，攻擊力1500，防禦力500，敏捷30，暴擊30%

附加技能：繡娘（連城自小學習刺繡，繡功了得，她可以使用大量的彩色繡線遠端攻擊對手，對23公尺範圍內的敵對目標造成200%群體土系傷害；冷卻時間30秒）

附加技能：怨鬼（連城因父親阻攔她和心愛的人結婚而病逝，她可隨時丟棄繡線變成怨鬼。變成鬼的她滿腔怨憤，提升自身50%攻速，瞬移至鎖定敵對目標身後，用利爪進行攻擊，每次普攻造成10%基礎土系傷害，當連擊次數達到5、10、15等5的倍數時，額外造成一次暴擊傷害；普攻技能無冷卻時間，連擊在1秒內有效，被打斷後清零重新計算）

附加技能：相知相許（連動技。當喬生變成鬼牌並找到自己時，連城因為感動，立刻進入狂暴狀態，提升基礎攻擊50%、暴擊傷害50%持續5秒）

這兩張卡的設計，謝明哲使用了全新的思路——人和鬼兩種模式、兩種作用。

鬼並不是憑空生出來的，每一隻鬼在生前都是人，這在設計上完全可以說得通。

人類階段的連城是一張強力的群攻牌，靠繡線的群攻技能打出一次性的群體傷害。鬼形態的她則是超強的普攻卡，有喬生給她的百分之五十攻速加成，加上自己變鬼後的百分之五十攻速加成，正好把她的攻速堆到了百分之百最高值。

這兩張牌的連動也很有意思，喬生朝向連城移動時會獲得五倍的移動速度加成，這速度幾乎比得上山嵐的飛禽牌了。飛快的速度可以讓喬生及時支援連城，不但能對路徑上的敵人造成群體傷害，還可以對連城正在攻擊的目標進行一次暴擊補刀。

如果連城在這個期間移動，喬生也可以跟著她移動，多次觸發第二技能的直線傷害。

兩張牌互相呼應，要群攻有群攻，想單體攻擊還能一起收割，幾乎是瞪誰誰死的節奏。

這兩張靈活連動牌的加入，能極大地提升喻柯鬼牌卡組的戰力。

以小柯的反應速度，同時操控著聶小倩、公孫九娘、喬生、連城四張鬼牌去集火秒人——幾乎

沒有他秒不掉的牌。

小柯看到這些新卡牌，肯定會很開心吧？

謝明哲微笑著收起幾張鬼牌，緊跟著開始製作一張他早就想好的功能牌。

這張卡牌叫「畫皮」，也是聊齋中非常出名的一名女鬼，名氣和影響力絲毫不輸於聶小倩，後來還被多次改編成電影、電視劇，可謂是家喻戶曉。

畫皮的典故也出自《聊齋誌異》，講的是一名命運淒慘、悲憤而死的女子，化身為厲鬼，卻披上了最美麗的人皮，假裝成絕色美女，專門勾引好色之徒。當好色的男人為她神魂顛倒時，她就挖走對方的心臟，並剝下自己身上的人皮，現出厲鬼的真面目……真是非常血腥恐怖。

這張牌，謝明哲想到一個很有趣的創意，靈感來自於畫皮鬼的人皮偽裝。

她可以披上美人的皮，把自己打扮成一個漂亮的美女，當然也可以披上其他的皮，讓自己變身成各種各樣的人——人皮對她來說，只是偽裝自己的面具，她真正的形象是什麼樣的，沒有人知道。

所以在設計形象的時候，謝明哲直接畫了一個沒有臉的女鬼。或者說她其實有一張臉，只是臉上沒有眉毛、眼睛等清晰的五官，只剩下一片血肉模糊。衣服就畫成輕飄飄的白色長裙，像是能被風吹走的一縷幽魂。

畫皮鬼（土系）

等級：1級

進化星級：★

使用次數：1/1次

基礎屬性：生命值800，攻擊力800，防禦力800，敏捷30，暴擊30％

附加技能：美麗誘惑（畫皮鬼痛恨好色之徒，她可以使用偽裝出來的美色，去誘惑指定的目

標，發起技能時，強制距離23公尺內的指定敵對目標接受誘惑，走到自己的面前，並對目標造成一次300%單體暴擊傷害；冷卻時間60秒）

附加技能：人皮偽裝（畫皮鬼可以剝下別人的皮，覆在自己的臉上，並偽裝成對方的模樣——使用技能時，畫皮鬼可以偽裝成現場存在的一張指定卡牌形象，並立即繼承該卡牌的其中一個技能，即死牌除外；限定技，一場比賽最多發動一次）

附加技能：剝皮（畫皮鬼可以主動剝掉自己身上的皮，恢復原本的面目，由於她的真面目太可怕，剝下人皮面具時會對範圍23公尺內的敵對目標造成群體恐懼，持續5秒；剝皮必須在偽裝之後發動，一場比賽限一次）

畫皮這張卡牌的第一個技能是單體控制，不算特別出彩。最強的其實是第二個技能：人皮偽裝——偽裝成任何一張牌，並立刻繼承其技能。

比如打鬼獄的時候，如果場上有食屍鬼，畫皮就可以偽裝成食屍鬼；打眾神殿的時候，路西法一出場，畫皮也可以暫時偽裝成路西法。如果對手的卡牌裡沒有適合的目標，畫皮也能挑自己人來偽裝，裝成曹丕、孫尚香之類的收割牌，協助隊友打出爆炸傷害。

偽裝期間只能挑一個技能繼承，加上她本身的攻擊力不高，在資料方面並不是很逆天。本質上她和鬼獄的「傀儡師」差不多，偽裝對象的選擇對她的實力影響極大，是一張「遇強則強」的功能牌。

這張牌具有極強的可塑性，和極其靈活的操作性。什麼時候畫皮偽裝、什麼時候剝皮嚇人，很考驗選手的大局觀和對比賽節奏的掌握。

畫皮鬼的基礎資料很差，看上去是鬼牌卡組中很不起眼的一隻鬼。但她的技能，決定了她有無限的可能。

在真正的比賽當中，只要畫皮能在關鍵的時刻選好偽裝的對象、選好剝皮的時間，謝明哲相

信，這張功能性的鬼牌絕對可以創造出奇蹟！

謝明哲先將製作好的公孫九娘、喬生、連城和畫皮鬼拿給師父看過，沒問題後才把四張卡牌統一連上資料庫進行審核。

資料庫無法判定這四張卡牌能否通過，只好提交到人工審核通道。

「有新的卡牌設計，資料庫無法判定，請儘快進行人工審查。」熟悉的提示音響起，星卡總部的官方資料師們頭皮一炸——該不會又是謝明哲在作妖！

卡牌資料部總監周佳瑤點開智慧資料庫提交上來的四張卡牌，公孫九娘、喬生、連城、畫皮鬼，特殊的名字加上熟悉的技能描述風格，不看製卡師的ID她都能猜到這是誰的作品。

又是謝明哲！

鄒曉寧瞄了眼卡牌背面的「月半」logo，抽了抽嘴角，「謝明哲已經很久沒做新卡了，一口氣提交四張，是涅槃在備戰季後賽嗎？」

旁邊的同事頭痛地按著太陽穴，「他這大晚上提交審核的毛病，什麼時候能改一改啊？」

總監周佳瑤皺眉道：「沒辦法，誰叫官方規定玩家提交的卡牌必須在十二個小時內審核出結果。他這次提交了四張全新的鬼牌，大家先看看技能和資料有沒有問題吧。」

大螢幕上放出謝明哲最新設計的四張牌。

眾人越看越是心驚。

這次的鬼牌，在技能設計上比以前複雜多了。

公孫九娘的鬼火操作靈活；喬生、連城這對鬼牌夫妻有人形態、鬼形態兩種打法套路；畫皮最

可怕，從資料上來說它並不違反製卡規則，基礎數值也設定得很低，但是「偽裝卡牌」和「複製技能」的特殊功能，會讓它成為賽場上最不穩定的因素。

要是讓畫皮直接複製食屍鬼，吃屍體增加攻擊；或者複製曹丕，集權吸收範圍內攻擊力，那就完全不用在意原本的基礎攻擊有多低，偽裝成這些卡牌之後的攻擊都可以不斷成長，同時，還有剝皮群體恐懼、美麗誘惑單體控制，三個技能加在一起就強得過分了。

周佳瑤道：「畫皮本身就有兩個技能了，如果再複製出一個後期大招，這張牌要逆天。所以還是必須要限制畫皮複製出來的技能，就跟當初寶寶卡的資料必須要減半一樣。」

眾人紛紛表示同意，然後又分析討論了其他三張牌，全票通過。

有人好奇地道：「謝明哲在製卡方面應該是有了新的思路？他這次提交的四張牌，仔細看的話，和以前的風格不大一樣——更重視卡牌的操作性了。」

鄒曉寧的語氣帶著興奮：「我有種預感，他接下來可能要設計出大量卡牌……」

旁邊的同事立刻打斷她，「妳別烏鴉嘴，我可不想天天加班！」

鄒曉寧苦著臉道：「就算我不烏鴉嘴這也是事實。季後賽的無盡模式需要比拚卡池，涅槃現在的卡池跟老牌俱樂部相比還差很多，謝明哲近期肯定會瘋狂做卡。」

「瘋狂做卡」四個字讓大家的脊背同時一涼，似乎可以預見接下來的加班日常了。

地圖部的工作人員發現隔壁部門在加班，很是疑惑，很快就打聽到——又是謝明哲大魔王啊！想起涅槃當初發來的幾十個G的場景地圖大禮包，地圖部的人都還心有餘悸。

季後賽不用提交新地圖真好。於是，地圖部員工在下班的時候有意無意地路過卡牌資料部，故作關心地留下幾句話。

「還在加班呢？」

「看來涅槃又提交了新卡，辛苦辛苦！」

「我先下班了，你們繼續忙！」

周佳瑤那個氣啊——有這樣幸災樂禍的嗎？

她很想讓謝明哲改變一下作息，於是，次日早晨給他發消息的時候，周佳瑤除了提出畫皮的修改意見之外，還十分嚴肅地在最後附上一行提示：請您儘量在工作時間提交卡牌，以便資料師們及時回覆審核結果。

謝明哲收到信件後，笑咪咪地回了句：好的，那我多累積一些再提交吧。

周佳瑤：「……」

——您要累積多少？能不能饒了我們？

遇到這位不按常理出牌的設計師，智慧資料庫根本搞不懂他的腦洞思路，因此卡牌老是被提交人工審核，資料部的工作人員們都要集體熬出黑眼圈了。

謝明哲並沒有感受到官方資料師們的怨念。他將畫皮這張牌根據審核意見進行修改，加上一條——人皮面具複製的卡牌技能，所有效果減半。

比如複製食屍鬼、蜘蛛皇后之類的大後期卡牌，如果擁有跟這些卡牌同等的攻擊力，同時還能剝皮控場，確實有些過分。資料減半算是合理的修改調整，謝明哲欣然接受。哪怕減半了，畫皮這張牌依舊超強，絕對是團戰中的翻盤利器。

以聊齋中的經典故事為素材，謝明哲設計出了五張輸出類鬼牌，其他的謝明哲目前還沒有更好的創意，便暫時放下聊齋，把目光轉移到「地府公務員」上。

他當初查過很多關於地府的資料，據資料顯示，酆都大帝是鬼界的最高神靈，擁有鬼界的最高

許可權，可以管轄所有的鬼魂。

在酆都大帝之下還有五方鬼帝，分別鎮守著東方桃止山、西方嶓塚山、北方羅酆山、南方羅浮山以及中央抱犢山共五座山脈。據說這五處山脈之下便是通往鬼界的入口，五方鬼帝鎮守在這五個方位，也是為了防止鬼界的惡鬼從此處逃跑。

五方鬼帝之下就是影視劇裡常見的十殿閻王，分別掌管不同的地獄。

地府結構異常複雜，高層領袖多得數不清，想為每張卡牌都設計出不重複並且在比賽中有用的技能，難度太大，所以謝明哲想到了一個辦法。

把五方鬼帝合成一張卡牌。

關於五方鬼帝的資料本就不多，謝明哲對他們的瞭解也不深，如果單獨做成五張鬼牌，技能設計容易重複，還不如做成一張牌，讓它在召喚的時候分裂成五個鬼帝，形成一種大範圍的控場效果。

謝明哲仔細思考過後，決定把它設計成陣法牌。

陣法牌，出場後可以改變場景效果，形成有利於我方的範圍陣法，正好能彌補季後賽無法出現新場景的不足。只不過，陣法牌既然是一張卡牌，一旦被擊殺，所產生的陣法自然就會消失，也不至於嚴重影響比賽平衡。

謝明哲把自己的思路跟師父一說，陳千林對此很感興趣，「陣法牌？一張卡牌在召喚的時候分裂成五個形象，形成陣法。這種設計很少見，但並不違反規則，只是在資料上需要嚴格把控，不然官方肯定不讓你通過審核。」

「如果讓五個分裂的角色各自繼承百分之二十的屬性呢？合起來就是一張卡牌的完整屬性，這不過分吧？」謝明哲道。

「嗯，比較合理。」陳千林接著問：「技能方面呢？」

「我有個想法。」謝明哲拿出光腦，迅速在上面畫出一個「十」字，標注了東南西北中，緊跟著把「十」字的四個頂點相連，形成一個菱形，他指著圖形解釋說：「五方鬼帝出場的時候會自動分裂出五個形象，占據東、西、南、北、中五個方位，在五個地方開啟鬼門關——五個鬼門關之間形成鬼界通路，鬼牌在通路上移動的時候，可以獲得大量的移速加成。」

用卡牌來製造場景效果，這是謝明哲從公孫九娘的設計中得到的靈感。

昨天製作的公孫九娘可以開啟冥婚，讓三十平方公尺黑暗籠罩隔絕戰場。那麼，也許也可以設計出一張能擺出大範圍陣法的卡牌。

五方鬼帝，正好可以達成這個條件。

按照謝明哲的設想，五方鬼帝設計成一張牌，在召喚時自動分裂，並散落在東、西、南、北、中五個位置，在自己鎮守的地方開啟鬼門關。

鬼門關不能直接傳送，否則就跟白旭的「宇宙蟲洞」設計一樣了。而且，一張卡牌能開五個傳送點，技能強得像bug，肯定不會通過審核。

但是，鬼門關之間可以加速，相當於一張群體加速的增益輔助牌，完全符合規定！

當東、西、南、北、中五個地方同時開啟鬼門關，兩兩用鬼界通道連接時，任何一條鬼界的通路都可以為鬼牌加速。這意味著什麼？

意味著喻柯可以任選一條路，以最快的速度到達想要擊殺的對手面前！

五方鬼帝的陣法，可以讓鬼牌卡組真正做到來無影、去無蹤的暗殺！

謝明哲越想越激動，這張陣法牌從資料上來說還不如「隊友群體移速加成」的輔助牌。但關鍵在於，鬼界通路存在的時間可以非常久，大量的路徑也會讓實戰變得更為靈活。

十字形通路，加上周邊的菱形環繞，想去哪裡都可以找到最佳捷徑，不論進攻、撤退，都能極大縮短花費在路程上的時間。

陳千林看到小徒弟的設計後，心裡也不由感慨。

阿哲的腦洞就是大，用卡牌來製作陣法，這在聯盟也算是首例了。

跟師父一起確定了陣法設計後，謝明哲緊跟著分頭設計五方鬼帝的形象——他不想太過敷衍地隨便畫五個鬼上去，畢竟五方鬼帝都是鬼界的高層領袖。

但五方鬼帝具體長什麼樣子謝明哲也不清楚，他只能憑空想像，設計出幾個不同服飾、容貌的鬼帝，然後將所有形象按照東、南、西、北、中的順序，放在同一張卡牌裡。

五方鬼帝（土系）

等級：1級

進化星級：★

使用次數：1/1次

基礎屬性：生命值2000，攻擊力0，防禦力2000，敏捷0，暴擊0%

附加技能：鬼界守護神（鬼界有五方守護神，分別鎮守鬼界五個方位，當五方鬼帝被召喚出場時，每個鬼帝自動繼承主卡20%的基礎資料，迅速分散到場地的東、西、南、北、中五個位置，並在該位置開啟一個鬼門關。五個鬼門關之間，兩兩彼此相連，形成寬度為1公尺的幽藍色鬼界通道，以便鬼差和小鬼們行走。鎖定技：在鬼界通道上行走的鬼牌，移動速度增加500%；鬼界通道將一直存在，由五個鬼門關作為連接點，當鎮守某個方位的鬼帝被清空血量時，連接該鬼門關的通道也會隨之消失）

陣法技能十分複雜，這也是謝明哲設計的卡牌中，描述最長的一個技能了。他還貼心地在卡牌上畫出陣法圖案，方便資料師們審核，以及生成技能特效。

按照謝明哲的設想，五方鬼帝會在場景生成大量幽藍色的鬼界通路，五個連接點中一旦某個點被對手擊殺，連接該點的通路就會消失。在團戰的時候，對手如果想阻斷五方鬼帝的通道加速，可

以優先集火擊殺威脅最大的一個連接點。

由於「五方鬼帝」是一張卡牌分裂而成，只擊殺一個連接點，卡牌血量只會降低百分之二十，想要完全擊殺五方鬼帝這張牌，就需要連續擊殺掉東西南北中五個方位的鬼帝。

每個鬼帝有百分之二十的血量，看上去不多，但問題是——距離遠啊！要連續擊殺五個方位的鬼帝，必須分散火力，而在分頭對付五個鬼帝的過程中，很可能自己也會被對方包圍擊殺。

這張卡牌，光看技能描述不討人厭，但是看到實戰效果，那可是真正討人厭到了極點！

官方資料師們看到這張牌都震驚了。

鄒曉寧忍不住爆了句粗口：「用卡牌做陣法，虧他想得出來！」

周佳瑤頭痛欲裂，「他還挺貼心的，幫我們畫好了陣法圖形……」

眾人看著謝明哲畫在卡牌上的陣法圖形，集體無語。

——你也知道我們資料師審核你的卡牌會特別頭疼吧？五方鬼帝出場，開啟一條條藍色的鬼界通道給鬼牌加速……這都什麼鬼？

資料師們糾結地審核卡牌，然後周佳瑤突然靈機一動，「陣法類卡牌，這不是會影響地圖效果嗎？去隔壁地圖部門，把他們叫過來開會。」

以為季後賽沒有新地圖，再也不用加班的地圖部員工們：「什麼？」

天殺的謝明哲！

你做卡牌就好好做卡牌，怎麼做個卡牌還帶地圖陣法的呢？

兩個部門再次集合開了一下午的會，從基礎資料、到技能設定、再到平衡性甚至是地圖特效，眾人開始一項一項討論分析，經過了頭疼的三小時資料對比後，最終投票表決。

百分之八十通過！

地圖部的員工們心情複雜，私下都在吐槽。

「還以為地圖部不用加班了呢……」

「欸，誰知道謝明哲做個卡牌還要找我們地圖部幫忙一起審核！」

「打比賽遇到五方鬼帝，地圖上突然多出來五個鬼門關，互相連接一大堆鬼界通道，還帶加速，涅槃的對手估計會瘋。」

「涅槃的對手瘋不瘋我不知道，我只知道，他要是再做這種卡牌，先瘋的是我們！」

這話沒毛病，求求謝明哲不要再折磨大家了——眾人都在默默祈禱著。

謝明哲當晚就收到了審核結果。

他這次單獨提交「五方鬼帝」這張牌，也是想看看官方到底能不能通過陣法類的卡牌。如果可以，那以後他還可以再做一些人物陣法牌。

結果順利通過，給了他很大的信心，立刻把人物陣法牌的設計列入計畫。

晚上吃飯的時候，喻柯一直欲言又止，眼巴巴地看著他。

距離答應幫小柯做新牌已經過去三天了，小柯肯定心裡著急，嘴上又不好催。謝明哲笑著拍拍他的肩膀，「你是不是想知道，我給你做的新牌進度怎麼樣了？」

喻柯點頭如小雞啄米，「嗯嗯！有做出一張嗎？」

謝明哲道：「做了五張。」

喻柯張大嘴巴，嘴裡的飯差點掉下來，他趕緊嚥回去，激動地道：「你的效率也太高了吧，快給我看看！」

陳霄和秦軒聽到有新卡牌，也好奇地走過來看熱鬧。

謝明哲乾脆開了個模擬對戰擂臺，把師父和三位隊友全部拉進去，讓喻柯試試新做的鬼牌。

拿到新卡的喻柯激動無比，「哇，鬼火，很酷的樣子！」

陳千林建議道：「阿哲，你帶三張卡分別跟小柯PK，一張高防禦高血量的土系卡，一張防禦中等的木系牌，還有一張脆皮的水系輸出牌。」

單卡PK，正好可以試試公孫九娘在實戰中的具體傷害量。謝明哲知道師父想讓小柯更清楚卡牌的資料，便按照師父的提示，從卡組中挑了幾張牌和喻柯單挑。

隨著對戰開始，公孫九娘的周圍迅速出現九簇幽藍的鬼火，這特效實在是太帥了！

喻柯試著將九團鬼火全部砸下去——打高防禦土系牌時，九火齊出能一次性刷掉厚皮卡三分之一的血量；打脆皮輸出卡，九火同時攻擊目標，可以直接把脆皮卡給打殘，傷害簡直爆炸！

喻柯興奮得差點跳起來，「這張卡牌的傷害真猛！三團鬼火額外造成一次暴擊加成，九火一起放，那就是三次暴擊加成，沒有公孫九娘秒不掉的脆皮！以後在賽場上看見鬼火，對面的脆皮卡估計會嚇得瑟瑟發抖！」

眾人：「……」

小柯就是這樣，很容易因為一點小事開心起來，大家已經習慣了他的嘰嘰喳喳。陳千林打斷他道：「以後的練習中你也可以試試其他的攻擊方式，一次放三鬼火，或是九火分開攻擊，打不同類型卡牌時的傷害資料一定要掌握得非常熟練才行。」

教練的話喻柯當然會認真聽，趕忙點頭，「我明白，我肯定好好練。」

謝明哲問：「小柯你喜歡這種操作複雜的卡牌嗎？」

喻柯立刻點頭如搗蒜，「喜歡，特別有意思！」

「那你再看看這兩張鬼牌。」謝明哲讓喻柯試試喬生和連城的連動。

這是鬼界難得一見的夫妻連動卡，喻柯的眼睛都亮了，試過技能後更是嘖嘖稱讚：「連城好強啊！繡線的群攻傷害爆炸，切換成女鬼形態後，普攻的速度好可怕！」

謝明哲道：「還有一張功能牌，非常靈活。」

畫皮。這張牌拿到手裡之後，喻柯不由瞪大眼，「人皮面具？可以複製其他卡牌？」

「試試看。」謝明哲分別召喚出七張牌，包括三國人物、《西遊記》妖怪還有陳哥的暗黑植物，喻柯開啟畫皮鬼的技能，居然真的複製出一模一樣的卡牌，技能的繼承則可以在複製的時候進行選擇，資料減半。

喻柯欣喜若狂，「比如打風華的時候，我是不是可以讓畫皮去偽裝成白罌粟，放個大範圍的混亂，然後剝皮露出真面目，再來一波恐懼？」

「是這樣沒錯，關鍵時刻複製關鍵技能，這張牌絕對是劣勢局的翻盤利器。」

「我明白了，這張牌太強了，我得好好想想該怎麼用！」喻柯激動地收起畫皮，「謝謝阿哲，這幾張新卡我都特別喜歡！」

「別急，還有一張。」謝明哲笑咪咪地把五方鬼帝遞給喻柯。

喻柯接過來一看，牌上畫著好多鬼，技能描述很長很長，他一時沒看明白。而召喚出來的瞬間，喻柯直接驚呆了！

只見卡牌上的鬼帝突然飛到東、西、南、北、中五個方向，並在落地的同時開啟鬼門關，一條條如同絲帶般的藍色通路迅速生成，鬼門關之間彼此相連，在場地上形成菱形的陣法。喻柯試著讓公孫九娘沿著藍色通路走了幾步。

這不是走，這是飛啊！

加成移速，幾乎能跟飛禽牌的移動速度媲美！

喻柯興奮地連續召喚出所有鬼牌，然後，大家就發現無數鬼影開始在鬼界通路上四處飄蕩，一會兒是身穿嫁衣的公孫九娘帶著鬼火從面前飄過，一會兒又是白衣翩翩的聶小倩從另一個方向飄來，速度太快，喻柯有些控制不住，黑無常和白無常還在鬼界通道上撞了車。

場面一時極度混亂，謝明哲和陳千林頭痛扶額。

喻柯茫然臉，「這是給我的鬼建了條四通八達的高速公路嗎？我有點不習慣。」

設計思路是好的，但這張牌操作起來確實太難，肯定要反覆練習才能掌握。今天第一次使用，加速通道太多，喻柯操控著鬼牌漂移了一陣子，已經暈頭轉向分不清東南西北了。

陳霄哈哈笑道：「小柯都懵了，將來比賽時召喚出來，對手肯定更懵。」

喻柯倒是玩得很開心，「不愧是阿哲設計的卡牌，太好玩了哈哈哈，鬼牌集體上高速！」

謝明哲無奈，「你這是到了遊樂場嗎？放鬼牌到處飄，大半夜的嚇人，快收起來，我看著都頭疼了。」

喻柯迅速把所有鬼牌收起來，退出遊戲走到謝明哲的面前，感動地抱住他，「阿哲，你給我設計的新卡牌太強了，你肯定花了不少心思吧？不知道怎麼謝你……」

謝明哲笑著摸摸小少年的腦袋，「客氣什麼？我們是隊友，你的實力變強，對我們團隊只有好處，我做這些也是應該的。」他把光腦裡整理出來的閻王名單給小柯看了一眼，「別急，還有至少十張鬼牌，叫十殿閻王，是一整套的，做好之後可以拿去打大團戰。」

喻柯雙眼發亮，「帥爆了！」

雖說雙人賽有聶遠道、山嵐這對Boss組合，但是喻柯覺得，阿哲幫他做了這麼多厲害的鬼牌，他自己也會努力練習、提升技術，他和阿哲的組合，說不定也能爭個獎盃是不是？

接下來，謝明哲開始認真地梳理十殿閻王的資料，他按照腦海裡的印象在文檔中詳細列出了十殿閻王的名字、形象特徵以及他們在地府所管轄的事務，然後再統一設計這套卡牌。

常規賽階段由於團賽雙方都要攜帶十六張明牌和四張暗牌，卡牌數量有嚴格的限制，因此在挑

選卡組的時候每一張卡牌都要做到精益求精，會被選為團賽的卡牌都是各大戰隊最強的卡牌。

但是本屆的季後賽改為「無盡模式」，選手精神力也改為無上限，大家可以盡情使用卡牌，最後的勝負是按照擊殺的卡牌數來計算——哪邊殺掉的卡牌多，哪邊就獲勝。

在無盡模式下，不可能所有上場的卡牌都是一流強卡，在需要大量卡牌鋪場的時候，肯定會用上一些屬性、技能都較為平庸的卡牌。

等於是卡牌遊戲的「人海戰術」，也可以叫做「牌量碾壓」。

既然無盡模式不限牌量，十殿閻王就可以同時出場。所以在設計這套卡組的時候，謝明哲從小柯現有的鬼牌卡池來考慮，看他還缺少什麼類型的技能，就根據十殿閻王的特徵進行補充。

他無法保證十張閻王牌每一張都很強，但他可以保證這十張閻王牌每一張都有用處。在面對不同俱樂部的時候，拿出一些特定的閻王牌或許還會有奇效。

十殿閻王是地府十殿的掌控者，地位在酆都大帝、五方鬼帝之下。

傳說中，人死後變成鬼，首先見到的是黑白無常，這對兄弟是連結鬼界與人間的使者，他們會把人的魂魄從人界牽引到鬼界，魂靈在鬼界經過奈何橋，接下來就要接受鬼界的審判。

所有鬼魂，最先來到的審判場所是秦廣王所在的第一殿。

秦廣王負責鬼魂的初步審判，審判結果分為三種：第一種，生前是大好人，做了許多善事，秦廣王就會讓好人的魂靈從此脫離凡塵，永升極樂；第二種是好壞參半、功過相抵的，則直接送往第十殿繼續投胎做人；第三種就是生前作惡多端的壞人，秦廣王會把鬼魂押到孽鏡臺，親眼看看自己生前犯過的錯，然後送去第二殿。

謝明哲打算把秦廣王做成輔助卡，用他在地府的初步篩查作為技能。

秦廣王（土系）

等級：1級

進化星級：★

使用次數：1/1次

基礎屬性：生命值1500，攻擊力0，防禦力1500，敏捷0，暴擊0%

附加技能：永升極樂（秦廣王會初步審判鬼的善惡，如果鬼魂在生前做了許多善事被秦廣王判定為好鬼，他會讓鬼魂脫離塵世苦難，永升極樂——秦廣王指定一個單體鬼牌目標，使目標免疫一切控制、傷害類技能，持續6秒；冷卻時間20秒）

附加技能：孽鏡臺（生前作惡多端的鬼，會被秦廣王強行押往孽鏡臺，完整重播惡鬼生前做過的一切壞事——秦廣王開啟技能時，可在指定位置生成一個寬約10公尺的孽鏡臺，孽鏡臺上有一面重播罪惡的鏡子，鏡子存在5秒，存在期間，所有敵對目標的攻擊技能都會原封不動地返還給對手）

第一個技能單體無敵，第二個技能群體反傷，秦廣王設計完成。

第二殿楚江王掌控的是大海之底的寒冰地獄，凡是在人間傷人肢體、姦盜殺生者，都會推入此地獄。這張牌可以做成法術控場卡，技能設計為寒冰地獄。

楚江王（土系）

等級：1級

進化星級：★

使用次數：1/1次

基礎屬性：生命值1500，攻擊力0，防禦力1500，敏捷0，暴擊0%

附加技能：寒冰地獄（楚江王是十殿閻王中的第二殿，掌管寒冰地獄，可以在指定位置劃出一片30平方公尺的寒冰地獄，寒冰地獄存在10秒，範圍內所有敵對目標移動速度、攻擊速度下降50%，並且每秒疊加一層寒氣，每層寒氣減少攻擊力20%，五層疊滿時攻擊力降至0，只有離開地獄範圍後攻擊力才得以恢復；冷卻時間60秒）

附加技能：死亡凍結（楚江王極其厭惡「殘害生靈」的行為，殺害生靈將會受到他的嚴厲懲罰。技能開啟後，凡擊殺我方目標的敵對卡牌，會被楚江王原地凍結5秒以示警告；冷卻時間60秒）

——死亡凍結，這可是針對收割類卡牌的神技！

只要是擊殺了我方卡牌，那麼楚江王就有理由認為你「殘害生靈」然後懲罰你，直接凍結五秒，等於強行打斷對方輸出牌的節奏。

比如凌鷲堂的吸血匕首、歸思睿的食屍鬼、裴景山的蜘蛛皇后，這些大後期的Boss卡牌擊殺目標後會提升攻擊力，越打越凶，根本攔不住。

但一旦楚江王在場呢？

五秒時間強行打斷節奏，足夠讓我方迅速處理掉這類收割卡。

第三殿宋帝王掌管著黑繩地獄，主要懲罰那些不忠、不義、不孝，大逆不道，以及挑撥離間、教唆纏訟的人；第四殿五官王掌管的合大地獄，又稱血池地獄，主要管束交易欺詐、強買強賣的惡人，所有經濟罪犯都要受到他的懲罰。這兩張牌，謝明哲乾脆一起做成了純法術群攻卡。

宋帝王（土系）

等級：1級

進化星級：★

使用次數：1/1次

基礎屬性：生命值800，攻擊力1800，防禦力800，敏捷30，暴擊30%

附加技能：黑繩地獄（宋帝王製造一片23平方公尺範圍的黑繩地獄，內有大量血色繩索，所有踏入區域內的敵對目標禁足3秒，並受到一次300%土系暴擊絞殺傷害；冷卻時間30秒）

附加技能：明察秋毫（宋帝王對挑撥離間的行為極為反感，他能一眼看穿對方的詭計。當宋帝王開啟技能時，他會進入「明察秋毫」狀態持續10秒，在此期間，一旦有目標使用傷害反彈、傷害

轉移、增益效果、負面狀態轉移等技能，他會立刻無視該技能判定，並讓使用技能的卡牌沉默3秒以示懲罰；冷卻60秒）

五官王（土系）

等級：1級

進化星級：★

使用次數：1/1次

基礎屬性：生命值500，攻擊力2000，防禦力500，敏捷30，暴擊30%

附加技能：血池地獄（五官王可以在指定區域製造出23平方公尺範圍的血池地獄，血池地獄具吸血效果，每秒吸取範圍內敵對目標2%血量，每當血池地獄吸取的血量總值達到10萬、20萬、30萬、40萬時，血池地獄會獲得增強，每秒吸血量增加至4%、6%、8%、10%。當吸血總量達到50萬時，額外產生一次群體暴擊傷害。血池地獄存在15秒，釋放血池地獄的冷卻時間60秒）

五官王只做了一個技能，所以攻擊資料可以堆到最高，這是一張輸出爆炸的群攻牌。吸血五十萬聽起來可怕，但是在無盡模式團戰中，雙方的卡牌數量都非常多，一旦地獄範圍內圈了十張以上的卡牌，五十萬的吸血量是很容易達到的。

接下來還有第五殿「閻羅王」，也是最廣為人知的閻王。

據說閻羅王的前世是包拯，他本來在第一殿為所有的鬼進行初審，但是因為心腸比較慈悲，又很愛伸張正義，經常為冤死的鬼做主，把鬼放回陽間去含冤昭雪——把冤死的鬼放回人間去報仇，這樣的做法並不符合鬼界規矩，鬼帝看不過去，就把他降為第五殿。

被降到第五殿後，閻羅王就不能把鬼放走了，不過閻羅王依舊心懷慈悲，凡是來到第五殿的鬼魂都會先被押去望鄉臺，讓鬼魂可以看見自己在陽間的親人，然後再審查這些鬼犯了什麼罪，根據不同的罪刑押往其他小地獄。

閻羅王的卡牌設計，謝明哲想到了一個思路——做成單控卡，多加一些靈活的操作因素，讓小柯隨機應變，控制對手的關鍵牌。

閻羅王（土系）

等級：1級

進化星級：★

使用次數：1/1次

基礎屬性：生命值1500，攻擊力0，防禦力1500，敏捷30，暴擊30%

附加技能：望鄉臺（閻羅王特別慈悲溫和，所有來到第五殿的鬼魂，都可以前往望鄉臺去看看自己在世的親人，看完後再接受處罰——閻羅王會在指定的位置放置望鄉臺，被他選擇的目標，必須前往望鄉臺和親人見面；為了公平起見，閻羅王會同時選擇一個我方目標和敵方目標瞬移至望鄉臺，並在望鄉臺停留5秒，以思念親人；冷卻時間60秒）

附加技能：還陽伸冤（閻羅王對於冤死的鬼特別同情，願意讓冤死的靈魂回到人世沉冤昭雪。一旦閻羅王認為某人死得冤枉，他可以讓其臨時回到人世為自己報仇，復仇結束後再接受審判——我方被選定的已陣亡卡牌可立刻復活，攻擊力提升50%，並刷新全部技能進行復仇，5秒後復仇結束，卡牌陣亡，無法再接受其他復活類技能。冷卻時間300秒；此技能不可使用於亡語牌、即死牌）

第一個技能操作性比較強，可以把望鄉臺建在偏遠的地方，同時選我方、敵方的兩張卡牌去望鄉臺思念親人，如果選了對方威脅最大的卡牌，相當於單卡的臨時放逐，讓對方強力單卡沒法及時參與團戰；選我方容易被殺的脆皮卡，那就是單卡的臨時保護。

至於第二個技能……大概跟詐屍差不多！

死了覺得冤枉，在閻羅王的幫助下還陽復仇，臨時復活後，攻擊力增強、刷新技能再打一波爆發，復完仇就可以放心地去死了。

當然，對方被詐屍反殺的卡牌估計會死不瞑目。

你很冤？死了突然跳起來又打我一次，那我豈不是更冤？我找誰說理去啊！

確定了前五張閻王牌的最終設計後，謝明哲並沒有急著提交，他又花了一天時間，把剩下的五張牌全部做完。

第六殿卞城王負責掌管枉死城，謝明哲決定把這張卡做成特殊功能牌。卡牌並沒有固定的壽命，所以陣亡的卡牌全是「意外死亡」，符合關進枉死城的規定，卞城王完全可以圈出一片枉死城，關押敵我雙方已陣亡卡牌。

卞城王（土系）

等級：1級

進化星級：★

使用次數：1/1次

基礎屬性：生命值1500，攻擊力0，防禦力1500，敏捷30，暴擊30％

附加技能：枉死城（卞城王掌管枉死城，以亡魂形態繼續存活——卞城王出場時，自動在場景周邊單獨設立一片枉死城區域，全場景已陣亡卡牌自動關入枉死城，城門緊閉，所有卡牌亡魂不得出城；每隔5分鐘，卞城王可以選擇開啟或關閉城門，一旦城門開啟，卡牌亡魂在5秒內暫時得以釋放，被釋放的卡牌可以接受友方的復活類技能。鎖定技，枉死城始終存在，除非卞城王被擊殺）

這張牌在小型比賽中作用不大，但是在大規模的團戰尤其是無盡模式當中，雙方陣亡的卡牌數量會越來越多，那麼，枉死城的存在就會極大限制雙方「復活」類技能的使用。

第七殿泰山王主要處罰盜竊、誣告、敲詐、謀財害命的惡鬼，受罰的鬼魂必須接受下油鍋的酷刑；第八殿都市王掌管著悶鍋地獄，凡在世不孝，使父母愁悶煩惱的，都會在這裡受盡痛苦。

之前的三殿和四殿被謝明哲設計成了暴力群攻卡，所以七殿和八殿，他想直接設計成遠端法術單體類卡牌，增強鬼牌卡組在單體輸出、控制上的實力。

泰山王（土系）

等級：1級

進化星級：★

使用次數：1/1次

基礎屬性：生命值500，攻擊力1800，防禦力500，敏捷30，暴擊30%

附加技能：油鍋酷刑（泰山王出場時攜帶一具大型油鍋，可以指定23公尺範圍內的敵方單體目標，將對方強行投入油鍋實施懲罰。油鍋內溫度極高，被投入油鍋的目標，每秒損失10%血量，持續10秒後釋放。屬於強制支配類技能，無法被解控技能清除，被指定目標無法逃脫。下油鍋期間若無隊友支援治療，目標會在10秒後徹底融化；油鍋冷卻時間120秒）

都市王（土系）

等級：1級

進化星級：★

使用次數：1/1次

基礎屬性：生命值500，攻擊力1800，防禦力500，敏捷30，暴擊30%

附加技能：悶鍋地獄（都市王可以將23公尺範圍內的指定單體目標投入悶鍋地獄，使其窒息。被投入悶鍋地獄的目標因呼吸不暢，每秒損失20%攻擊力和20%防禦力，5秒後釋放；屬於強制支配類技能，無法被解控技能清除，冷卻時間60秒）

還剩下最後的第九殿和第十殿。

九殿平等王掌管阿鼻地獄，凡是在陽世殺人放火的凶惡之徒都會被押到第九殿，以雙手雙腳抱

住空心的熾熱銅柱，發紅的銅柱會不斷焚燒惡鬼全身。

平等王（土系）

等級：1級

進化星級：★

使用次數：1/1次

基礎屬性：生命值1500，攻擊力800，防禦力1500，敏捷30，暴擊30%

附加技能：眾生平等（平等王奉行「眾生平等」觀念，開啟技能時，指定23平方公尺區域內所有卡牌獲得平等待遇，均攤受到的一切傷害，且卡牌身上出現一個吸收平等王基礎生命10%的土系護盾；冷卻時間90秒）

附加技能：熾熱銅柱（平等王在指定的位置放置一根高達3公尺的空心銅柱，銅柱內部不斷焚燒著熾熱的火焰，銅柱周圍5公尺範圍內所有目標受到烈火烘烤，進入狂暴狀態——防禦力降低50%、攻擊力提升50%，且被火焰影響不能移動；平等王最多同時放置3個銅柱，放置銅柱的間隔時間為10秒）

平等王的均攤傷害，可以在關鍵時刻讓我方殘血牌存活下來，必要的時候把容易被集火的卡牌和超級皮厚的卡放在平等王的區域內，能保證脆皮卡不被秒殺。

銅柱只對5公尺範圍內目標產生影響，用法非常靈活，這個技能是雙向作用，所以在使用時需要迅速判斷場上的形勢。是要放給對方降防禦？或是給我方加攻擊？或是用三個銅柱卡住對手的走位也是不錯的策略。

第十殿輪轉王是十殿閻王中的最後一位審判者，他主要負責安排投胎。這張牌可以做成傳統的復活卡牌，只不過在復活時有一些特殊選項。

傳說中輪轉王讓鬼投胎時就有六個選項——天道、人道、阿修羅道、餓鬼道、地獄道、畜生

道，這個機制正好可以體現在卡牌設計上。

輪轉王（土系）

等級：1級

進化星級：★

使用次數：1/1次

基礎屬性：生命值1500，攻擊力0，防禦力1500，敏捷30，暴擊30％

附加技能：六道輪迴（輪轉王負責所有鬼魂的轉世輪迴，他會根據死者在生前的善惡選擇轉世之後的命格，分為六道。輪轉王開啟技能後，我方已陣亡的卡牌立即輪迴轉世，在轉世時必須服從輪轉王的安排——天道，轉世成一張神族牌；人道，轉世成一張人物卡；阿修羅道，轉世成妖族或魔族類卡牌；惡鬼道，轉世為鬼牌；畜生道，轉世為動物牌；地獄道，轉世為暗黑系植物牌。卡牌轉世後，會遺忘自身的一切技能，開始嶄新的牌生。但轉世時的形象、資料，必須選擇現場存活的一張卡牌作為範本，並且只能繼承範本卡牌的一個技能。限制條件：即死牌與亡語牌無法輪迴轉世，其他的卡牌也無法轉世成即死牌與亡語牌。冷卻時間10分鐘）

傳說中，人死後可以轉世，那一張卡牌的生命結束，為什麼不能轉世開始新的牌生？

既然是轉世，自然不會保留原有的技能，而是變成一張全新的卡牌。轉世時要變成人類、動物、鬼怪、神仙或是植物，將在轉世的時候由輪轉王決定。

這個復活技能，跟其他復活技能最大的區別，就是復活後會直接改頭換面，變成新卡。

在謝明哲的設計之下，一張卡牌從出生、談戀愛、到懷孕生寶寶，死後被關到枉死城裡服役，然後經過六道輪迴，轉世成一張新卡牌……

卡牌們的牌生真是非常的圓滿了！

閻王卡全部設計完成後，謝明哲開始構思連動技的設計。

對於連動，官方有數量限制，一次連動的卡牌不能超過五張，否則資料計算會太過複雜和混亂。謝明哲也知道不可能十張牌同時進行連動，但可以按卡牌類型分別設計連動技。

十殿閻王中，卞城王的「枉死城」是將陣亡卡牌全部關起來，閻羅王的「還陽伸冤」是暫時復活，而輪轉王的「六道輪迴」是轉世復活，這三張卡牌的技能互相關聯，適合做連動技。

十殿閻王之生死主宰：（連動技。對卞城王、閻羅王、輪轉王生效。當卞城王開啟「枉死城」城門時，閻羅王、輪轉王若在場，則身上會同時出現持續5秒的土系無敵護盾。）

十殿閻王中的輸出類卡牌包括三殿、四殿、七殿、八殿，這四張謝明哲另外做了連動。

十殿閻王之嫉惡如仇：（連動技。對宋帝王、五官王、泰山王、都市王生效。當宋帝王、五官王、泰山王、都市王同時在場時，四位閻王對那些作惡多端的卡牌極為厭惡，認為它們應該受到更加嚴厲的懲罰。宋帝王「黑繩地獄」、五官王「血池地獄」基礎攻擊力增強50％；泰山王「油鍋酷刑」、都市王「悶鍋地獄」技能效果結束時額外產生一次50％攻擊力的暴擊傷害。）

四張都是輸出卡，同時在場，連動技增強輸出，這樣的設計可以將閻王牌的輸出最大化。

剩下的三張牌都是輔助類卡牌，包括秦廣王、楚江王和平等王。作為輔助卡，最重要的便是技能冷卻時間，只要縮短冷卻，能在團戰中多放一次技能，對戰局的影響將不可估量。

十殿閻王之因果輪迴：（連動技。對秦廣王、楚江王、平等王生效。因果輪迴，善惡終有報應。當秦廣王、楚江王、平等王三張牌同時在場時，三張卡牌的技能冷卻時間全部縮減20％。）

更快的技能冷卻，可以讓輔助卡釋放更多次控場技能。

謝明哲先在草稿紙上設計好連動技，之後又分別在每張卡牌的技能描述中增加連動技的描述，並且寫了非常詳細的卡牌百科，完善了從第一殿到第十殿的鬼界閻王設定。

到這裡，他的十殿閻王套牌就全部完成了。

【第八章】惡夢級訓練套餐，請給我也來一份

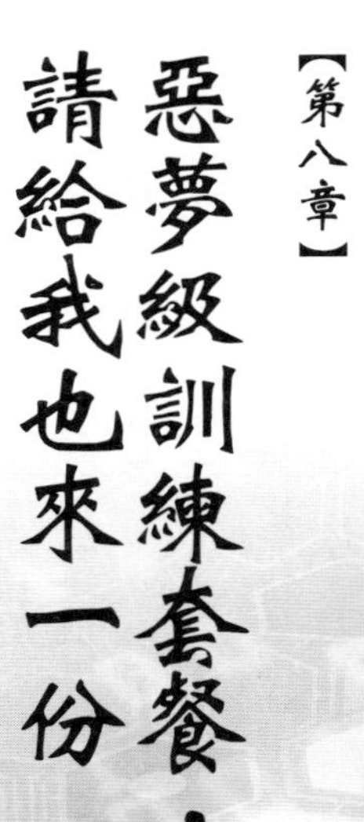

謝明哲興奮地拿著十殿閻王套牌去找師父。

陳千林看到他遞來的十張牌，臉上的表情微微一僵，「這麼多？」

謝明星笑著點頭，「這十張是一整套閻王牌，因為連動技能有數量限制，只能分別設計，我覺得根據不同卡牌的類型來設計連動技會更有用處。」

陳千林回頭看他，「我的意思是，這麼多名字相似的卡牌能分得清楚誰是誰嗎？」

謝明哲低著頭想了想，說：「我會把設計思路詳細地跟小柯說清楚，方便他理解記憶，我相信以小柯的聰明，很快就可以記下來。」

「嗯，你有詳細的設計思路這樣最好。」陳千林沒再多說，記卡牌是職業選手的基本功，十張閻王牌的技能設定極為複雜。要記清楚每個技能的冷卻時間，還要在實戰中熟練操作，小柯接下來可有得忙了。

陳千林仔細看完十張卡牌，道：「這些卡牌的技能設計都比較特殊，比如黑繩地獄、油鍋、悶鍋、孽鏡臺、枉死城等。如果你只用文字描述，系統會無法自動生成技能特效。」

謝明哲怔了怔，「沒錯，我差點忘了這事！」

陳千林更一針見血地指出了關鍵，「新技能的特效最好由你自己設計，加入特效資料讓系統直接讀取。要不然，以你描述的油鍋技能，系統很可能直接生成一個煮飯的大鐵鍋。孽鏡臺也只會幫你弄成一面大鏡子，效果肯定不好看。」

那畫面光想就很醜。

雖然卡牌的戰鬥力只看資料，就算技能特效很醜也不會降低能力。但是，如果能有賞心悅目的技能特效，會讓選手在操作的時候更加得心應手。

大部分卡牌的技能例如火焰攻擊、冰凍等，特效庫一抓一大把，植物系的花瓣飄撒特效也有固定的範本，但是謝明哲設計的卡牌技能都很特殊——特效資料庫裡肯定沒有油鍋、孽鏡臺之類的素

材。若讓官方特效工程師僅憑技能描述文字重新設計，不一定能符合閻王牌的畫風。

這一批閻王牌的特效，必須親自把關才行。

當天晚上，謝明哲就找來秦軒，跟他說了說自己的想法。

血池地獄、黑繩地獄、孽鏡臺、望鄉臺等全新的技能，謝明哲都畫出了大概的草稿圖，讓秦軒來完善。枉死城也按照鬼界的風格做成古色古香的空城，高聳的城門上寫著「枉死城」三個血淋淋的大字，空蕩的城內飄蕩著一些遊魂……

油鍋、空心銅柱、悶鍋地獄，這些技能特效謝明哲全部親力親為地想好設計方案，跟秦軒討論敲定之後，再交給秦軒來製作成卡牌特效。

秦軒的工作效率極高，不到幾天的時間就把十張卡牌的特效全部完成。

謝明哲在遊戲虛擬房間裡試著釋放技能——每一個技能特效都是精心搭配而成，與閻王牌的畫風非常統一。秦軒繪製的暗黑風格技能效果，幾乎完整地重現了地獄中恐怖的景象。

謝明哲激動無比，拍拍秦軒的肩膀說：「太帥了！」

秦軒在美術上的才能可以幫助涅槃把每一張卡牌都做到極致精美。閻王牌的技能特效特別酷炫，這批新卡一旦面世，絕對會讓觀眾們眼前一亮。

「要把小柯叫過來看看嗎？細節方面還可以再改。」秦軒問道。

「先不告訴小柯。」謝明哲說：「他最近在忙著練公孫九娘那批新卡的操作，這十張閻王牌的審核還沒有通過，等全部審核完了再通知他。到時候讓他實戰試試，如果特效細節會影響到操作，我們再進行調整。」

秦軒點了點頭。阿哲在忙著做鬼牌，小柯在練習新卡，陳霄也在忙著做新的植物牌，相比起來，自己好像是最閒的一個？能在設計特效的時候幫上忙，秦軒其實挺樂意的。想到這裡，他便看向謝明哲說：「需要幫忙儘管找我，我這幾天沒什麼事。」

謝明哲想了想，「有一張鬼牌還沒做，乾脆做完後一起提交，特效方面需要你幫忙設計。」

秦軒立刻答應下來，「沒問題。」

謝明哲道：「等這批鬼牌做完，到時候分一些給你練習操控，這麼多鬼牌不可能全部交給小柯，必要的時候，你也要幫他分擔壓力。」

秦軒點頭，「我明白。」

大戰在即，每個人都在忙碌。

謝明哲是越忙越精神。

次日一大早，他就趁熱打鐵，把想好的最後一張鬼牌也做了出來。

——酆都大帝，鬼界之主。

十殿閻王、五方鬼帝全都做成了卡牌，酆都大帝作為鬼界的老大，必須有名有姓。這張牌自然是鬼牌中的Boss牌，強度絕對不能輸給歸思睿做的食屍鬼。所以在技能設計上，謝明哲耗費了不少心思，修改了好幾個版本最終才確定下來。

既然是鬼界之主，當酆都大帝降臨人世時肯定會引發周圍環境的劇烈變動，就跟電視劇裡Boss出場自帶光效一樣，有華麗的暗黑系技能特效，才能彰顯出他尊貴的身分。

酆都大帝是鬼界的王，讓他親自動手去處置一些植物、動物、凡人，有些「大材小用」。這種Boss一般不需要親自動手，他一聲令下，自然會有無數小鬼替他動手。

所以，謝明哲決定把酆都大帝設計成最強的——召喚鬼牌！

至於形象，如此尊貴的鬼王當然不會隨便以真面目示人，他身穿黑色長袍，整個頭部都籠罩在一片虛無縹緲的黑色濃霧裡，只能隱約看見面部硬朗的輪廓，卻看不清真實的五官，神祕感十足。

酆都大帝（土系）

等級：1級

進化星級：★

使用次數：1/1次

基礎屬性：生命值1000，攻擊力1500，防禦力1000，敏捷30，暴擊30%

附加技能：鬼王降臨（酆都大帝是鬼界之主，當他降臨人世時，會讓周圍環境徹底淪為鬼界般黑暗——召喚酆都大帝後，全場景立即被黑暗籠罩，敵我雙方所有卡牌失去視野持續3秒；3秒後，場景視野恢復，但全場景會瀰漫著黑暗的霧氣，能見度降低50%；鎖定技，酆都大帝在場時，黑暗霧氣一直存在，只有離開時霧氣才會消散）

附加技能：鬼界之主（作為鬼界的最高掌權者，酆都大帝可以隨意驅使小鬼替他做事。酆都大帝召喚出五隻具有代表性的小鬼，每隻小鬼繼承他20%的基礎屬性——

厲鬼：提升自身50%攻速，瞬移至指定目標身後，對目標發起追擊，每次普攻造成基礎攻擊力80%的暴擊傷害，連擊達到5的倍數時額外造成一次暴擊傷害；每次擊殺目標，攻速提升10%；技能無冷卻，連擊被打斷後清零重新計算。

怨鬼：怨氣極重的鬼，可以纏住指定的目標，對目標釋放「纏怨」負面狀態，使目標每秒損失3%血量，纏怨效果一直存在，不可解除，怨鬼陣亡後才會消失；技能無冷卻，一場比賽只能纏住一個目標。

水鬼：淹死的水鬼全身帶著濕氣，追隨指定目標時會讓目標動作遲緩，移速、攻速下降50%，冷卻30秒。

攝青鬼：吸取指定目標20%基礎攻擊力並將吸取的攻擊力轉交給任意鬼牌隊友，冷卻30秒。

羅剎鬼：對單個目標造成1秒恐懼，冷卻30秒。

五隻小鬼可同時存在，當五隻小鬼針對的目標為同一目標時，觸發「惡鬼纏身」狀態，被五隻小鬼圍殺的目標，將受到小鬼的詛咒，一次性損失20%基礎生命值。

小鬼陣亡後再次召喚該小鬼的冷卻時間為30秒。五隻全部陣亡時酆都大帝自動離場）

酆都大帝能召喚五個不同功能的小鬼，可以說是卡牌界的「召喚之王」了。由於酆都大帝召喚的小鬼太多，每隻小鬼只能繼承20％的血量和攻擊力，很容易被秒殺，在資料上面不算特別逆天，就是功能太多，被小鬼纏上的選手肯定會很暴躁。

想要對付酆都大帝這張牌，最好迅速集火殺光他的小鬼。但技能中說的是「五隻死光」鬼帝才會離開，只要保住一隻小鬼不死，他就可以等技能冷卻完了繼續召喚，不斷地放小鬼纏住對手，煩死對手。

為了設計合適的技能特效，謝明哲這次把五隻小鬼都在卡牌上畫出縮小版，然後找秦軒做成3D版本的模型，黑霧籠罩的場景特效也由秦軒製作了逼真的素材。

到此為止，鬼界公務員套牌就全部做完了。

謝明哲做好一切準備後，終於在個人空間連上資料中心，提交審核。

最近謝明哲不再提交新卡了，官方資料師們都有些慶幸，感覺像是躲過了一劫？難得閒了幾天，這天正好是週五，周佳瑤決定請同事們去聚個餐放鬆放鬆。

結果，下午三點鐘，她正準備訂晚上聚會的餐廳，智慧資料庫再次響起熟悉的提示音——有十一張新製卡牌，資料庫無法判定，提交至人工審核，請儘快審核。

十一張？所有人的嘴巴頓時張大成「O」型。

數據部的工程師們快要哭了，「十一張？該不會又是謝明哲吧？」

想到之前發系統消息時謝明哲的回覆：好的，那我多累積一些再提交。

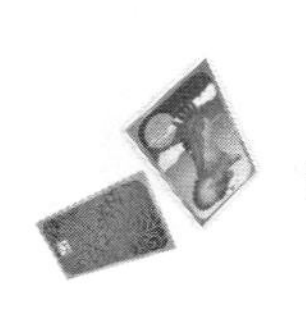

周佳瑤心想：肯定又是他，累積了十一張啊！

不然還有誰會一次性提交這麼多，而且全是智慧資料庫無法判定的卡牌？

周佳瑤抽搐著嘴角打開資料庫——秦廣王、楚江王、宋帝王、五官王、閻羅王、卞城王、泰山王、都市王、平等王、輪轉王……

看完這些卡牌名字，周佳瑤的腦子裡就剩一個字：王、王、王。

其他同事也有些頭暈，「這麼多王！」

鄒曉寧吐槽道：「居然還有連動技！十殿閻王之生死主宰？十殿閻王之因果輪迴？我的天，謝明哲怎麼不去當編劇啊，拍一部電視劇叫《十殿閻王》不行嗎？非要來禍害卡牌！」

旁邊一個年輕的小女生弱弱地說：「最後這張酆都大帝，我連字都不認識……」

有人提示道：「這個字讀音同『豐』，是挺少見的。」

十一張牌，五花八門的技能描述，大家粗略地看了一遍，所有人都開始頭疼。

都什麼亂七八糟的？

犯了錯要下油鍋？陣亡被抓進枉死城？詐屍復仇？轉世輪迴開啟全新的牌生？

謝明哲能不能別折騰聯盟的卡牌了？

它們活著被你折騰，死了還要被你折騰，攤上你這個傢伙，這一屆的卡牌們真是遭罪。

卡牌資料部的員工你看看我、我看看你，紛紛無奈扶額。

鄒曉寧哭喪著臉，「大週末的，看來又要加班了。十一張卡牌，不知道審核到什麼時候……」

辦公室內怨氣纏繞，大家都快變成怨鬼，想去纏住謝明哲了。

片刻後，總監周佳瑤突然雙眼一亮，吩咐道：「他這次提交的卡牌，還有一個附加的資料包，不如先看看是什麼。」

總監打開一看，眾人頓時驚呆了。

——卡牌技能特效設定，請特效設計師參考。

眾人：「……」做卡牌還順便做了技能的特效，謝明哲你真是貼心得很啊！他這認真負責的態度確實無可挑剔，只是，卡牌的技能怎麼越來越不正常了？

周佳瑤嘴角抽搐，用力揉了揉幾乎要爆裂的腦袋，「小張，你通知一下隔壁地圖部；曉寧，你去把特效部的工程師們也叫來。」

地圖部快煩死了，又被叫來開會！

第一次接到通知的特效部：「我們也有份？」

你們審核卡牌關我們特效部什麼事？我們特效部是給卡牌的技能做後期加工的，也需要參與卡牌資料的審核嗎？

結果到場後一看，所有人都驚掉了下巴。

——超猛。

除了這個詞，大家已經不知道怎麼形容了。

卡牌技能做得很奇葩不說，還附帶一份豪華特效大禮包，買一送一啊！

看著螢幕上放出來的華麗技能特效，特效部的總監表示：「謝明哲要是以後不做卡牌了，可以來我們特效部上班！」

有個工程師感興趣地道：「這個油鍋的特效很有意思，這麼大的鍋，裡面居然真的裝滿了沸騰的熱油，看著挺嚇人的。」

旁邊的女同事神色僵硬，「一旦卡牌被投進油鍋，那畫面會不會太奇怪了？」

有個二貨突然笑道：「哈哈哈，聶神的老虎被放進油鍋裡，會變成油炸老虎嗎？可以吃嗎？葉竹的蝴蝶就慘了，那麼小的蝴蝶被投進油鍋裡，瞬間就被炸糊了吧？」

眾人：「……」這都什麼跟什麼啊？

數據部的周佳瑤快瘋了，「暫停，先不討論這些！卡牌的技能、特效，還有對地圖場景的影響，我們得一張一張從頭分析！」

三個部門的員工苦著臉開始一張一張地討論。

第一張，秦廣王，技能審核通過，特效審核通過……

時間緩慢地過去，所有人都被謝明哲折磨得死去活來。

大家加班加到深夜，都快昏頭了，什麼平等王、輪轉王的完全分不清楚，到後面，腦子裡就只剩下一個「王」字。

鄒曉寧總結道：「我覺得，可以給謝明哲卡牌加一個技能，就叫『製卡大魔王』。技能效果：設計的卡牌太過奇葩，讓官方工程師們頭昏腦脹、頭暈眼花！」

快要崩潰的員工們深表同感。

要不是星卡總部工資高、待遇好，明天老闆的桌上估計就有十幾封辭職信了。

再這樣下去，大家的頭髮都會掉光，集體變成禿頭！

次日早上八點，謝明哲登入遊戲後果然收到了官方發來的郵件。

十一張卡牌全部審核通過，只是資料上需要一些調整，顯然，官方經過分析之後，認為這些卡牌太強，需要一定程度的削弱。謝明哲欣然接受，按照官方的要求微調資料，再次提交時，所有卡牌上面都出現了「已審核」的字樣。

吃早餐時，謝明哲把喻柯叫來，把十一張新牌拿給他看。

喻柯目瞪口呆，「才一個多星期，你就做了這麼多張？」

別的製卡師光製作一張卡牌，就可能需要好幾天的時間。謝明哲每次靈感爆發時都會批量生產，以前一次給過喻柯四五張新牌，他都覺得很多了，這次直接一口氣給了十一張……

喻柯握著手裡的一疊卡牌，眼睛都要暈了。

十大閻王、酆都大帝，每一張牌都有不同的技能設計，喻柯一張一張認真地查看，一邊激動地嗷嗷直叫：「卡牌陣亡要被關起來？詐屍復仇，這個好玩！還有輪迴轉世？」

他越看越是心驚，謝明哲設計的這套十殿閻王，把卡牌們陣亡的後事都給安排得明明白白，就差給卡牌辦一場葬禮了……技能設計確實很有新意，但操作起來也太難了吧？

喻柯反覆看了幾遍十大閻王牌的技能描述，還是分不清楚誰是誰。

只有酆都大帝這張牌最好記，名字中有「大帝」，一聽就很強，身分是鬼界之主，降臨自帶Boss環境特效，還能召喚五隻不同功能的小鬼替他作戰

小柯最喜歡的也是大帝這張召喚牌，五隻小鬼可操作性太強，尤其是厲鬼，哪怕只能繼承百分之二十的攻擊力，只要操作到位、不被秒掉，打出連擊依舊傷害爆表。

喻柯看完卡牌後，臉上難掩興奮，只是他有些擔心，「這麼多牌都是某某王，名字太像了，技能又這麼多，我萬一搞混了怎麼辦？」阿哲給他做這麼多鬼牌，他很開心，只是他更怕自己沒法真正發揮出這套卡組的實力，光是記名字和技能，感覺頭都要炸了。

「你可以按照連動技能的設計分類記憶。」謝明哲把十張牌分別擺在陳列櫃裡，耐心解釋道：「比如，十殿閻王之生死主宰，這個連動技關聯了三張卡——卞城王，技能枉死城，他的名字和技能都有一個『城』字。閻羅王心地善良、寬宏大量，所以他會讓鬼們登上望鄉臺，去探望自己在人世的親人，冤死的鬼還會被他放到人間去沉冤昭雪。輪轉王，負責輪迴轉世，技能六道輪迴，可以讓陣亡的卡牌重生……」

小柯完全不知道地府的架構，也從沒聽過什麼「十殿閻王」，要讓他清晰地記住所有閻王牌和對應的技能就必須深入瞭解關於十殿閻王的傳說。在理解的基礎上記憶，打比賽才不會出錯。

謝明哲就像是老師為學生講課一樣，非常耐心地把十殿閻王的性格、職責以及技能設計的靈感和依據全部為喻柯講了一遍。喻柯好奇地拿著卡牌聽故事，聽得津津有味，全部聽完後，他心裡對

十殿閻王的卡牌也有了更加清晰的理解。

聽阿哲仔細一講，這些牌確實好記多了。

喻柯抱著卡牌笑得很開心，「我會儘快記住的。這麼多閻王牌對手看見了肯定會頭暈，哈哈哈！尤其是卡牌的輪迴轉世，我在想，要是打暗夜之都的時候，我的鬼牌陣亡，轉世變成一隻漂亮的蝴蝶，葉竹會不會想吐血？」

謝明哲笑道：「有這可能。」

反正葉竹是自己的終極黑粉，謝明哲不介意打暗夜之都的時候再欺負一下葉竹。

見喻柯越來越興奮，謝明哲正色道：「這次給你的卡牌當中有幾張操作難度都非常高，你先一張一張地練習，別心急，最好把每一張都練熟。」

喻柯用力點頭，「我知道！之前你給我的那幾張，公孫九娘、喬生和連城我都練得差不多了，五方鬼帝……呃，還得再熟悉熟悉。」

謝明哲倒也不急，鼓勵地拍拍他的肩膀，「沒關係，距離團賽還有好幾個月，五方鬼帝這張牌在雙人賽和個人賽中用處不大，團賽開始前你能練熟就行。」

「但是我實戰練習的對手很難找。」喻柯糾結地皺著眉，「這一批新牌都是沒有公開過的，我要是開小號去競技場打排位，遇上路人，萬一被路人截圖傳到論壇上，我的新卡組就會提前曝光……但我要是不去競技場，自己悶頭練，你也知道，玩單機是提升不了技術的，想要熟悉操作，還是得真人實戰。」

「那倒是，真正的操控技巧肯定要實戰。」謝明哲想了想，提議道：「我們可以先在隊內實戰，你拿新的鬼牌跟我、陳哥還有秦軒打車輪戰，怎麼樣？」

「嘿嘿，我就是這麼想的！」被說中心思的喻柯笑著撓了撓腦袋，「之前怕影響你和陳哥做卡的進度，我一直沒敢說。現在你做完鬼牌卡組，陳哥那邊也做了好幾張新牌，要是你們想休息幾

天，暫時不做新卡，那可不可以陪我實戰一下？」

對上喻柯期待的眼神，謝明哲不由伸出手揉揉他的腦袋，「有什麼不好意思說的？我和陳哥又不會罵你，你想單挑實戰可以直接找我們。這樣吧，接下來幾天，我正好休息一下腦子，待會兒問問看陳哥，我們一起來一次隊內訓練賽。」

正說著，就見陳霄端著一杯熱氣騰騰的咖啡走進來，謝明哲朝他招招手，「陳哥，你下午有沒有時間？」

「怎麼？」陳霄走到兩人面前，面帶疑惑，「有事嗎？」

「嗯，我幫小柯做的鬼牌已經完成了，正好練練實戰。」謝明哲道。

「你做了十一張鬼牌是嗎？」他是從陳千林那裡聽說的，正好感興趣，便過來看看。

謝明哲把新做的十一張鬼牌拿給他看，「加上之前的，小柯現在的鬼牌已經超過二十張，打個人賽、雙人賽都足夠了。」

喻柯興奮地道：「團戰也夠用！咱們涅槃還有人物牌和植物牌，加起來輕鬆超過一百張，我覺得在卡池上面，我們也不算很落後吧？」

陳霄一邊看新牌，一邊讚賞地點頭，「這套卡組確實很強，打無盡模式肯定很厲害……小柯說得沒錯，涅槃俱樂部有人物牌、植物牌和鬼牌，接下來，我們還會繼續製作新卡，在團賽開始之前，我們的卡牌數量，肯定不會輸給其他俱樂部。」

「不如陳哥你也休息兩天，我們練練實戰，順便找下做卡的思路？」謝明哲問道。

「好，這兩天先陪小柯熟悉新的鬼牌卡組。」陳霄乾脆地答應下來。

「謝謝，晚上我請你們吃飯。」喻柯感受到他們的隊友愛，心裡十分感動。

謝明哲提醒道：「記得請秦軒吃頓好的，這一批新卡的技能特效，全都是他加班做出來的。」

「是嗎！」喻柯受寵若驚，沒想到那個面癱臉對製卡的事還挺上心。看來秦軒也是外冷內熱的

性格，一直在認真地為涅槃戰隊出力。自己更沒有理由鬆懈，有這麼多為他量身訂製的鬼牌，必須抓緊時間練熟才行，可不能拖大家的後腿。

喻柯用了一上午的時間，把謝明哲給他的新牌全部背下來。

下午的時候，涅槃的四位選手聚在一起，開了個擂臺房間兩兩對決。

不同於上次單卡VS.單卡只實驗卡牌的資料，這次，所有人都是按照競技場的打法規則，一次攜帶七張牌，五張明牌和兩張暗牌，這也是聯盟規定的個人賽標準模式。

聽說幾個選手要打訓練賽，身為教練的陳千林也主動過來訓練室指導。

他把大家邀請到自己的個人空間，來到卡牌陳列室。

眾人意外地發現，陳千林的陳列櫃裡居然擺得滿滿當當——除了涅槃自己製作的卡牌外，還有其他俱樂部百分之八十以上的常見卡牌，比如風華的千年神樹、白罌粟、曼陀羅花，裁決的獨角黑犀、獅王，眾神殿的路西法、米迦勒，鬼獄的石巨人、妖狐、食屍鬼等等。

謝明哲詫異地回頭看他，「師父，這些卡牌是哪裡來的？」

陳千林平靜地解釋：「之前你和陳霄去參加全明星，我那幾天閒著沒事就列了一份卡牌清單，讓公會管理去盡力搜集其他俱樂部的卡牌，收購了一大批回來，給你們做練習用。」

謝明哲和陳霄在全明星活動玩得很開心，秦軒和喻柯那幾天放假回家休息。陳千林自己留在俱樂部，居然默默地做了這麼多。

聯盟規定每個賽季被納入紀念牆的神卡必須開放購買許可權，讓粉絲們也能親自操控大神的卡牌。但是想購買到這些卡牌並不容易，有時候還必須委託專業的商人找門路。

陳千林收集到這麼多俱樂部的神卡，肯定花了不少時間、金錢和精力。他看上去性格淡漠，對隊員們的日常生活漠不關心，但他確實是一位非常可靠的教練——他的關注點，都在最為關鍵的事情上。

四人都有些動容，對涅槃的未來又多了幾分信心。有這樣靠譜的教練坐鎮，隊內的實戰肯定會讓大家進步飛快。

陳千林指著陳列櫃裡的卡牌，接著說：「你們實戰的時候不能總是打自己的卡組，也該試試用其他俱樂部的卡牌對戰。今天下午要練鬼牌的操作，喻柯跟你們三個人車輪戰對決。小柯帶上我選好的鬼牌，其他三人就從我的陳列櫃裡，隨意挑選其他俱樂部的卡牌來迎戰。」

這個規則讓喻柯愣了愣——自己只能選鬼牌，別人卻可以隨便選卡，很不公平。

但陳千林會這樣規定也是為了讓喻柯鍛煉面對不同陣容時的打法意識。真的到了比賽，他要對付的就是其他俱樂部的神卡，而不是涅槃自己的卡組。

謝明哲也覺得師父的這種訓練模式很好，一方面可以讓選手更加深入地瞭解其他俱樂部卡牌的操作和威力；另一方面也可以讓涅槃的隊員們在實戰過程中累積經驗，到時候遇到不同俱樂部的神卡，心裡有了底，臨場應變能力自然會更強。

只有知己知彼，才能百戰不殆！

第一局，喻柯VS.秦軒。

陳千林直接規定了喻柯的卡組，道：「小柯，你帶黑無常、白無常、聶小倩、公孫九娘、喬生、連城和畫皮這七張卡牌。秦軒你可以從陳列櫃裡隨意挑選卡牌。」

秦軒走到陳列櫃前，挑了幾張輔助牌，小柯不知道他帶的是什麼卡，直到比賽開始公布明暗牌的時候，他才發現，秦軒的卡組中大部分都是鬼獄的厚皮卡，其中還有最難殺的大象和最煩人的石巨人——開啟土牆反彈傷害。

喻柯心裡吐槽著，但他還是認真按下了準備。

秦軒的卡組中，有一隻「花妖」是治療卡——殺人先斷奶，打死治療，秦軒就沒有了續航能力，到時候利用連城攻速疊滿的爆發傷害總能耗死他。

喻柯的想法沒錯，只是，秦軒並不會坐以待斃。

當喻柯盯準了花妖，讓聶小倩瞬移過去打出一波爆發時，秦軒立即開出治療技能，強行把花妖的血量拉回來。喻柯緊跟著派出人形態的連城和喬生，去強殺花妖，秦軒毫不猶豫開出石巨人的土牆反傷，把這一波傷害全部反彈回去。

喻柯沒能秒掉花妖，反倒是自己的鬼牌掉了不少血。

等石牆消失後，喻柯切換出連城的鬼形態，百分之百高攻速疊加，可以打出超高的連擊。就在這時，秦軒突然召喚出一張卡牌——來自風華俱樂部的白罌粟。

群體混亂！

連城一套爆發連擊打在自家老公喬生身上，配合公孫九娘的鬼火直接把喬生給秒殺了。

喻柯：「……」秦軒你這樣好嗎？不但明牌裡有鬼獄的高防卡，暗牌還帶了風華的群體混亂牌白罌粟？

喻柯很是委屈，沒想到秦軒意識這麼強，對自己的攻擊節奏也格外瞭解，每一次攻擊都被秦軒及時化解，他就好像鑽進了自己的腦子裡，這種感覺特別糟糕。

陳千林神色平靜，「下一局，陳霄你上。」

喻柯強行打起精神，繼續跟陳霄對決。

不同於秦軒的六張輔助、一張輸出的極端陣容，陳哥的陣容節奏快得多，他拿的是裁決的野獸卡組，包括靠普攻吃飯的獅子、獵豹、黑狼、羚羊，近戰群攻附帶群體暈眩的穿山甲，超高閃避和暴擊的九尾狐，以及嘲諷卡獨角黑犀。

陳霄在聯盟最欣賞的前輩選手就是聶遠道，打法乾脆暴力，他對聶遠道的卡組很有研究，所以今天拿聶神的卡組和小柯單挑也是得心應手。

這場比賽在短短一分鐘內結束，陳霄完勝。

喻柯知道自己的個人水準本就不是陳哥的對手，可連輸兩局，他還是有些鬱悶。

第三局對上謝明哲，更是精神上的折磨。

謝明哲挑的卡牌五花八門——葉竹的追蹤蝶、裴景山的蜂王、歸思睿的無頭娃娃、聶遠道的黑狼、唐牧洲的千年神樹、凌驚堂的吸血匕首，還有流霜城的亡語牌竇娥。

和謝明哲對局，喻柯當然不敢大意，打得也沒前兩局那麼激進，反而非常小心。

但是，謝明哲畢竟很瞭解他，而且實戰意識遠超過他。

喻柯不敢冒進，謝明哲乾脆開局就搶攻。

他直接召喚竇娥主動碰瓷——六月飛雪、血濺白練，對方群體冰凍、我方群體攻擊加成。

再然後，千年神樹的死亡絞殺配合蜂群攻擊打出大量的群攻傷害，等對手卡牌殘血了，再放葉竹的追蹤蝶，放出聶遠道的黑狼和凌驚堂的吸血匕首進行收割！

黑狼的利爪普攻越疊越高，吸血匕首越殺越強，根本就攔不住！

喻柯被打得心態都崩了，滿臉通紅。

陳千林道：「繼續。」

喻柯只能硬著頭皮繼續，結果就是連續輸了六局。

打不過陳哥和阿哲，他認了，反正平時也打不過。但今天被秦軒反殺，這讓喻柯的自信心遭到極大的打擊——被輔助打死，他還要不要混了啊！

陳千林見他恨不得鑽進地縫裡的懊惱樣子，聲音也難得溫和了些：「來看一下重播，我再給你找出問題點。」

四人退出擂臺，一起看大螢幕上的重播。

陳千林道：「第一局，小柯你打得太冒進。你只想著先殺治療，一次性甩出太多的技能，一旦被他防住兩三輪攻擊，你就會徹底陷入被動。」

喻柯紅著臉認真聽著，大氣都不敢出。

陳千林道：「而且你急著秒殺對手的關鍵牌，卻忘了自己的關鍵牌——畫皮。」

剛才的三輪比賽，他腦子都亂套了，確實沒來得及用上畫皮的技能。

陳千林道：「畫皮是一張萬能的戰術牌，可以根據場上的形勢複製關鍵技能，比如第一局你完全可以等秦軒白罌粟出場後，立刻複製混亂技能來一波反控場，趁機秒掉他僅有的一張輸出牌，再慢慢把他磨死；第二局，你可以複製獨角黑犀的嘲諷技能，反嘲諷來擋住陳霄火力最猛的進攻；第三局，你也可以複製吸血匕首，正面拚攻擊力……」

喻柯越聽越覺得羞愧，他的戰術意識確實很糟糕。以前打團賽時，他只需要操控五張卡牌，阿哲讓他打誰他就打誰，況且，有秦軒的輔助控場和陳哥的協助攻擊，秒掉對手的核心牌並不難。

如今，他才真正地意識到，自己被隊友們保護得太好了。

一旦沒有隊友的輔助，讓他獨自去面對強大的敵人，他根本無法迅速分析戰局，找出破解對方陣容的思路。這樣下去，季後賽的個人賽，他雖然進了三十二強，但他肯定會變成三十二強的倒數第一名……感覺自己好菜啊！

這套鬼牌要是發揮不出八成的威力，豈不是很對不起阿哲？

還有秦軒，自己真是小看他了，沒想到他這麼冷靜，而且對每個人的打法都特別瞭解。團隊中默默無聞的輔助，也是最不該忽略的一個人。

見喻柯被打擊得垂頭喪氣，陳千林輕輕拍了拍他的肩膀，「別灰心，這種訓練方式對你其實很不公平，他們三個知道你的卡組，你卻不知道他們的，比賽還沒開始你就輸了一半。我這樣訓練你，只是為了讓你看清楚自己的不足。」

喻柯點點頭，「嗯，我明白……」

陳千林道：「今天先訓練到這，你好好整理一下思路，明天上午再來。」

之前的幾天一直在單機訓練，喻柯心裡其實很迷茫，不知道拿到這麼多鬼牌要怎麼搭配、如何在實戰中獲勝，今天被隊友們輪番虐了一遍，他反倒清醒過來。

卡組強是基礎，操作強是必要條件，但還有一點更關鍵的，就是對戰意識。

他的鬼牌卡組確實夠強，操作也過得去，缺的是分析戰局的意識。他只會聽指揮行動，個人賽也是靠超強的卡組打進三十二強，但如果想更進一步，他就必須注意自己的短板。

否則，遇到聶遠道、凌驚堂這些大神，絕對分分鐘被虐死！

喻柯越想越精神，大半夜不肯睡覺，開始認真研究今天的比賽影片，想著自己應該怎麼打才有贏面……

殊不知，此時在隔壁宿舍，謝明哲正在跟唐牧洲吐槽：「師父真是太壞了，給小柯選了一套贏面很低的卡組，讓我們三個輪番虐了他一遍。」

唐牧洲感興趣地問：「什麼卡組？」

謝明哲道：「除了白無常外，六張脆皮輸出，特別極端。」

「被對面一混亂不就完蛋了？」

「是啊！小柯被虐得暈頭轉向，師父肯定想用這種方式讓他多一些動力，多虧小柯沒心沒肺的，不會被打擊得失去信心。」謝明哲發現自己好像跟了一位特別腹黑的師父。

「師父當年帶我的時候，你知道他是怎麼訓練我的嗎？」唐牧洲微笑著問。

「說來聽聽？」

「週一晚上打聶遠道、週二打凌驚堂、週三打鄭峰、週四打蘇洋、週五他親自跟我單挑，連輸五天後，週末還要絞盡腦汁自己做卡。」唐牧洲發來個無奈的表情，「我當年過的是什麼樣的日子，你可以想像一下。」

「……」謝明哲差點把光腦給摔了。

那時候的師兄還是個十七歲的少年，週一到週五被大神們輪番虐，他沒有直接刪遊戲，可見他的忍耐力有多強。怪不得在當年的個人賽上，唐牧洲能創下五十連勝的神話——平時被大神們虐慣了，日常打boss，所以他根本不怕這些大神。

不得不說，師父的這種教育模式，真的很有效。

他今天故意虐小柯，看來是想讓小傢伙儘快地成長起來。小柯不但年紀小、個子小，心理上也不夠成熟，希望他能明白教練的苦心，儘快跟上大家的腳步。

謝明哲相信，以小柯的聰明，肯定能真正操控好這批鬼牌，成為讓隊友驕傲的選手！

謝明哲對師兄當年的經歷很感興趣，唐牧洲也非常樂意地跟他講了很多往事。

唐牧洲是「徒弟輩」中的第一人。那時候，山嵐還沒去裁決俱樂部找聶遠道，歸思睿只是遊戲裡的小萌新，蘇洋的徒弟方雨、喬溪等人連影子都沒有，凌驚堂一直獨來獨往，所以大家聽說陳千林收了個徒弟之後對這位徒弟都特別感興趣。

陳千林在星卡風暴運營第一年就進入遊戲，和聶遠道、蘇洋等人關係一直很好。他在娛樂星開了家「千林餐廳」，幾位朋友閒下來就會在這裡小聚，陳千林說自己收了個徒弟，其他四人都好奇地表示想認識一下。於是，陳千林便把徒弟介紹給幾位朋友。

唐牧洲對那天的印象極為深刻，晚上他下課後剛登入遊戲，師父就私聊他說：「來鳳凰星域自由擂臺111號，密碼1111。」

他本以為師父叫他去擂臺是想看看他最近做卡的進度，結果一進去就被嚇了一跳——只見和師父並排站在一起的還有四個人，一位白髮蒼蒼的駝背老頭、一位身材妖嬈的大美女、一位大鬍子中

年大叔，以及一個穿著蓬蓬裙的小蘿莉。

相比起來，只有師父的遊戲形象稍微正常一點。

陳千林介紹道：「這幾位是聶遠道、蘇洋、鄭峰和凌驚堂。」

唐牧洲：「……」

這不是五系目前最強的選手嗎？他們的名字在整個星卡世界如雷貫耳，唐牧洲也經常聽人說起他們的故事，四位大神居然齊刷刷地跑來圍觀自己，唐牧洲受寵若驚，立刻恭恭敬敬地打招呼：「各位大神好。」

那時候唐牧洲才十七歲，自然不像現在這樣冷靜成熟。少年的心情格外忐忑，不知道師父突然叫這麼多大神來做什麼，而且大神們的小號形象都特別奇葩——聶遠道是駝背老頭子，蘇洋是妖嬈御姐，凌神居然是個萌萌的小蘿莉？

那個小蘿莉主動開口說話：「小唐是吧？聽你師父說你很有天賦，來PK兩把試試！」耳邊傳來系統自帶的蘿莉機械音，唐牧洲完全沒法把「她」和帥氣的凌驚堂聯繫在一起。

直到兩人開始PK……唐牧洲才切身體驗到金系最強選手的實力！

那小蘿莉召喚出大量兵器牌，金系牌攻擊力極高，噬魂劍、碎骨刀，招招暴擊，他都還沒反應過來是什麼情況，自己就被打了一波團滅。

小蘿莉笑道：「小唐反應有點慢啊！」

陳千林道：「他的反應當然比你慢，他還沒打過職業聯賽。」

緊跟著，駝背老頭說：「我也來試試小唐的水準。」

然後，唐牧洲被聶遠道的獸群包圍，迅速咬死。

大鬍子大叔鄭峰、妖嬈御姐蘇洋大神，也表示想試試小徒弟的水準，唐牧洲很茫然地被大神們連虐了四局。

當年還不算老的年輕版鄭峰，笑著說道：「你這徒弟有點兒意思！」

陳千林平靜地說：「你們以後要是閒著無聊，可以來競技場多虐虐我徒弟。」

一頭霧水的唐牧洲就這麼被師父賣了，從此進入「天天被虐」的惡夢日常。四位大神輪流以各種不同的卡組把他打團滅，唐牧洲一度懷疑，自己難道不適合玩這個遊戲嗎？

雖然會偶爾質疑自己，但唐牧洲對這個遊戲的熱愛終究還是支撐著他堅持了下去。

在不斷被虐的過程中，他迅速汲取經驗教訓，製作出後期稱霸職業聯盟的大量植物系神卡。漸漸地，和幾位大神PK他不再被完虐，從一開始的打十局輸十局，變成打十局能贏兩局，再後來打十局能贏四局，水準已經超過聯盟的大部分職業選手。

就在這時，聖域俱樂部鬧出版權事件，師父離開的時候約了唐牧洲在千林餐廳見面，很平靜地對唐牧洲說：「小唐，你現在的水準已經不需要師父指導。這家餐廳的經營權限我會轉交給你，別忘了你玩這個遊戲的初衷，我相信，你會是比師父更優秀的選手。」

直到那時候，唐牧洲才知道，師父用這種「惡夢難度」的方式來培養他，讓他迅速成長，其實是早就猜到了結局。或許師父已經做好退役的打算，所以才會費盡心力，拉聶遠道、蘇洋等大神下水，合五人之力培養唐牧洲。

唐牧洲名義上是陳千林的徒弟，其實從聶遠道、鄭峰、蘇洋和凌驚堂四人的身上也學到了很多，這也是為什麼他跟幾位大神明明不是同一期的選手，私交卻特別好。

在唐牧洲心裡，幾位前輩給了他很多幫助，他對他們非常尊敬。而陳千林退役後，唐牧洲頂替師父成為木系的代表，其他四人也完全沒有意見，畢竟小唐是自己虐出來的選手，算是半個徒弟，他能代替陳千林在聯盟給木系爭下一片天地，大家也很為陳千林高興。

完整地聽師兄講了一遍從拜師到拿下個人賽冠軍的經歷，謝明哲心裡真是格外感慨。

他一直以為師兄是天賦突出，才能創下至今無法打破的連勝神話。直到今天他才明白，師兄居

然是被大神們輪番虐出來的。他之所以特別敬重師父，多次在採訪中提到對恩師的感謝，是因為師父對他的成長幫助太大了，如果沒有陳千林，就不會有後來的唐牧洲。

師父的做法也讓謝明哲動容。陳千林是個好師父，能認陳千林當師父是自己的福氣。只是，師父並沒有用當年那種方式找大神來虐他，而是在卡牌製作上嚴格把關，教了他一些指揮的意識，常規賽也是讓他自由發揮。

好像有點放養他啊？

當師父的可不能太偏心，既然是虐徒弟，大徒弟有份，小徒弟也不能忽略！

謝明哲打定主意，次日大清早就去找陳千林，「師父，聽說師兄當年週一到週五每天都要跟大神們打擂臺，被虐了好幾個月。這種噩夢級的訓練套餐，能不能給我也來一份？」

他滿臉都是「來虐我吧」的期待神色。

對上他明亮的眼眸，陳千林哭笑不得，「你師兄跟你說的？」

謝明哲立刻澄清，「不關師兄的事，是我翻論壇，翻到當年的一些八卦……」

陳千林打斷他，「行了，不用幫你師兄開脫，肯定是他跟你說的。」

好吧，看來師父對兩個徒弟都很瞭解，除了不知道兩個徒弟在出遊期間確認關係，睡在了一起之外，兩人私下聊些什麼，他真是一猜就中。

謝明哲只好不再解釋，笑咪咪地道：「確實是師兄說的，我覺得師父當年訓練他的方式特別有意思。我雖然進了三十二強，但是以現在的狀態去打決賽輪，最多打到十六強或者八強，拿獎肯定沒戲。所以我想，有機會的話跟大神們打打訓練賽，水準肯定還能提高。」

陳千林平靜地看著小徒弟，「你真這麼想？」

謝明哲用力點頭，「噩夢級的訓練課程，我能跟師兄一樣來一套嗎？」

陳千林難得揚起了唇角，「你跟小唐的情況不大一樣，他當年出道的時候，聯盟的卡組還沒現

在這麼豐富。找五系代表虐虐他，對培養他的實戰意識已經足夠了。」

謝明哲怔了怔，不大明白師父的意思。

陳千林接著道：「現在已經是第十一賽季，只讓幾個前輩來虐你，這程度太輕。所以，我給你安排的訓練課程，不是惡夢級，而是……地獄級。」

謝明哲總算聽懂了，激動得攥住拳頭，「地獄級？是什麼樣的訓練？我全力配合！」

「訓練賽的事我之前跟老聶他們提過，他們都很贊同。七月份開始我會建一個訓練群，每天晚上打車輪戰，不但有老鄭、老聶這些前輩，我還邀請了個人賽所有拿過冠軍的選手。」

謝明哲越聽越是興奮，這樣一來，自己不僅可以跟前輩大神們交手，還能跟新一代的王牌選手對決，訓練任務的難度比師兄當年翻了好幾倍。

老選手經驗豐富、處變不驚；新一代的選手，思路靈活，卡組也更有新意。這樣新舊交替的車輪戰式訓練，對自己的臨場反應、實戰意識、卡組操作，都會有極大的提升。

原來，師父不是放養他，師父一直在憋大招。

只是這個大招的讀條時間有些長，一直到上半年比賽結束後才放出來。

下午開會的時候，陳千林把這個消息告訴大家，並解釋道：「上半年是個人賽的初賽輪，壓力不大。團賽的話，分組後增加了名額，B組能威脅我們出線的也只有星空戰隊，所以不需要這麼高強度的訓練，我想讓你們先打好基礎。但季後賽的競爭非常殘酷，以你們現在的水準很難走得長遠。接下來，我會給你們安排更高強度的訓練任務，希望這一個月時間，你們的水準能有明顯的提升。」

陳千林繼續說：「訓練的方式是這樣的，白天隊內實戰，晚上和其他俱樂部打訓練賽。我會把你們拉到提前建好的訓練群，這個群裡高手如雲，每天晚上八點到十點，會有一位在個人賽拿過冠軍的大神當擂主，所有人都可以挑戰擂主。十點過後自由訓練，可以在群裡隨意挑選一位對手，被

選中的人不能無故拒絕。」

「這個訓練方式很有意思，哥，是誰提出來的？」陳霄好奇地問道。

「我提的，老聶他們都同意。」

「……」陳霄有些意外，這種熟悉的訓練模式當年曾在唐牧洲身上用過，當時陳霄特別羨慕唐牧洲能和那麼多大神交手，只是那時候陳霄還在讀高中，只能偶爾去觀戰學習。如今，自己也能體驗一下「被虐豪華套餐」。陳霄不由笑道：「這辦法好。打擂主可以學學大神們的意識，自己挑對手挑戰，正好可以找幾個風格差異很大的人，累積一些實戰經驗。」

陳千林看向弟弟，說道：「你和阿哲的團賽大局觀，經過常規賽的磨煉進步非常明顯。但是上半年的個人賽因為是隨機分組，你們都沒遇到過特別強的選手，真的到了決賽輪，經驗欠缺的話會非常吃虧。」

陳千林這時候拿出新穎的訓練方案，對他們來說簡直就是及時雨。

喻柯雖然很清楚自己沒有機會在高手如雲的個人賽拿獎，但他也是個有夢想的人——比如從小組出線，進個十六強什麼的。昨晚剛被隊友虐過一輪，聽說可以和其他俱樂部打訓練賽，他也不怕被虐，興奮地說道：「太棒了！我也可以找選手挑戰嗎？雖然我有點菜，可是，多被大神們虐幾局，說不定意識會提升。嘿嘿，你們別嫌我輸太多丟人就行！」

陳霄輕輕揉揉他的腦袋，「輸了有什麼可丟人的？遇到的全是聯盟有名的高手，你能贏才奇怪，關鍵是累積經驗，多學習大神們的意識。」

陳千林看向四位隊員，認真地說道：「離季後賽還剩一個月的時間，希望你們在接下來的訓練中每一天都能有所收穫。回去做好準備，七月開始集訓。」

四人齊齊點頭，有教練的周密安排，大家都充滿了幹勁！

接下來，每一天的日常都安排得很滿。

早起後精神狀態最好的一個小時，謝明哲和陳霄會空出來專門研究做新卡的思路，有了靈感就記在光腦裡，等想法成熟了再抽空製作。其他的時間，四人就聚在一起隊內訓練。

喻柯還是被輪番虐，但小柯就像打不死的小強一樣越虐越有精神，他很聰明，被陳千林指導了幾次後，試著用「畫皮」這張牌複製關鍵技能，漸漸地摸索出一些門道。

比起最開始被輪番虐，小柯的進步非常明顯，看來教練的這種策略效果顯著。

大家對接下來的對外訓練賽更加期待。

轉眼到了七月，學生們放了暑假，帝都的大街上明顯變得熱鬧起來，但是對涅槃的四位選手來說，他們並沒有假期，七月才是他們地獄訓練日常的開始！

這天晚上，謝明哲、陳霄、秦軒和喻柯同時收到一條消息，是陳千林發來的——你被邀請加入「聯盟訓練營」聊天群。

四人心頭一喜，立刻同意加入。

這個群有五個群管，正是陳、聶、鄭、蘇、凌五位前輩選手。

陳千林作為這個群的創建者，先宣布了幾條群規。

一、每晚八點準時開擂臺，房間號碼和密碼會在群裡公布，由個人賽拿過冠軍的選手擔當擂主，其他人排隊挑戰。

二、擂主挑戰結束後，大家可在群裡自由私聊想要切磋的選手，另外建私人擂臺去切磋，被私聊者不得拒絕，如果無故拒絕，可以找群管投訴，一次警告、兩次踢出群。

三、本群為訓練賽專群，請不要在群裡聊天八卦。

這開場白讓大家都嚇了一跳，不少新人都很納悶：林神的畫風原來是這樣的嗎？感覺比聶神還要嚴肅啊！

緊跟著，陳千林發了一張接下來一週的擂主安排表——

週一擂主：聶遠道；
週二擂主：凌驚堂；
週三擂主：蘇洋；
週四擂主：鄭峰；
週五擂主：唐牧洲。

謝明哲心情複雜，師兄從當年被人虐，到現在虐別人，也算是「鹹魚翻身」了吧！

老鄭冒出來說：「因為每天開擂主挑戰賽的時間只有兩個小時，不可能讓所有人都上去挑戰，大家先自願報名，最後我們會抽籤，被抽到的再上臺。」

這個群人數挺多，如果每個人都去跟大神打擂臺，確實時間不夠。

抽籤抽不到的人只能等下次，但可以去觀眾席觀戰。並不是只有親自打比賽才能學到東西，有時候上帝視角觀戰看得更清楚，也會有所收穫。

挑戰聶神，難得的機會！

很多人積極報名，謝明哲自然不會例外，而且他抽到了第一個。

第一個出場的謝明哲壓力很大，他拿出曹丕、曹植連動的那套木系人物卡挑戰聶神，想利用木系輔助控場來拖住節奏……

結果他的郭嘉根本開不出亡語技能就被聶遠道一波秒掉，聶神不愧是打了十一個賽季的老選手，瞬間抓住關鍵牌，撕開他的防線，謝明哲輸得非常乾脆。

自己比起金字塔頂端的選手，還是有些差距，謝明哲走下擂臺，認真總結著。

第二個挑戰聶遠道的是白旭小少年，輸得那叫慘，沒堅持半分鐘就團滅了……

聶遠道連續滅了十幾個人，十點鐘，擂臺挑戰賽便準時結束。

謝明哲坐在觀眾席上觀戰看得特別過癮，老將確實厲害，豐富的大賽經驗，對賽場敏銳的洞察

力，就算前期被徹底針對陷入劣勢，也能迅速扭轉戰局。看了這麼多場聶神虐人，謝明哲真的學到了很多。

擂主安排表裡的「唐牧洲」這三個字也給了他十足的動力——師兄當年就是這麼被虐過來的，如今已經能去虐別人了，成功從底層逆襲到頂層，自己可不能比師兄差。

謝明哲學得非常認真，結束比賽後，他想私聊問聶神可不可以再來一局，結果他正在思考措辭，消息還沒來得及發出去，自己先收到了私聊。

葉竹：我想跟你單挑！

白旭：私下比一局行嗎？

裴景山：有沒有興趣來一局？建好擂臺等你。

山嵐：最近做了新牌嗎？把新牌拿出來跟我PK試試吧。

謝明哲：「……」等等，你們一個個的都來找我幹麼？我又不是副本Boss！而且最後山嵐說的這話什麼意思？他怎麼知道我做了新牌？

謝明哲疑惑地回覆：新牌？什麼新牌啊？

山嵐：別裝了，我這幾天一直在關注你的製卡量，月半這個logo的製卡量突然多出十六張。以前你這個logo的製卡量每次增加都是五百張，顯然是涅槃公會在複製會員福利卡，這次只多出十六張，肯定不是複製舊卡，我猜你又做了一批新卡，對不對？

謝明哲：「……」

十六張，正好是他前幾天給小柯做的鬼牌。

沒想到山嵐居然一直在關注他的製卡量，看來對他非常關心！

葉竹一直盯著他的店鋪，因為葉竹是他的頭號黑粉，山嵐盯著他做什麼？

謝明哲玩笑道：嵐嵐你這麼關心我幹麼？

山嵐發來個笑咪咪的表情：關心一下潛在的對手是應該的。你做了這麼多新卡，總不能全部藏起來吧，不打算在實戰中拿出來試試嗎？

謝明哲一本正經地胡說八道：其實，十六張裡面有很多是廢卡，真正能用的只有四、五張，是給小柯做的鬼牌，他很快就會拿出來用。

小柯在訓練賽拿出新卡，這也是陳千林的意思。

喻柯畢竟還不夠冷靜成熟，加上打法風格太過單一，不管他再怎麼練，在高手如雲的個人賽拿下冠、亞、季軍的可能性極低。既然不是衝著獎盃去的，某些適合個人賽的卡牌就沒必要藏著掖著，早點拿出來練熟，對將來的團戰也是百利而無一害。

陳千林挑了幾張牌，公孫九娘、喬生、連城三張輸出牌，以及帶群攻技能的宋帝王、五官王兩張閻王牌，主要是練習掌握各類輸出技能的釋放角度、距離、時機等技巧。

當天晚上，喻柯接到了歸思睿的邀請。

歸思睿的理由是：都是玩鬼牌的，我們打打看。

說是私人擂臺，但鬼獄好幾個人都在旁觀，喻柯也沒怯場，大大方方地跑去被虐——打歸思睿他當然打不過，只是他拿出來的新牌引起了鬼獄的注意。

老鄭若有所思地道：「公孫九娘、喬生、連城設計得挺好，另外兩張宋帝王、五官王，是比較常見的範圍群攻技能，亮點不多。」

歸思睿疑惑地道：「這兩張閻王，名字很像啊，他是取名取到詞窮了嗎？還是做了太多卡沒什麼靈感了？」

鄭峰搖搖頭，「我覺得沒這麼簡單。」

【第九章】

卡牌被逼上梁山！殺了人還要做成人肉包子

次日晚上，小柯被抽中挑戰擂主的時候，也拿出了這套新牌。

於是，全聯盟都知道謝明哲又做了新卡，而且是給小柯做的輸出鬼牌。

大家的觀點和鄭峰一致——公孫九娘、喬生和連城的設計很有新意，但另外兩張閻王，堆到最高攻擊，技能是常見的群攻輸出，設計思路不算很特別。

由於連動技必須連動卡全部在場時才會觸發，因此，這兩張閻王卡出場是看不到連動技的。那時候大家誰都沒有想到，謝明哲不是詞窮了才把卡牌的名字取得那麼相似，而是很誇張地做了整整十張閻王牌！

十張某某王啊！將來的比賽中，光看名字都要暈頭了好嗎？

喻柯興奮地道：「他們對這批新的鬼牌不是很忌憚，那是因為我還沒拿出最厲害的。等五方鬼帝、十大閻王、畫皮鬼、酆都大帝全部出場的時候，他們估計連眼珠子都要掉了！」

謝明哲笑咪咪地說：「這兩天訓練賽，我被很多人私聊挑戰，仇恨值穩穩的第一，咱們應該低調一點，那些太奇葩的鬼牌，還是等團賽開始後，再給大家一個驚喜。」

天天被搶著私聊，謝明哲表示：我好忙，你們想虐我，請排隊一個一個地來虐！

在訓練群裡這麼受歡迎，對謝明哲來說也是好事。每晚擂主挑戰環節結束後，排隊要找他PK的人越來越多，好像他變成了第二個擂主似的。

這樣反倒方便他全面地瞭解聯盟最頂尖選手的戰術和卡組。

也能想辦法做出更多針對性的卡牌。

被虐著虐著，他就有了新的製卡思路。

三國、西遊和紅樓做了那麼多人物牌，也該把《水滸傳》給撿起來了！

謝明哲當初製作的第一張水滸卡是「武松」，《水滸傳》中的人物目前只做了武松一張，還有其他大量的人物卡素材。提到梁山好漢，首先要做的卡牌自然是他們的老大——宋江。

宋江情商高，處事周全，因此就算武藝不是最高、背景也不是最強，他最後卻成了老大。宋江很擅長拉攏人心，對兄弟們也特別關愛，梁山好漢對他是心服口服，口口聲聲地叫他哥哥。

謝明哲對人物不做評價，單從卡牌設計上來說，宋江適合做成團隊輔助牌。

按照書中描述，宋江皮膚黑、身材矮小。由於他是個小官吏，身穿宋朝時期的官服，看上去文質彬彬，十分親切和善的模樣。謝明哲畫的宋江人物卡很符合書中的設定。

宋江（土系）

等級：1級

進化星級：★

使用次數：1/1次

基礎屬性：生命值2000，攻擊力0，防禦力2000，敏捷0，暴擊0%

附加技能：及時雨（宋江經常在朋友危難時伸出援手，被稱為「及時雨」。當宋江在場時，若我方某張卡牌血量低於10%，瀕臨陣亡，宋江可以瞬移至該卡牌面前，幫對方抵擋一次致命傷害，拯救對方於危難之中；一次只能幫一張卡牌抵擋傷害，技能冷卻時間15秒）

附加技能：疏財（宋江家裡很有錢，他自己也喜歡仗義施財，誰有經濟上的困難他就會主動給予對方金錢上的援助——當宋江釋放「疏財」技能時，可扣除自身當前任意比例的血量，直接輸送給指定的隊友；冷卻時間10秒）

附加技能：聚義（宋江很講義氣，非常看重兄弟情義，當他周圍5公尺範圍內有兩張以上友方卡牌存在時，即觸發「聚義」技能，在身上生成「自身基礎防禦力10%乘以友方卡牌數量」的防禦罩，最多提升10倍為100%；被動技能，會根據周圍隊友數量的情況自動觸發）

這張牌的設計，謝明哲用的是土系輔助牌的思路，宋江受到隊友保護，躲在人群裡加血，必要的時候還能出去幫隊友擋傷害。他的存在會極大地提升我方的容錯率，算是團戰中的「強力保

姆」。這張牌主要作用就是賣血保隊友，因此謝明哲把血量、防禦都堆到最高值。做了宋江，自然不能少了他的好兄弟李逵。

關於李逵，水滸中有兩段非常精彩的故事，讓謝明哲做為卡牌技能素材。一是他為母復仇，憤怒之下循著血跡去殺了一窩老虎。二是李逵得知宋江有危險後，單槍匹馬跑去劫法場，連續砍翻好幾個劊子手。

李逵的結局比較慘，宋江被朝廷官員逼著飲下有毒的「御酒」，知道自己中毒必死，生怕這位莽撞的兄弟會為自己報仇，於是也給了李逵一杯毒酒，讓李逵跟著他死，免除後患。這個故事可以做成連動技，宋江死的時候帶著李逵一起死。

李逵（土系）

等級：1級

進化星級：★

使用次數：1/1次

基礎屬性：生命值1000，攻擊力1500，防禦力1000，敏捷30，暴擊30%

附加技能：為母復仇（李逵揹著母親上山，結果母親被野獸吃掉，只剩衣服和骸骨。李逵大怒，決定為母復仇——李逵進入狂暴狀態，提升攻擊力50%、攻速50%、暴擊傷害50%，並對範圍5公尺內的近身敵對目標進行持續5秒的重擊，每次重擊造成30%土系群體傷害；由於母親是被野獸吃掉的，李逵攻擊野獸類目標時，每次重擊會額外附加一次20%的追加傷害；冷卻時間60秒）

附加技能：義劫法場（李逵特別講義氣，得知好兄弟有危險，單槍匹馬去劫法場——當我方隊友的血量低於10%時，李逵可瞬移至該隊友身邊，對攻擊隊友的敵對目標進行一次重擊，造成280%土系單體傷害，並踹翻對方1秒，使對方無法釋放技能；冷卻時間15秒）

附加技能：中毒身亡（連動技。宋江和李逵是好兄弟，死時怕李逵為自己報仇，給了李逵一杯

毒酒，讓他跟著一起死——當宋江牌陣亡時，李逵牌飲下毒酒立即陣亡，並對範圍23公尺內敵對目標造成一次200%重擊傷害）

宋江的連動技也可以這樣設計——當宋江陣亡時，主動給李逵遞出一杯毒酒，讓李逵和他一起陣亡。兩人同時陣亡觸發連動，對範圍二十三公尺內友方目標回復百分之五十血量。

有了連動，對手要打死宋江和李逵就會非常頭疼。

一旦打死宋江，李逵也跟著死，兩人死後觸發連動技的範圍傷害很不划算。

但不打死宋江的話，他又一直用「及時雨」保護、用「疏財」加血，特別的煩人。宋江還可以賣血，一直把自己賣到死，你想阻止兩人連動都沒用。

這兩張牌，絕對會成為實戰中很難處理的刺蝟。

將來等宋江和李逵出現，裁決俱樂部肯定會有極大的意見——我們的猛獸吃掉了你的母親？還跑來報仇追加對野獸的傷害？碰瓷也不帶這樣的啊！

梁山好漢眾多，從排名來看，宋江是首領，另外還有位非常重要的人物，那就是梁山的軍師，人稱「智多星」的吳用。他足智多謀，曾經獻計智取生辰綱。設計這張卡牌不用多想，軍師類的人物肯定是做成強力輔助牌。

吳用作為「智多星」，在《水滸傳》中的表現並不輸給《三國演義》中的諸葛亮，因此謝明哲也打算參考諸葛亮的模式來設計吳用的卡牌技能。

謝明哲畫出來的吳用，身穿淺色長衫，頭戴方帽，下巴上長著小鬍子，手持羽扇，微笑的模樣看上去十分斯文親和——但作為梁山軍師，他可沒表面上那麼簡單，臉上對人笑，說不定背地裡早就算計好對方的死法。

吳用（土系）

等級：1級

進化星級：★

使用次數：1/1次

基礎屬性：生命值1500，攻擊力0，防禦力1500，敏捷30，暴擊30%

附加技能：足智多謀（吳用足智多謀，有個稱號叫「智多星」，他能精確地抓住對手的弱點，巧施計策協助隊友拿下勝利——當吳用開啟「足智多謀」技能時，他可在紛亂的戰場上迅速鎖定敵方血量最低的卡牌，並強行讓該卡牌瞬移至自身面前；冷卻時間30秒）

附加技能：神機妙算（吳用曾智取生辰綱。他將一大桶加了蒙汗藥的酒送給對手飲用，才以絕妙計策劫獲了這批被押送的財寶——吳用開啟技能後，使23公尺範圍內敵對目標受到蒙汗藥的效果影響，陷入昏睡狀態持續3秒；冷卻時間50秒）

附加技能：巧奪連環（吳用曾以連環計策成功擊敗敵人，他可隨意指定兩個敵對目標處於連環狀態。當我方攻擊其中一個目標時，另一目標也會受到50%的濺射傷害，連環狀態持續5秒；冷卻時間30秒）

這張牌其實也很無賴，第一個技能相當於：殘血牌別躲，到我面前來，讓我隊友集火你！第二個蒙汗藥群體昏睡，第三個連環妙計可以搭配暴擊很高的單攻卡使用，讓單攻卡的傷害產生一次連環濺射，波及到另一張指定的敵對卡牌，讓我方爆發型單體卡牌的輸出達到最大化！

做完這三張牌，謝明哲還想做兩張水滸中武力值非常高的英雄——林沖和魯智深。

林沖這張牌可以做成輸出牌，作為八十萬禁軍教頭，林沖的槍法極為精湛，在風雪山神廟一口氣連殺三人就是他武藝高強的證明。在技能設計上，謝明哲決定把他做成暴擊傷害非常高的金系卡，手持長槍，靠一波流爆發來打出成噸的傷害。

林沖（金系）

等級：1級

進化星級：★
使用次數：1/1次
基礎屬性：生命值900，攻擊力1200，防禦力700，敏捷30，暴擊30%
附加技能：發配滄州（林沖被陷害發配滄州，開啟技能後，林沖可瞬移至23公尺範圍內的任意指定位置；冷卻時間15秒）
附加技能：怒火攻心（林沖聽到自己被陷害的真相，憤怒至極，決定為自己報仇。以主動犧牲50%血量為代價，短期內提升自身攻擊力、攻速、暴擊傷害各50%，持續20秒；在20秒暴怒期間，林沖血量越低，攻擊力就會越高。每減少10%血量，攻擊力、攻速、暴擊傷害加成10%；冷卻時間30秒）
附加技能：三槍連環（林沖手持鋒利的長槍，向指定目標連續刺出三槍，對單體目標造成連續三次金系暴擊傷害，若成功擊殺目標，則立刻刷新該技能，最多刷新三次，在擊殺三個目標時終止；冷卻時間45秒）

等隊友把敵方卡牌打殘後，林沖可以選擇合適的時機入場，一波爆發收割。三槍殺一牌，一口氣殺三牌，絕對能在瞬間把對手打崩！

這張收割能力很強的金系卡在個人賽、雙人賽和團賽中都可以使用，而且操作靈活。想什麼時候賣血普攻、什麼時候一波收割，都可以根據時機自由選擇。

林沖設計完成後，謝明哲緊跟著設計魯智深。

魯智深有許多經典事蹟，但一張卡牌最多只能有三個獨立技能，因此謝明哲節選了三段典故，把魯智深設計成能抗、能打的近戰輸出牌。人物形象就畫成濃眉大眼的和尚，脖子上掛著碩大的佛珠、手裡拿著沉重的禪杖，看上去凶猛無比。

魯智深（金系）

等級：1級

進化星級：★

使用次數：1/1次

基礎屬性：生命值700，攻擊力1800，防禦力700，敏捷30，暴擊30%

附加技能：三拳斃命（魯智深仗義勇為，嫉惡如仇，曾經三拳打死了一個屠戶。當魯智深開啟「三拳斃命」技能時，可向距離5公尺內的近身單體目標發起拳頭攻擊，每一拳造成120%金系暴擊傷害，三拳打完時額外造成對方基礎血量10%的一次性傷害；若選擇的目標血量低於30%，則魯智深的三拳斃命傷害可瞬間結算，直接將對方擊斃；冷卻時間35秒）

附加技能：酒與大發（魯智深酷愛喝酒，喝醉之後的他會熱血上頭，橫衝直撞。魯智深開啟技能後進入「醉酒」狀態，意識不清醒的他會對23公尺範圍內的敵對目標進行連續衝撞，每次衝撞造成50%金系傷害，並擊退對手5公尺，衝撞可持續15秒，直到被控制技能打斷為止；冷卻時間40秒）

附加技能：倒拔楊柳（魯智深力大無窮，因為討厭樹上的烏鴉叫聲打擾清靜，他乾脆徒手拔起大樹。魯智深開啟技能後，可指定一張樹木類卡牌，徒手將樹木連根拔起，被連根拔起的樹木喪失養分的供給，只能迅速枯萎——被魯智深拔起的樹木，每秒損失10%生命值，持續10秒，支配技能不可解控。限定技：魯智深的力氣有限，一場比賽只能拔掉一棵樹）

設計完技能後，謝明哲突然有些心虛——師兄看見這張牌時會怎麼想？

魯智深的第一技能是暴力單體攻擊技，第二技能是群體擊退控場技，第三個技能卻指明了針對樹木系的植物，打別的俱樂部完全沒用，可是打風華的時候……

直接拔掉師兄種好的樹，簡直不要太好用！

唐牧洲最強的攻擊牌「千年神樹」、最強的防禦牌「大榕樹」，都屬於「樹木類」卡牌，魯智

深醉酒後能直接把一棵樹連根拔起，這也符合技能的設定。到時候打風華，放魯智深把師兄的大榕樹給拔起來，那大榕樹就很難保護其他隊友，自己都要迅速枯萎。

實戰當中還有一種用法，就是魯智深的第三技能、第二技能一起開，到時候可以看到魯智深拔起師兄的一棵樹，酒興大發，扛著大樹橫衝直撞的畫面……

那畫面光想都很美，但師兄大概會打人。

這麼坑師兄似乎不大好？

不過，謝明哲也會坑別的俱樂部，對師兄是一視同仁，也很公平。

謝明哲覺得，雖然自己跟唐牧洲已經確定了戀愛關係，但關係好是一回事，比賽一定要認真對待。做卡時技能特別針對某類卡牌是很正常的，師兄應該不會生氣吧？

大不了打完比賽再補償師兄？

謝明哲當晚就給師兄發語音訊息探口風，「我最近開始做新牌，為季後賽做準備，針對各大俱樂部的卡牌可能都會做一些。」

唐牧洲果然很瞭解他，立刻聽出弦外之音，「包括針對風華的？」

「嗯。」謝明哲心虛地回了一個字，不敢直說：我做了一張能把你的樹連根拔起的卡牌。

「沒事。」唐牧洲寬宏大量地表示，「你儘管做。是什麼牌不提前透露一下？」

「先不告訴你，到時候給你個驚喜！」謝明哲笑咪咪地說。

「你在比賽中給的驚喜，我一點都不想要。」唐牧洲無奈一笑，「現實中給點驚喜怎麼樣？比如改天一起吃飯？我都半個多月沒見你了。當然，你要是忙得走不開的話我可以過來找你。」

這段時間確實很忙，自從出遊回來後就一直沒見過唐牧洲，謝明哲也有些想他——他都這麼體貼地說要過來找自己，謝明哲當然不會拒絕，便乾脆地說道：「好，你明天什麼時候來？」

「中午吧，我直接來涅槃基地找你。」

「沒問題！」謝明哲挺期待見到師兄的。

次日中午唐牧洲果然來了，還帶來豐盛的午飯。

池瑩瑩在電梯口見到一個高大帥氣的男人側影，他提著打包好的食物，正在門口等人，池瑩瑩回頭問同事們：「誰叫的外賣啊？」

唐牧洲回過頭來，微微一笑，「謝明哲叫的。」

池瑩瑩一愣，這才認出了他，一時大驚：「唐、唐神！」

唐牧洲禮貌地朝她點頭問好。

——送外賣的唐神，有誰見過嗎？她今天算是大開眼界了！

而聽到門外的動靜後，謝明哲立即飛奔出來，忍住撲過去抱住他的衝動，眼裡淨是笑意，「師兄，你怎麼還帶飯過來？發訊息給我，我下樓就好了。」

「路過你愛吃的那家餐廳，順便買了午飯。」唐牧洲在看到他的那一刻，目光很自然地溫柔下來，走到他面前低聲問：「這幾天辛苦嗎？」

「還好，做卡比較費精神。我每做幾張就會休息兩天，調整思路。」謝明哲的眼裡只有唐牧洲，抬頭看他，完全沒發現站在旁邊的池瑩瑩。

池瑩瑩站在那裡，覺得自己非常多餘。她只好悄悄地轉身躲回辦公室，忍不住心想，這兩人關係好得有些過分了吧？唐牧洲居然親自幫謝明哲送午飯？

唐牧洲挺會做人的，來看師弟不忘孝敬師父，給陳千林也順便帶了一份午餐，這麼做可以避免被人背後議論。

師徒三人在教練辦公室一起吃了午飯。

下午唐牧洲本想單獨跟阿哲聊聊，結果路過訓練室正好看見喻柯，小柯激動地跑過來說：「難得見到唐神，能不能虐我幾把？那天沒排上你好遺憾啊！」

對上喻柯滿臉渴望的模樣，唐牧洲只好微微一笑，去訓練室虐他。

謝明哲正好閒著，也跟師兄切磋了幾局，後來連陳霄也一起加入。唐牧洲作為「客串嘉賓」，對涅槃訓練室就像是自己家一樣熟悉，他也不擺架子，和涅槃隊員們切磋了一個下午。

小柯個人賽並不會拿出全部鬼牌，唐牧洲也沒看到小柯其他的底牌，他試著問：「阿哲還給你做了別的鬼牌嗎？」

喻柯腦袋不糊塗，立刻警覺起來，「嘿嘿，這個我不好說，你直接問阿哲！」

唐牧洲不再多問。他來涅槃又不是來打探消息的，探望心上人才是關鍵。

晚上，涅槃內部突然有活動——池瑩瑩說是已經談妥了一家很不錯的贊助商，過幾天找幾位選手拍廣告，今晚請大家吃飯先彼此熟悉一下。唐牧洲只好告別。

謝明哲心裡挺愧疚的，臨走時給了他一個擁抱，「抱歉，今天真是不大巧，本來還想晚上請你吃飯，結果突然又要聚餐。」

唐牧洲微笑著回抱了一下他，「不急，以後時間還多的是。欠一頓飯，你要十倍奉還。」

謝明哲爽快地點頭，「沒問題！」

他完全沒察覺到自己跳進了對方的語言陷阱，還以為是欠一頓飯，請吃十頓飯。不曾想過還有其他「十倍奉還」的方式。唐牧洲可是清清楚楚地記了帳的。

次日早晨起來，謝明哲神清氣爽，再次進入遊戲連上了製卡系統。

關於刺客牌，他已經有了想法——水滸中的兩位美男子：燕青和花榮。

梁山上英雄眾多，武藝高強的數不勝數，但比顏值，最帥的就是這兩位了。

有「浪子」之稱的燕青，是個毫無疑問的美男子。性格風流不羈，瀟灑隨性，經常混跡在青樓當中，還多才多藝，精通音律，吹得一手好曲子，迷倒了不少美女。燕青這張牌的設計謝明哲打算做成「法術類刺客」。

既然是出了名的浪子，還精通音律，不如為他設計一個音律攻擊的技能，可以近戰打出成噸的法術輸出，技能效果看上去也更加地飄逸。

燕青（木系）

等級：1級

進化星級：★

使用次數：1/1次

基礎屬性：生命值500，攻擊力1800，防禦力500，敏捷30，暴擊30%

附加技能：簫音渺渺（燕青擅長吹奏簫曲，他可進入演奏狀態，短期內提升自己的攻速持續8秒，每秒奏出一次簫音，對5公尺近身範圍內的全部敵對目標造成80%木系傷害，並疊加音律標記，每個標記存在5秒，每秒造成10%木系持續傷害；冷卻時間30秒）

附加技能：浪子回頭（燕青被稱為浪子，放蕩不羈。當燕青使用「浪子回頭」技能時，他可以選擇一個23公尺內的落腳點瞬移過去，並在3秒內瞬移回到之前的位置，對兩次移動路徑上的所有敵對目標各疊加1個音律標記，並在回到之前位置的瞬間，引爆全場所有標記，立即結算全部標記傷害；冷卻時間15秒）

附加技能：歸隱山林（被動技能：當燕青的浪子回頭、簫音渺渺技能全部陷入冷卻時，他可選擇歸隱山林，瞬移至23公尺內的指定位置，遠離戰場紛爭）

這張卡牌的技能結算比較複雜，也正因為如此，它的靈活性非常高。

燕青是靠簫音標記來打出傷害的，簫音渺渺相當於長達八秒的爆發，在八秒時間內，他可以迅

速疊出八個標記。同時使用浪子回頭技能連續兩次瞬移，疊加兩次標記並引爆。

每個標記每秒造成百分之十傷害，持續五秒，那就是百分之五十的木系傷害，單個標記看上去傷害很低，可一旦某個目標的身上正好疊了八層甚至十層標記，被燕青引爆的那一瞬間，會直接造成四、五倍的恐怖暴擊傷害！

當然，標記屬於負面狀態，可以被清除，為同一張卡牌疊那麼多標記在實戰中也很難實現。

燕青這張卡牌屬於操作難度極高的卡牌，高手使用和菜鳥使用效果完全不同，可打出的傷害上限很高。在特殊情況下，比如隊友接上連控、對手正好沒法解控，讓燕青把八秒的傷害全部打出來，再選好浪子回頭的路徑，秒一張低防禦的滿血牌根本就不在話下。

法術類刺客移動靈活，落腳點的選擇和標記對象的選擇都很需要操作。

這張牌的操作難度絕對是謝明哲目前卡組中數一數二的。在個人賽、雙人賽中特別好用，團賽中也可以趁混亂局面打出優勢。

謝明哲設計完成後，仔細看了看卡牌的技能資料，滿意地將燕青卡收了起來。

花榮的設計思路和燕青不同，燕青做成法術類刺客，花榮則是傳統的物理攻擊刺客，他用的武器是銀槍，槍法觀賞性極強，加上他長得英俊無比，看他舞槍絕對是一種享受。

顏控的謝明哲把花榮也畫成一位大帥哥，並且給他繪製了非常漂亮的武器。

拿著銀槍的人物自然會歸到金系牌——

花榮（金系）

等級：1級

進化星級：★

使用次數：1/1次

基礎屬性：生命值500，攻擊力1800，防禦力500，敏捷30，暴擊30%

附加技能：梨花亂舞（花榮很擅長舞槍，據說他用槍時姿勢優美，槍尖就像是飛舞的梨花——花榮進入梨花亂舞的舞槍狀態，持續6秒，期間免疫控制類技能，提升攻速100%，用手中銀槍朝指定方向連續刺出，攻擊近身90度扇形區域內的所有敵對目標，每刺出一槍，造成60%金系暴擊傷害，並吸取傷害量的10%，回復自身血量；冷卻時間20秒）

附加技能：槍如霹靂（花榮以迅雷之勢對3公尺內鎖定單體目標進行一次突襲，槍尖瞄準對方的弱點，直接造成300%金系暴擊傷害，若擊殺目標，則回復自身20%血量；冷卻時間40秒）

這張牌雖是近戰刺客，基礎生命、防禦都比較低，但技能附帶的回血效果，可以極大地提升花榮的生存能力，彌補了沒有靈活位移技能的缺點——正面跟人剛，完全不慫。

燕青和花榮的加入，對謝明哲的卡組戰力絕對是極大的提升。

《水滸傳》中還有很多英雄，但謝明哲之前已經做過很多人物卡牌，現在如果要再做出沒有重複過的新技能，難度很高，因此，他只能挑著做。到目前為止，做的全是知名度比較高的男性角色，他打算再設計幾張女性卡牌。

《水滸傳》中有不少女性角色，有巾幗不讓鬚眉的女英雄，也有陰狠毒辣的反派。謝明哲挑了幾個印象最深的、素材比較好設計技能的女性角色來製作卡牌。

首先就是知名度最高的潘金蓮。

潘金蓮長得頗有幾分姿色，在嫁給武大郎後，覺得武大郎配不上自己，到處勾三搭四，最終勾搭上西門慶，居然下毒謀殺親夫，真是非常狠心。

潘金蓮的技能設計，可以跟她餵給武大郎的毒酒有關。

潘金蓮（水系）

等級：1級

進化星級：★

使用次數：1/1次

基礎屬性：生命值500，攻擊力1500，防禦力500，敏捷30，暴擊30％

附加技能：毒殺（潘金蓮一邊念著「大郎喝藥了」，一邊將混有劇毒的藥強行餵給3公尺內的指定目標，使目標陷入中毒狀態，每秒損失潘金蓮基礎攻擊力60％的生命，持續5秒；冷卻時間60秒）

附加技能：魅惑（潘金蓮打扮得非常妖嬈，她可以誘惑範圍23公尺內的指定目標，讓對方情不自禁地來到她的面前喝毒藥；一旦成功毒殺目標，則潘金蓮立刻刷新魅惑、毒殺兩個技能的冷卻時間；冷卻時間60秒）

這張牌真是劇毒，因為技能機制太強，所以設計了五秒緩衝期。大後期可以等對手放了解控、治療類技能再放潘金蓮出來，挑一張殘血牌拉過來毒死，然後刷新技能繼續把人誘惑過來餵毒，如果對方殘血牌非常多，那麼潘金蓮五秒毒一張，連續收割，能毒倒一大片。

潘金蓮的技能和孫尚香的火箭連射有些相似，必須等對手殘血的時候出場才能發揮出效果，算是遠端收割類卡牌。

水滸中還有一位知名女子，就是名滿京城的青樓歌妓李師師。

李師師是個出了名的大美女，可以做成輔助卡，還能和燕青做連動技。

人物形象設定上，謝明哲作為顏控設計師，對李師師美貌的描繪絲毫不差，只是在衣服色調上更顯豔麗，畢竟她是青樓名妓，不能穿得太素淡。

李師師（木系）

等級：1級

進化星級：★

使用次數：1/1次

基礎屬性：生命值1800，攻擊力0，防禦力1800，敏捷30，暴擊30%

附加技能：傾國傾城（李師師是出了名的美人，愛慕者眾多，據說看見她的美貌後，大家都會驚為天人，路都走不動——周圍23公尺內的所有敵對目標被她的美色所驚豔，停止一切攻擊持續3秒；冷卻時間35秒）

附加技能：能歌善舞（李師師才華出眾，能歌善舞，她在指定位置跳起華麗的舞蹈，在歌舞狀態下免疫一切控制技能，歌舞持續8秒，在李師師周圍23公尺範圍內所有友方目標持續恢復血量，每秒恢復10%，8秒歌舞結束時額外恢復20%；冷卻時間60秒）

附加技能：結拜姊弟（連動技。李師師和燕青志趣相投，結拜成了異姓姊弟，當燕青在場時，李師師的技能冷卻時間自動縮減20%）

燕青的連動技就以自保為主——當李師師在場時，燕青使用「浪子回頭」技能期間不受任何控制技能的影響。這也保證燕青的兩次瞬移不會被打斷，迅速疊出音律標記。

潘金蓮和李師師都是水滸中的女性配角，並沒有被逼上梁山，而梁山大本營中，有一個非常驃悍的女英雄——孫二娘。

孫二娘原先是十字坡黑店的老闆娘，書中描寫她繫著一條鮮紅的裙子，橫眉帶著殺氣，眼露凶光，完全是一位「母夜叉」的形象。

對於這張牌的設計，謝明哲早就有了些想法。

他之前的卡組中，大後期的清場牌像曹丕、司馬懿之類，技能確實強，但比較容易被對手針對，而且一旦陷入劣勢，很難翻盤。

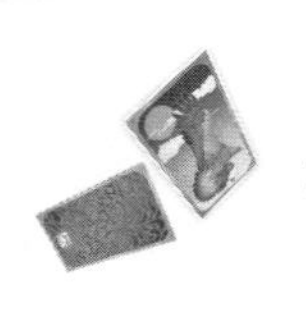

孫二娘這張牌正好做成後期牌，技能就跟她的人肉包子有關！

至於形象設計，謝明哲當然會貼近原著，把孫二娘畫成一個很凶悍的黑店老闆娘。

孫二娘（土系）

等級：1級

進化星級：★

使用次數：1/1次

基礎屬性：生命值800，攻擊力1500，防禦力800，敏捷30，暴擊30%

附加技能：黑店老闆（孫二娘是一家黑店的老闆娘，來她店裡吃飯的人，不小心就會被她給害死——孫二娘在場上畫出一片23平方公尺的黑店範圍，進入黑店的所有目標不分敵我，都會受到一次200%土系暴擊傷害；冷卻時間35秒）

附加技能：人肉包子（孫二娘會把害死的人剁成肉醬，做成人肉包子賣給客人吃——每當場上有人物卡牌陣亡時，孫二娘可以迅速做出一籠人肉包子，每一籠人肉包子造成60%群體土系傷害；陣亡人物越多，她做的包子就會越多；她可以在適當的時機將做好的人肉包子全部丟出去，對23公尺範圍內的敵對、友方目標造成巨額傷害；若期間擊殺了人物卡牌，則可以繼續做人肉包子，直到場上沒有人物屍體為止；被動技能，一旦有人物卡陣亡，孫二娘會自動做包子放在黑店，店裡最多累積八籠包子）

這張牌有些可怕，攻擊技能敵我不分，範圍群攻，不管是敵是友都會受到傷害！

這樣設計卡牌看上去像是有病，但實際上跟她的技能機制息息相關——我方的某些人物卡，放過技能後就沒什麼用了，死了可以給孫二娘做包子。或者一些殘血人物卡救不回來，與其讓對手殺了，不如讓孫二娘收人頭做包子，還能廢卡利用再打一波傷害。

在大後期我方卡牌集體殘血的極端劣勢局，可以召出孫二娘開黑店直接秒掉全部隊友，然後拿

人物屍體瞬間做出大量包子，如果能一次做五籠以上的包子，絕對可以一波爆發清場。

當然，在不是極端劣勢局的情況下，孫二娘沒必要殺隊友，她可以在比賽中間召喚出來，我方每次有人物卡牌陣亡，她就做包子，慢慢累積，等累積夠了再一波丟出去。

兩種打法都可以選擇。團戰中，死掉的人物卡越多，人肉包子的攻擊就越強。之後打無盡模式，孫二娘絕對是不輸於食屍鬼、蜘蛛皇后等神卡的Boss級存在！

這張牌要是公布，粉絲們估計會吐槽謝明哲毫無節操——

瘋起來連自己人都殺。

殺了人還要做成人肉包子！

人肉餡兒的包子誰敢吃？孫二娘的設計也太奇葩了吧！

謝明哲表示：沒有最奇葩，只有更奇葩。

他製卡的畫風，只會在奇葩的路上，越走越遠……

水滸系列牌，謝明哲目前已經做了十張，李逵、林沖、魯智深、花榮、燕青都是輸出牌，宋江保護，吳用控制，潘金蓮遠程收割，李師師群控群奶，孫二娘後期爆發。

從卡組配置上來說，還缺少一些防守類的卡牌。

防守方類卡牌，謝明哲想到一百零八條好漢中排行第二的盧俊義。

盧俊義本是家財萬貫的富豪，聲名遠揚，最後被坑上梁山，成了梁山泊第二把交椅，以及總督兵馬的第一副元帥。

這張牌可以設計成嘲諷牌來保護隊友，盧俊義自身武藝高強，同時又是梁山的兵馬總督，所以在技能設計上，謝明哲想到了一個新的思路——召喚小兵來抵擋傷害。

大部分嘲諷牌都是近戰肉盾，衝進去吸收範圍傷害，這種「遠端嘲諷牌」在目前的聯賽中挺少見，謝明哲覺得這個思路值得嘗試。

盧俊義身為兵馬總督，在形象的設計上，謝明哲讓他身穿盔甲、手持長槍，看上去威風凜凜，順便還給他畫了一匹駿馬坐騎，突顯他副元帥的身分。

盧俊義（金系）

等級：1級

進化星級：★

使用次數：1/1次

基礎屬性：生命值1800，攻擊力0，防禦力1800，敏捷30，暴擊30%

附加技能：兵馬總督（盧俊義可以同時召喚出五個小兵，每個小兵繼承他20%的血量和防禦，並在23公尺範圍內根據他的指令跟隨一位隊友。小兵自帶鎖定嘲諷技能，會幫跟隨的隊友吸收所有的傷害，直到自己陣亡為止；每個小兵陣亡時，盧俊義損失20%血量，並減少「兵馬總督」技能20%冷卻時間；冷卻時間100秒）

附加技能：麒麟寶甲（盧俊義可以讓自己召喚的小兵以及周圍23公尺範圍內的隊友全部穿上特製的金色麒麟寶甲，寶甲存在3秒，存在期間免疫任何控制；冷卻時間45秒）

附加技能：聲名遠揚（鎖定技：盧俊義是聲名遠揚的豪傑，敵方不忍心攻擊他，只能攻擊他召喚出來的小兵——盧俊義自身不受任何攻擊、控制技能影響，想要擊殺他，請先殺掉他的小兵）

這張牌是召喚類嘲諷牌，盧俊義出場時可召喚五個小兵去保護五個隊友，還能全團免控三秒讓隊友放出關鍵技能，相當於五張分裂的小嘲諷牌，對手要一個一個擊殺小兵，才能免受嘲諷的干擾。五個小兵如果到處分散，對手的火力也不得不分散，會讓對手很難集火去秒掉我方的關鍵牌。

雖說小兵只繼承百分之二十的血量和防禦，相對來說比較好殺，但能擋掉關鍵技能，保護我方核心輸出卡存活下來，小兵就已經發揮出了嘲諷牌該有的作用。

此外，梁山好漢中還有兩個人物可以做成功能牌。

一個是「神行太保」戴宗，他的速度非常快，據說能日行八百里，做成加速卡，在大規模團戰中能輔助近戰卡牌迅速位移。

戴宗（土系）
等級：1級
進化星級：★
使用次數：1/1次
基礎屬性：生命值1800，攻擊力0，防禦力1800，敏捷30，暴擊30%
附加技能：神行太保（戴宗號稱「神行太保」，可以日行千里，當他開啟技能時，範圍23公尺內的所有友方目標移動速度加成500%，攻擊速度加成50%，持續10秒；冷卻時間20秒）

專業加速卡謝明哲只做了一個技能，把持續時間做久一些，技能冷卻也縮短了一些。

另一個想要做成卡牌的，是謝明哲比較欣賞的人物——石秀。

石秀最經典的事蹟在三打祝家莊。由於祝家莊的道路異常難走，宋江派石秀去探路，石秀不僅探明了路上的機關，還幫助陷入迷宮的宋江成功突圍。後來他又故意戰敗被對手給捉住，進入祝家莊當臥底——這位石秀做情報工作是一把好手。他的技能也可以設計成特殊的功能牌，針對某些戰隊使用。

石秀（土系）
等級：1級
進化星級：★
使用次數：1/1次
基礎屬性：生命值1800，攻擊力0，防禦力1800，敏捷30，暴擊30%
附加技能：探路（石秀收集情報的能力極強，他開啟「探路」技能時，可以自動搜索並曝光場

景圖中的全部陷阱，並讓23公尺範圍內所有隱身敵對目標現出行蹤；冷卻時間20秒）

附加技能：臥底（石秀假裝戰敗，故意混到敵軍當中做臥底打探消息。當石秀成為臥底時，他可隱身潛伏到敵對陣營中搜集敵方情報，我方所有卡牌會共用石秀探查到的視野，隱身持續20秒；冷卻時間40秒）

這張牌在應對特殊場景的時候會有奇效，比如某些俱樂部特別喜歡陷阱類的地圖，放石秀就能曝光場景圖中的陷阱，讓戰鬥更加明朗。還有隱身卡比較多的鬼獄、暗夜之都俱樂部，放石秀去探查，知己知彼，才好安排接下來的戰術。

到此為止，算上武松，謝明哲做了共十四張《水滸傳》人物卡牌——即死、嘲諷、援護、治療、控制、輸出，應有盡有。這些卡牌可以在團賽中集體出現打一波鋪場，也可以在個人項目中挑選其中的一兩張來使用。具體的用法還需要實戰研究。

謝明哲精神力過度消耗，晚上不到十一點就休息了。

次日早晨睡醒時，又是個精神抖擻的謝明哲。

吃過早飯後他就拿著幾張新做的卡牌去找師父，看看需不需要修改潤色。

之前那五張陳千林已經檢查過，沒什麼大問題，後面的這八張陳千林也耐心地一張一張仔細查看——石秀、戴宗都是功能牌，特色鮮明，設計簡單，陳千林看一眼就放下了。李師師是比較傳統的群控加群體治療，也沒什麼問題……關鍵是燕青、潘金蓮、孫二娘這三張卡牌。

燕青是靠簫音標記打傷害，資料結算會非常複雜，陳千林仔細看過兩遍後提出意見，「按照你的設計，在八秒演奏狀態下，每秒打一個標記，每個標記只能存在五秒。理論上來說，等你打到第

八個標記時，第一個打的標記已經失效了。我建議把八秒爆發修改成五秒簫音爆發，每秒打一個標記，總共五個，標記每秒造成的傷害從百分之十改成百分之十五，操作上會更加流暢。」

謝明哲仔細一算，豁然開朗，對師父的改法十分認可。

之前的設計確實存在漏洞，打到後面，前面的標記就沒了，單殺時銜接會出問題。改成簫音持續五秒，一秒打一個，五秒打五個。標記每秒造成的傷害從百分之十改成百分之十五，總傷害確實下降一點點，但是五個標記可以同時存在，加上浪子回頭瞬間疊加的兩個標記，加起來就是七個。

燕青去單殺某張牌時，可以在五秒內給這張牌迅速疊七個標記並引爆，同時還能對路徑上的敵人造成少量傷害，達成群攻加單殺的雙重目的。

——簫音渺渺：燕青進入演奏狀態，短期內提升攻速持續5秒，每秒奏出一次簫音對5公尺近身範圍內全部敵對目標造成80%木系傷害，並疊加1個音律標記，每個標記存在5秒，每秒造成15%木系持續傷害；冷卻時間30秒）

這樣一改，就可以跟「浪子回頭」配合秒人。

陳千林緊跟著對潘金蓮提出修改意見，「潘金蓮毒殺目標後刷新技能，你的設計思路是收割牌，但她的技能在餵毒後持續五秒掉血，五秒殺一張牌，很容易被對手用治療技能救回。可以適當縮短時間，並提高每秒輸出——改成三秒，節奏上會快很多。」

三秒的毒殺在實戰中節奏明顯會加快，謝明哲不由擔心地道：「三秒的話強度會不會太高？」

「適當調低攻擊力，三秒在節奏上比較合適，審核應該不會為難你。」

謝明哲點了點頭，師父對技能資料的理解比他要深，師父說沒問題那肯定沒問題。

陳千林拿起最後一張牌，目光頓時在技能上停住。

孫二娘，黑店老闆，人肉包子。

他沉默著看了很久，然後抬起頭問了謝明哲一個問題：「人肉餡的包子你沒吃過吧？」

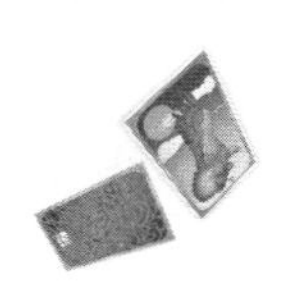

「我沒那麼變態！」謝明哲哭笑不得，「只是技能設計而已，師父放心，我做的卡牌雖然奇葩，但我本人還是很正常的，不吃奇怪的東西。」

「嗯。」陳千林臉上的神色緩和許多，明顯鬆了口氣，對於小徒弟做出「人肉包子」這種技能，他真的不知道該怎麼評價才好。

強忍住胃裡的難受，陳千林忽略奇怪的描述，仔細看技能。

黑店老闆的設計沒什麼問題，「瘋起來連自己人都殺」這已經不是第一次了，只不過上次曹丕只殺曹植，孫二娘瘋起來，是可以殺光隊友讓隊友團滅的。

針對第二個技能，陳千林道：「技能的描述有些問題。每當有人物牌陣亡時，孫二娘可以迅速做成一籠包子——『迅速』這個詞在官方資料師眼裡不知道怎麼判斷，要麼你具體規定在幾秒內做出包子，要麼直接寫瞬間做出，就是瞬發技能。」

謝明哲認真點頭，「做成瞬發吧，不然孫二娘花幾秒鐘做包子會被人針對打斷。」

陳千林道：「你對技能範圍也沒有規定，要是我方隊友死在50公尺開外，孫二娘肯定沒法做包子。另外，食屍鬼可以吞噬屍體，當孫二娘和食屍鬼同時存在時，屍體會變得非常搶手，到底是先做包子，還是先吃屍體？」

謝明哲：「……」屍體很搶手，這是什麼變態的職業聯賽啊！

歸思睿設計的食屍鬼就挺變態的，不過謝明哲覺得自己拿屍體做包子似乎更變態一點。

謝明哲想了想道：「這樣吧，我在技能中加一條——人物牌陣亡時，孫二娘可以選擇範圍二十三公尺內所有陣亡的人物屍體優先製作成人肉包子，沒被她做成人肉包子的屍體，可以被其他技能影響。」

也就是說，孫二娘做了包子，復活都沒用，因為屍體已經被她變成肉餡。如果她不做包子，食屍鬼可以吃，我方也可以用復活技。這就是技能結算的順序問題，如果是人物卡陣亡，孫二娘有優

先權，如果陣亡的是其他卡牌，那就留給食屍鬼先吃。

陳千林神色複雜：「改法沒問題，但你確定要用『人肉包子』這個技能名字？」

謝明哲笑道：「嗯，師父是不是聽了以後沒食欲？」

陳千林：「……」

以後跟謝明哲打比賽，不但精神上難受，胃裡也難受。

星卡官方總部，鄒曉寧在辦公桌上壓了張謝明哲在全明星期間的周邊海報，上面寫一行字：求求你不要老讓我們加班。

隔壁桌的總監周佳瑤則寫了一句話：經常加班的總監，可以獲得翻倍的年終獎金。

又是週五，下午的時候大家就坐立不安，鄒曉寧小聲吐槽道：「上次審核完十大閻王之後，已經過了一段時日，謝明哲一直沒動靜，我總有種不大好的預……」

「感」字還沒出口，大家耳邊就響起提示：「有十二張卡牌提交人工審核。」

辦公室內頓時哀嚎遍野，眾人齊刷刷瞪鄒曉寧。

鄒曉寧快哭了，「對不起，我不該說話！」

周佳瑤冷靜地擺擺手，「行了，已經加班成習慣，不加班反倒覺得心裡空空的。這樣吧，我請大家吃下午茶，我們今天下午儘量搞定他這十二張卡牌。」

嘴上這樣說，但她心裡卻知道，想搞定謝明哲的十二張牌可沒那麼容易。

其實，謝明哲一次提交了十三張卡牌，因為「神行太保」戴宗設計簡單，只有加速一個技能，直接被系統審核過關了。其他的十二張則被提交到人工審核。

周佳瑤派了鄒曉寧去樓下給大家買來豐盛的下午茶。

剛開始審核的時候大家還沒什麼意見，只覺得謝明哲腦洞清奇，技能設計很有意思。

審核到燕青的時候頭大了很久，資料結算列了一大堆公式，還要實戰演算……

在看到潘金蓮時，有人吐槽道：「大郎喝藥了，這還自帶音效的！謝明哲設計的卡牌真的越來越討厭了，要是潘金蓮和王熙鳳一起出場，一個哈哈哈笑不停，一個念叨著大郎喝藥了毒死對手，我估計對手要被他逼瘋。」

旁邊有人附和：「我們建議出個團戰靜音模式，實在是受不了他這些自帶音效的卡牌，放個技能還要念叨臺詞。」

眾人一邊吐槽一邊審核，倒也是一種樂趣。

結果審核到孫二娘時……

鄒曉寧正在吃包子，她按總監的吩咐去買吃的，樓下新開的店包子特別好吃，她就順手買了幾籠熱騰騰的包子回來，看她吃，大家眼饞，也一個個拿著包子邊吃邊聊。

就在這時，孫二娘「人肉包子」的技能在螢幕上放大。

辦公室突然鴉雀無聲，大家停下咀嚼的動作，嘴裡的包子都嚥不下去，看上去特別滑稽。

隔壁地圖部的人路過時正好看見這一幕——

只見資料部所有人嘴裡含著包子，瞪大眼睛看大螢幕，如同看到妖怪，滿臉驚駭。

這畫面有些搞笑，地圖部的同事忍住想拍照的衝動繼續圍觀。

片刻後，鄒曉寧率先反應過來，忍耐著胃酸把嘴裡的包子給吐出來，旁邊也響起咳嗽、吞嚥、各種唉聲嘆氣的聲音。

鄒曉寧哭喪著臉道：「人肉包子，謝明哲怎麼這麼變態啊啊啊！」

她最愛吃包子，最愛肉餡兒的，謝明哲這個神經病居然設計出「人肉包子」這種技能，這是在

跟她過不去吧？看著包子裡的肉餡，想到人肉這個詞，真是完全沒食欲了。

周圍的同事各個滿臉菜色，本來覺得很香的包子，吃在嘴裡根本難以下嚥。

周佳瑤正好沒吃，看著大家的神色，頭疼地揉揉太陽穴，道：「接下來的幾天都不吃包子，你們早餐改吃麵包或者饅頭，沒有餡兒的。」

眾人：「……」

此時，謝明哲正在涅槃俱樂部等待審核結果。

自從收到官方回覆讓他儘量在工作時間提交卡牌，他就配合地把提交審核的時間改到下午。為免工程師們一張一張審核太麻煩，他還很貼心地十幾張一起提交。每次都在次日早晨收到結果，謝明哲還以為官方是早晨統一發郵件，沒想到他們是在連夜加班。

晚上跟唐牧洲聊了幾句他就美滋滋地睡下了，夢裡，他夢見自己被做成一個超大的肉包，周圍一群人搶著要吃他，一邊喊著「咬死謝明哲」一邊撲過來吃他。

早上醒來後他摸著鼻子有些茫然，怎麼最近老是感覺被人詛咒，怨念纏身啊！到底誰在詛咒他？

官方資料師們表示有話要說：你個混蛋不但改變了我們的作息，還影響了我們吃早餐的習慣！

謝明哲在早晨八點收到官方郵件，因為這次有師父把關，每個技能都詳細核對過資料，官方經過仔細驗算後只對部分基礎資料做出微調，技能設計全部通過。

有了新卡的謝明哲興奮無比，大清早就抓了小柯去競技場實戰。

秦軒、陳霄和陳千林知道之後，紛紛來擂臺觀戰。

小柯拿了幾張輸出牌，兩張閻王牌放在暗牌當中。

謝明哲帶了燕青、花榮、林沖、李逵、宋江五張牌，暗牌放的是潘金蓮和孫二娘。

喻柯挺有信心的，畢竟謝明哲拿的都是剛做的新牌，他拿的幾張牌操作更加熟練。

他先放出畫皮複製了宋江，頂住一波傷害，謝明哲迫於無奈只好讓燕青去秒掉畫皮，林沖、花榮配合，雙槍齊出打了一波爆發。李逵緊跟著入場把對方打殘，這時候潘金蓮出來了，一邊念叨著「大郎喝藥了」一邊把小柯殘血的公孫九娘強行抓過來餵了一口毒藥！

喻柯目瞪口呆，很想吐槽：尼瑪！男女不分叫大郎，還強行餵藥，能不能好了？

公孫九娘被毒死後，喻柯讓喬生、連城雙牌連動切入對方陣營，趁著宋江技能冷卻，鬼牌夫妻聯手疊攻速，一口氣把謝明哲好幾張人物牌全部打殘！

但就在小柯要放出黑無常去收割的時候，孫二娘突然上場。

她在場地畫了一個三十平方公尺範圍的黑店，黑店內的所有目標都受到了一次暴擊傷害！

黑店的傷害對敵我雙方都有效，而小柯的遠程炮臺公孫九娘一死，剩下的大部分是近戰牌，包括黑無常、喬生、連城、聶小倩這些都要近身攻擊，結果就是所有卡牌都被圈進了黑店，一招暴擊，集體被打殘，而謝明哲自己的人物牌，居然被孫二娘直接秒殺了！

喻柯：「……」你打我的同時把隊友也殺光，這合適嗎？

但緊跟著，讓喻柯三觀碎裂的一幕出現了。孫二娘殺掉隊友後，瞬間做出五籠人肉包子，朝著喻柯的鬼牌就丟了過去。

——暴擊，KO！

喻柯：「……」我是誰？我在哪裡？我到底在和什麼樣的奇葩打比賽？

除了陳千林早就料到結果之外，陳霄也是神色複雜，不敢相信地查看戰鬥紀錄。

喻柯直接在擂臺嚎叫：「阿哲你這是什麼技能啊？突然被團滅我都沒反應過來！」

謝明哲笑咪咪道：「昨天剛做的新牌，大後期團戰牌，實戰果然強，給你們看看。」

喻柯和陳霄都好奇地看了看他放出來的卡牌技能。

看完後，兩人：「……」

早上剛吃了肉包，這時候胃裡有些難受。

謝明哲接著笑咪咪地說：「其實這張牌還有另一種用法，就是孫二娘配合亡語牌，比如，孫二娘加秦可卿、郭嘉、竇娥等強勢亡語牌，不但能收掉隊友觸發亡語技，還可以把隊友拿來做包子再打一輪攻擊。」

可以想像，秦可卿碰瓷讓對手上吊；竇娥又來碰瓷，飛雪漫天中對手被冰凍；郭嘉出來賣血，陣亡後全團加攻擊；再放王熙鳳哈哈哈，潘金蓮找大郎喝藥，孫二娘用亡語牌留下的屍體做出人肉包子……那畫面太美，對手估計想打死謝明哲的心都有了。

陳霄忍著笑說：「團賽開始前公示卡組的時候，要當心我們涅槃的官網被刷爆，估計會有一群人湧進來罵阿哲變態。」

陳千林嚴肅道：「我會讓池瑩瑩提前多準備幾個伺服器。」

謝明哲：「……」

水軍來罵完全不怕，到時候他就裝死，反正他臉皮厚。

等到了賽場上，再用這些新卡牌來折磨對手和觀眾。

【第十章】八仙過海！搞成一場仙族音樂會

做完《水滸傳》系列的新卡牌後，謝明哲又休息了幾天，整理涅槃的卡組以及接下來的製卡思路。人物牌他已經做了許多，還有些素材可以留著等個人賽、雙人賽開始之後再根據其他俱樂部的卡組來針對性製作，他現在想先進行另外一件事——向官方爭取新增仙族卡牌類別。

最初做太乙真人、太上老君這些卡牌時，由於官方的牌庫中並沒有「仙」這個類別，他又不想把這些神話人物歸類到眾神殿開創的「神族牌」當中，因此，在卡牌類別的歸屬上，他將這些牌暫時設定為「人類」，方便通過資料庫的審核。

當時他就有個想法，等自己名氣足夠大、實力足夠強了，設計的卡牌能夠引起官方重視的時候，或許可以找官方提出申請，在卡組中新增「仙族」這個分類。

星卡世界的卡牌開放度和自由度都很高，給謝明哲提供了充分施展拳腳的肥沃土壤，他有信心開創一個全新的「仙族」分類。

把太上老君、送子觀音這些卡牌，和路西法、米迦勒一起歸到「神族牌」，謝明哲總覺得不倫不類，西方神和東方仙差異挺大，他更想為自己製作的神話傳說人物新增一個「仙」的類別。

謝明哲對審核的規則不大瞭解，於是他發視訊諮詢唐牧洲，「師兄，如果我想新增一種卡牌類別的話，該怎麼找官方申請？需要達成什麼條件？」

看著視訊屏幕裡謝明哲認真的眼神，唐牧洲知道他不是開玩笑，好奇地問道：「你不是一直做人物卡、鬼牌和妖牌嗎？為什麼突然想到新增類別？是這三大類的卡牌滿足不了你？」

謝明哲點點頭，「嗯，我想新增的種類叫做『仙族』，外形跟人類雖然區別不大，但他們可以騰雲駕霧，在天上飛來飛去的，並且擁有各種厲害的法術類技能，設計成人類的話感覺不大合適，我接下來要做的這類卡牌還有很多，所以想乾脆申請一個新的類別。」

騰雲駕霧，飛來飛去的「仙」？

唐牧洲覺得這個想法還挺有意思，看到喜歡的人這麼認真努力，他當然不會潑對方冷水，溫和

地鼓勵道：「你的想法確實可以嘗試，想要申請新的卡牌類別，需要向官方提交理由充足的申請表。但前提條件是，你做的新類別卡牌，數量要達到三十張以上。」

「三十張？」謝明哲在腦海裡數了數之前已經製作的仙族卡，太上老君、太乙真人、觀世音菩薩、王母娘娘再加上伏羲、神農等，還遠遠達不到三十張的數量。但沒關係，華夏五千年文明，神仙多得數不清，湊足三十張卡來創建新類別，對他來說並不難。

想到這裡，謝明哲雙眼發亮，立刻回道：「我明白了，只要做出三十張擁有共同特性，並且通過官方資料庫審核的卡牌，並且給出充足的理由，就可以建立新的類別，對嗎？」

「是的。」唐牧洲微微揚起唇角，耐心解釋道：「官方這樣規定，也是防止有些設計師隨便做出四五張卡牌就去申請添加新類別，讓卡牌的歸類亂套。三十張是最基礎的要求，當初凌驚堂開創兵器類卡組，歸思睿開創鬼牌卡組，都是達到了這個要求的。」

「嗯，他們確實很厲害。」對這些選手的實力謝明哲非常敬佩，作為後來者，他可以從前輩們的身上汲取很多經驗。

「你稍等一下，我幫你要一份申請表來做參考。」唐牧洲一邊說，一邊迅速給裴景山發訊息：「小裴，把你當初找官方添加蟲蟲類卡組的申請表發我一下。」

「要申請表做什麼？」裴景山十分疑惑，但他很快想通了原因，「是謝明哲要的嗎？」

「嗯，我家這位腦洞太大，人物卡已經滿足不了他，所以他想開創一個新的卡牌類別。」唐牧洲的語氣裡帶著明顯「我看上的人真厲害」的驕傲。

「……」裴景山不知道說什麼才好。人物卡滿足不了謝明哲？居然又要開創新的類別？不知道這個消息公之於眾，各大俱樂部的選手會是什麼反應？反正他只覺得頭疼，無比頭疼！

「我找一找，發你信箱。」雖然頭疼，但唐牧洲主動找他要申請表做參考，裴景山也不想小氣地拒絕，這又不是什麼祕密。

唐牧洲從小到大很少找人幫忙，倒是為了謝明哲多次求助朋友，裴景山心裡感慨，看來這位好友對謝明哲是認真的。

不過，他更好奇的是，謝明哲到底要開創什麼新的卡牌類別？於是隨口問道：「他想開創什麼類別，能不能透露一下？」

「我問問他。」唐牧洲回頭問謝明哲能否告訴裴景山。

謝明哲大方地表示：「只是類別而已，告訴裴隊沒關係。反正我卡牌還沒做完，目前只是籌備當中。」

「嗯，他說是仙族。」唐牧洲回覆裴景山：「騰雲駕霧，在天上飛的那種，擁有很多法術類的技能，和眾神殿的神族牌有些相似，但畫風差距太大了，所以他想做成新類別。」

「……」裴景山用力揉揉太陽穴，「眾神殿的人要是知道這個消息，臉都要綠了吧？」

「不要說出去。」唐牧洲叮囑道：「知道這件事的除了涅槃的人之外，目前只有你和我。」

「明白。」裴景山本就不是多嘴的人，他只是突然有些期待，萬一季後賽的第一輪，涅槃正好對上眾神殿，那就是妥妥的「神仙打架」，肯定很精彩！

裴景山的申請表給了謝明哲很大的幫助。

名校高材生的文筆挺好的，哲學系畢業的學長思路特別清晰，一條條分析蟲蟲卡的特徵、存在的意義、和其他卡牌的區別，並且將製作的三十張同類卡全部列舉出來。

那還是第七賽季的時候，裴景山居然另闢蹊徑，做了這麼多奇奇怪怪的蟲子出來，遇到裴景山這樣的選手，密集恐懼症患者的病情估計都要加重。

謝明哲發現，增加新的卡牌種類除了滿足三十張牌的基礎要求外，還必須解釋清楚該種族卡牌的共同特徵——比如，鬼牌的共同特徵就是全都是亡靈，沒有實體，隱身能力強；妖族牌是可以變形；蟲蟲牌的特徵就是體積小，原形大多屬於昆蟲類，並且具有分裂能力。

官方對卡牌的分類方式，有點像是生物學上ＸＸ門ＸＸ綱這種分類——都是根據動、植物的特徵來劃分，還挺合理的。

仙族具體該設計什麼樣的種族特徵？

謝明哲仔細思考片刻，整理出幾個共同點——

首先，仙族在外形上跟人族相似，但成仙後會擁有幾萬年的超長壽命，遠離疾病和痛苦，容貌也不會因時間的推移而有任何的變化，這跟人類有很大區別；其次，仙族法力無邊，會騰雲駕霧，還會各種法術，操控風雨雷電，因此他們都可以遠端、近戰隨意攻擊，而不受大自然科學的限制……至於為什麼不歸到神族？謝明哲給出的理由是「畫風、背景故事都有巨大差異，申請在神族之外，獨立出仙族的類別」。

謝明哲按照裴景山寫申請表的方式，一條條地列舉新增卡牌種類的依據。

寫好初步的申請表後，他再根據共同特徵繼續設計新牌。

為了跟人類區別明顯，他打算今後做的仙族牌都騰雲駕霧，仙氣十足。之前做的神仙卡牌也可以修改設定，增添霧氣、雲彩、佛光之類符合「仙族」身分的元素，比如讓觀世音菩薩、月老等神仙踩著雲彩出場，如來佛祖的背後金色佛光普照等等。

謝明哲用幾天時間把之前製作的神仙類卡牌全部修改了一遍，連遠古創世神伏羲、神農、女媧等也都加入了象徵神仙的元素。

單純的形象修改不需要人工審核，資料庫判定謝明哲是原作者，這些細微調整都會直接通過，因此，官方資料師們並不知道，讓人頭疼的謝明哲正在醞釀一波更大的動作。

改好全部神仙卡牌形象後，謝明哲開始著手設計新的神話卡。

他在素材的選擇上，首先瞄準的。就是廣為人知的系列神話傳說——

八仙過海，各顯神通。

提起八仙，在他生活的時代幾乎無人不知、無人不曉。

八仙如果能全部做出來，不但在卡牌數量上可以一下增加八張，還能做出套牌連動技，在無盡模式下八仙同時出場，和十殿閻王整齊出場有差不多的效果，可以在瞬間打出壓倒性優勢。

謝明哲對神話傳說一直很感興趣，所以對八仙每一位的故事他都爛熟於心。

八仙之首，鐵拐李。

對於這位神仙，很多人對他的外形都有印象，他臉色黝黑，頭髮蓬鬆，頭上戴著一個金箍，鬍鬚雜亂，瘸腿，一隻手拄著根鐵製的拐杖，背後還揹著個大葫蘆。

成仙之後的他專門研究藥理，救了不少百姓，深得百姓們的擁戴，被稱為「藥王」。

關於鐵拐李的傳說還有很多，既然是藥王，謝明哲決定將他製作成治療類的卡牌。

他背後的大葫蘆可以儲存一些金丹神藥，餵給隊友加血。他的鐵拐註定他會被歸入金系牌，金系的治療牌一般都是靠暴擊治療，瞬間加血，可以把基礎攻擊、暴擊率堆到最高，防禦相對會弱一些，所以要再設計一個防禦類的技能。

鐵拐李（金系）

等級：1級

進化星級：★

使用次數：1/1次

基礎屬性：生命值600，攻擊力1500，防禦力600，敏捷30，暴擊30％

附加技能：懸壺濟世（鐵拐李擁有慈悲心腸，擅長煉製丹藥來幫助人類，他背後的葫蘆中儲存著七顆靈藥，每顆靈藥可以對指定單體目標瞬間回復鐵拐李基礎攻擊力60％的血量，觸發暴擊時額外回復10％血量；使用靈藥的間隔時間為3秒，靈藥用完後技能陷入冷卻，30秒後再次刷新）

附加技能：借屍還魂（鐵拐李本是個相貌堂堂的男子，因靈魂遠遊，原身被燒毀，陰差陽錯之

下借屍還魂到一個瘸子的身上——鐵拐李擁有分離靈魂和身體的能力，當他陣亡時，他的靈魂可以繼續存在5秒，並挑選場上任意陣亡卡牌的屍體自動還魂復活，復活時恢復該屍體30％基礎血量並拿回自己的葫蘆，刷新「懸壺濟世」技能；限定技，一場比賽只能借屍還魂一次）

這張牌的治療節奏極快，三秒一次、共計七次的單體暴擊治療，雖然治療量上不如長時間冷卻的群療大招，但在比賽中卻更加靈活，可以迅速把被集火的隊友血量給抬起來。

設計完鐵拐李，接下來是八仙中成仙較早的第二位——鍾離權，也稱為漢鍾離。

據說，漢鍾離成仙後，有「點石成金」的能力，拯救了不少窮苦的老百姓，在收了呂洞賓當徒弟後，他還把這個法術教給了呂洞賓。

謝明哲決定把他做成遠程法術類的控制輸出牌。

漢鍾離（金系）

等級：1級

進化星級：★

使用次數：1/1次

基礎屬性：生命值800，攻擊力1500，防禦力800，敏捷30，暴擊30％

附加技能：點石成金（當漢鍾離施展「點石成金」法術，被他碰到的東西會變成價值連城的黃金——讓23公尺範圍內的群體敵對目標變成黃金雕像，持續3秒；若目標是帶有「石」字輩的卡牌，則變成黃金雕像的時間額外增加2秒；冷卻時間30秒）

附加技能：財運亨通（由於漢鍾離把石頭變成金子，拯救不少窮苦人，因此被認為具有帶來財運的能力。漢鍾離將指定目標變為黃金雕像後，可以觸發「財運亨通」狀態，並揮動手中芭蕉扇召喚大量的金元寶從天而降，持續5秒，每秒對範圍23公尺內的敵對目標造成60％金系群攻傷害；我方23公尺範圍內被金元寶砸中的目標，因為獲得大量財寶，心生愉悅，攻擊力提升50％；冷卻時間

30秒）

這就是典型的——拿錢砸死你！

這個技能，估計會讓沒錢的人引起強烈的心理不適——居然用金子砸人，太過分了！觀眾們或許會想，能不能站在漢鍾離的技能範圍內，拿一個臉盆去接金元寶？

鐵拐李、漢鍾離之後，成仙較早的就屬張果老了。

張果老原名「張果」，因為年紀很大，特別長壽，因此百姓們給他名字後面加了個「老」字以示尊敬。相傳他活了好幾百歲，也是民間最「長壽」的象徵。他白髮蒼蒼，留著長長的鬍鬚，一看就仙氣十足。張果老給謝明哲最深刻的印象就是他的坐騎了，別人都騎馬、騎神獸，他偏偏騎著一頭毛驢，而且是面朝後、背朝前的「倒騎」法。

張果老的法器是「漁鼓」，用竹子做的，形狀就像是一個竹筒的中間插了根「Y」形的竹板，這是一種樂器，據說張果老在民間時經常用它伴奏唱歌。謝明哲在設計卡牌形象時，遵循傳說，給張果老畫了毛驢，倒著騎，手裡還拿上竹製的漁鼓，仙氣十足。

張果老的設計可以往輔助牌方向靠攏，他作為長壽的代表，仙翁的護佑能讓我方卡牌長命百歲。此外，裝死的本領和貪吃的個性也要體現在卡牌設計上。

張果老（金系）

等級：1級

進化星級：★

使用次數：1/1次

基礎屬性：生命值800，攻擊力1500，防禦力800，敏捷30，暴擊30%

附加技能：長壽仙翁（沒人知道張果老的年齡，據說他活了好幾百歲，特別長壽。當張果老在場時，我方23公尺範圍內指定目標可以得到「仙翁的祝福」，獲得「長生不老」狀態持續8秒，在

8秒內，即使受到攻擊掉血至僅剩1滴血量也不會陣亡。8秒結束後，長生不老狀態消失，再被攻擊才會陣亡；冷卻時間30秒）

附加技能：裝死技巧（張果老享受悠閒清淨的生活，每次有人請他出山，他就告訴對方「張果老已經死了」，替自己留下一個假墳墓後落跑——當張果老受到致命傷害時，可以用裝死技能在原地留下墳墓，瞬移至23公尺範圍內指定位置脫身；冷卻時間60秒）

附加技能：偷吃蔘湯（張果老特別貪吃，且鼻子很靈，一旦聞到香噴噴的飯菜他就嘴饞去偷吃。當場上存在任意增益類buff時，張果老可以倒騎著毛驢，加速500%飛快地跑過去，吃掉自身範圍5公尺內所有敵對目標身上的增益類buff；冷卻時間60秒）

這張輔助牌非常煩人，第二技能的裝死技巧讓他很難被一波打死，騎著毛驢跑得飛快，還要偷吃掉對手身上的buff，比如持續回血、攻擊增強、攻速增強等，都屬於增益類buff。場上有張果老偷吃buff，對手的節奏將受到極大的影響。

目前三張八仙牌中，鐵拐李和張果老都是很難打死的超強輔助牌；漢鍾離出來撒金子砸人，還能讓人變成黃金雕像，以後的賽場上會出現閃閃發光的黃金蝴蝶、黃金植物、黃金鬼牌……有了漢鍾離的存在，整個職業聯賽都變得土豪起來了！

鐵拐李、漢鍾離和張果老完成後，接下來要設計的就是八仙中名氣最大的呂洞賓。

呂家世代都是做官的，因此，呂洞賓從小的目標也是像父輩一樣。他多次參加科舉，可惜一直考不出好成績，但他從來沒想過放棄，即使已經四十多歲了，還在為考取功名而努力。

在一次考試途中，呂洞賓在酒肆遇到早已飛升成仙的漢鍾離。

漢鍾離讓他做了一個夢，夢裡他高中狀元，當上大官，在官場奮鬥多年，娶了兩個漂亮的妻子，生了很多兒女，最終權勢滔天，成為「一人之下、萬人之上」的宰相。然而好日子只過了十多年，皇帝突發一道聖旨降罪，查抄他的全部家產，妻兒也慘遭流放，老年時的他，妻離子散、窮困

潦倒，最後也不得善終。

呂洞賓猛地從夢中驚醒，這才知道剛才經歷的那一生，只是黃粱一夢。從此他大徹大悟——功名利祿都是虛幻，沒必要繼續追求。於是他拜漢鍾離為師，一起去終南山求道，遊遍大好河山，也幫助了不少人。

呂洞賓成仙之後也有不少傳說，一是他得到了火龍真人傳給他一把神劍名為「天遁劍」，修習天遁劍法，在劍術方面造詣極高，常用手中的利劍斬妖除魔。由於他的道號是「純陽子」，後世也常常尊稱他為「純陽先祖」。

呂洞賓本身就是世家子弟，據說他成仙後，在人間的一些毛病依舊不改，貪圖酒色。還留下過「三醉岳陽樓」和「三戲白牡丹」等傳奇故事。著名琴曲《岳陽三醉》就是根據他偷偷下凡去岳陽樓喝酒、連續喝醉三次這段典故而改編的。關於他和青樓名妓白牡丹的故事，也被後世改編成各種精彩的戲曲、電視劇。

在腦海裡仔細整理了一遍關於呂洞賓的傳說後，謝明哲挑選出適合做成技能的故事，開始構思呂洞賓這張卡牌的製作。

呂洞賓的形象，謝明哲打算設計出一些新意。

之前畫的鐵拐李、漢鍾離都是踩著雲彩出場，張果老的毛驢腳下也是騰雲駕霧，這些都是謝明哲計畫讓卡牌設計與「仙」連結起來的種族元素，以便後期新增了卡牌類別時，能將這些牌歸入仙族卡。但呂洞賓如果也踩著雲彩出場，那就太沒創意了。

既然他是劍仙，謝明哲決定讓他御劍飛行。

穿著一身道袍的呂洞賓，腳下踩著一把閃著柔光的劍，在空中御劍飛行，廣袖和長髮隨風飄揚，就跟仙俠小說中的神仙一樣，瀟灑又飄逸。

呂洞賓在劍術上的造詣被後世廣為稱頌，在技能的設計上，正好可以利用這一點，讓呂洞賓變

成一位極強的遠程法術輸出牌。有劍，卻不做近戰牌，因為神仙並不需要近距離去砍人，都是靠法術遠端攻擊，在視覺上會更有美感。

呂洞賓（金系）

等級：1級

進化星級：★

使用次數：1/1次

基礎屬性：生命值800，攻擊力1800，防禦力800，敏捷30，暴擊30%

附加技能：純陽劍仙（呂洞賓得到天遁神劍後潛心修習，在劍術上造詣極高，被後世稱為劍仙，他可以御劍飛行，增加自身移動速度500%，並召喚大量的飛劍從空中打擊敵人——呂洞賓召喚出一個範圍23平方公尺的劍陣，密集的劍雨從天而降持續5秒，每秒對範圍內敵對目標造成60%群體暴擊傷害，若兩把以上利劍刺中同一目標，額外造成100%暴擊傷害並暈眩1秒；冷卻時間40秒）

附加技能：岳陽三醉（呂洞賓很愛喝酒，經常偷偷去岳陽樓喝得大醉，他連續喝醉三次，第一次醉酒，因神志不清召喚出一把飛劍，直線射向23公尺內指定的單體目標，造成80%金系基礎傷害；第二次醉酒，飛劍變成2把，造成的暴擊傷害提升至120%；第三次變成3把，造成150%暴擊傷害；三次醉酒召喚飛劍均可瞬發，酒醒時技能陷入冷卻，冷卻時間25秒）

附加技能：黃粱一夢（呂洞賓一直想做官，後來夢見了一個官員的一生，他才領悟到那些功名、利益都如同夢境一樣虛幻——呂洞賓可主動進入夢境持續3秒，夢醒時的他大徹大悟，知道剛才的一切不過是一場夢，因此他會讓所有卡牌血量倒退回3秒之前——人生就像一場大夢，得到了不值得歡喜，失去了也不需要悲傷。冷卻時間60秒）

呂洞賓召喚飛劍的輸出方式，是典型的「遠端炮臺」，站樁輸出爆炸。不過，他得找秦軒來設

計一下特效，免得被官方做成像雷射炮一樣的科幻效果……

謝明哲想把呂洞賓的飛劍，做成像仙俠遊戲裡常見的修仙門派大招。第一技能的大範圍群攻加暴擊暈眩，第二技能的飛劍單體不斷連射，不管群殺還是單秒，這張卡牌的輸出能力都非常可怕。

而第三技能黃粱一夢，則是一個特別強力的控場技能，就看你怎麼用。

呂洞賓的「黃粱一夢」在告訴對手——剛才的三秒你白打了，這只是一場夢。夢醒後，時光倒流，所有卡牌血量回到三秒之前。

當然，謝明哲在描述裡加的那句臺詞，是取自漢鍾離告訴呂洞賓的經典名言。

人生就像一場大夢，得到了不要歡喜，失去了也不要悲傷——翻譯過來，牌生也像是一場大夢，掉血了不要難過，被加血了也不要高興，反正我剛才是在做夢，剛才三秒內所發生的一切，都不算數，以我呂大仙的判斷為準。

這個技能是雙向技能，可以幫隊友，也可以坑對手。當我方劣勢，對手集火進攻的時候，開黃粱一夢，可以讓對手三秒內的技能全部白打。同樣地，當對手開大招加血的時候，也可以讓呂洞賓施展黃粱一夢，使這三秒內的加血效果作廢。

這張卡牌強度太高，謝明哲擔心審核不過，乾脆把它的基礎攻擊從一千五調低到一千二，這麼一改，傷害量就不會太過分。黃粱一夢的技能結算比較複雜，能不能審核過關只能順其自然。

做完呂洞賓後，隨著靈感湧現，謝明哲接下來想製作的卡牌就是曹國舅。

在八仙當中，鐵拐李、漢鍾離等人都是平民百姓，只有曹國舅身分最為尊貴。

曹國舅本性不壞，但由於父母去世得早，姊弟三人從小相依為命地長大，姊姊進宮做了皇后之後，對自己的弟弟很護短。

在兄長和姊姊的過分溺愛下，年紀最小的小弟漸漸長歪，變成花天酒地、無惡不作的敗家子。

有一次小弟看中進京趕考的秀才之妻，居然打死秀才，強占秀才的妻子當小妾，結果這件案子

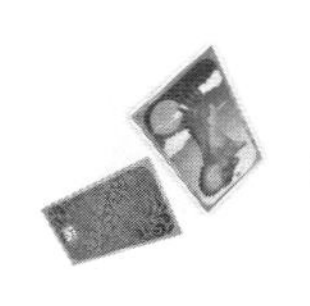

被告到開封府包拯的手裡。曹國舅知道之後，當然捨不得對自己的小弟大義滅親，後來密謀弄死了那位小妾，把她投到井裡，使案子死無對證。

結果那秀才妻子命大，竟然沒死，向包拯揭發曹國舅兄弟的惡行。包拯嫉惡如仇，秉公執法，直接斬了曹國舅弟弟的腦袋。一直保護的弟弟就這麼死了，曹國舅心中悲痛又後悔，從此散盡家財，求仙問道。

曹國舅成仙後，依舊保留著在人世時的打扮，他穿著宋朝時的官服，腰間繫著一條精緻的玉帶，腳踩朝靴、手持玉笏，一看便知道他的身分尊貴。

對於這張卡牌，謝明哲想到了一個比較新穎的設計——曹國舅穿著一身官服，手裡拿的玉笏也稱為玉板，或拍板、陰陽板，能發出神奇的聲音，使陰陽調和，萬籟無聲。那麼曹國舅這張卡牌，就可以靠他手裡的玉板來有節奏地控場。

曹國舅（金系）

等級：1級

進化星級：★

使用次數：1/1次

基礎屬性：生命值800，攻擊力1800，防禦力800，敏捷30，暴擊30%

附加技能：陰陽板（曹國舅手中的陰陽板，據說可以讓陰陽調和；曹國舅以陰陽板在賽場劃出藍色為陰、紅色為陽的兩個15平方公尺圓形區域，為了陰陽調和，兩個區域內的卡牌數量必須相等，一旦某個區域內的卡牌數較多，則該區域內的所有卡牌將受到持續的法術傷害，每秒減少自身血量的5%；陰陽區域會一直存在，並且在場上以順時針一圈、逆時針一圈的規律不斷地旋轉移動；限定技，一場比賽只能劃出一次陰陽區域，且兩個區域的面積固定為15平方公尺）

附加技能：仙板神鳴（曹國舅的玉板可以發出清脆悅耳的敲擊聲，當曹國舅敲打玉板時，周圍

會變得萬籟俱寂，只剩下他敲擊玉板的聲音，23公尺範圍內所有敵對目標，在聽到玉板聲的那一刻集體陷入恐慌。每聽到一下玉板聲，恐懼狀態便持續1秒；曹國舅可以按自己的節奏來敲擊玉板，一次最多敲擊5下；冷卻時間45秒）

附加技能：國舅之尊（被動：身分尊貴的曹國舅自動無視嘲諷類、控制類技能）

之前不是有人說，跟涅槃打比賽太討厭了，想靜音嗎？

曹國舅讓你們靜音。

別的雜音都聽不見，技能音效全部消失，只聽國舅慢慢給你敲玉板。

五次玉板要「啪啪啪啪啪」連續敲五下呢？還是敲一下讓對手恐懼一秒，停頓片刻再敲一下，這節奏就由操控者謝明哲來把控了。

其實就是一次控場五秒，和間斷性控五次、每次一秒的區別。

到了賽場上，耳邊的一切聲音都歸於寂靜，就聽曹國舅慢慢地在那裡敲玉板給大家伴奏，宛如音樂會漫長的前奏——對手估計會很崩潰吧！

謝明哲笑咪咪地收起曹國舅，繼續做接下來的三張牌。

就剩何仙姑、韓湘子和藍采和了。

關於何仙姑成仙有很多種說法，何仙姑的法寶是一束荷花，傳說她是倒掛在荷花的龍穴裡羽化登仙的。謝明哲給何仙姑畫了一身粉色衣裙，讓這位容貌清麗的女神仙，雙眸透著一絲靈氣，手裡持著盛放的荷花。

本來謝明哲想把她做成輔助牌，但是考慮到八仙卡組當中，鐵拐李的葫蘆可以加血，張果老可以讓卡牌長壽，呂洞賓的黃粱一夢能即時躲避被集火的危機，還有曹國舅陰陽調和陣法控場……另外藍采和可能也要做成輔助牌。如果何仙姑再做成輔助牌的話，這套卡組的輸出就不夠了。

目前為止，八仙中只有呂洞賓擁有輸出技能，因此謝明哲想把何仙姑也做成法術輸出牌。

何仙姑（金系）

等級：1級

進化星級：★

使用次數：1/1次

基礎屬性：生命值800，攻擊力1800，防禦力800，敏捷30，暴擊30%

附加技能：荷香四溢（何仙姑手裡的荷花就是她的法寶，可以拋出大量荷花，形成漫天荷花雨，對範圍10公尺內的敵對目標造成300%暴擊傷害，同時，荷花的香氣會隨風向四周不斷地擴散，對被荷花命中的目標周圍5公尺內的敵對目標再產生一次150%的傷害；冷卻時間30秒）

附加技能：青荷水綠（何仙姑將荷葉拋撒出去，變出一片23平方公尺鋪滿荷葉的池塘，所有池塘範圍內的卡牌被迫落水，行動速度減緩50%、攻速降低50%，且每秒因溺水而減少5%的血量，若不及時上岸，則會在池塘裡溺亡；池塘永久存在，並且按照每秒1公尺的速度朝周圍擴散，只有何仙姑陣亡，她變出的荷葉池塘才會消失；限定技，一場比賽只能使用一次）

做完何仙姑後，接下來要製作的是藍采和。

藍采和成仙前常穿一身破舊藍色衣衫，一腳踩著靴子，另一隻腳光著，乘醉而歌，周遊天下。他的酒量特別好，還精通釀酒技巧，自己釀酒自己喝，很是瀟灑，醉了就唱歌。藍采和唱歌時狀似瘋子，歌詞隨意而作，歌中充滿仙意，引來街坊鄰居的圍觀。

他會把唱歌賺到的錢穿在繩子上拖著走，掉了也不撿起來，有時送給窮人，有時花在酒肆。據說有人過了幾十年再見到他，發現他的容貌一點都沒變。也有人看見他在樓上喝酒時，聽見仙樂，忽然乘著鶴飛上天空，成了神仙。

他小時候曾繼承祖輩們的衣缽採藥救人，在成仙的時候正好手執著藥籃，因此，藥籃也成了他的法器，傳說他的藥籃只要摘取鮮花放在其中，就可以為世人驅除邪靈、醫治百病。

藍采和的形象設計，謝明哲完全是按照傳說來畫的，關鍵在技能。

他仔細想了想才設計完成，把藍采和做成一張buff輔助牌——

藍采和（金系）

等級：1級

進化星級：★

使用次數：1/1次

基礎屬性：生命值800，攻擊力1800，防禦力800，敏捷30，暴擊30%

附加技能：神奇藥籃（藍采和經常拿著藥籃子，四處採摘靈藥，據說，不管他採到的是什麼，只要放進神奇的藥籃裡，就可以煉製成治病救人的靈丹妙藥——藍采和的藥籃可以變出四種顏色的靈丹，綠色靈丹可清除友方目標一切負面狀態，並在接下來5秒內免疫任何控制；紅色丹藥可讓友方隊友瞬間回復基礎生命50%的血量；藍色丹藥可提升友方50%攻擊力、50%攻速，持續10秒；金色丹藥可讓友方目標受金系護盾保護，免疫一次致命攻擊。藍采和的藥籃可不斷地生成四種丹藥，每8秒製造一顆，顏色可以自主選擇，靈藥可存儲，也可瞬間餵給隊友）

附加技能：乘醉而歌（藍采和非常喜歡唱歌，每當他喝醉了就會隨意發揮，隨便作詞，唱一些奇奇怪怪的歌曲，路人聽見他唱歌，會不由自主地跑來圍觀——當藍采和「醉酒而歌」的時候，周圍23公尺範圍內所有敵對目標，為了認真地聽他唱歌，會停止一切攻擊，並駐足聆聽無法移動，持續3秒；冷卻時間30秒）

藍采和也是一張輔助牌。第一個buff類技能可以不斷地製作丹藥，不但可以存下來在必要的時候再用，還能自主選擇顏色。要是遇到控制技能多的對手，就製作四顆綠藥解控；若我方普攻牌多，就製作四顆藍藥加攻速；如果對面火力太猛，可以製作兩顆紅藥加血、兩顆金藥保命。在操作上極為靈活。

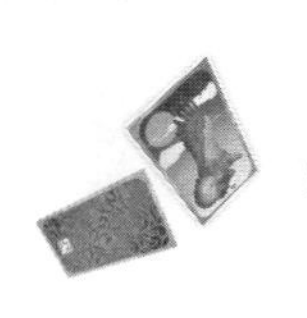

八仙當中還差最後一位韓湘子，也是一名精通樂器的神仙。韓湘子特別擅吹洞簫，他是大文豪韓愈的侄兒，自小失去父母由韓愈撫養長大，家教很好，是八仙中最風度翩翩的斯文公子。

但不同於叔叔韓愈，韓湘子對官場和考取功名毫無興致，他生性放蕩不羈，不喜歡讀書，只喜歡飲酒，天天研究仙術道法。後來還拜呂洞賓為師學道，最終修煉成仙。據說道教音樂《天花引》就是韓湘子所作。

傳說中，他的簫曲宛轉悠揚，哪怕是寒冷的冬天，已經凋謝的花兒聽見他的簫聲，也會爭相盛開。他在東海吹洞簫時，還因為簫曲太好聽而引來了東海龍女。

韓湘子手中的法寶名為「紫金簫」，是以南海紫竹林裡的神竹做成，法力無邊。關於這張卡牌的技能設計，謝明哲也想做成法術輸出牌來彌補八仙卡組輸出的不足。

外形方面，韓湘子是八仙中顏值數一數二的，他的樣貌年輕英俊，一副翩翩公子的模樣，手持洞簫，風流不羈，紫金簫就是他最好的輸出武器。

韓湘子（金系）

等級：1級

進化星級：★

使用次數：1/1次

基礎屬性：生命值800，攻擊力1800，防禦力800，敏捷30，暴擊30％

附加技能：仙樂飄雲外（韓湘子喜歡吹奏簫曲，他的紫金簫是用一種神奇的紫竹製成，吹奏樂曲時可以讓人聽到九霄雲外的仙樂——韓湘子吹奏簫曲，對範圍23公尺內敵對目標造成持續音律攻擊，每秒損失5％血量，持續10秒。並因為聽到了仙樂，在仙樂結束的一瞬間陷入短暫1秒混亂；冷卻時間30秒）

附加技能：金簫會龍女（韓湘子的簫聲太過悠揚，因此吸引了龍女的注意，當韓湘子吹奏簫曲時，他可以召喚一位龍女協助他作戰——龍女來自東海，繼承韓湘子50％基礎屬性，會跟隨韓湘子的音律行動。當簫曲響起時，龍女將以藍色水珠自動對23公尺範圍內最低血量單體目標進行攻擊，每命中一次造成10％水系傷害，並提高自身5％攻速，攻速最多提升至100％；當龍女陣亡，韓湘子陷入悲痛，30秒內無法召喚）

韓湘子的輸出手段，第一個是持續性群攻，但更關鍵的還是第二技能以簫聲來操控龍女協戰。龍女等於是一張水系普攻牌，可以用水珠不斷連射打出傷害，打中就可以疊加攻速，攻速疊高之後的輸出會非常給力。

這套卡組的操作性極強，用來打比賽會很有意思。

實戰中，對手要一會兒聽藍采和「隨意」地唱歌，一會兒聽韓湘子吹奏簫曲，一會兒又是萬籟俱寂、只剩下曹國舅有節奏的玉板敲擊聲，這八名神仙全都飄浮在空中，時而利劍滿天飛，時而荷花到處撒……跟八仙卡組打比賽，簡直就是一場熱鬧的仙族音樂會！

歌聲、簫聲、玉板聲，聲聲入耳。

飛劍、荷花、靈丹藥，漫天拋撒。

還有個倒騎著毛驢的老頭、拿著芭蕉扇的胖漢和揹著葫蘆的大叔，在遠處笑咪咪地看戲。

到時候肯定又會有人吐槽——打個卡牌比賽，音效和視覺效果做得這麼複雜，謝明哲你怎麼不去當導演拍戲？

謝明哲表示：八仙齊聚，本來就是一齣大戲啊！

改天讓秦軒幫忙做特效和音效，錄些簫曲、玉板的聲音，至於藍采和的歌聲……神仙要唱什麼歌呢？謝明哲想試試看一些古風遊戲裡常見的哼唱，不帶歌詞的那種，就像來自仙界的神祕吟唱，應該比較符合神仙的設定。

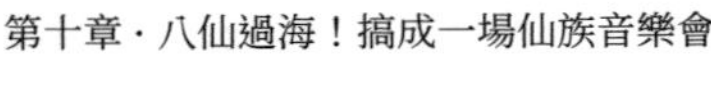

咳，真搞成一場八仙音樂會了！

謝明哲將八仙套牌一起放在卡牌操作臺上，繼續做連動技。由於連動卡的數量有嚴格限制，他不能直接做八牌連動，就按照十殿閻王的方式分成兩批來製作。

擁有較強攻擊力的呂洞賓、韓湘子、何仙姑、漢鍾離四位在一起，連動技叫「八仙過海」，呂洞賓的劍雨、韓湘子的簫聲、何仙姑的花瓣和漢鍾離漫天撒下來的金元寶，正好都是範圍法術攻擊技能。當四張卡同時存在時，連動可增強範圍技能的暴擊傷害效果，如果四張卡同時放群攻並且覆蓋同一片範圍，就可以瞬間將該範圍內的敵方卡牌全部打殘。

剩下的鐵拐李、張果老、曹國舅和藍采和，都是輔助牌，這四張卡牌做連動技能時，謝明哲也用了統一的設定，連動技的名字叫「各顯神通」，效果是減少百分之二十的技能冷卻時間。

八張牌的連動加在一起，便是「八仙過海、各顯神通」的典故。這段典故，謝明哲會體現在卡牌百科當中，詳細地描述八位神仙以各自法寶過海的傳說。

做完全套八仙牌後，謝明哲把卡牌拿過師父仔細看過，並且告訴師父想要新增「仙族」種類的計畫，陳千林雖然意外，但對徒弟的決定也表示支持。

次日，整個涅槃俱樂部都知道了謝明哲要新增卡牌類別的計畫。

喻柯最是興奮，一臉崇拜地看著謝明哲，「阿哲你真厲害，以後的選手們提起人物卡牌，你就是鼻祖了！你還開創了全新的仙族卡牌，將來職業聯盟人氣最高的選手肯定就是你！哈哈哈，我當初跟著你混，果然有眼光。」

八字還沒一撇的事，他卻高興地在那裡手舞足蹈，陳霄無奈地看著他道：「阿哲連申請表都還

沒交呢，你這麼激動幹什麼？」

喻柯理直氣壯，「肯定能通過審核的，以後我們涅槃就有了自己的特色仙族卡，說出去也臉上有光啊！」

這話倒是沒錯，別的俱樂部都有自己的特色卡牌，涅槃的人物、鬼牌、植物都不是新種類，如果做出新的「仙族」種類卡，以後就能在職業聯盟站穩腳跟。後來的人們提起涅槃俱樂部，都會知道「涅槃開創了仙族種類卡」。

想到這裡，陳霄也笑了起來，拍拍謝明哲的肩膀，「我相信你可以的，需要幫忙儘管說。」

謝明哲點頭，「嗯，謝謝陳哥！」

秦軒一直沒說話，聽到這裡便認真問：「這批八仙牌要做技能特效嗎？劍雨、荷葉池塘、金元寶之類，官方特效師做出來的效果，不一定是你想要的吧？」

「沒錯。」謝明哲爽快地點頭，「我正要找你，待會兒我們詳細討論，這次不但要做技能特效，我想把音效也順便做了。」

「音效？」三人面面相覷。

「嗯，我們的卡牌以後自帶特效和音效，這樣才算完美！」謝明哲笑咪咪地說。

「……」三人頗為無語。聯盟會做卡牌的選手那麼多，但是像謝明哲這樣，除了做奇奇怪怪的卡牌之外，還要訂製特效、音效的，還真是有史以來的第一個！

「我認識一位製作音樂專輯的老師，你們確定要製作音效的話，我改天請他過來幫忙錄音和調音。」陳千林對小徒弟很是寵愛，無條件支持謝明哲製作卡牌，還動用了自己的人脈。

「有專業的人幫忙，真是太好了！」謝明哲想撲過去抱一下師父，對上他冷靜的眼眸後，只好收回雙手，笑著說：「在驚動這位錄音老師之前，那我們還是先把視覺特效做出來吧，到時候再根據特效來搭配音效，總不能讓人三天兩頭往我們俱樂部跑。」

「嗯，你先把這批卡牌做完，我再找他來幫忙。」陳千林對著謝明哲提到的仙族牌仔細數了一遍，道：「你要申請仙族種類的話，卡牌數量還遠遠不夠。」

目前只有十九張，距離三十張的新類別申請門檻還差很多。

不過沒關係，神話素材多得數不清，距離比賽開始還有兩週時間，謝明哲可以繼續做卡，而且比賽的安排是先打個人賽和雙人賽，他做仙牌主要是將來打團賽用的，也可以在比賽的過程中有了靈感再製作卡牌，時間上還很充裕。

接下來的幾天，謝明哲跟秦軒一起製作特效，將八位神仙的技能特效都做得特別酷炫。不得不說，秦軒在製作3D動畫上特別有天賦，做出來的效果完全符合謝明哲心目中的想像。

呂洞賓的大招，無數帶藍色光效的利劍從天而降，做出了仙俠小說中神仙大戰的場面。曹國舅的陰陽圈光效也和謝明哲的要求完全契合，如同仙界法陣。要是交給官方特效師，不懂神話傳說的特效師們還不知道會做成什麼樣，還是自己做比較靠譜……

以前的人物卡牌技能特效都很簡單，像射箭、刀砍或遠程法術攻擊，從特效庫提取素材就夠了。後期做到閻王牌、仙族牌，因為地獄、劍陣、神仙法術都很新奇，謝明哲親自把關製作特效也是為自己的卡牌負責。

要不然，東方神仙放的技能，卻是閃瞎眼的未來高科技特效，那就太奇怪了。

這批卡牌的特效製作花了一週時間，做完時已經是七月二十五號。陳千林果然請來那位專業的錄音師朋友，對方留著一頭很自然的捲髮，名字叫羅誠，看上去挺有藝術家氣息，據說是陳千林的大學校友，為不少知名歌手錄過歌，在圈內很有名氣。

謝明哲覺得請這麼專業的人來做卡牌音效，實在是「大材小用」，因此對他非常尊敬，一口一個「羅老師」，特別有禮貌。

羅誠也不擺架子，很好脾氣地調用了音效庫，依照謝明哲的要求給八仙的技能搭配合適的音

效——藍采和的「唱歌」則是謝明哲自己錄的，沒有歌詞，只按照羅老師寫的旋律隨意哼唱幾句，再經過調音和加工，還真把慵懶、瀟灑的仙人氣質給表現出來。

謝明哲聽著特別滿意，喻柯卻在旁邊小聲跟秦軒吐槽：「以後比賽中，聽見藍采和唱歌大家肯定很煩，要是知道這歌是阿哲親自錄的，大家肯定更煩他，哈哈哈。」

羅誠不愧是專業錄音師，調音水準一流，經過這位老師的設計，八仙牌的音效跟謝明哲的設定完美契合，他將卡牌導入到遊戲裡，連上音效試了試——無疑就是一場真正的音樂會。簫聲宛轉悠揚如同把人帶到了仙境；藍采和開技能時，耳邊會響起像是來自遠古的神祕吟唱；曹國舅的玉板，在萬籟俱寂的時候敲打，聽起來也格外的清脆悅耳。

忽略這是比賽的話，閉上眼睛光聽音效其實挺好聽的。

但在比賽場上，卡牌被定身、大量掉血的情況下，聽見這些聲音，就會讓人特別煩躁了。

一天時間搞定音效處理後，陳千林主動請這位老朋友吃飯，涅槃的四位選手也跟著去，謝明哲在離開之前登入遊戲，把特效、音效和卡牌全部提交審核。

官方總部。

再次聽見熟悉的「有八張新卡牌提交人工審核」，周佳瑤已經習慣了。她打起精神道：「估計又是謝明哲的卡牌，大家來看看。」

之前審核了十一張鬼牌、十二張人物牌，這次的八張算是比較少的，鄒曉寧暗自慶幸著。

然而等資料包打開的時候，大家都驚呆了，「臥槽，怎麼還有音效？」

「八張卡牌，不但每個技能都有特效，甚至連音效都搭配好了？」眾人下巴都要掉了。真沒見

過這麼奇葩的選手，該說他太認真負責呢？還是該說他……太討厭呢？

之前是資料部、地圖部，偶爾帶上特效部一起加班。

這下倒好，還要把音效部也拖下水！

周佳瑤恨不得用腦袋撞牆——她一定是腦袋抽筋了才調到卡牌資料部當總監，早知道會出現謝明哲這個奇葩，她就應該老老實實在副本部門待著，每天寫寫副本程式設計，找找副本的bug，多好啊？

眾人面面相覷，最後周佳瑤只能假裝平靜地道：「去把音效部的人也請過來。」

從「三方會談」變成「四方會談」，資料部的會議室是越來越熱鬧了。

第一次參加會審的音效部總監有些困惑，不就是審核個卡牌，興師動眾地幹什麼？資料、地圖、特效、音效……有這麼複雜嗎？

然而，當螢幕中放出曹國舅這張卡牌的時候，她總算明白怎麼回事了。

不愧是傳說中的製卡大魔王謝明哲！

光是這一張卡牌的技能資料計算就極為複雜，需要讓資料部反覆地核算平衡性；兩個陣法不斷移動，會涉及到各種地圖的碰撞，需要地圖部來把關；陰陽陣法特效是涅槃自己做的，需要特效部點頭同意；玉板的敲擊音效也是他們自己錄製的，和釋放技能的頻率要如何達到完美契合，自然要音效部的人來處理。

四個部門的總監集體頭痛扶額，紛紛在心裡吐槽。

——謝明哲，你腦洞那麼大，怎麼不乾脆自己去做個遊戲算了？

而鄒曉寧卻抽搐著嘴角說道：「他居然把音效也傳過來，要開卡牌音樂會？」

周佳瑤哭笑不得，「自從謝明哲出現後，我總覺得每張卡牌都像是有了意識一樣，不但能談戀愛、懷孕生子、轉世投胎，偶爾還能聽個音樂會，豐富精彩的牌生可比我們有意思多了！」

眾人：「……」

聽完總監的話，大家突然覺得特別心酸。

——天天加班的我們，好像活得還不如一張卡牌？

距離比賽開幕只剩一週。

這天晚上，謝明哲正在訓練群裡和大神們約擂臺，突然收到池瑩瑩發來的消息：「阿哲，有一家廣告商聯繫我，想請你代言他們家的產品，給的代言費很高，我這邊已經談好價格，你要不要接下來？」她將廣告商的詳細資訊發過來，緊跟著說：「他們說，會邀請參加了全明星的十六位選手共同代言今年的新款產品。」

「其他俱樂部有沒有消息？」謝明哲好奇地問。

「都答應了，畢竟給的代言費很高，而且他們會冠名贊助下半年的比賽，拍攝的廣告也會在下半年的賽事當中反覆插播。」池瑩瑩挺心動的，如果阿哲和陳霄接下這廣告，不但能拿下大筆代言費，還能在下半年的比賽中頻繁刷臉。

職業選手最重要的當然是成績，但池瑩瑩覺得成績和人氣又不矛盾，替他們多拉一些人氣也是她這位選手經紀人應該做的。

休賽期找上門的廣告商特別多，但廣告寧缺毋濫，拍得不好反而掉檔次，所以她才層層篩選，最後選定了這一家，最近一直在商談待遇內容，最近才談妥。

「我這邊沒問題，妳問一下陳哥。」謝明哲爽快地道：「估計他也不會反對。」

對方既然邀請了大量明星選手，也算是對他們人氣和實力的認可，到時候如果他們不能出現在

廣告當中，粉絲說不定會失望。

反正也就是花一兩天的時間拍廣告，謝明哲並不介意，陳霄也爽快地答應下來。

拍攝廣告的時間約在了次日，廣告商為每一位選手量身訂製了拍攝方式。十六位選手人數太多，只能分批拍攝，據說很多人都已經拍完，今天拍攝的只有六位選手。

謝明哲走進休息室，正好看見在喝水的山嵐，主動打招呼：「嵐嵐你也來拍廣告？」

山嵐點點頭，好奇地問：「看你最近一直在做卡，做了挺多吧？」

謝明哲笑咪咪地道：「不多，也就百來張吧。」

山嵐愣了愣，「百來張？真的假的？」

對上謝明哲的笑容，反應過來自己被他耍了，山嵐耳根一紅，道：「滿嘴胡說八道。」

謝明哲覺得山嵐臉紅的時候特別好玩兒，就湊在他耳邊問：「你們裁決有沒有做新卡牌？」

山嵐立刻還擊，「也就做了一千多張。」

謝明哲：「……」

不是說山嵐脾氣最好嗎？怎麼每次遇到自己都會懟回來呢？

正好聶遠道走進來，看徒弟和謝明哲正在說話，他逕自走到山嵐的旁邊，伸出手輕輕一帶，以一種護短的姿勢把山嵐拉去身後，挑了挑眉看著謝明哲，「你也在？」

——我又不是洪水猛獸會吃了你徒弟，至於這麼防著我嗎？

謝明哲對聶神的動作很有意見，結果下一刻，就聽身後響起個低沉溫和的聲音：「真巧。」

師兄居然也來了嗎？謝明哲心頭一喜，立即轉身走到唐牧洲的面前，笑容特別燦爛，「師兄，你也是今天拍廣告？我聽說很多人都拍完了，還以為只剩下我跟陳哥呢。」

「前幾天一直在忙，拖到最後才拍。」唐牧洲目光溫柔地看著小師弟，輕輕摟住他的肩膀，帶著他在旁邊的休息處坐下，「沒想到你們也是最後一批拍攝。」

兩人對視一眼，同時笑了起來。

原本覺得拍廣告是件很枯燥的事情，能碰見對方倒是意外的驚喜。

過了片刻，去洗手間的陳霄也過來了，跟在他後面的還有沈安。

此時一位高䠷的小姐走進來說道：「各位大神好，今天來攝影棚的只有你們六位，我先把拍攝腳本給你們看一下，兩個人一組。」

兩個人一組，是按照俱樂部分組吧？

謝明哲這麼想著，接過腳本一看，卻發現他和唐牧洲是同一組。謝明哲不由疑惑，「我跟師兄一組拍攝嗎？」

策劃小姐點點頭，「是按照全明星的人物卡製作來分組的，陳霄和沈安一組，聶神和小嵐一組，你們師兄弟一組。各位為對方設計的人物卡牌也會出現在廣告當中，廣告最後會剪成十五秒左右的短片，在季後賽的過程中隨機播放。另外還要拍一些平面照做海報。」

謝明哲恍然大悟，這種方式倒是挺新穎的，按照全明星做卡的配對來分組，十六位選手可以拍出八段不同風格的廣告，季後賽會不斷地循環播放，絕對能狠狠賺一波人氣。

能跟師兄同框，謝明哲挺開心的，看向唐牧洲，正好對上他溫柔的視線。

兩人跟著策劃小姐去換了廠商提供的同款衣服，做好造型，然後就走到攝影棚裡拍攝平面照。每人拍了幾組單人照之後，接著拍雙人照。

廣告商讓他倆代言的產品是最新款的智慧光腦，師兄弟兩人按照攝影師的要求擺好動作，各自手裡拿著薄如蟬翼的光腦，他們要體現的主題並不是情侶，而是好哥們，因此距離不需要太近。但謝明哲卻心跳如鼓，因為他能聞到師兄身上熟悉的味道，這種若即若離的距離真是要命。

攝影師一邊狂按快門，一邊讚道：「很好！兩位太帥了，唐神的頭稍微低一點，嗯，阿哲你的笑容再放開一些！」

鏡頭裡的兩人，顏值確實沒得挑，而且站在一起有種很奇怪的和諧感。

攝影師道：「可以稍微靠近，親密一點，別離得太遠！」

唐牧洲微微一笑，靠近了謝明哲，將手輕放在他的肩膀上摟住他，這個動作掌握得特別有分寸，就像是很好的朋友站在一起。但謝明哲卻心跳得不行，要不是礙於這麼多人在場，他真想轉身給師兄一個大大的擁抱。

兩人都在笑，謝明哲笑容燦爛，唐牧洲的淺笑特別溫柔。

因為此時，在唐牧洲的腦海中想著：四捨五入就是結婚照了。

他在想，這個攝影師水準還可以，剛才拍的幾組單人照角度選得很好，把他跟阿哲都拍得特別帥，據說是公司花重金請來的，非常專業。

不如待會兒要一下聯繫方式？將來跟阿哲拍結婚照的時候，就請他來拍。

攝影師完全不知道，自己居然成了唐神的「結婚照攝影師候選人」，他還在不斷地讚賞兩位的顏值，「大帥哥站在一起就是養眼，怎麼拍都好看！微笑，對，就是這樣！太帥了！」

唐牧洲和謝明哲非常配合地做出各種動作，攝影師拍得異常順利，但拍著拍著，他怎麼突然覺得……越來越像是情侶照了啊！

同款衣服、同款光腦，站在一起還一臉相配……是怎麼回事啊？

【第十一章】

聯手製作四君子植物擬人卡

一整天的廣告拍攝，謝明哲原以為會很無聊，但因為唐牧洲跟他一組，時間反倒過得很快，眨眼間就結束了。他從攝影師的相機裡看了看照片，心裡特別滿意，請攝影師修完圖也給他一份當收藏。

唐牧洲說：「看上去不錯，粉絲們應該會喜歡。」

謝明哲點點頭，心想：很般配，一看就是我男朋友。

兩人去更衣室換完衣服，跟攝影師道了別，唐牧洲說有事要去買東西，謝明哲也找藉口搭師兄的便車。

沈安一臉迷茫，「師父，那我怎麼辦啊？」

陳霄無奈地走過去拎了拎他的後領，就跟拎小雞似的把他拖走，「我送你回去。」

沈安好奇，「我師父和小師叔要去哪裡？」

陳霄拍拍他的腦袋，「小孩子別問這麼多。」

沈安只好疑惑地跟著陳霄走了。

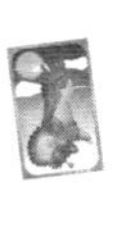

車內，謝明哲坐在副駕駛座，忍不住心猿意馬，主動湊過去親了唐牧洲一口，笑咪咪地道：「你今天真帥……」話沒說完，唐牧洲順手扣住他的後腦杓，把舌頭探進口中，加深了親吻。

謝明哲很快就被吻得喘不過氣，只能靠在座位上張大嘴巴，任他為所欲為。

車內的溫度一直在升高，密閉的空間內響起接吻時的曖昧聲音，謝明哲被親得面紅耳赤，用力推唐牧洲，師兄這才放開他，貼著唇低聲說：「你也很帥。」

謝明哲腦子「轟」一聲炸了，因為他發現師兄聲音低低的、貼著唇說話時，特別性感。

屬於成熟男人的聲音，和清脆的少年音有很大區別。

謝明哲深吸口氣調整好心跳，為免控制不住又去招惹對方，他乾脆轉移話題：「剛才山嵐說，裁決做了近千張新卡……」

唐牧洲微微一笑，揉揉謝明哲的頭髮，低聲說：「轉移話題別這麼明顯。」

謝明哲：「……」

唐牧洲道：「好不容易見到你，今天不聊卡牌、不聊比賽，聊聊我們的事。」

謝明哲移開視線，「你想聊什麼？」

唐牧洲湊到他耳邊，柔聲說道：「今年的休賽期你要做新牌備戰季後賽，住在涅槃基地比較方便，我也沒什麼意見。下半年的比賽期間，你肯定會繼續住宿舍跟隊友們一起行動，但是，比賽之後呢？」

謝明哲心跳加速，他已經猜到師兄要說什麼了。

果然，下一刻就聽唐牧洲道：「打完下半年的比賽，還會有很長的休假期，到時候能不能搬過來跟我住？我會照顧好你，親自給你做好吃的，怎麼樣？」

出遊期間只同住了一週，加上是在飯店，很多事情都不方便。

但如果搬去跟師兄住的話，那就是真正的「同居」。兩個都是成年人，同居會發生什麼事，用腳趾頭想都知道。

所以，唐牧洲的邀請，其實也蘊含著讓關係更進一步、更親密的意思。

到底要不要接受？

謝明哲想都沒想就點頭同意了，因為他也想更進一步，「沒問題！不過，我不是大吃貨，你不需要用『親手做好吃的』來誘惑我，嘿嘿……有你在，就足夠了。」

唐牧洲心頭一軟，最後這句話聽著真是順耳。

有你在，就足夠了。

謝明哲表達自己感情的方式，就是這麼的直率簡單。

唐牧洲伸出雙臂，給了謝明哲一個溫柔的擁抱，在他耳邊說：「我等你搬進來。」

那套房子他當初買下來就是當新婚房用的，空間很大，要是阿哲搬進來的話，肯定會變得很溫馨吧。有這個傢伙在，真是一點也不用擔心休假期會無聊了。

為了拍廣告，謝明哲今天跟師父請了一天的假。由於拍攝進度十分順利，下午四點就拍完了。眼看時間還早，唐牧洲乾脆將謝明哲帶到自己的住處，開玩笑說：「既然答應休假期過來和我住，那就提前請男主人來視察一下住處，看看合不合你的心意。」

謝明哲欣然接受了「男主人」這個稱呼，雙手塞在口袋裡，好奇地參觀著師兄的住處——這個地方他不是第一次來，但以前都是「做客」，這次卻要以男朋友的身分參觀，總覺得不一樣。

別墅收拾得非常乾淨，客廳裡的沙發下面鋪著柔軟的地毯，感覺很溫馨，裝修風格也是謝明哲非常喜歡的暖色調，有種「家」的感覺。

一樓是客餐廳、廚房以及面積很大的主臥室，臥室正中間擺了一張King-size的雙人床，一旁是占據一整面牆的大衣櫃，還有一間獨立的浴室。謝明哲看著這張床有些心猿意馬，以後同居的話是分開各住一間房，還是和師兄一起睡這張床？這床看上去很軟很舒服的樣子……

他的問題很快就得到解答。

唐牧洲帶著他來到二樓，這裡很奢侈地有四個大房間，門都開著，沒有任何一間裝修成臥室——看來只能跟師兄一起睡了，謝明哲很滿意這個結果。

樓上第一間是健身房，擺著不少器材，一看就特別專業。

隔壁是精緻的書房，擺了很多紙質書籍。

再旁邊的房間是遊戲房，有旋轉座椅和智能頭盔，正好兩套，謝明哲好奇地問：「怎麼有兩套

遊戲裝置？你是早就準備好了將來跟人在這裡一起打遊戲？」

唐牧洲道：「前幾天才搬進來的，是我們代言的產品，我向廠商買了兩套。」

謝明哲仔細一看，這商標確實是今天拍廣告的廠商，而且頭盔都沒拆封，顯然是新買的。

唐牧洲走過來輕輕摟住他的肩膀，低聲解釋：「沒跟你在一起之前，我沒想過自己的男朋友也會是職業選手，所以二樓的房間除了書房和健身房，另外兩間一直空著，打算將來依戀人的喜好重新裝修。確認和你的關係之後，我覺得做一間遊戲房和卡牌陳列室比較有用，這兩個房間都是我最近才裝修好的，我想你應該會喜歡。」他說罷就帶著謝明哲來到隔壁，「來看看，我專門騰出的一個小房間，收集我們製作的卡牌。」

寬闊的房間三面牆都做了精緻的陳列櫃，上面整齊擺放著卡牌，都是可以生成星卡幻象的實體卡牌，其中有千年神樹、曼陀羅花等唐牧洲設計的植物卡，也有孫策、周瑜等謝明哲設計的人物卡，分類擺放在一起，就像是屬於他們的榮耀勳章。

謝明哲記得前世的他有個習慣，把從小到大拿到的各類競賽獎狀全部收集在一起，很久以後回頭翻一翻，全都是美好的回憶。

而唐牧洲如今專門騰出來這間卡牌陳列室，就為了收集他們親手製作的卡牌。

一年、三年，甚至五年後，當他們再次走進這個房間，三面牆的陳列櫃會不會全部填滿？到時候，看著這些當時製作的卡牌，和對方相識以來的點點滴滴，都會湧上心頭。

這些卡牌，是一種紀念，同樣也是他們感情的見證。

林黛玉被放在最醒目的位置，那是謝明哲做的第一張卡牌，也是針對花卉的即死牌。也正因此，他才引起風華公會的注意，認識了唐牧洲，並陰差陽錯地成為職業選手。

唐牧洲把這張牌放在中間，顯然是紀念兩人因為這張卡牌而開始的緣份。

謝明哲的心頭微微一熱，師兄對他真的很用心，這一點他從很多細節都能感受得到。最近一直

忙著做卡牌，很少跟對方見面，沒想到唐牧洲正為著兩個人的將來做準備，還特意為自己重新裝修了二樓的房間……

對上唐牧洲溫柔的眼眸，謝明哲忍不住伸出手，輕輕抱住他，認真地說：「辛苦你了，我很喜歡這個房間，以後再把其他的卡牌也擺進去吧，等很多年以後，說不定還能一起看，滿滿的都是回憶。」

唐牧洲：「……」

主動投懷送抱的小師弟太熱情了，讓他險些把持不住。唐牧洲穩了穩心神，微笑著回抱住謝明哲，柔聲道：「喜歡就好，這也是我提前為你準備的生日禮物。」

謝明哲一怔，「啊？生日？」

唐牧洲親昵地揉揉他的頭髮，「做卡牌做昏了頭，連自己的生日都忘了嗎？」

謝明哲仔細一想，他的生日是八月一號，也就是下週五。同時，八月一號也是星卡職業聯盟下半年比賽開幕的日子——要不是師兄提醒，他確實給忙忘了。

不過他從小就沒有父母，別的小朋友會在生日吃蛋糕，他的生日跟平常的每一個日子並沒有什麼不同，謝明哲對過生日也沒什麼興趣。

唐牧洲提前給他準備生日禮物，謝明哲有些意外，但也挺開心的，回過神後立刻笑瞇了眼睛，抱緊師兄道：「謝謝，這個禮物很有意思，我特別喜歡！」

唐牧洲微笑道：「還有別的，到時候再給你。」

謝明哲很是好奇，「你是想八月一日那天再送給我嗎？那天是開幕式，我估計比賽結束後我們俱樂部的人要去聚餐，可能沒法單獨和你過生日。」

唐牧洲道：「那就七月三十一日晚上，我們一起過，守到零點怎麼樣？」

謝明哲不忍心讓師兄的準備變成白忙一場，便乾脆地答應下來，「好，那麼晚回去，我得跟師

父請假，到時候你幫我一起圓謊。」

兩人默契一笑，迅速串通好應付師父的臺詞。

吃過晚飯回到涅槃後，陳千林隨口問了句：「拍完廣告去哪裡了？」

謝明哲心虛地移開視線，「我跟師兄去買了些日常用品。」

「喔。」陳千林沒有追問，平靜地道：「比賽排程表已經發下來了，過來看看。」

「總算公布了啊！」謝明哲也一直在等賽程表，聽到這裡立即跟師父來到會議室，陳霄他們三人都在，投影螢幕上正放大著一張表格，喻柯仰起頭認真看著，見到阿哲後跑過來道：「阿哲，不知道是好消息還是壞消息，我們的雙人賽分在A組！」

「A組怎麼了？」謝明哲抬頭一看，本屆雙人賽報名的選手非常之多，因此分了A到H共計八個小組，每個小組有六支隊伍，先打組內循環賽，按勝場來計算積分，小組排名前兩名的出線進十六強。從十六強開始就是淘汰賽了，輸掉直接出局。

A組是第一個小組，除了謝明哲、喻柯這對搭檔之外，其他幾組搭檔中有三組是來自沒什麼名氣的二流隊伍，倒是有兩對搭檔的名字十分眼熟——劉然、周小琪；白旭、易天揚。

謝明哲雙眼一亮，「劉然和周小琪，是不是風華俱樂部的新人？」

他對這兩位選手印象很深——都是風華重點培養的潛力種子選手，意識還不錯。周小琪是上一屆大師賽的冠軍，會自己製作水系植物卡，什麼海帶、海藻、紫菜之類的，挺有意思，就是膽小了些，打比賽束手束腳，所以一直被唐牧洲留在風華訓練，沒有正式出道。

看來，兩位新人要在本屆雙人賽正式出道了？

陳霄似笑非笑地看向謝明哲道：「這應該是兩位新人的出道首秀，遇見你這個大魔王，我覺得會在他們的職業生涯中留下嚴重的心理陰影。」

謝明哲：「……」我有那麼可怕嗎？

謝明哲看著賽程安排，有些疑惑地指了指易天揚這個名字，問道：「白旭也在我們組，他這個搭檔易天揚是誰？我怎麼沒印象？」

陳千林解釋道：「易天揚曾是暗夜之都的選手，和裴景山關係很好，他去年因為準備畢業口試離開俱樂部，但沒有宣布退役，檔案還留在聯盟，這次應該是被白旭請回來幫忙的。」

「那他怎麼不回暗夜之都？」謝明哲想了想，推測道：「難道是小白給了他更好的條件，把他給挖過去的嗎？」

「有這個可能。」陳千林分析道：「星空戰隊目前只有白旭一個人實力還不錯，重金挖易天揚過去，正好提升戰隊的整體水準。易天揚這位選手名氣不算特別大，但實力很強，曾經是職業聯盟一流輔助，比眾神殿的那位許航還要厲害，他走了以後，裴景山才帶了一個新人打團賽，以前都是他輔助裴葉組合。」

這麼看來，有這位厲害的輔助幫忙，小白在雙人賽會實力大增。

上半年的團賽，涅槃和星空在B組為了出線名額爭得頭破血流，最終涅槃成功出線，星空無緣季後賽團賽。如今到了雙人賽，又和小白分在一個小組，這真的是緣份啊！

小白見到分組名單，會不會很想哭？

謝明哲忽略和白旭同組這件事，回頭看向喻柯問道：「你說的好消息、壞消息是什麼情況？」

喻柯解釋道：「好消息就是A組的競爭不算特別激烈，沒有特別強的大神擋路，我們出線還是挺有希望的。壞消息是A組因為排在最前面，八月一日的開幕式就安排了我們的比賽！是我們對陣風華的那對新人。」

開幕式那天就有比賽？這讓謝明哲很是意外。

謝明哲仔細看了看其他組的情況，唐牧洲和徐長風分在D組，陳霄和秦軒分在F組，其他有名氣的組合在小組賽階段都是隨機打亂的，直到十六進八強的淘汰賽中，這些強勢組合才會相遇。

當C組的聶遠道、山嵐名字一出現在官網上，就引來了無數粉絲的尖叫——聶嵐組合居然也參加了本屆雙人賽，這是要奪下三連冠嗎？

在雙人賽項目中，這對組合是絕對的王者，已經拿過兩次冠軍。他們相識二十年，默契無人能及，空襲、陸戰的配合打法也非常強勢。

謝明哲知道他和喻柯奪冠的希望不大，參加雙人賽主要是想看看各種強勢組合的打法套路，累積一些對戰經驗，他只能走一步算一步，打好每一場比賽再說吧！

同一時間，星空俱樂部。

白旭盯著賽程安排表，臉色極為複雜。

易天揚坐到白旭的身邊，笑著問：「怎麼？是不是看見謝明哲和我們一起分在A組，沒信心打贏他？」

白旭立刻拉長了臉，冷冷地道：「你開什麼玩笑，我怎麼可能輸給他？」

易天揚：「……」賽前把話說太滿的毛病就不能改改？本來還有希望贏，聽你這麼一說，真是沒戲。

看易天揚在那裡頭疼地揉眉心，白旭的耳朵微微一紅，辯駁道：「我的意思是，謝明哲的個人實力雖然還行，但喻柯的個人實力沒那麼強，可以針對喻柯打崩他們！」

說罷就拿出光腦，打開連接著遊戲的卡牌陳列櫃，信心滿滿地說：「我最近做了好多新牌，正好能用上，到時候在暗牌裡放兩張必殺牌，專門針對謝明哲，我們還是有希望贏的。」

易天揚語重心長地道：「盡力就好。下半年的個人賽、雙人賽項目就當是磨煉吧，我們應該把重點放在明年的賽季。不要抱太大的希望，到時候就不會太過失望。」

白旭鬱悶，「你別學裴景山那種哲學辯證的說話方式行不行？天天說這些，我又不是小孩子。你弄清楚，我現在是你的老闆！」

易天揚忍著笑想：你不就是小孩子嗎？

表面上卻假裝很聽話地道：「知道了，白老闆。」

白旭：「……」真是倒楣，為什麼又跟謝明哲分在一起？而且，重金挖來的這位大神看上去也很不靠譜？

風華俱樂部。

周小琪這幾天熬出了明顯的黑眼圈，甄蔓看她這麼拚，不由心疼地道：「小琪，第一場比賽就對上謝明哲和喻柯，我知道妳心理壓力大，但也沒必要把自己逼得太狠，放輕鬆一些，才能發揮出自己的實力，妳的情緒太緊繃了。」

周小琪白著臉心想：我能輕鬆才怪啊！這可是我的出道首秀，偏偏遇到謝明哲這個大魔王！

和她搭檔的劉然倒是鎮定許多，很冷靜地說：「謝明哲的實力確實很強，但這是雙人賽，他和喻柯搭檔的時間還不到半年，我們加入風華之後一起練雙人，已經練了一年半，從默契上來說，我倆的配合默契程度肯定高於他們，所以，我們也是有勝算的。」

「說得不錯。」唐牧洲的聲音在訓練室響起，眾人回頭一看，只見他穿著一套很隨意的休閒裝款步走了進來，臉上帶著若有似無的微笑，看上去心情很好，「阿哲的個人實力很強，但雙人賽講究的是配合，你們也不用太擔心，還沒打比賽就懼怕對手，這可是大忌。」

他看向周小琪，後者立刻攥緊雙拳，堅定地道：「我知道了唐神，我並沒有怕他，只是擔心他又拿出什麼奇怪的卡牌，所以想做好更全面的準備。」

唐牧洲讚賞地點點頭，「妳的想法沒錯，這對組合的弱點在喻柯，他的實力不如阿哲，到時候，你們可以先殺喻柯的鬼牌，迅速建立卡牌數量上的優勢，再圍殺謝明哲，明白吧？」

兩人對視一眼，同時應道：「明白！」

唐牧洲緊跟著補了一句：「放輕鬆些，打個小組賽，你們怎麼跟打Boss一樣？」

兩人：「……」

——你那個小師弟，可不就是聯盟最可怕的頭號Boss嗎！

訓練新人的事一直都是甄蔓在管，唐牧洲過來安慰了幾句就走開了，甄蔓把兩個小傢伙叫過去又仔細開導一番，還給他們教了不少對付喻柯的策略。

——謝喻組合，先殺喻柯，這似乎是所有人的共識。

然而，此時的他們並不知道，在涅槃俱樂部，謝明哲正笑咪咪地和喻柯討論戰術，「我們以前沒公開打過雙人賽，大家對我們的配合模式並不瞭解，別人肯定會先殺你的鬼牌，覺得你好欺負，小柯你知道的吧？」

喻柯點頭，「知道！柿子要挑軟的捏嘛，他們肯定覺得我比較弱，先殺我。」

這點自知之明他還是有的。打團賽，大家都知道要挑對手的弱點下手，雙人賽也是一個道理，組合當中容易被擊破的那個人就會成為大家優先集火的目標。

喻柯很清楚，自己就是雙人組合中「較弱」的那個，但他並不氣餒，相反他有種「反正盡全力

發揮，阿哲可以帶我躺著贏」的自信。

與其說是相信自己，不如說，他更相信身邊這位出色的隊友。

喻柯很快打起了精神，認真地看著謝明哲，「阿哲，你放心，我不會拖你後腿的，你讓我怎麼辦，我就怎麼辦。」

這傢伙特別聽話，謝明哲最喜歡小柯的也是這一點，不管給他安排什麼任務他都不會糾結，只知道認真地完成。謝明哲環住他的肩膀，湊去他耳邊輕聲說：「小柯你聽好，我有個主意，既然對手會優先集火殺你，我們不如設下一個圈套，用你的鬼牌當誘餌，然後……」

喻柯聽著聽著，不由得瞪大了眼睛。

臥槽，這計策絕妙啊！

阿哲真是太壞了，他都有些同情接下來的對手。這感覺就像是打副本的時候好不容易用各種技能把Boss給打死，結果Boss突然哈哈大笑著說：「你們好天真，我的死只是誘餌，我後面出場的，才是真正的Boss！」

那兩位新人估計會氣到吐血。

喻柯興奮地點點頭，「沒問題，我全力配合，我們好好練這套陣容，爭取第一場比賽就給觀眾們一個驚喜！」

轉眼一週過去，很快就到了七月三十一日。

這天晚上，大部分俱樂部的選手都在為開幕式做準備，謝明哲卻在晚餐時間私下找陳千林請假，「師父，今天晚上我出去吃飯，就不跟大家一起了。」

「有什麼事嗎？」陳千林疑惑地看著他問。

「師兄說要請我吃飯。」在師父面前說謊容易被拆穿，還不如說實話，只是，謝明哲沒敢說要在師兄家裡待到凌晨，只說「吃飯」，至於什麼時候回來，反正涅槃基地又沒有門禁，到時候他偷偷溜回自己的房間，神不知鬼不覺。

「你們師兄弟走得近一些我不反對，不過明天就要打比賽，你的對手又正好是風華俱樂部的新人，你們這時候見面，別被記者撞見。」陳千林提醒道。

某些記者太會捕風捉影，到時候扣一個「私下串通戰術」的帽子下來可就不好看了。

「我明白，我會注意避開狗仔隊的。」謝明哲認真保證，「師父放心。」

「嗯，早點回來。」陳千林點點頭，同意他請假，但謝明哲卻心虛地沒有回答，他真的沒法「早點回來」，今晚估計要待到很晚。

為免引起狗仔隊的注意，謝明哲換上一身便裝，從大樓內部的VIP電梯直接來到停車場，唐牧洲早就按照約定在那裡等他，開的是一款很低調的黑色轎車。

謝明哲坐進車裡，看唐牧洲用大墨鏡遮住半邊臉，忍不住笑起來，「感覺我倆就像是背著家長偷偷約會似的……」

唐牧洲的嘴角微微揚起，「師父那邊沒說什麼吧？」

「他應該完全沒看出來我倆在一起。倒是陳哥，剛才見我出來，笑得有些奇怪？」

「陳霄早就知道了。」唐牧洲道：「你不用介意，我跟他是很好的朋友，目前知道我們倆在一起的，只有陳霄和裴景山，這兩個都是可以信任的人，不會亂說。」

「嗯……」謝明哲其實並不介意，就算他們的關係公之於眾他也沒什麼好怕的，跟喜歡的人談戀愛有錯嗎？他喜歡唐牧洲就是喜歡，關別人什麼事？

現在不公布，主要是考慮到戰隊，季後賽馬上就要開幕，風華和涅槃肯定會有競爭，如果唐牧

洲和謝明哲是情侶，以後的比賽觀眾還怎麼看？誰輸誰贏都不好。

謝明哲也不想網路上有太多的風言風語。在對待比賽上，他和唐牧洲的態度同樣很認真，或許等將來不打比賽了，再公布兩人的關係，到時候估計會嚇到一批人。

謝明哲道：「我覺得現在這個階段，祕密戀愛是最好的。」

唐牧洲說：「我也這麼認為。」

兩人相視一笑，唐牧洲發動車子，帶著謝明哲來到自己的別墅。

本以為他要請自己去外面吃飯，結果到家後才發現唐牧洲居然早就準備好了食材，廚房裡擺滿切好的肉、菜，還有一條洗乾淨的魚放在盤子裡。

謝明哲難以相信，「你這是要自己做飯？」

唐牧洲走進廚房戴上了圍裙，說：「經常去外面吃沒意思，給你過生日，我還是親手做一頓飯給你，也讓你嚐嚐看師兄的手藝。」

謝明哲看著穿上圍裙忙碌的男人，完全沒法把他和平時那位高高在上的男神聯想在一起。要是唐牧洲的粉絲們看到他這麼「居家」的一面，估計要瘋狂地排隊求著想嫁給他吧。

——這麼好的男人，是我男朋友，沒你們的份。

謝明哲心情愉快地洗了手在廚房幫忙，做飯他不會，但還是可以幫忙洗菜，兩人一邊聊天一邊做飯，廚房裡的氣氛格外溫馨，就好像是剛搬進新家的新婚夫夫一樣。

第一次有了一種「家」的感覺，這是謝明哲從沒體會過的。

廚房很乾淨，看得出來唐牧洲平時很少下廚，他在百忙中抽出時間專門為自己的生日親自下廚準備晚飯，足以證明他對自己的重視。

謝明哲心裡暖暖的，看唐牧洲圍著圍裙炒菜的樣子，真是越看越帥。

唐牧洲的廚藝挺專業，做的菜有模有樣，很快廚房裡就傳來陣陣香味，謝明哲饞得不行，圍著

師兄團團轉，每次有新的菜出鍋時，他就好奇地湊過來看，唐牧洲會體貼地夾起來餵他一口，微笑著說：「嚐嚐看鹹淡。」

謝明哲一邊吃一邊讚道：「超好吃！」

唐牧洲覺得，自己這是養了一隻大饞貓？

這樣的相處模式自然又甜蜜，真的像是新婚夫夫。

謝明哲是個不會害羞也不知道拘謹的人，既然確定了戀愛關係，那還裝什麼？該抱就抱，該親就親，男朋友要給自己餵飯，張嘴就吃——就是這麼直接！

等飯菜全部上桌後，兩人面對面坐在餐桌前，唐牧洲打開一個買好的蛋糕，尺寸只有小碗那麼大，精緻可愛，上面寫著「阿哲生日快樂」一行字。

「蛋糕我買了個小的，反正我們兩個也吃不完。」他把蛋糕上插的那根白色蠟燭點燃，關掉燈，屋裡就只剩下柔和的燭光，照在唐牧洲的臉上，讓他的神色顯得更加溫柔。

這一幕畫面，真是溫馨得讓謝明哲想要落淚。

從小到大，第一次有人這樣用心地給他準備生日。

唐牧洲看著他，柔聲道：「阿哲，生日快樂，許個願吧。」

謝明哲點點頭，在吹滅蠟燭之前，閉上眼睛給自己許了一個願望——他不信這些，以前很少過生日，更別說是許願，他一直認為，想要達成什麼心願，必須靠自己去努力，什麼「生日許願一定會實現」都是大人騙小孩兒的把戲。

可是，此時此刻，在溫暖的燭光下，對面坐著自己最喜歡的人，謝明哲突然覺得，對著蠟燭說出心願的儀式似乎也變得無比美好。

他閉上眼睛，在心裡對自己說：師兄，希望以後的每個生日，你都能陪我一起過。

這是他第一次在心裡生起這樣強烈的渴望——想和這個人長長久久地在一起。

許完心願後，謝明哲一口吹滅蠟燭，開燈時，他臉上的笑容更加燦爛，因為他又確定了一件事情——如果這輩子真的要找一個人相守的話，就是唐牧洲，也只有唐牧洲。

他沒法想像自己和別的男人像師兄這樣相處，師兄給他的愛，溫柔又包容，只有跟師兄在一起，他才會覺得輕鬆自在，毫無負擔，就像是整顆心被人溫柔地捧起來了一樣。

如果能跟這樣的人相守在一起，那一定是自己的福氣吧。

謝明哲想到這些，看向唐牧洲的眼神也柔軟起來。

唐牧洲看他盯著自己，便微微一笑，從抽屜裡拿出早就準備好的禮盒，推到謝明哲的面前，「生日禮物，我親自給你挑的。」

精緻的包裝盒，裡面躺著一塊男士腕錶，雖然謝明哲不懂錶，但這個牌子名氣太響亮了，幾乎無人不知。這塊錶的價格至少六位數起跳，如果是高級訂製款，破七位數也是有可能的。

「這太貴重了吧……」謝明哲不好意思收。

「是我私下找設計師訂製的情侶款，全世界就這兩塊。」唐牧洲從抽屜裡拿出另一塊手錶擺在一起，「穿情侶裝太顯眼，項鍊之類我想你也不喜歡戴，所以我才買了一對情侶錶當做紀念，你要是喜歡戴就隨身戴著，不喜歡戴也可以收藏起來。」

「……」他還能說什麼？獨家訂製的限量情侶錶這也太用心了吧？而且，腕錶設計真的很精美，他的是銀色的錶面，師兄的是黑色，不近距離看的話看不出是一對，挺低調的。

如果有心的粉絲放大了認真研究，或許會發現一些蛛絲馬跡。但由於是私人訂製款，市面上根本買不到，腕錶的背面刻了唐牧洲、謝明哲的名字，粉絲們其實找不出這是「情侶款」的證據。

「我這就戴上。」謝明哲開心地收下禮物，還給唐牧洲也戴上了。

看著手腕上的情侶錶，感覺就像是有什麼無形的東西把兩個人的心也綁在一起。

「你知道送人手錶是什麼含義嗎？」唐牧洲看著他問道。

「不知道，這個還有講究的嗎？」謝明哲很是好奇。

「手錶上是時間，你每天看時間都會用到它，送你手錶的意思就是，以後在你的生命中，每一分、每一秒都會有我的陪伴——我對你的感情，和時間同在。」唐牧洲溫柔地說道。

謝明哲不知道怎麼回答，師兄浪漫起來真是要命！

——時間永不停止，愛也永不消亡。

——願我的愛和時間同在，這就是他送情侶腕錶的意義。

謝明哲看著面前的男人，他知道，自己正在墜入唐牧洲布置的溫柔深淵裡，恐怕這次，心一旦沉淪，就再也逃不出來了。

而他也不想逃。

在師兄的溫柔裡沉淪下去，他甘之如飴。

謝明哲在凌晨十二點半回到涅槃基地，唐牧洲開車送他。躡手躡腳回到自己的宿舍，剛要開門，隔壁突然有人出來——是陳霄。

陳霄看見他後怔了怔，隨後似笑非笑地問：「去跟唐牧洲吃飯，吃到這麼晚才回來，你們是把一家餐廳給吃空了嗎？」

謝明哲知道他在開玩笑，耳根微微一熱，迅速轉移話題：「咳，陳哥你還不睡啊？」

陳霄也沒繼續逗他，道：「睡不著，去辦公室那邊拿些比賽資料。」

「明天又沒有你和秦軒的比賽，你幹麼大半夜拿資料？」

「不是雙人賽的問題。」陳霄解釋說：「是我想到一些製卡的思路，想查資料整理一下。你也

知道，製卡這種事沒靈感的時候想破腦袋也做不出一張牌，有了靈感，擋都擋不住。」

「那倒也是。」對此謝明哲深有體會，他做卡有了靈感能一口氣做好幾張，沒靈感一張也做不出來。反正也不睏，謝明哲乾脆和陳霄一起去了辦公室，聽了聽陳霄製卡的思路。

陳霄想要做的一套植物牌，是屬於百搭的組合，輸出跟吸血藤類似，想做成單體吸血刺客卡。

說起來，在許久之前，謝明哲送給師父梅、蘭、竹、菊四張畫的時候，就曾經想過能不能讓陳哥把這四種植物做成套牌，連動技就叫「四君子」。

四君子的說法在這個時代沒人提及，當時，謝明哲還把這件事記在光腦的備忘錄裡。

可是後來隨著比賽越來越多，他發現風華的植物卡組中已經有了這些植物牌。想想也是，梅、蘭、竹、菊是很常見的植物，陳千林和唐牧洲早就做過了，只不過是幾年前的作品，不適合現在的賽季，因此被風華雪藏，很少在比賽當中出現。

即便如此，陳哥再做梅、蘭、竹、菊的話就重複了，系統審核不會通過的。

況且，陳霄做的植物牌全是暗黑系，梅花、蘭花似乎跟「暗黑」搭不上邊。因此，他就把這個想法給擱置了，一直沒再提起。

今天陳霄正好說要做一張暗黑系的吸血梅花，謝明哲猛地想起了這件事，仔細一琢磨，腦子裡突然蹦出一種奇妙的創意，「陳哥，你想不想跟我合作，我們一起做這套卡牌？」

陳霄對此很感興趣，「怎麼合作？」

謝明哲迅速從抽屜裡拿出紙筆，一邊在上面寫寫畫畫，一邊解釋道：「我之前為了給師父慶生，曾經畫了一套圖，你還記得吧？上面是梅、蘭、竹、菊。」

「記得，你當時畫了很久，風格挺有特色。」

那還是謝明哲剛拜陳千林當師父的時候，正好陳千林生日到了，陳霄帶謝明哲去給他過生日。知道師父喜愛植物，謝明哲便親手畫了四幅植物畫作為生日禮物。陳霄想到這裡，不禁有些疑惑，

「你想做的卡牌，跟那四張畫有關？」

「嗯。」謝明哲把寫好的植物特色拿給陳霄看，一邊解釋說：「梅、蘭、竹、菊，四種植物正好代表著四種特色，如果把它們變成人的話，梅花就是不畏嚴寒的冷傲公子，蘭花是帶著清新香氣的儒雅學士，竹子是瀟灑肆意的謙謙君子，菊花則是低調文雅的世外隱士——我在想，我們不如把這四種植物，做成是擬人牌！」

直接做梅、蘭、竹、菊，會和風華的卡組重複，肯定無法審核過關。但如果用梅、蘭、竹、菊的特色，來做四張「植物擬人牌」呢？那四君子的連動就變得合情合理。

而且，繪製古風美男子是謝明哲的拿手戲，花中四君子的人物形象也挺好設定的，一身紅衣、清高冷傲的梅公子；身穿藍色長衫、氣質高潔的蘭公子；一身寬鬆墨綠長袍、瀟灑肆意的竹公子；一身黃色衣衫，低調溫和的菊公子。

四位古風美男，各代表著一種花卉——「植物擬人」的做法，史無前例，絕對不會重複！

陳霄越聽越覺得有趣，笑著說道：「你這個設計，其實就是植物修練成精了吧？」

植物成精？謝明哲一愣，陳哥話糙理不糙，確實是植物成精啊！

陳霄琢磨片刻，乾脆地點點頭道：「我覺得這個辦法可行，植物擬人，那就是人物卡，但用植物作為攻擊或者輔助的手段，結合植物和人物的元素，做成木系卡。」

謝明哲興奮地點頭，「我也是這麼想，還可以增加四君子的連動。」他越說越精神，「這樣吧，四張卡牌的技能，陳哥你按照自己的想法來設計，我可以幫你想想技能的名字；卡牌的人物形象就由我來設計，畫四位符合植物特徵的美男子，到時候再結合在一起？」

「沒問題。」陳霄很爽快地答應下來，「植物成精，這四張擬人植物牌肯定會很受歡迎。」

如果植物變成人，會是什麼樣的呢？

按照阿哲的說法，四種植物的擬人化卡牌，正好是四種風格的美男子——高冷的梅公子，風度

翩翩的蘭公子，瀟灑的竹公子，溫和的菊公子，絕對會收穫一大批迷弟迷妹。

兩人迅速著手準備，各忙各的，時不時討論一番。

在精神亢奮的狀態下，兩個人都沒有了睡意，結果就是一邊討論一邊做卡，一口氣做完四張卡牌的設計，到最後睏得不行，直接趴在桌上睡著了。

次日，陳千林起床來到辦公室，意外地發現門開著。

辦公桌上放著一大堆凌亂的草稿，還趴著兩個睡著的傢伙。

他走過去仔細一看，只見桌子中間有四張確定的卡牌完稿，分別叫梅公子、蘭公子、竹公子、菊公子。

一覺睡醒，辦公桌上多出四張卡牌。當涅槃的教練，真是時刻都要做好被驚嚇的準備。

這兩個傢伙，大半夜的不睡覺，做卡牌直接做到睡著也是夠拚的。

陳千林心裡一軟，轉身拿來兩條毛毯，給兩個傢伙仔細蓋上，緊跟著就坐在旁邊，拿起他們的設計稿，認真地看了起來。

設計稿並沒有詳細的資料，這些都可以後期連上光腦後再分配，稿紙上只是畫好了卡牌的形象，並且簡單地標注了技能。

第一張牌中，男子穿著一身鮮豔的紅衣，皮膚白皙，容貌冷峻，手裡拿著一枝像是血染一樣的梅花，花瓣上還有初雪留下的痕跡——

梅公子（木系）

附加技能：傲雪凌霜（被動技能，梅花特別耐寒，經常在冬日大雪中盛放，當梅公子出現時，周圍環境溫度驟降，範圍23公尺內敵對目標集體降防50%）

附加技能：吸血梅花（梅公子手中的梅花是用鮮血染紅的，他可以拋出吸血梅，持續吸收23公尺範圍內指定目標的血量，每秒吸收8%，持續10秒，並將吸收血量的10%轉化為自身的護盾）

備註：木系吸血牌，吸血越多護盾值越高，雖是單體刺客，但很難被殺死。

最後這一行「備註」是陳霄的筆跡，而卡牌的畫風明顯是謝明哲的風格，所以……這是兩個人一起合作弄出來的卡牌嗎？

陳千林好奇地繼續往下看去。

第二張卡牌也是名容貌英俊的男子，一身藍色的衣衫，手裡捧著蘭花，面帶微笑，氣質溫文爾雅，看上去非常的聖潔，就像是不食人間煙火一樣。

蘭公子（木系）

附加技能：空谷幽蘭（蘭公子使用「空谷幽蘭」技能，可清除自身的負面效果，並給範圍內友方目標施加持續5秒的木系免控護盾）

附加技能：清雅高潔（蘭公子手中的蘭花釋放出清雅的香意，範圍23公尺內敵對目標被特殊香氣影響，陷入短暫的3秒幻覺）

備註：木系輔助牌，己方免控、敵方群控，搭配實用。

第三張是墨綠衣衫的男子，瀟灑隨性，風度翩翩，手裡拿著一枝翠竹。

竹公子（木系）

附加技能：君子之風（竹子蒼翠挺立，如同謙謙君子。竹公子的君子之風會影響範圍內的友方目標，群體提升攻擊力50%、攻擊速度50%）

附加技能：勢如破竹（竹公子拋出手中的竹葉，使竹葉成為最鋒利的暗器朝周圍射出，造成30公尺直徑圓形範圍內280%木系群攻傷害；若擊殺目標，則在目標所在位置立即生成一株翠竹，翠竹的葉片可繼續朝周圍掃射，造成5公尺直徑圓形範圍80%木系濺射傷害）

備註：以竹葉作為鋒利的暗器，設計成收割型的群攻牌，對手殘血時開大招，收掉人頭繼續種竹子，竹葉可以不斷掃射，種出大量竹子後最終達到清場目的。

最後一張，則是菊公子，手裡拿著一束盛開的金菊。

菊公子（木系）

附加技能：菊香四溢（秋天菊花盛放時會散發出淡淡的香氣，菊公子可以用手中的菊花對指定目標一次性回血50%，並對目標周圍10公尺內的其他友方目標產生濺射治療，回血20%）

附加技能：世外隱士（指定友方目標隱身15秒）

備註：濺射治療牌，適合小規模團戰；指定隊友可長時間隱身，輔助隊友潛伏暗殺。

備註：連動技能名為「四君子」，梅和竹加攻擊，蘭和菊縮減技能冷卻。四君子同時出場時，涵蓋了單攻、群攻、輔助、治療，屬於非常百搭的套牌，主要用於團戰無盡模式的卡牌鋪場。

陳千林越看越覺得有趣。

謝明哲和陳霄合作的擬人植物牌，四張牌、四個功能，每一張的形象都是大帥哥，四種不同風格的帥哥，真是顏控粉絲們的福音。

把植物和人物結合在一起，這個創意確實不錯，審核也比較容易通過。

陳千林看著趴在旁邊睡覺的兩人，嘴角難得露出個微笑。

他拿起陳霄放在桌上的筆，在每張卡牌上面迅速寫下基礎資料、技能冷卻時間，這樣一來，他倆製卡的時候就不用再費神去分配資料了。

兩個小傢伙這麼努力，當教練的，也該出一份力。

變成人的植物，擁有植物牌的技能和人類的形象——四君子，以後這套擬人植物牌，也會變成涅槃的標誌性卡牌，而且是謝明哲和陳霄合作完成的，非常有紀念意義！

謝明哲和陳霄個子都很高，蜷縮著身體睡在沙發上很不舒服，兩人只瞇了一會兒就難受地醒了過來，醒來時發現身上蓋著毛毯，陳千林正坐在辦公桌前看資料。

陳霄的臉色很是尷尬，迅速理了理凌亂的衣服，「咳，我怎麼睡著了……」

謝明哲一邊揉眼睛一邊說：「好睏。師父，我想再回房間睡一會兒，行嗎？」

陳千林點頭，「你們都回去睡吧，今晚還有比賽，不用想別的，先養足精神。」

兩人立刻回屋悶頭大睡，自己的床果然比狹小的沙發舒服多了。

再次醒來時已是下午，謝明哲和陳霄洗完臉，神清氣爽地來找陳千林，想讓師父對兩人設計的新牌給一些意見。

陳千林道：「我已經看過了，設計得不錯。」

卡牌做到後期，想再創新只會越來越難，梅公子和竹公子的攻擊模式是陳霄目前的植物卡裡沒有出現過的，不管是吸血後給自己增加木系護盾，還是不斷地擊殺卡牌後種竹子繼續收割，兩張卡牌的設計只能說是中等偏上，還達不到巔峰水準。

不過，能得到陳千林的贊同，陳霄和謝明哲都特別開心。

謝明哲道：「技能都是陳哥設計的，他本來要做吸血梅花，我想了想，乾脆做成一套，於是就把梅蘭竹菊四君子全部做了出來，正好拿來打團戰。」

陳霄道：「我想趁著雙人賽把梅公子和竹公子拿出來練練操作，這兩張牌的攻擊模式比較特別，不練熟的話直接拿出來用，很可能會和隊友脫節。」

謝明哲乾脆地說：「今天下午正好有時間，我把人物形象的完稿畫好給你，陳哥你直接導入，儘快提交審核吧。」

陳千林道：「不急，你明天再做，今晚還有比賽，你不要在製卡上過度耗費精神。」

陳霄緊跟著道：「就是，這件事不急，慢慢來。反正我要練習新卡，又不差這一天。」

傍晚五點，涅槃全員在池瑩瑩提前訂好的餐廳吃了晚飯，便一起坐車來到開幕式現場。

涅槃的人一出現，便有人過來打招呼，葉竹好奇地湊到謝明哲面前問：「今天有你的比賽，準備了多少新卡啊？」

謝明哲笑咪咪地道：「全都是新的。」

這句話正好被周小琪和劉然聽見，兩人都是面色一白，心情忐忑——如果十張全是新卡牌，那說明謝明哲又有全新的打法套路了，他倆該怎麼應付？

倒是唐牧洲微笑著拍拍新人的肩膀，「別聽他吹牛，十張全新牌，操作會出大問題，想想也知道不可能。他所說的新牌，是觀眾沒見過的，你們或許早就見過了。」

唐神的分析很有道理，兩人寬心不少。

很快到了開幕時間，大家按照主辦方安排好的座位依次坐下。

沈安眼尖地發現了一件事，悄悄湊到唐牧洲耳邊問：「師父，你跟小師叔戴的手錶是不是同一個牌子的？看上去很像！」

懵懂的小徒弟眼光還挺銳利，可惜他只看到表面，卻沒法透過現象看到本質，唐牧洲微微一笑，淡定地道：「是挺巧的，不過顏色不一樣。」

沈安也沒多想，關心地問：「小琪和小然今天能有多少勝算？師父覺得呢？」

唐牧洲道：「不好說，看臨場發揮吧。」

下半年的開幕式辦得很隆重，有很多精彩的表演，現場觀眾熱情高漲，一直到晚上八點鐘，主持人才走上大舞臺朗聲說道：「開幕式的表演節目到這裡結束了，接下來，讓我們把畫面交給解說席，我們下半年的第一場比賽，馬上就要開始！」

直播大螢幕中畫面切換到解說席，除了大家熟悉的吳月、劉琛搭檔之外，還有一位陌生的面孔——男人三十出頭的年紀，留著精神的短髮，穿著襯衫領帶，打扮得很正式，臉上帶著親切的笑

容，雖然不算特別英俊，卻有種成熟男人特有的魅力。

不少人在直播間問：「這誰啊？」

但也有人認出了他：「臥槽，是不是蘇洋！」

「那個水系的蘇洋？不是早就退役了嗎？」

在觀眾們的疑惑中，吳月率先開口：「觀眾朋友們晚上好，歡迎來到星卡職業聯盟第十一賽季下半年的比賽，我是官方解說吳月！」

「我是解說劉琛！」

「大家應該都發現了，我們解說間來了一位新面孔，請允許我隆重地介紹一下——這位正是五系鼻祖之一，流霜城俱樂部的開創者，蘇洋前輩！」

「相信很多關注星卡聯賽多年的老朋友們，都認識蘇洋前輩，他在第六賽季結束後退役，今年特意被官方邀請回來擔任解說嘉賓——讓我們以熱烈的掌聲歡迎蘇洋前輩！」

臺下響起震耳欲聾的尖叫。蘇洋雖然退役多年，但他和陳千林一樣，在星卡世界依舊有很大的影響力，畢竟他開創了水系流派，四個徒弟如今都是水系最強的選手。

蘇洋笑咪咪地跟大家打招呼：「大家好，其實不用叫我前輩，雖然我已經是有老婆、有女兒的人了，但我還是很年輕的嘛！」

吳月配合地道：「蘇洋前輩的雙胞胎女兒確實很可愛，今天在後臺的時候，很多選手搶著抱她們，快要變成我們聯盟的吉祥物了。」

蘇洋道：「基因遺傳，有我這麼帥的老爸，我女兒當然又漂亮又可愛了。」

觀眾們：「……」這人怎麼一點前輩大神的穩重感都沒有？

蘇洋就是這種風格，認識他的人都已經習慣了，兩位解說也正在習慣當中，劉琛笑著誇了幾句「你確實很帥」，然後迅速轉移話題，「在經過一段時間的休整後，我們下半年的賽程終於開始，

首先要進行的是雙人賽項目，今天因為和開幕式連在一起所以只安排了一場比賽。」

「是的，今天只打一場A組的小組賽，由來自涅槃俱樂部的謝明哲、喻柯，對陣來自風華的劉然、周小琪。在雙人賽項目中，兩對組合都是新面孔，但賽前預測有百分之六十五的觀眾支持謝明哲和喻柯組合，前輩……咳，洋神您怎麼看？」吳月迅速改口，笑著問道。

「雙方卡組出來之前一切都不好說。」蘇洋認真地分析著：「劉然和周小琪據說在風華搭檔的時間超過一年，默契應該不錯，謝明哲和喻柯認識時間短，配合可能會出問題，但也僅僅是可能，具體還要看臨場發揮，兩邊都有勝算，我更看好謝明哲喻柯這一組。」

「為什麼更看好他呢？」

「他的卡牌比較有趣。」蘇洋頓了頓，補充道：「更貼切地說，是比較討厭？」

沒錯，這個理由太對了！正在看直播的官方資料師們集體點頭同意。

「咳，我們看到雙方選手已經做好了準備，今天也是周小琪和劉然兩位選手的出道首秀，希望他們能為這段時間的訓練交出一份讓自己滿意的成績！」

「有請四位選手上場！」

大舞臺上，謝明哲、喻柯和劉然、周小琪分別走到旋轉椅前坐了下來。大家在現場裁判的監督下調試設備，兩位解說開始介紹比賽規則。

「雙人賽分為八個小組，先打小組賽，每一場打兩局，雙方交換主客場各選擇一次地圖，只按獲勝的局數來計算積分，最終由小組排行前兩名的選手進入十六強淘汰賽。」

「開局主場方優先選擇地圖，然後雙方同時公布八張明牌，明牌公布後不能調整，另外的兩張暗牌可以根據對手的陣容進行調整。」

「雙方選手已經做好準備，讓我們期待四位選手為大家帶來精彩的比賽！」

大螢幕中出現了比賽畫面。

第一局，周小琪、劉然組合主場，擁有地圖選擇權。

他們很快選好了地圖，是風華常用的「迷霧森林」，場景比較複雜，障礙物極多，還會起霧。但謝明哲完全不怕障礙圖，這種地圖在上半年的比賽中遇見過很多次，直接用多位移的刺客去秒對手核心控制牌就可以解決。

謝明哲沒有更換卡牌，直接提交卡牌並按下確認。

雙人賽是十打十的模式，八張明牌，兩張暗牌。

風華那邊也提交了卡牌，雙方的八張明牌同時公布在大螢幕中。

劉琛意外地道：「風華這邊公布的植物卡中，有不少熟悉的卡牌，周小琪的水系植物也挺有名氣的，像海藻、海帶之類，設計非常有特色。至於涅槃這邊……」

吳月的聲音提高了一個八度：「涅槃這邊，幾乎全是新卡牌啊！」

涅槃公布的八張牌，包括喻柯已經熟練掌握的新卡牌公孫九娘、連城，舊卡牌黑無常、白無常，以及人物卡盧俊義、宋江、李師師、花榮。

除了黑白無常外，另外六張都是新面孔。

直播間內的粉絲們瘋狂刷屏。

「涅槃又出這麼多新卡，阿哲的腦洞是要突破宇宙嗎？」

「公孫九娘的技能設計看似很強啊，九團鬼火！」

「連城的設計我沒怎麼看懂？人形態和鬼形態到底是什麼？」

「盧俊義、宋江、李師師都是輔助卡，看來這局阿哲打輔助、喻柯主輸出？」

蘇洋迅速分析道：「盧俊義是召喚小兵做替身，讓隊友免傷，援護型的嘲諷牌設計得特別出色！宋江是協戰型輔助牌，可以幫隊友擋住致命的傷害，還能賣血加血；李師師是群控加群奶，三張人物卡都是輔助，花榮則是近戰刺客，攻擊帶吸血，生存能力比較強。」

吳月道：「這麼看的話，小柯公布的四張鬼牌，是三輸出一輔助，而阿哲公布的四張牌卻是三輔助一輸出，暗牌當中，會不會還是一張鬼牌、一張人物卡？」

劉琛贊同地說：「很有可能是這樣，每人五張牌，小柯的鬼牌主輸出，阿哲來輔助。」

看到雙方卡組後，在後臺觀戰的白旭立刻激動地道：「暗牌裡面肯定有喬生吧？喬生和連城是鬼牌夫妻連動，這兩張卡牌，喻柯在訓練賽已經拿出來用過了！」

發現自己聲音太大引起了周圍人的注意，白旭臉一紅，立刻放輕聲音道：「我猜的對吧？」

易天揚無奈一笑，「這一點大家都猜得到，謝明哲把喬生放在暗牌中，喬生、連城的連動驚喜只是給觀眾們看的，我們都看過了。關鍵在於，剩下的那張人物暗牌會是什麼？」

白旭皺著眉思考片刻，說：「會不會是群體混亂的強控卡？關鍵時刻放出來混亂對手，方便黑無常收割。再或者是郭嘉、秦可卿這種亡語牌……」

他猜來猜去，覺得怎麼放都合理。

而事實上，他連第一個都沒有猜中。

——暗牌當中並沒有喬生，也沒有他說的亡語牌或者混亂牌。

謝明哲和喻柯的第一場雙人賽，就是要讓對手和大神們完全猜不到，這才叫驚喜！

【第十二章】一二三！太郎，喝藥了

謝明哲公布的八張牌中，四張人物牌都是沒見過的新卡牌，這讓劉然和周小琪心情很是忐忑，但仔細一看技能描述，並沒有像「秦可卿勸植物上吊」這種奇怪的設定，周小琪略微放下心來，迅速看完全部技能，道：「宋江，盧俊義，這兩張嘲諷牌得先解決吧？」

嘲諷卡會強制吸收仇恨，盧俊義的設計比較特殊，他召喚的小兵會主動替跟隨的隊友承擔全部傷害，這就意味著：小兵不死，隊友根本死不掉。這情況一般有兩種解決方式，一是先殺嘲諷卡，破解嘲諷卡的保護後再去殺其他卡牌。二是用沉默、冰凍之類的強硬單控技能控制住嘲諷卡，再利用這短暫的幾秒時間去強殺它的隊友。

劉然想了想，「盧俊義太難殺，我們不如在暗牌中帶一張人物即死牌。」

周小琪也覺得有道理，盧俊義能一次性召喚五個小兵，分別保護五個隊友，他自身不受傷害類技能的影響，想要殺他必須先殺他的小兵，這樣一來，他們必須浪費大量的時間和火力去分頭擊破五個小兵，吃力又不討好。

即死牌的技能並不屬於「傷害」，而是一種強制判定，按照官方的規定，除非有「無敵」保護，否則，任何卡牌都不能逃掉即死牌的秒殺。

由於劉然的心理素質比周小琪好得多，雙人賽是劉然擔任指揮，周小琪自然聽他的，點點頭表示贊同，「就帶食人花吧，我來操作，先秒掉盧俊義再說。」

劉然乾脆地說：「殺了盧俊義再秒黑無常，剩下的隨機應變吧。」

周小琪點頭，「嗯，加油！」

三十秒的倒數計時過得很快，兩人迅速商量好對策，並且在暗牌中換上一張食人花。

周小琪和劉然公布的卡牌其中有四張是水系植物——綠藻和紅藻是一對連動牌，前者是範圍水毒疊加，後者是範圍陣法治療；海帶可大範圍絞殺群攻加位移控場，海菖蒲則是群攻加幻覺範圍控場。

另外的四張是多肉植物卡，包括仙人掌、金錢木、虹之玉等三張不同技能機制的單體攻擊牌，以及一張生石花群體混亂控場牌。

輸出火力屬風華較強一些，保護能力則是涅槃更強，到底誰能獲得最後的勝利，目前還沒有辦法下結論，雙方卡組看起來勢均力敵。

劉琛道：「倒數計時結束，比賽馬上就要開始了，請大家一起關注這場雙人賽的開幕之戰！」

大螢幕中，雙方卡牌載入比賽場地。

迷霧森林的環境非常複雜，這張地圖截取了其中的一個部分，叢林深處大量障礙物的存在會遮擋選手們的視野，而每隔一分鐘升起的濃霧也會降低可見度，很適合遠程卡牌繞位放風箏。

雙人賽模式對召喚卡牌的限制和單人賽一致——如果場上沒有卡牌，必須五秒內召喚新卡，如果場上有友方卡牌存在，則可以一直把其他牌壓箱底，等合適的時機再召喚。

但通常沒有人會只拿一兩張牌出來，對方卡牌數一旦多於己方，很可能就會被一波帶走，白送對手兩張牌。因此雙人賽開局時，通常是每位選手召喚兩到三張牌，場上的卡牌數雙方都控制在五到六張，不至於一波崩盤，然後再看情況召喚其他卡牌。

謝明哲和喻柯也是常規開局，喻柯召喚出公孫九娘和連城兩張輸出卡，謝明哲則召喚宋江、盧俊義、李師師三張輔助卡來保護鬼牌不被秒殺。

謝明哲的操作速度極快，幾乎是在叢林中見到對方植物卡的那一瞬間，他就立即開出盧俊義的第二技能——麒麟寶甲，三十公尺範圍內隊友集體穿上金色寶甲，免疫控制持續三秒。

他推測對方可能會帶人物即死牌秒掉盧俊義，如果連技能都開不出來就被秒殺，那就白死了。

果然，謝明哲剛放出麒麟寶甲，對面周小琪妹子突然召喚出食人花，只見那朵顏色妖豔的食人花張開臉盆一樣大的嘴巴，一口將盧俊義吞吃入腹！

觀眾席響起一陣尖叫，解說吳月也忍不住叫出聲：「直接用即死牌秒盧俊義啊！」

這是多大的仇，開局就打得這麼凶？

後臺觀戰的唐牧洲，看到這裡不由微微瞇起了眼睛，暗牌換上一張即死牌強秒盧俊義的做法是沒錯的，劉然能想到這一點，唐牧洲也覺得很欣慰。

對劉然和周小琪來說，用「食人花」直接換掉對面的「盧俊義」一點也不虧。

此時，雙方卡牌變成九比九，對方死了個超級難殺的盧俊義，局面對風華來說似乎較占優勢。

但謝明哲把盧俊義的第二技能開了出來，此時在場的隊友都帶著免控護盾，風華的控制牌暫時發揮不出作用，只能用攻擊牌先放一波技能。

劉然迅速召喚出三張多肉植物卡，仙人掌身上鋒利的刺直線射出，其他多肉植物緊跟上攻擊，瞄準的正是連城！

顯然，風華在秒掉嘲諷牌後，第二個要殺的就是連城。

而同一時間，趁著三秒的免控，喻柯也以最快的速度開出公孫九娘的鬼火，並且讓連城頂著火力，去強殺對方的紅藻！

紅藻是風華目前場上卡牌中唯一的治療牌，可以開範圍治療陣，每秒為隊友的身上疊治療buff，一旦疊高了，治療量相當可怕，一次暴擊就能直接將殘血卡加滿血。

想要後期打收割，這張治療牌必須先解決。

公孫九娘的九團鬼火全部撲向同一張牌是什麼概念？

皮糙肉厚的紅藻，血條「嘩」一下直接被刷掉了三分之一。

周小琪頭皮發麻，果斷交出大招保命，給自己奶了一口。

但緊跟著，喻柯的黑白無常出場——顯然這是用其他的單體牌把對手給打殘，再放黑無常收人頭的節奏，而黑無常一旦收到大量的人頭，後期爆標記打出的輸出會極為恐怖！

絕對不能讓這種情況發生。

周小琪目不轉睛地盯著對方卡牌身上的免控護盾。

該死的免控！盧俊義陣亡前留下的最後遺產，隊友集體免控，不受控制的話攻擊就不會被打斷，喻柯和謝明哲聯手的這一套爆發，哪怕皮厚的紅藻也幾乎擋不住……

同一時間，劉然也在瘋狂輸出，集火強殺連城。

仙人掌、金錢木、虹之玉這三張多肉植物牌，分別靠刺殺、疊毒和遠程攻擊進行輸出，所有技能都集火連城，也確實讓連城迅速殘血！

然而涅槃有宋江，他會主動幫殘血隊友承擔一次傷害，還能用「疏財」技能把自己的血量輸送給隊友。有他在，想一波強殺掉小柯的鬼牌根本不可能。

劉然打了半天，好不容易把鬼牌打殘，結果宋江又把它給加滿了。

蘇洋讚道：「宋江的單體治療能力還是很強的，他自己是血非常厚的土系牌，直接把血量按比例輸送給隊友，他的百分之二十血量輸給連城，比連城原本血量的百分之五十還要多。」

十八萬血的卡，自殘給八萬血的卡牌加血，真的是「一口奶滿」！

風華打半天似乎做了白工？

劉然和周小琪當然不傻，知道謝明哲的宋江單體治療能力強，李師師還有群體治療，所以他們剛才的那一波攻擊只是試探而已——真正的爆發，還在後面！就等你免控護盾消失的那一刻！

盧俊義的護盾能護住一時，卻不能永遠免控。等護盾消失的那一瞬間，周小琪直接召喚出海帶卡，大範圍的海帶絲飛過來，將喻柯的鬼牌全部綁住，再然後，海菖蒲的花朵盛開，三十公尺內敵對目標陷入幻覺持續三秒！

這一波連控，才是風華真正的節奏點。

周小琪緊跟著召喚綠藻，配合劉然的攻擊路線，開始迅速鋪設水毒……

周小琪群攻疊毒，劉然單攻爆發，兩人的節奏點找得恰到好處，再加上幻覺控場，總算是強殺

掉了連城！

——連城陣亡。

這對小柯來說確實是極大的損失。

好在黑無常剛才被喻柯召喚出來後一直停留在遠處，因此沒受到控制影響，加上有白無常貼身保護，他現在的血量還很健康。

花榮沒被集火，只受到一些群攻技能影響，血量也在百分之八十以上。

三秒的幻覺，之後還會有三秒的混亂！

謝明哲卡準了時間，就在幻覺剛結束的那一瞬，他秒召李師師——傾國傾城！

李師師在場地中間跳起了優美的舞蹈，範圍內敵對目標集體癡迷地欣賞美女的舞姿，無法釋放出任何技能。

就連身經百戰的蘇洋也忍不住喊道：「漂亮的反控！這個時機卡得非常精確！」

李師師的一波反控，不但打斷了風華的追擊節奏，還為涅槃爭取到調整的時間。

宋江立刻賣血給花榮加了一口，同時，喻柯放出黑無常，瞬移繞後，強殺掉剛才被打殘後跑去遠處想慢慢回血的治療牌紅藻！

雙方的卡牌數再次變成八比八。

戰況愈發激烈，而粉絲們的心情也更加緊張，涅槃雖然靠李師師的反控緩過氣來，但從明面上看——輸出依舊不夠啊！

目前場上的輸出牌就剩花榮、黑無常兩張牌了啊！

公孫九娘的鬼火一波爆發確實猛，但技能陷入冷卻後根本打不出輸出；盧俊義被即死牌給秒殺了，連城被集火強殺，白無常就是個輔助，宋江、李師師都是治療，然後呢？

治療再多，輸出不夠的話怎麼打死對手？

粉絲們都很擔心，偏偏謝明哲不慌不忙，到現在，他依舊沒有召喚暗牌的打算。

因為局面還在他的掌控之中。

直到黑無常和花榮迅速地把對方的三張脆皮牌打殘，而風華也終於召喚出本場比賽的關鍵戰術卡——生石花，群體混亂！

生石花是一種長在沙漠裡的多肉植物，它的形狀很像是人的屁股，色彩各異，當它開始在地面上迅速生長蔓延時，不但會讓對手群體混亂，還會使對手集體降防百分之五十，可以說是團隊進攻的大節奏點！

果然，生石花一出場，風華藏起來的另一張暗牌也出來了——苔蘚。

唐牧洲製作的卡牌，以藤蔓、花卉、樹木為主，多肉植物是這兩年才開始做的，而苔蘚植物他以前並沒有做過，這張綠苔蘚，在聯賽中是第一次出場。

把新做的卡牌交給劉然這位新人試水，可見師兄對這位新人的水準非常肯定。

苔蘚是一張群攻卡，它會像毛茸茸的綠色地毯一樣，以極快的速度在地面上鋪開，並且朝指定的方向蔓延，造成範圍內的減速，同時疊加劇毒。

最初減速百分之五十，每秒增加百分之十，最多減速百分之八十。

被減速百分之八十的卡牌移動速度慢如蝸牛，幾乎是黏在苔蘚上根本走不動。

而苔蘚的基礎攻擊非常高，對黏在上面的卡牌每秒會疊加一層木系「中毒」，疊到五層以上之後，掉血量簡直只有「血崩」可以形容。

這張牌，配合生石花的群體混亂、降防，幾乎能瞬間把對手給打崩！

哪怕謝明哲秒招了李師師的大招群體抬血，那也是杯水車薪，被苔蘚黏住會走不動，掉血量越來越多，也就是說，如果沒帶解控類的卡牌，場上遇到苔蘚這張牌，就是解不開的死局。

後臺觀戰的白旭忍不住小聲吐槽：「我哥做的牌真是越來越變態了……」

唐牧洲耳朵很靈，微笑著道：「謝謝誇獎。」

白旭：「……」

苔蘚的設計確實很霸道，生成大範圍的「苔蘚地毯」減速對手，並且每秒疊毒，如果不儘快處理掉這張牌，就只能眼睜睜看著自己被毒死。

不過他相信，以阿哲的聰明，絕不會這麼輕易地團滅在苔蘚地毯上。

在對方拿出這樣一張出人意料的暗牌時，沒有充分的準備，很容易被團滅。這也是明暗牌模式最刺激的地方，不到最後關頭，誰都不知道下一刻會發生什麼。

謝明哲會有什麼策略呢？觀眾們都很是好奇。

涅槃終於行動了！

只見喻柯突然召喚出一個女鬼，這隻鬼和其他鬼不同的是，她沒有臉，或者說，她的臉上根本沒有眉毛、鼻子之類的五官，而是一大塊人皮！

詭異的造型讓不少膽小的觀眾被嚇了一跳。

但緊跟著，她的動作讓全場觀眾都嚇了一大跳。

——人皮偽裝！

畫皮鬼可以剝下其他卡牌的皮，覆在自己的臉上，偽裝成對方的模樣，並立即繼承該卡牌的其中一個技能。

喻柯選擇了生石花。畫皮直接把生石花的皮剝下來弄了個面具戴上，於是觀眾們哭笑不得地看見，她的臉上長滿了色彩斑斕的生石花，這畫面極為詭異，更過分的是，她複製了生石花的混亂。

——群體混亂！

混亂這個技能最噁心的地方在於，會讓你的攻擊打到隊友的身上。

苔蘚不是很強嗎？

鋪了滿地的綠色地毯讓對手減速，還給對手疊毒是吧？混亂效果一觸發，苔蘚開始敵我不分，所有地面上的友方卡牌也被它給減速了，並且迅速疊加了好幾層的木系中毒！

觀眾們：「……」這尼瑪自作自受啊！

謝明哲笑咪咪地表示：師兄的難題，我會以其人之道還治其人之身，你們自己去解。

劉然和周小琪頭都要炸了！

他倆也沒帶解控卡好嗎？

現在有種搬起石頭砸了自己腳的感覺，何況紅藻這張治療牌開局就被秒殺了，如今站在苔蘚鋪成的地毯上，大家一起減速、大家一起疊毒，這感覺格外酸爽。

周小琪咬牙道：「雖然我們也疊毒了，但涅槃疊的層數更高，看誰先死！」

劉然點頭道：「沒錯，全力輸出！」

風華的卡牌被苔蘚的範圍毒素影響，全團開始大量掉血，但涅槃的卡牌掉得更恐怖啊！

而且，李師師的治療技能在冷卻，這時候直接一波帶走涅槃的卡牌，比賽照樣贏。

三秒的混亂後，劉然和周小琪立刻開始全力攻擊！

雙方站在苔蘚地毯上，風華的遠程卡就算原地不動技能照樣放，兩人集火強殺黑無常，被白無常的「延遲結算」強行拖了幾秒！

趁著這點時間，黑無常瞬移爆發連擊，將風華的幾張牌全部打殘！

此時，雙方卡牌數量八比七——宋江賣血賣太多，被苔蘚毒死。

不管從卡牌數量還是血量上來看，風華依舊占據著優勢，這讓劉然和周小琪略感欣慰，兩人一邊操控著植物牌繼續輸出，一邊控制著苔蘚的蔓延角度，讓涅槃的卡牌沒辦法逃離苔蘚範圍。

不得不說，這張卡牌真的很煩，滿地綠油油的苔蘚減速百分之八十，簡直像陷入泥沼般走都走不動。

謝明哲仔細觀察著場上的局勢。

對方八張牌全部在場，沒有其他的可變因素，治療卡紅藻已陣亡，剩下的牌輸出雖然爆炸，但都很脆皮，黑無常打殘了三張，花榮打殘了三張，還剩兩張滿血的……

謝明哲道：「小柯，左邊那兩張控制牌！」

喻柯立即回覆：「收到！」

周小琪是個很聰明的選手，控制牌用完技能後就沒用了，她迅速把卡牌撤回去，遠離雙方交火區域，一方面保證卡牌的生存，在最後結算時有卡牌數量上的優勢，另外也可以等技能冷卻，看情況再來一波控場。

但謝明哲眼尖地發現了那兩張牌，喻柯聽到阿哲的提示，立刻操控黑無常強行突進！

黑無常有瞬移技能，可以直接突襲繞後，並連擊打出爆炸傷害。熟悉涅槃的粉絲們都知道這套打法。但今天黑無常的打法卻讓大家看不懂——以前喻柯操控黑無常，都是隊友把卡牌打殘了，黑無常去收人頭疊標記。

但今天黑無常只在開局強殺了治療牌紅藻，疊了一個標記，後面由於連城的陣亡，涅槃的卡組輸出嚴重不足，黑無常和花榮聯手，總是把卡牌打殘，然後讓對方死裡逃生。

只差那麼一點就能殺掉對手。

一次兩次可以說是巧合，第三次可以說是喻柯發揮失常。

但第四次呢？

不遠處就有殘血牌，他不去殺，卻突然瞄準在更遠的地方看戲的控制牌——直接瞬移過去，一套技能打在滿血牌身上，這是什麼神奇操作？

直播間紛紛吐槽。

「小柯今天是在夢遊嗎？」

「黑無常把殘血牌強殺掉，疊標記爆發說不定還有一點希望。現在這麼打的話，對方就算全殘血，殺不死也白搭！」

「李師師也被苔蘚毒死了，唉，看來今天阿哲和小柯要完蛋啊！」

「卡組搭配不行，輔助牌太多，輸出嚴重不夠！」

直播間內噴子很多，有人開始嘲諷謝明哲休假休了兩個月，不會搭配卡組了。

但後臺觀戰的職業選手卻隱約察覺到不對。

頭號黑粉葉竹忍不住說道：「以謝明哲卡組的討厭程度，他還有一張暗牌呢！我覺得他不可能這麼簡單就輸掉。」

山嵐若有所思，「我怎麼覺得，他們這種打法，有點像是……暴風雨到來之前的寧靜？」

這句話讓現場的選手們如同醍醐灌頂，瞬間一個激靈。

仔細一看還真是！花榮和黑無常沒能力收掉殘血牌嗎？喻柯是真的操作失誤去打那兩張滿血牌嗎？會不會這一切都只是鋪墊？

就好像Boss到來之前，打先鋒的卡牌先打出鋪墊，然後等Boss收割？

風華所有的牌都亮出來了，已經沒有任何意外因素，一切都可掌控；而涅槃，卻有一張牌到現在還沒有出場。

眾人想到這裡，脊背不由冒出一絲冷汗——直覺告訴大家，暴風雨很快就會來臨，就看謝明哲怎麼玩了！

場上，劉然和周小琪已經看到了即將到來的勝利！

黑無常繞後強打輔助牌，雖然把兩張牌打掉百分之三十左右的血量，可是白無常給他的「五秒延遲結算」快要到了，黑無常這段時間受到的傷害，足夠在結算時間到的那一刻直接暴斃！

喻柯也知道這一點，白無常給的延遲結算讓他強行拖住五秒，打了一波輸出。

在即將結算的那一刻，喻柯毫不猶豫爆掉那個唯一的陰陽標記……只有一個標記的話，只能造成少量大範圍群攻傷害，但聊勝於無，臨死前開標記群攻壓血量也是划算的。

粉絲們看慣了黑無常一波標記秒全場，此時看他只打出一個標記的傷害，都有些難受。

難道阿哲和小柯真的要輸了嗎？

下一刻，謝明哲突然有了動作，

賽場右上角的戰鬥提示中顯示，一張新牌出現了。

——謝明哲召喚出了卡牌：潘金蓮。

畫皮鬼剝掉自己的面具，結束偽裝形態，範圍三十公尺內敵對目標被它的真面目嚇到，集體恐懼！在潘金蓮出場的瞬間，喻柯心有靈犀地讓畫皮卸下偽裝，開群體恐懼控場。

風華所有卡牌被控，沒法放技能，持續三秒。

然後所有觀眾都聽見一個嬌滴滴的聲音在說：「大郎，喝藥了。」

觀眾們：「啊？」

仔細一聽，這聲音正是謝明哲召喚的新卡牌發出來的。

只見這女子畫著精緻的妝容，長得非常妖媚，手裡捧著一碗藥，念完臺詞後，她就瞬間將周小琪的一張植物牌拉到面前，給對方強行灌了一口藥。

一、二、三！

三秒時間到，卡牌被有毒的藥給毒死。

潘金蓮技能刷新，繼續說：「大郎，喝藥了。」

全場觀眾：「再來？」

劉然和周小琪：「什麼？」

潘金蓮餵藥技能，只要毒死目標，就可以立刻讓技能刷新。緊跟著，她將附近另一張殘血植物

牌強行拖到面前，給對方餵了一口毒藥。

一、二、三。

潘金蓮：「大郎，喝藥了。」

觀眾們：「……」有完沒完啊！

周小琪和劉然滿臉懵逼。

後臺觀賽的職業選手神色都有些僵硬，不少前輩大神頭痛扶額，白旭直接爆粗口：「臥槽，我就知道謝明哲沒那麼容易輸，這張牌也太煩了吧！還自帶音效的？」

自帶音效的潘金蓮，嘴裡一直念叨著「大郎喝藥了」，然後一碗接一碗地給對手餵毒藥。她毒死了海帶、毒死了仙人掌、毒死了金錢木……

轉眼間毒倒了一大片！

這張牌的輸出機制簡直比食屍鬼還要恐怖，大後期殘局出場，根本就攔不住啊！

劉然和周小琪面對這突如其來的收割牌，完全沒轍，整個腦袋都是懵的。

單體大後期收割牌？

喻柯的黑無常只是誘餌，潘金蓮才是這場比賽真正的Boss。

他們太天真了，喻柯和謝明哲怎麼可能操作失誤不去殺殘血牌？這是在養豬啊！養肥了再殺啊！故意養出一大批殘血牌，專門給潘金蓮刷新技能收割用的。

潘金蓮的基礎攻擊調整之後並不高，想保證她在三秒內毒死對方的卡牌，就必須讓所有卡牌變成殘血，黑無常陣亡前的操作就是為了這個目的。

但黑無常單卡的攻擊畢竟有限，只把兩張輔助牌打成百分之六十左右血量。

然而還有公孫九娘！

公孫九娘放完技能後就被喻柯藏到大後方，此時技能冷卻已經好了，遠程炮臺法師操控九團鬼

火，看哪張牌的血量高就砸哪張——這時候大家才發現，公孫九娘的操作極為靈活，配合大後期的潘金蓮，簡直是絕配！

血多的，給四團鬼火，瞬間壓殘血線，方便潘金蓮收割。

血少的，給一團鬼火就足夠了。

場上剩下的卡牌本就不多，公孫九娘的九團鬼火合理分配攻擊，可以保證所有卡牌都被潘金蓮依次毒殺！

——大郎，喝藥了！

賽場再次響起這句臺詞。

而隨著每一句臺詞的響起，必定會有一張植物牌陣亡。

幾乎是轉眼之間，謝明哲和喻柯將前期一直劣勢的局面徹底逆轉！

潘金蓮恐怖的毒殺，技能不斷刷新，直接把風華的植物牌一波全部毒死！

而此時，涅槃因為被苔蘚影響而陣亡了幾張牌，最後還剩公孫九娘、潘金蓮和殘血的白無常，涅槃以存活三張卡牌數獲得了最終的勝利！

三位解說表示：不知道說什麼才好。潘金蓮這張卡牌簡直是聲音、精神雙重攻擊，解說們現在滿腦子都是大郎喝藥了！喝藥了！喝藥了！

回過神的吳月有氣無力地道：「讓我們恭喜謝明哲和喻柯拿下雙人賽首勝！」

直播間內：「……」

難得的，一場比賽結束後刷屏不是驚呼，而是統一的省略號。

看來，大家對謝明哲的做法都特別無語。

可憐的植物們被強迫上吊、談戀愛、生寶寶已經夠了，如今還要被潘金蓮錯認為「大郎」拉過去喝毒藥？有了你這個禍害，卡牌們的牌生真的好艱難啊！

解說席沉默了一陣，吳月為免冷場，只好尋找話題：「剛才的這場比賽確實精彩，一波三折，最後的翻盤也出人意料！洋神來給觀眾們簡單地點評一下吧。」

蘇洋並沒有立刻接話，而是認真看了看慢鏡頭重播，這才說道：「這場比賽謝明哲的戰術布局很強，我剛剛看了技能釋放的順序，發現他找的節奏點非常好，觀眾們可以看看慢鏡頭重播，他召喚潘金蓮的時機很有講究。」

導播配合地放出剛才最後那波團戰的慢鏡頭，蘇洋從專業的角度分析道：「潘金蓮這張牌是典型的單體收割牌，她的優勢和劣勢都非常明顯，優勢不用多說，輸出很高，一旦擊殺目標會立刻刷新技能，可以完成連殺收割；但劣勢是她的擊殺並不是瞬間擊殺，而是有一個三秒的延遲，在實戰的時候這三秒一旦出現意外，她的後續技能就放不出來。」

劉琛也發現了這一點，附和道：「是的，大後期的單體收割牌像食屍鬼、吸血匕首，傷害都是立刻結算，食屍鬼直接提升攻擊後近戰輸出一波清場，吸血匕首擊殺目標後越打越強，潘金蓮在收割牌當中，算是節奏偏慢的，三秒延遲很容易出意外。」

蘇洋道：「潘金蓮這張牌設計得好，關鍵其實是第二個技能——魅惑。」

吳月立刻說道：「請導播調出這張卡牌仔細看一看設計吧。二技能是魅惑範圍內指定目標來到自己面前，這是遠距離強行拉人的技能，一旦毒殺目標，也會立刻刷新技能的冷卻。」

蘇洋點頭，「關鍵就在這裡，潘金蓮的傷害雖然有三秒延遲，但她可以遠距離把別的卡牌給拉過來打得對手猝不及防。最後這一波團戰，大家可以看看謝明哲操控潘金蓮的走位。」

觀眾們發現，謝明哲召喚出潘金蓮後並不是原地不動，他首先迅速讓潘金蓮繞開苔蘚地毯鋪設的範圍，然後用魅惑技能強拉風華的植物牌仙人掌，猝不及防地殺了仙人掌。

蘇洋分析道：「當時風華的卡牌有六張牌的血量在百分之三十左右，潘金蓮可以毒殺的目標至少有六個，距離她比較近的也不是仙人掌，而是生石花、海帶和金錢木，但她為什麼繞過這三張

牌，卻大老遠把仙人掌拉過來秒掉？」

吳月雙眼一亮，「因為仙人掌是非常強的遠端普攻卡！身上的刺可以不斷地射出去攻擊遠距離目標，如果仙人掌不死，一旦劉然反應過來，很可能會迅速反殺潘金蓮？」

蘇洋點頭，「是這個道理。仙人掌是風華輸出牌中唯一的普攻牌，不受技能冷卻影響，可以遠端持續輸出，而其他卡牌雖然輸出能力強，但這時候技能正好在冷卻，所以我才說，謝明哲召喚潘金蓮的時機相當精妙。」

劉琛這時候也明白了過來，不由讚道：「阿哲的心算能力很強，他召喚潘金蓮的時候風華的大部分卡牌技能在冷卻，唯獨不需要技能冷卻的仙人掌被他瞬秒，而畫皮的三秒恐懼控場後，技能冷卻完畢的超強單攻卡金錢木，也被他第二個拉過去擊殺。」

吳月驚嘆道：「這麼看來，他早就算好了擊殺對方卡牌的順序，先出其不意地把對潘金蓮威脅最大的兩張單攻牌給殺掉，剩下的控場牌、群攻牌，很難再對潘金蓮的生命造成威脅，只要活著，潘金蓮就可以完成全場的收割！」

蘇洋微微一笑，「是的，仙人掌和金錢木被迅速秒掉後，公孫九娘分散鬼火去壓低其他卡牌血量，潘金蓮再走位躲開幾個群攻技能，拉一張殺一張，已經沒有任何卡牌能影響到她了。」

直到這時候觀眾們才徹底搞懂謝明哲這局比賽的戰術布置——潘金蓮一直不出場，就是在等一個最合適的時機。對方強控技能冷卻的時候，以畫皮打出一波反控，先殺對自己威脅最大的兩張單攻牌，再慢慢處理其他控制、群攻牌。

謝明哲在關鍵時刻還能這麼冷靜，除了佩服還能說什麼？

直播間內刷了滿屏的驚嘆，不少粉絲激動表白。

「我男神的腦子到底是什麼做的？思路也太清晰了吧！」

「換成是我的話，肯定是哪張牌離得近就去秒哪張，哪還有時間去想擊殺順序這種問題啊！」

「混亂的局面下避開苔蘚，準確找到仙人掌拉過來秒殺，阿哲的意識真的厲害！」

蘇洋以前對謝明哲的印象是個很陽光的少年，有點兒調皮，身上有著少年人的青春活力，今天到現場看比賽，他才發現謝明哲最可怕的地方並不是卡牌有多強——而是關鍵時刻的冷靜。他的腦子始終保持著絕對的清醒，在對手的卡牌全部亮明後，迅速理清了潘金蓮收割的時機以及順序，完成了一波完美的清場表演！

很少誇人的蘇洋也忍不住心生讚賞，「阿哲雖然年輕，但隨機應變的意識已經是一流選手的水準。潘金蓮這張牌看上去簡單，操作其實極難，關鍵就在如何保證連續三秒的收割不被打斷，一旦中間出任何差錯，潘金蓮被反殺，或者關鍵時刻被反控，這一局很可能就輸了。」

但那種可能最終沒有出現。

因為謝明哲早就思路清晰地心算好了一切。

就說剛才的那一波團戰吧，關鍵時刻把對手卡牌的死亡順序都安排得清清楚楚，試問有多少人能做到？

比賽後臺，白旭看著大螢幕臉色極為複雜，換成自己，剛才肯定做不到謝明哲那麼冷靜，他發現自己和謝明哲之間還是有不少差距，這讓他有些沮喪，忍不住垂下了頭。

坐在旁邊的易天揚見他沒精打采地耷拉著腦袋，不由湊過去問：「下一場比賽就是我們和謝明哲打，你看完剛才這局，是不是失去了信心？」

白旭臉色蒼白，嘴上卻在逞強：「誰失去信心了？潘金蓮而已，這種大後期卡牌又不是沒見過，專門留控制技能對付她不就好了！」

易天揚輕笑著摸摸鼻子，「你想多了，他打我們的話，不會再拿出潘金蓮的。」

白旭一怔，「你怎麼知道？」

易天揚低聲分析道：「潘金蓮這張牌打風華、流霜城比較好用，因為這兩家的卡牌很多都是靠

技能吃飯，可以卡住冷卻時間召喚出來。打裁決肯定不行，老聶隨便派野獸去咬幾口，潘金蓮防禦那麼低，還沒毒死人自己就會先掛了。打鬼獄和暗夜之都也不好使，鬼獄的隱身牌太多，暗夜之都的蟲蟲打死了還能分裂。」

白旭認真地聽著，覺得他的話很有道理，「這麼說我們的卡組也不適合一波清場，大不了潘金蓮出來後，開啟蟲洞傳送，我讓卡牌集體傳送到她搆不著的地方去！」

易天揚微笑著點頭，「他今天拿出這張牌，更大的可能是他在配合喻柯試驗這張牌的極限操作，為後期團賽做準備。潘金蓮雖然強，但也容易防守，留個單控技能專門針對就行。」

有時候白旭會覺得身邊這位新隊友不大靠譜，但是聽了他的分析後，白旭又覺得易天揚確實名不虛傳。

作為暗夜之都的第一輔助，易天揚是裴景山的左膀右臂，還多次擔任團戰指揮，要不是為了畢業口試暫時離開聯盟，自己也沒法撿到便宜把他給挖過來。

想到這裡，白旭就忍不住高興，對接下來的雙人賽多了些信心，「還有一局我估計謝明哲會繼續贏！我們仔細看看，回頭再好好針對他的新卡牌來布置卡組，下週的比賽我可不想被二比零！」

五分鐘休息時間到，第二局比賽正式開始。

這一局是謝明哲和喻柯的主場，謝明哲選擇的地圖是涅槃在常規賽中使用過的大觀園系列之怡紅院，場景事件是怡紅夜宴開始後全地圖卡牌攻擊、攻速、暴擊傷害全面提升。

很快地，雙方亮出卡牌。

風華的卡牌總體沒怎麼變，把上局的治療牌換成爆發輸出的群攻牌。

涅槃這邊公布的八張明牌中，喻柯的鬼牌是公孫九娘、聶小倩、喬生、連城，人物卡是宋江、盧俊義、花榮、李師師。光看明牌的話改動不大，只是把黑白無常換成了聶小倩和喬生。

比賽開始。

雙方用各種技能對拚一波，一時半會兒殺不掉對手的牌，但對手也沒法殺掉自己的牌。前期的攻擊都只是試探而已，雙方都沒有動真格。

直到夜色降臨，怡紅院中燈火通明，夜宴正式開場——全場景所有卡牌攻擊、攻速、暴擊全面增強！

看到怡紅院這張地圖時大家都猜到，夜宴開始的那一刻就是雙方爆發拚輸出的時候。劉然和周小琪在暗牌中帶了一張大榕樹，在夜宴開始、對方全面進攻的那一刻及時地開出大榕樹的「神樹護佑」技能——全團無敵！

李師師的群控正好被擋住了，但沒關係，夜宴開始後的加成一直存在，之後就是拚輸出，看誰能更快地解決對手。

從卡組上看，風華由於增加了一張群攻牌沙漠玫瑰，加上之前的水系植物群攻牌，一波爆發群攻同時砸下來，涅槃所有卡牌集體被打殘！

這效果就像在湖裡投了個炸彈，轟然一聲巨響，涅槃在場卡牌血條直接被刷掉了三分之二，可見夜宴開始後的全場景輸出增強效果有多可怕。

觀眾席響起一片驚呼，夜宴開始的這一波，風華靠榕樹的無敵保護，生石花的群體混亂和其他幾張群攻牌的同時爆發，打出了成噸的傷害！

涅槃在場的卡牌全部只剩三分之一血量——盧俊義又一次被即死牌秒殺，李師師技能冷卻，宋江的單體加血照顧不到那麼多隊友，劉然再放仙人掌收割就會很輕鬆。

劉然瞄準了連城，他見過連城和喬生鬼牌形態的連動，這張牌必須處理掉。

可就在這千鈞一髮之際，喻柯突然召喚出另一張鬼牌。

——楚江王，寒冰地獄！

大片冰藍色的地獄在腳下迅速生成，範圍內所有敵對目標移動速度、攻擊速度集體下降百分之五十，並且每秒疊加一層寒氣，每層寒氣減少百分之二十攻擊力，五層疊滿時攻擊力降至零。

這張牌也是聯賽中第一次使用。

寒冰地獄的突然出現，讓劉然和周小琪猝不及防。

這個寒冰地獄放的位置很巧妙，被減速的植物卡沒法在五秒內逃離寒冰地獄的範圍，因此，仙人掌、金錢木的攻擊力都迅速降到零。

怡紅院的夜宴加成確實很爽，全卡牌攻擊提升。然而寒冰地獄的存在卻恰到好處地抵消了場景攻擊加成，讓劉然一波爆發把對手打團滅的想法化為泡影！

蘇洋輕笑著道：「謝明哲很聰明，這張卡牌完美破解了怡紅院的場景優勢，現在的情況就是，涅槃這邊的卡牌獲得攻速、暴擊加成，而風華被圈在地獄中的卡牌，攻擊降到了零。」

攻擊只是暫時降到零，只要離開地獄範圍就可以恢復，相當於一個「群體虛弱」的控場。可是被減速百分之五十後，哪裡能那麼輕易地離開寒冰地獄？

楚江王這張卡牌和上局的苔蘚一樣，苔蘚會在地面大範圍鋪設，減速並疊毒；寒冰地獄也是地面鋪設，減速並減少攻擊力，師兄弟兩人在製卡的時候心有靈犀地想到了一起。

白旭看到這張牌頭皮都要炸了，「這也太無恥了吧！對手的攻擊力降到零，他自己的攻擊力卻提升百分之五十？楚江王放在怡紅院這張地圖上，簡直就是bug。」

易天揚讚道：「地圖和控制卡搭配出奇效，楚江王這張卡確實選得好。」

沈安看得有些焦急，「師父，這個要怎麼破解？」

唐牧洲輕嘆口氣，「小劉把榕樹的無敵開得太早，應該等暗牌出來。」

劉然確實沒想到謝明哲還有這麼損的一招。

楚江王的寒冰地獄，寒氣不斷疊加，簡直能把人凍死。

而地獄一放出來，喬生和連城立刻開始行動——他們同時從人形態變成了鬼形態。

由於喬生和連城同時行動，觀眾們也發現兩張鬼牌之間存在連動技。

直播間內的觀眾們紛紛表示：「有連動技相知相許？這是聯盟第一對鬼牌夫妻嗎？」

「鬼牌居然也有CP了，而我還是條單身狗，感覺自己活得還不如一張卡牌？」

歸思睿做的鬼牌當然也有連動，比如經典的紅衣新娘和白髮女鬼群攻連動，但他做的卡牌中從沒有「夫妻」這種設定，謝明哲的喬生和連城，還真是聯盟第一對「鬼夫妻」。

觀眾們對謝明哲意見更大了——能不能考慮一下單身狗們的感受？

上一局連城也出場過，但這局的連城和上一局簡直是「判若兩鬼」，因為上局的連城攻速並沒有疊滿，這局和喬生一起出場的連城，才是真正的輸出核心！

喬生會割下自己的心頭肉給連城加攻速，再加上自己殉情去陪連城一起做鬼，結果就是連城變成鬼形態的那一瞬間，攻速直接疊滿了百分之百。

喻柯自從被隊友們輪番虐過之後，這段時間特別認真，一個多月的反覆練習讓他對喬生、連城這對鬼夫妻的操作已經達到爐火純青的地步。

連城本來輸出就強，有了場景加成後，攻速百分之一百五十的輸出簡直恐怖。

她不斷地靈活走位，靠普攻來攻擊對手，喬生則跟隨著她四處位移靠二技能「尋找連城，對路徑上敵人造成傷害」來打出範圍攻擊，需要的時候瞬移過來對連城攻擊的目標進行一次補刀！

這對鬼夫妻的連動也讓現場觀眾大開眼界。

不少觀眾紛紛在直播間說道：「小柯操作技術進步很大啊！」

「喬生一直全場直線攻擊，連城靈活走位打單體，聶小倩也是單體輸出，同時操控這麼多單攻

卡，小柯確實不容易！」

如果說第一局讓人眼前一亮的是謝明哲的戰術布局，那麼第二局喻柯就是主角！

謝明哲帶了四張牌保護喻柯，還有一張暗牌是和宋江連動的李逵，出場後打了一波群攻，然後就觸發協戰技能對攻擊連城的目標進行補刀。

這時候大家也發現了，連城作為本局核心，其他卡牌都在幫她。

喬生幫她加攻速，宋江一直幫她加血，李逵的協戰、喬生的補刀也是以連城為中心。

雖然連城不是收割牌，只靠多次普攻來打出持續性傷害，但在對手被寒冰地獄影響的情況下，一秒打出兩次普攻那是什麼概念？

時間一長，連城的總輸出量將會達到極為驚人的數字！

比賽結束時，吳月震撼地看著賽場統計表，其中有一行鮮明的金色字體顯示「打破紀錄」，吳月激動地道：「我們看到連城在這一局比賽中總共打出了……四十六萬的傷害，打破了歷屆雙人賽單卡輸出的最高紀錄！」

觀眾們看到這個數字，只覺得毛骨悚然。

單卡打出高傷害大家見得多了，但很多大後期卡牌出場的時候，由於對方早就殘血，總輸出量其實不高，包括上局的潘金蓮，雖然一口氣殺了八張牌，但留給她的牌都是血量兩至三萬的殘血牌，總輸出量還不到二十萬。

可是這局，直到怡紅夜宴開始的那一刻，連城和喬生才一起入場，當時風華的卡牌血量都很健康，是連城配合隊友一路普攻連擊，把傷害給刷上去的！

普攻卡有個特點，一日攔不住，就完蛋了。因為沒有技能冷卻，可以一直不斷地打你，雖然每次打你造成的傷害並不高，但不斷地打出連擊，長時間累積起來會相當恐怖，何況是百分之一百五十攻速加成、百分之五十攻擊和暴擊加成的鬼牌連城！

劉琛感嘆道：「這一局是經典的普攻牌核心打法，喻柯發揮得確實很棒！」

吳月道：「小柯上半年團賽的時候，表現還沒這麼出色，有時候會掉鏈子，但今天他對喬生、連城兩張鬼牌的操控，確實能看出巨大的進步！」

——走位躲技能，繞後打連擊，殺不掉時叫喬生過來補刀，鬼牌夫妻聯手打遍全場，這操作確實很漂亮，觀賞性也極強。

第一局是謝明哲的戰術布置太出彩，讓對手在懵逼狀態下直接被翻盤；第二局卻是喻柯靠操作，硬生生地用一張普攻牌贏下了勝利！

吳月的聲音都在發抖：「今天是雙人賽的第一場比賽，讓我們恭喜謝明哲、喻柯組合，拿下二連勝，率先獲得兩點積分！」

現場響起熱烈的掌聲。

舞臺上，摘下頭盔的謝明哲，將激動得雙眼發紅的小柯輕輕抱進懷裡，像是兄長一樣揉了揉他的腦袋，微笑著讚道：「打得不錯。」

小柯撓撓臉傻笑，「是你卡牌帶得好，寒冰地獄群體減速，普攻打得真的太爽了！」

觀眾們看到兩人擁抱的一幕，心情極為複雜。

其實一開始大家並不看好謝明哲、喻柯這對組合，他倆搭檔不久，默契沒那麼高，雙人賽項目今年參賽的大神又特別多，大家覺得他們應該沒有爭奪獎盃的機會。

但看完今天的比賽後，很多人都改變了想法。

謝明哲的戰術安排太強了，經常打得對手一臉懵逼。小柯的操作技術也有了極大的進步，難道，這對組合會成為雙人賽中最強的黑馬嗎？

開幕式的第一場雙人賽，謝明哲、喻柯組合二比零戰勝了劉然、周小琪組合，比賽結束後，兩個新人的臉色都很不好看——出道首秀被剃光頭，本來就很打擊他們的自信心，何況是被「智商碾壓」的方式剃光頭？

劉然和周小琪回到後臺時垂頭喪氣，臉色比當初被秦可卿勸著上吊的那次還要沮喪。前期占盡優勢，結果被一波翻盤連秒八張牌，這就像是你爬山的時候眼睜睜看到了山頂，卻有人突然將你推下來，瞬間跌落谷底，心情上的失落一時很難釋懷。

見兩人垂著頭如同犯錯的學生，唐牧洲的聲音溫和了些：「A組的形勢你們已經看到了，謝明哲和喻柯的實力你倆應該很清楚，還剩一個出線的名額可以爭取，把目標放在這上面，回去好好總結，準備下一場比賽吧，小組出線還是有希望的。」

聽到這句鼓勵的話，兩人這才認真地點點頭，「知道了，我們會好好準備的。」

直到兩個小傢伙轉身離開，徐長風才挑了挑眉，「A組的出線名額可不好爭，還有白旭和易天揚呢，你沒必要給他倆畫大餅，讓他們抱有希望，到時候豈不是更失望？」

唐牧洲有些無奈，「第一場比賽遇上阿哲，被打擊得太嚴重，這時候不鼓勵一下他們，我怕他倆信心崩潰，先緩一緩吧，過兩天他們自然會想清楚。」

甄蔓突然問道：「話說，易天揚為什麼跑去星空戰隊了？裴景山那邊沒反應嗎？」

徐長風也看向唐牧洲，「我也覺得奇怪，當初別的俱樂部開高價挖他，他都不肯去，他跟裴景山的關係我記得特別鐵吧？小白說了什麼讓他改變了主意？」

唐牧洲說：「或許是他自己想去幫小白。易天揚這個人從不按常理出牌，他要是不樂意，別說是開高價，直接把俱樂部送給他，他都懶得去。」

謝明哲剛好路過休息室，聽見師兄的聲音就朝屋內探了探腦袋，唐牧洲看見他在門口露了個頭，立刻放下隊友，轉身走過去，主動伸開雙臂，微笑著道：「恭喜你，拿下首勝。」

謝明哲笑起來，很自覺地擁抱住了他。

唐牧洲立刻收緊懷抱，將阿哲整個人都圈進自己的懷裡，這個占有欲極強的動作讓謝明哲的耳

根微微發燙——旁邊還有隊友在，蔓姐和徐長風都在看我們呢，你收斂點行不行？

謝明哲用力推他，唐牧洲會意，立刻放開師弟，玩笑道：「你可把我們家小劉和小琪打擊得不輕，我想他們的腦袋裡，現在還在循環播放『大郎喝藥了』的臺詞。」

謝明哲摸鼻子，「我不是故意的。」說罷就和甄蔓、徐長風也打了聲招呼。

甄蔓玩笑道：「阿哲，我覺得每次看你打比賽，就像是看一場由卡牌們演出的電影，劇情特別精彩，還帶各種臺詞配音。」

謝明哲哭笑不得，這話算是誇獎嗎？

三人一起轉身出來，正好碰見從隔壁休息室走出來的白旭和易天揚。白旭臉色一僵，但還是故作輕鬆地走過來打招呼：「哥，蔓姐、長風哥……咳，你也在啊？」

謝明哲挑眉，「怎麼到我就不叫哥了？」

白旭臉色糾結不知道叫不叫，對上唐牧洲的目光，想到他答應自己的望遠鏡禮物，只好硬著頭皮道：「阿哲哥，今天比賽打得不錯。」

謝明哲玩笑道：「下一場跟你對決，我會打得更不錯。」

白旭：「……」真是一點都不想叫他哥，更想打爆他的頭才是真的。

易天揚伸出手來，微笑道：「阿哲是吧？認識一下，我是易天揚。」

這是謝明哲第一次見到這位傳說中的第一輔助，近距離看還挺帥的，穿著一身很瀟灑的休閒裝，顏值在聯盟能排在前幾名，笑容很有風度，看上去挺好相處的樣子，給人的第一印象還不錯。

謝明哲也伸出手跟他握了握，「你好，久仰大名。」

易天揚道：「下一場比賽，還請手下留情。」

謝明哲道：「客氣客氣，請你手下留情才是。」

在旁邊看他倆客客氣氣說場面話，唐牧洲終於忍不住了，「都早點回去吧，免得待會兒被記者

給攔住。天揚，小白就拜託你照顧一下。」

白旭聽到這話立即炸毛，「我不是小孩子，不用別人照顧，哥你別這麼說行不行？」

唐牧洲沒理他，拍了拍易天揚的肩膀轉身走了，謝明哲和他一起離開，湊在他耳邊問：「你跟易天揚也很熟嗎？」

唐牧洲答道：「老朋友，回頭跟你詳細說。」

眾人在門口分開，各自坐上回俱樂部的車。

涅槃這邊因為今天是謝明哲的生日，池瑩瑩早就訂好了包廂和大蛋糕來慶祝，教練、選手和公會管理員全部到齊，大家開開心心地吃了頓團圓飯。回到俱樂部後，池瑩瑩讓小胖和金躍一起搬來好幾個大箱子，朝謝明哲道：「阿哲，這些都是你的粉絲寄給你的禮物！」

謝明哲很意外：「粉絲們寄的？」

池瑩瑩笑著點頭，「你現在人氣可高了，粉絲後援會那邊本來想親自給你慶祝生日，但正好今天是開幕式，你和小柯還被安排了比賽，他們只好把禮物寄到涅槃基地，我都替你簽收了。」

面前擺著好幾個大箱子，謝明哲帶著複雜的心情拆開一看——有用他的卡牌素材做的周邊，各種各樣的零食大禮包，適合男生用的皮帶、領帶、袖釦、項鍊，還有手巧的粉絲自己做的工藝品和手工玩偶，以及一些親筆寫的紙本書信。

謝明哲過去的十八年從沒收過生日禮物，今年可算是一次性收了個齊全。

這些來自天南海北的禮物放在一起極為壯觀，堆滿了好幾個箱子，就跟搬家似的。謝明哲受寵若驚，眼眶忍不住泛起了一絲酸澀——有這麼多可愛的粉絲，他真的很知足！

謝明哲深吸口氣，笑著說：「謝謝瑩瑩，這麼多零食我一個人也吃不完，放在辦公室大家一起吃吧，其他的東西我帶回去，待會兒我再公開感謝一下他們。」

回到宿舍後，謝明哲打開信件，一封一封地認真地看完。

每一封都寫得真情實感，單純地表達著對他的喜愛，還有鼓勵。

謝明哲心裡暖洋洋的，拆完禮物後登入個人網頁本想公開致謝，結果卻看見網上已經炸了——他發的最新一條動態下面留言已經突破六位數，有很多人在誇他比賽打得好，有路人在問潘金蓮這張卡能不能出售，但後來不知是誰帶的頭，突然有很多人祝他生日快樂。

「阿哲生日快樂，愛你喔！」

「過完生日就十九歲了，以後會越來越好的，加油！」

「都說過生日的選手會有生日光環，今天你的光環閃瞎眼，你就是全場最閃亮的明星！」

「我男神又帥又有才華，男神生日快樂天天開心！」

除了留言祝福外，網上還有很多粉絲製作了「阿哲比賽精彩合集」和「阿哲卡牌氣人片段集錦」之類的慶生視頻，有才的粉絲們還畫了很多同人圖，寫了很多生日賀文……

這一切，居然把「謝明哲生日快樂」的話題直接刷到了當日熱搜！

過生日上熱搜，這可是超級明星的待遇啊！

謝明哲看著滿屏的生日快樂，有種很不真實的感覺。

去年生日的時候他才剛剛重生到這個世界，卡裡只有兩百塊存款，沒想到短短一年時間就發生了翻天覆地的變化。如今的他，不但因為製卡賺到花不完的錢，還收穫了這麼多粉絲，身邊有靠譜的師父和隊友，甚至還出乎意料地找到了一個最好的男朋友……

真是從掙扎在溫飽線的窮酸孤兒，一躍變成了人生贏家。

謝明哲心情好極了，發了條最新動態消息：今天確實是我的生日，大家寄的禮物我已經收到了，寫的信全部認真看過，各種自製影片、圖片、表情包……你們的心意我都能感受到，有你們在，我真的很幸福。謝謝大家，愛你們【比心】。

粉絲們立刻激動地嗷嗷叫。

「我們也愛你！」

「老公說愛我，我已經圓滿了。」

「情敵好多，我決定在阿哲滿二十歲的時候趕緊下手求婚！」

「忽略卡牌的話，我們阿哲其實是個很可愛的男生對吧？對粉絲態度也特別好。」

「確實，他本人挺好的。」

「阿哲，該喝藥了。」

謝明哲一邊看一邊笑，幾乎要笑出眼淚。

真好，他的努力得到了超出預期的回報，而他最初製作卡牌、讓更多人喜歡他的卡牌的願望，如今也終於實現了。

他會堅持下去、不忘初心，把自己腦海裡的那些人物、那些故事，慢慢呈現在人們的面前。

【第十三章】

全鬼出動！在鬼界高速公路上狂飆

快要凌晨，謝明哲興奮得睡不著，一直在翻網路上粉絲們做的影片——阿哲卡牌氣死人集錦，這影片真是太絕了，把秦可卿勸植物上吊、王熙鳳哈哈哈、月老強迫戀愛，還有今天潘金蓮叫大郎喝藥等等，全部剪接在一個影片裡，看著都好氣啊！

就在這時，唐牧洲突然給他發來訊息：「知道你還沒睡，關於易天揚的事情，如果你感興趣的話，我跟你說說？」

謝明哲立刻來了精神，直接從被窩裡坐起來，打開語音通話，「快說說吧！師兄，這位易天揚到底是什麼來歷？我只聽說他以前是全聯盟最強的輔助？」

「是的。」唐牧洲的聲音在深夜裡帶著一絲性感的慵懶，他躺在床上，低聲跟謝明哲說道：「天揚、裴景山和我都是好朋友，我比他們大兩歲。我們很早之前就一起玩這個遊戲，第五賽季的時候我成了職業選手，創建風華俱樂部，當時他倆還在讀高中。」

「第七賽季裴景山本來要跟易天揚一起來打職業賽，天揚家裡突然出了些事情，裴景山只好一個人跑來打比賽，正好遇見葉竹，裴景山就帶著葉竹一起去打比賽。」

「嗯，然後呢？」謝明哲聽得很認真。

「家裡的問題解決之後，易天揚乾脆通過大師賽的途徑成為正式選手，當時我也邀請過他，但他覺得我們風華高手太多了，並不需要他，反而是裴景山那邊更有機會。他就去幫裴景山和葉竹，在團戰中擔任輔助位，也是那個賽季，暗夜之都拿下了團賽的冠軍。」

「按你的說法，暗夜之都拿冠軍，和他的關係很大？」謝明哲好奇地問。

「輔助在團戰中的重要性你也清楚，開團開得好，能一波打崩對手，保護放得及時，也能避免隊友被團滅。易天揚的意識確實沒話說，第八賽季的暗夜之都，團戰強得可怕，如果不是他的加入，也不可能拿下冠軍。」

唐牧洲頓了頓，緊接著說：「當時的易天揚，是職業聯盟公認的第一輔助，後來，暗夜之都的

新人培養起來，他因為學業的問題終止了俱樂部的合約，回校讀書，又考上研究生，雖然他的資料還保留在聯盟，並沒有退役，但他確實已經消失兩年了。」

「消失兩年？回來後怎麼沒去暗夜之都，反而加入了星空戰隊？」

「他和俱樂部簽的合約都是按年算，不像大部分選手那樣簽長約，和暗夜之都的合約早就到期了，所以他回來之後想去哪兒都是他的自由。」唐牧洲想了想，「天揚這個人做事比較隨興，最討厭受人約束，自己想做什麼就做什麼。他去幫白旭，大概是因為白旭更需要他，而且別看小白這傢伙不怎麼靠譜，嘴甜起來也挺會哄人的，可能是給了他什麼承諾。」

「喔，這麼看來，他加入星空後，星空戰隊實力會大提升吧。」謝明哲很清楚輔助對一個團隊的影響，輔助一般都掌握著控制、保護類的卡牌，進可攻、退可守，需要掌控整個比賽的節奏點。如師兄所說，開團開得好，一波打崩對手也是有可能的。

團賽項目，星空沒能打進季後賽，這個賽季已經沒有希望了，只能看明年。

因此，打雙人賽是否能和厲害的輔助組隊很重要。白旭的個人實力其實挺強的，只是年紀太小沉不住氣，加上缺乏經驗，上半年的比賽才被虐得那麼慘。

然而被虐之後，又被哥哥批評了一頓，小白早已幡然醒悟，他一直在努力訓練，前段時間的訓練群裡這傢伙沒有一天缺席的，每晚都在挑戰擂臺和大神們PK。小柯能在短期內進步神速，白旭的進步肯定也不會輸給小柯。

再加上易天揚這個大賽經驗豐富的輔助，這對組合，實力絕對不容小覷。

謝明哲覺得小白特別可愛，平時總是喜歡氣氣小白、開開玩笑，但到了比賽場上，他不會輕視任何一位對手——何況是製卡能力出色、風格特殊的白旭。

士隔三日都要刮目相看，距離上半年的比賽已經過去將近兩個月，現在的白旭成長到了什麼地步謝明哲並不清楚，易天揚能給白旭多大的幫助他也不知道，下一場比賽對上這對組合，謝明哲並

沒有必勝的把握。

想到這裡，謝明哲不由問道：「下一場比賽，師兄覺得我跟小白誰的贏面大？」

唐牧洲毫不猶豫，「當然是你。」

謝明哲道：「不一定吧？小白的天賦本來就比我們家小柯高得多，還會原創星空類的卡牌，如今又有了易天揚這位一流的輔助幫忙，下一場比賽的勝負很難確定啊！」他頓了頓，開玩笑說：「不如師兄來教我幾招對付你這位老朋友的方法？」

唐牧洲微微一笑，「現在的你，已經不需要我指導了，好好準備，師兄對你有信心。」

——師兄對你有信心。

這句話讓謝明哲心裡一暖，他對自己其實也有信心，說「不一定」只是不想在賽前把話說得太滿。就算有易天揚這位一流輔助幫忙，他也不怕，反正做好充分的準備，盡力就是了。

次日，謝明哲大清早就起來研究星空戰隊在上半年的卡組，並且嘗試著搭配對戰方案，他知道白旭肯定會拿出新卡，所以他也拿出大量的新卡牌和喻柯一起練習。

下午時段的比賽都是一些不認識的選手，謝明哲也沒時間看，就和小柯一起埋頭訓練新卡組的配合。但晚上八點的黃金時段，安排了一場C組的比賽。這一場比賽，謝明哲訂了鬧鐘專門等著看，因為這是雙人賽中最被看好的奪冠熱門——聶遠道和山嵐的比賽！

事實也證明，他親自看比賽的決定沒有錯。

聶遠道和山嵐的組合真是強得有些可怕，山嵐的空襲，配合聶遠道的陸戰推進，獸群和鳥群同時襲擊，對手經常會顧此失彼，看著天上就忘了地面，而對付地面的野獸時就會忽略天上的進攻……簡直焦頭爛額，被打得毫無還手之力！

謝明哲心裡也忍不住感慨，距離雙人賽頂級搭檔，他和小柯還差得遠。

但沒關係，他們還有進步的空間，默契還可以繼續培養。

明天的比賽他會遇到白旭、易天揚，白旭的卡組帶「宇宙蟲洞」傳送，連續開蟲洞打傳送流會很難對付，常規賽能輕鬆贏星空，主要是星空其他選手比較弱，配合不好。

但是現在，易天揚的加入確實讓謝明哲心中忌憚。

這位曾經的第一輔助，如果由他來操控「宇宙蟲洞」這張傳送卡，絕對會讓比賽的現場變得極為靈活。

在對方展開傳送的時候，我方是不是能迅速跟上會是這場比賽的關鍵。但怎樣才能跟上？

謝明哲突然想到了一種很極端的打法。

其實對付這種傳送流最好的方式，是葉竹的追蹤打法。放透明蝶去追蹤，你集體傳送、我集體瞬移，根本就逃不掉。但是涅槃並沒有像透明蝶這種追蹤卡，所以謝明哲才想到了一個折衷的辦法。

——雙加速，四輪驅動。

你傳送是很快，但你總不能把卡牌給傳出比賽現場吧？

比賽地圖尺寸就那麼大，在對方傳送時只要能迅速跟上，他和小柯就有勝算。

五方鬼帝，是時候出場了！

今晚第一組比賽拖了很長時間，到了晚上十點才開始進行第二組的比賽。

謝明哲和喻柯站在舞臺另一邊的通道，遠遠看見小白在揉眼睛，心裡忍不住好笑——小少年一頭自然捲的捲髮，皮膚白皙，就像是小泰迪，外表看著很可愛，但戰鬥力極強。他顯然剛剛睡醒，迷迷糊糊的樣子就像是走錯了片場。

旁邊易天揚無奈地拍他的肩膀，「醒醒，要比賽了。」
白旭一邊揉眼睛一邊還打著呵欠，察覺到旁邊似乎有一道目光在注視自己，他回過頭來，正好對上謝明哲笑咪咪的視線，白旭遠遠地朝謝明哲道：「你笑什麼啊？」
謝明哲問：「你是不是從小吃『可愛』長大的？」
白旭愣了愣，一臉的茫然，「那是什麼？我沒吃過。」
易天揚強忍著笑意，道：「他在誇你可愛。」
這句話算誇獎嗎？從謝明哲嘴裡說出來怎麼那麼像嘲諷呢？白旭的臉色一陣紅一陣白，故作嚴肅地朝謝明哲說：「比賽之前不要和我說話，你以為我會上你的當？」說罷就扭過頭去不理謝明哲。
謝明哲忍笑忍到內傷，這時候聽見前場主持人朗聲道：「讓我們有請今天最後一場比賽的參賽選手——來自A組的謝明哲、喻柯，白旭、易天揚上場！」
剛才的休息時間他們在後臺候場，謝明哲閒著無聊才跟白旭開了個玩笑，直到工作人員給四人打了個入場的手勢，四人迅速調整好表情走上大舞臺，坐在自己的旋轉椅上，戴著頭盔開始調試設備。
吳月道：「謝明哲、喻柯和白旭相信大家都認識，我們要重點介紹一下易天揚這位選手，天揚以前是聯盟第一輔助，因為學業的問題終止合約去讀研究所，這次的回歸很讓人意外。但我相信，有他的加入對星空戰隊來說絕對是雪中送炭！」
蘇洋也肯定地點頭，「這位選手我聽徒弟們說起過，他是一位非常冷靜、並且大局觀極強的選手，有他和白旭搭檔，正好能彌補白旭在意識上的不足。」
吳月道：「星空戰隊的卡牌很有特色，全是由各種宇宙星空素材製作而成的卡牌，像雙魚座、獅子座等十二星座卡牌，還有宇宙蟲洞、空間裂隙、宇宙沙暴之類的特色卡牌，今天他們到底會帶

什麼卡牌出場，值得大家期待！」

劉琛道：「雙方選手已經做好了準備，讓我們進入比賽畫面！」

主客場的安排是輪流的，上一場比賽第一局謝明哲客場，今天的比賽第一局就是主場。

主場具有選圖權，謝明哲迅速提交了地圖——血池地獄。

這是秦軒製作的第一張場景圖，早在涅槃正式成立之前就做成了，地圖環境陰森恐怖，全場景都是血池，池中冒著紅色的霧氣，還有不少骷髏頭和森森白骨。場景效果是血池中的所有卡牌每秒按百分比掉血，算是一張負面buff類地圖。

地圖公布後，雙方同時亮出八張明牌。

白旭帶的明牌包括星空戰隊的經典卡宇宙蟲洞、空間裂隙，以及雙子星、獅子座兩張群攻牌，天蠍、射手兩張單攻牌，天秤、雙魚兩張超強的保護牌。

蘇洋評價道：「宇宙蟲洞、空間裂隙是功能型傳送牌，其他的是兩張群攻、兩張單攻、兩張輔助，只有四張輸出。一般的比賽中只帶四張輸出牌，可能會面臨瘋狂輸出卻殺不掉對手的尷尬。但這場比賽不一樣，因為血池地獄的場景掉血能彌補輸出上的不足，星空採取這樣的卡組搭配，應該是想靠均衡的陣容、強力的保護以及靈活的傳送，將對手拖入死局。」

後臺觀戰的葉竹忍不住道：「這套卡組是不是天揚搭配的啊？考慮得這麼細緻。」

裴景山點頭，「應該是他根據場景圖調整的，有兩張輔助、兩張傳送，會極大地提高生存率。在全場景掉血的負面地圖上，只要卡牌生存下來就贏了。」

葉竹期待地盯著大螢幕，「不知道阿哲會選用什麼卡組？」

謝明哲和喻柯的八張牌也在螢幕中依次排列開來。直到最後一張明牌出現，全場觀眾都發出一陣驚呼，吳月的聲音分貝也明顯拔高：「什麼情況？一張人物卡都沒有嗎？」

劉琛道：「對啊，這是……全鬼陣容？」

清一色恐怖風格的鬼牌陣容，還以為看到了鬼獄俱樂部的比賽。

蘇洋也很好奇，說道：「喻柯不可能一個人操控八張鬼牌，所以謝明哲肯定也會操控其中的幾張，目前出現的陣容有公孫九娘、喬生、連城、聶小倩、孟婆、判官，這些都是之前見過的鬼牌，但有兩張是本季比賽第一次露面的新卡牌——魏徵、杜麗娘。」

聯賽中第一次出場的新牌，右上角會有「新」的標誌，非常明顯，這兩張新牌立刻吸引了觀眾們的注意力，蘇洋仔細看了看技能描述。

魏徵第一技能「善有善報」，開啟獎賞時間，在接下來的十秒內我方輔助卡牌給隊友回復的血量越多獲得的賞賜就越多。回血資料的百分之十轉化為獎勵，獲得獎勵的卡牌，可以將獎勵任意分配。分配給友方則回復同等資料的血量；分配給敵方，則造成同等資料的傷害。第二技能「行善積德」，魏徵宣導多做善事，嫉惡如仇，一旦他受到對手的攻擊，他將徹底抹殺對手獲得任意獎勵的機會——攻擊魏徵的目標本場比賽免疫一切增益buff和加血效果。

杜麗娘的第一技能「遊園驚夢」是範圍內敵對目標陷入夢境幻覺迷失自我持續五秒，若被攻擊則立刻甦醒；第二技能「春色如許」是範圍內友方目標每秒回復等同於杜麗娘生命百分之十的血量，持續十秒。

蘇洋仔細一琢磨，頓時雙眼發亮，「魏徵和杜麗娘的組合卡一起出場的話效果非常好，這是一種『賞罰』體系的套路，魏徵開啟獎賞時間後，杜麗娘再加血，這段時間的加血量可以按比例變成團隊賞賜，不管用於給隊友回血，還是用於攻擊對手，都非常靈活！」

吳月也反應過來，驚嘆道：「看來阿哲做的鬼牌比我們想像的還要多啊，今天居然上了全鬼牌陣容，不知道暗牌會不會也是鬼牌呢？」

暗牌當然也是鬼牌，因為謝明哲今天暗牌中放的關鍵牌是「五方鬼帝」。

這也是賽前謝明哲和陳千林仔細討論之後的決定。

全鬼牌陣容意味著「五方鬼帝」的高速通道開啟之後，剩下的九張卡牌都可以享受移速的加成，只有這樣，他們才能以四輪驅動的最快速度追上開傳送的星空牌。

易天揚看到這裡微微皺了皺眉，他很快分析出魏徵配合杜麗娘的賞罰打法，本來易天揚是想帶兩張治療牌拖節奏，現在看來，謝明哲帶這套卡組，擺明了不讓他拖節奏。

易天揚思考片刻，立刻換下兩張原本放在暗牌裡的治療卡，反而換上兩張新卡牌。

白旭原本還有些犯睏，看到謝明哲這套全鬼牌陣容時頓時一個激靈，這下是徹底清醒了。他忍不住吐槽：「怎麼今天的卡組全是鬼牌啊？」看見易天揚調整暗牌，把治療牌換下來，他疑惑地道：「一張治療都不帶，這樣行嗎？」

易天揚冷靜地說：「試試吧，帶治療也沒用，況且我們的治療卡加血能力也比不上開了獎賞的杜麗娘，還有可能被孟婆針對。」

白旭糾結地皺起眉頭，「我討厭孟婆，她要是針對我的傳送卡豈不是很麻煩？」

易天揚道：「放心，傳送牌由我來操控。」

觀眾們都非常好奇謝明哲帶的暗牌會是什麼，難道今天真的要上十張鬼牌陣容嗎？

就在大家疑惑的時候，倒數計時結束，比賽正式開始。

星空這邊率先召喚出天秤、雙魚兩張輔助牌，輔助牌的血量都比較高，沒那麼容易死，而且有保護技能，率先召喚沒什麼問題。在血池地獄這張場景圖上，只要把卡牌召喚出來就要掉血，所以開局只召喚兩張卡看看形勢也是很理智的決定。

而謝明哲這邊卻出人意料地召喚出了大量的卡牌——開局直接召喚六張，其中還包括暗牌五方鬼帝！

驚喜來得太快，大家都有些反應不過來。

觀眾們驚訝地發現，五方鬼帝這張牌出現後，迅速分裂成五個鬼怪的形象，分別占據了賽場的

東、南、西、北、中五個位置，並且在五個位置開啟鬼門關，兩兩之間都用直線相連。

賽場出現了一條條詭異的幽藍色連線，以上帝視角俯視的角度可以看出，這是一個「十」字連線，四個頂點再連接起來形成菱形。

觀眾們一臉懵逼。

「這是什麼玩意兒？」

「是在場上擺了個陣法嗎？」

「連線的特效倒是挺好看的，有什麼作用嗎？」

三位解說面面相覷。

這麼多的連線到底是幹什麼的？好像在做幾何題一樣。卡牌接觸到連線會掉血？連線把戰場強行分割成幾個區域？還是碰到連線就受負面效果的影響？

大家好奇地看著這詭異的一幕，很多觀眾都在吐槽。

「高中幾何，請計算這塊菱形的面積！」

「阿哲的數學一定很好吧？真的讓人想到幾何圖形！」

直到喻柯讓公孫九娘站在了幽藍色的連線上，並且以極快的速度從正南方移動到東南方——這速度快得讓人目不暇接，堪比山嵐的空中飛禽牌。

蘇洋終於看明白了，立刻解釋道：「原來是加速通道！」

吳月滿臉震撼，「這五方鬼帝，是給所有的鬼牌開了一條高速公路嗎？」

白旭此時滿臉茫然，看著東南西北中出現這麼多幽藍色的通道，他有種來到鬼界遊樂場的錯覺，不知道謝明哲在玩什麼花樣。

但易天揚的反應極快，在看到公孫九娘通過高速通道迅速來到東南方向的那一瞬間，他立即召喚了一張暗牌——螺旋星雲！

這是白旭最近製作的新卡牌，一團螺旋形狀的深紫色星雲，出場時就像是在空中挖出了一團深不見底的紫色漩渦，而這張牌的功能是強制吸收範圍內一切傷害、控制類技能。

易天揚在關鍵時刻反應極快，預判意識也特別強，幾乎是公孫九娘一動，他就知道對手要集火強殺天秤星，因為天秤星的技能「平衡」可以讓全團均攤傷害持續很長的時間，只要天秤星不死，其他的星空卡就死不掉。

果然，公孫九娘的九團鬼火全部朝天秤星砸過去，被易天揚的螺旋星雲恰到好處地吸收掉，觀眾們只看見九團鬼火在空中強行扭轉了路徑，全部砸進深不見底的星雲漩渦當中。

這一切只發生在短短三秒內，很多人都沒來得及看清楚。

蘇洋目光銳利，自然把一切都看得非常透徹，「喻柯想加速強殺天秤星，易天揚反應非常快，用螺旋星雲吸收了一波傷害，而且，漩渦星雲的吸收是區域內傷害、控制吸收，也就意味著，只要他將卡牌召喚在漩渦星雲的附近，有漩渦的保護，其他卡牌就很難受到影響！」

易天揚的迅速反應讓謝明哲也刮目相看，這張牌比嘲諷牌還要厲害，嘲諷牌的吸收只是一次性吸收，但螺旋星雲只要存在，這個區域的傷害就會一直被它吸收，除非吸收的傷害足夠殺掉它，讓它消失，它的隊友才會被攻擊。

而螺旋星雲這張牌設計得也很棒，血量和防禦都堆到二十萬，只設計了「螺旋漩渦」一個技能，想殺它，就需要二十萬以上的輸出，太浪費時間了。

謝明哲毫不猶豫地召喚孟婆——孟婆湯，遺忘。

孟婆對付這種難打的卡牌，真是太好用了，直接讓對方遺忘掉技能！

空中漩渦消失的那一刻，聶小倩、喬生、連城集體出動，依靠高速通道的加成全部移動到東南方向區域，集火強殺天秤！

易天揚似乎早就料到這一點，在語音頻道喊：「小白，全部卡牌召喚！」

只見喻柯的攻擊鬼牌瘋狂朝天秤星輸出，白旭和易天揚突然召喚出全部卡牌，而天秤的技能「平衡」被及時開了出來，全團卡牌的頭頂都出現天秤座的平衡標記，接下來十秒內均攤傷害！

喻柯這一波集火進攻並沒有殺掉天秤星，反而是星空卡全部被天秤標記給連了起來，只同時掉了近百分之五左右的血量。

吳月有些擔心地道：「天秤座要是一直把所有的卡牌連起來均攤傷害，小柯想要強殺其中任何一張卡牌都很難……而且天秤的均攤傷害是給隊友打平衡標記，只要標記存在，就會一直均攤，哪怕隊友移動到範圍之外也不受影響，這張輔助牌特難對付。」

劉琛道：「沒錯，均攤傷害後很難強殺卡牌，除非直接將對手殺光！」

涅槃的卡牌一套技能打完，就像是做了白工，星空的卡牌目前血量依舊在百分之八十以上。

然而下一刻就見喻柯操控著喬生和連城，在鬼界的高速通路上迅速移動，眨眼間，這對鬼夫妻就從東南方來到了相隔極遠的西南方！

易天揚一怔，心道不妙，然而他還沒來得及做出下一步動作，喬生和連城就已經來到了射手座的面前。

射手座這張牌，是超遠距離的單體暴擊輸出牌，一箭能把厚皮卡射掉半血、脆皮牌直接打殘，但它自身的防禦超級弱。因此剛才召喚的時候，白旭將他召喚在距離最遠的西南方向，保證它的生存。

謝明哲就是看準這一點，讓喻柯先殺射手座。

星空的所有卡牌都處於「大家一起承擔傷害」的天秤標記狀態。而射手座是他卡組中防禦最低的卡牌，這也就意味著，一旦射手座受到兩萬點傷害，被平分後，每張牌每秒都會受到兩千點傷害，這還不算連城在連擊次數達到五、十、十五時的暴擊！

破解星空的天秤座防護，謝明哲採用了最簡單粗暴的方式——抓你防禦最弱的卡牌打，每次都

打出最高傷害，再讓你們均攤，直接殺你全員！

短短幾秒時間連城抓準對手防禦最弱的射手座，一套連擊打下去，星空卡集體大量掉血，再加上血池地獄場景掉血的影響，轉眼間就被打到了半血。

而此時，涅槃的卡牌血量還在百分之七十左右。

易天揚毫不猶豫開宇宙蟲洞，道：「把射手傳走，全力反攻！」

白旭這時候也冷靜下來，他發現謝明哲這是利用鬼界高速通道專門挑他的脆皮卡打。他迅速從宇宙蟲洞傳走射手座，讓射手來到正北方區域，同時開啟雙子座、獅子座的大範圍群攻壓低對方血量，並讓射手和天蠍的單體攻擊全部瞄準了鬼牌連城！

雙方開始火力對拚，就在此時，謝明哲同時召喚魏徵、杜麗娘和判官！

判官會自動選擇攻擊最高的一張牌造成巨額傷害，由於剛才雙子座群攻打出的傷害最高，判官對雙子座進行了一次懲罰，這個暴擊傷害又被星空戰隊的卡牌均攤。

同時，孟婆給連城餵了碗湯，讓她遺忘掉接下來一段時間的傷害，相當於暫時無敵保護。

魏徵開啟賞罰模式，杜麗娘一口群奶……

原本血量被打殘的涅槃卡牌，被杜麗娘慢慢地奶了回來。

賞金池的打法靈活就在這裡，給對手，是同等資料傷害；給隊友，是同等資料治療。

這時候由於杜麗娘的群奶，涅槃整體的卡牌血量明顯高於星空，所以杜麗娘把賞金池砸向對手，造成的巨額傷害被星空所有卡牌分攤，簡直就是雪上加霜。

而連城由於孟婆的保護，一時半會兒死不了——遺忘全部傷害包括卡牌傷害和場景傷害，別看連城的血條一直在危險地閃紅光，只剩不到五千點血，但她至少還有五秒可以活。

五秒時間，連城能打出多少傷害？

她在鬼界高速通道上極快地遊走，靈活地避開對方的控制技能，就盯準防禦最弱的射手，一套

連擊，又一套連擊，打出的傷害因為天秤座的存在被均攤，這後果就是……星空的卡牌一直在群體掉血，積少成多，轉眼間就全部掉到了百分之三十以下！

觀眾們也發現，對付這種「傷害均攤類」的輔助牌，抓住對手的軟肋一直打，哪怕傷害被均分，時間長了也會讓對手夠受的了！

這時候，謝明哲召喚出了另一張暗牌。

十殿閻王之五官王，帶群攻技能「血池地獄」，每秒吸取範圍內敵對目標百分之二的血量，存在十五秒。五官王製造的小型血池地獄，和大型血池地獄場景相似，但傷害量更高。

星空沒有治療卡，大部分卡牌的血量在百分之三十左右。目前不但場景會讓卡牌掉血，再加上五官王的群攻技能也會掉血，意味著十五秒後，星空全部卡牌的血量都會降到零！

他們只有十五秒時間，必須讓涅槃的卡牌先死才能贏。

易天揚強開空間裂隙，群體傳送去殺掉涅槃的連城、喬生鬼夫妻——他只能見哪張牌的血量低就殺哪張，搶這最後十五秒的時間，儘量讓對方卡牌陣亡數多於己方！

然而，謝明哲卻轉攻為守——他開始賴皮了。

只見剩下的八張鬼牌依靠鬼界高速通道的加速，突然全地圖散開。

兩張去了正北，兩張去了正南，兩張去東、兩張去西。

八張牌幾乎是瞬間分散，鬼界高速的靈活性被發揮到極致。而鬼牌全團加速分散的那一刻，易天揚就知道——這局完了。

就說說看你想殺誰吧？

四個方向，打東邊顧不上西邊，打北邊，那南邊的卡牌就死不了！

星空可以開傳送，但不能同時傳送四個位置啊！

十五秒過後，血池地獄傷害結算，星空牌全團陣亡。

天秤座這張原本很強勢的輔助牌反而被謝明哲利用，成了星空全團被滅的破綻。易天揚心服口服，能迅速抓住弱點，把握好攻守變幻的時機，真是後生可畏！

都說星空的傳送模式很靈活，但這局比賽，全場觀眾直到比賽結束都是眼花繚亂的懵逼狀態。後臺觀戰的大神也是心情複雜。

鬼界高速公路真是看著都頭大，攻守隨意轉換，集火、散開想去哪裡就去哪裡，比傳送流還要靈活。五方鬼帝這張看上去沒有太大威脅的功能牌，卻成了本場比賽取勝的關鍵。

謝明哲這是當導演拍卡牌電影還不夠，又開始當建築師幫卡牌們建高速公路交流道嗎？

白旭的腦子裡一團混亂，第一局比賽輸得太快，從公布比賽地圖到最後結束比賽，全程算下來還不到八分鐘，關鍵是「五方鬼帝」這張牌，鬼界的高速通路讓所有鬼牌移速加成百分之五百，能以最快速度追上他的星空卡，這是白旭完全沒想到的。

易天揚見白旭神色沮喪，在心底輕嘆口氣，拍了拍他的肩膀柔聲鼓勵道：「沒事，謝明哲這種加速流打法非常新穎，我們輸掉也正常，別多想，好好準備下一局吧。」

白旭糾結地皺起眉頭，「下一局，他要是還用『五方鬼帝』這張牌呢？」

易天揚微微一笑，「我已經想到該怎麼破解了。」

第二局是白旭和易天揚的主場，易天揚很快提交了地圖——雙子星。

這是一張區域分割圖。

白旭對地圖設計的解釋是，從天體物理學的角度來說，雙子星指的是兩顆品質極為接近的星體，由於它們之間的引力、磁場也十分接近，因此它們會吸引著對方，互相繞著對方旋轉，永不分離，就像是一對星球雙胞胎。

雙子星對戰地圖由兩顆一邊自轉、一邊不斷圍繞著對方旋轉的星球組成，分別命名為A星和B星，每當兩顆星球自轉一周，即三十秒之後，會在隨機位置出現三個「空間傳送門」，所有卡牌都

可以通過「空間傳送門」從一顆星球躍進到另一顆星球，傳送門在十秒後消失。一旦傳送門消失，位於兩顆星球的卡牌之間就失去視野，所有技能全部被星球大氣層隔離。

看得出白旭真的很喜歡天文學，設計的雙子星地圖也非常有特色。

蘇洋琢磨了片刻，道：「這相當於是節奏型對戰圖，雙方先和平共處三十秒，等傳送門開啟後立刻趁機去攻擊對手，傳送門關閉後，位於同一顆星球的卡牌可以繼續對戰，位於不同星球的卡牌會被再次隔離。所以讓哪些卡牌留守在這一顆星球、哪些卡牌要去另一顆，會是非常關鍵的選擇。」

一旦我方五張牌去了B星，而對方在B星留下七張牌，以少打多絕對會死得很慘。

這不僅是戰術上的博弈，還是心理上的博弈。

由於「宇宙蟲洞」這張傳送牌的存在，星空戰隊的卡組在雙子星地圖上打比賽會特別靈活，攻守自如、進退有度，而別人想十秒內傳送過去大量卡牌可沒那麼容易，所以經常會面臨以少打多的被動局面。

謝明哲一邊看地圖一邊認真思考，對手選用雙子星對戰地圖，五方鬼帝這張牌就沒法再使用了。這地圖應該是易天揚選的，故意不讓謝明哲拿五方鬼帝打加速流。

看來星空是要靠群體傳送製造以多打少的局面？

謝明哲仔細思考片刻，心裡突然有了個主意，微笑著朝喻柯道：「小柯，這局我們不拿五方鬼帝打加速，拿一張閻王控場牌，待會兒等他們傳送過來之後……」

聽到阿哲的解釋，喻柯雙眼一亮，立刻點頭如小雞啄米，「我明白，放心，我會配合你！」

雙方公布比賽卡組。

星空這邊的明牌只換了兩張，撤掉天秤星和空間裂隙兩張輔助牌，換上金牛星這張超強輸出牌和水瓶座這張水系治療牌，卡組的輸出能力、生存能力都比上一局有了提升，但沒了天秤的均攤傷

害，單卡很容易被對手反殺。

涅槃這邊的明牌卻完全沒有變化——喬生、連城、聶小倩、公孫九娘幾乎是喻柯的鬼牌標配，判官、孟婆、魏徵、杜麗娘也和上局一樣。

觀眾們十分疑惑。

「阿哲一張牌都不換的嗎？」

「一模一樣的套路打兩局，這是什麼操作？」

「應該換了暗牌，五方鬼帝在這張地圖上沒法打！」

解說間內，吳月也猜測道：「明牌不換的話，可能換了兩張暗牌？」

劉琛倒是很感興趣地說：「看來謝明哲今天要把鬼牌進行到底，這一局很可能又是十張鬼牌的陣容，說不定暗牌中會出現全新的鬼牌。」

後臺觀戰的沈安忍不住好奇，「師父，你覺得小師叔會帶新的鬼牌嗎？」

唐牧洲微微一笑，「會的，他沒換明牌，那兩張暗牌應該是針對雙子星地圖專門挑出來的戰術牌——等著看吧，待會兒肯定有一場好戲。」

雙子星地圖其實很考驗選手的大局觀，當三個傳送門同時開啟的時候，到底要放多少張卡牌去對面星球？從哪一條通道過去？這都是戰術。

謝明哲的對策是——以逸待勞，以不變應萬變。

反正傳送門一開，星空肯定會集體傳送過來打突襲，不如原地等著，看他們玩什麼花樣。

比賽開始，白旭和易天揚在A星，謝明哲和喻柯被分配到B星。

兩顆漂亮的星球會圍繞著對方旋轉，同時也各自順時針、逆時針自轉，星球的轉動會讓選手們的視野跟著旋轉，三十秒轉一圈，速度不算快，但長時間的轉動肯定會讓選手們對方位的判斷出現一定程度的誤差。

謝明哲緊緊地盯著時間條——三十秒！

傳送門開啟，對方的攻擊馬上就要來了。

謝明哲在語音通道冷靜地道：「小柯，準備防守！」

三個傳送門同時打開，白旭的星空卡依靠宇宙蟲洞的便捷，成群結隊地出現在了涅槃的卡組後方！

謝明哲和小柯此時只召喚了一張牌，這是因為聯賽規定開局五秒內必須召喚卡牌，而一旦場上沒有己方卡牌存活，接下來五秒內也必須召喚新牌。

如果謝明哲開局召喚出太多卡牌，萬一對手帶了群體混亂控制類的暗牌，一波突然襲擊，很可能會把他和小柯直接打崩盤。

一比八，看上去是極端劣勢。

但其實這一張牌是試探對手用的，相當於站在原地當炮灰。

易天揚打得很果斷，星空牌的集火能力確實可怕，何況這一局他們帶了大量輸出牌，一套爆發打下來，被謝明哲召喚出來血量最厚的魏徵幾乎瞬間變成一絲血皮！

謝明哲看到這一幕，毫不猶豫地召喚出暗牌——秦廣王，永升極樂。

如果某隻鬼在生前做了許多善事，被秦廣王判定為一隻好鬼，他會讓這隻鬼脫離塵世的苦難，永升極樂——指定單體鬼牌目標，使目標免疫一切控制、傷害類技能持續六秒。

這局帶上秦廣王就是為了扛住星空的第一波爆發傷害，免得自己的卡牌被瞬間秒殺，「永升極樂」開得太及時，此時的魏徵只剩一百點血，被秦廣王一個無敵護盾驚險地保住性命。

易天揚看到這裡並不著急，秦廣王保下了魏徵的命，但無敵護盾只有六秒時間，除非他們會徹底放棄這兩張牌，否則，謝明哲一定會召喚杜麗娘來加血。

就等更多卡牌出場的時候。

果然，謝明哲很快召喚出杜麗娘、孟婆和判官，喻柯也迅速召喚出喬生、連城、聶小倩、公孫九娘四張鬼牌——從場面上來說，雙方卡牌數量達到九比八，涅槃這邊反超。

但粉絲們依舊擔心，「萬一易天揚帶了群體混亂控場的暗牌，阿哲召喚的卡牌越多，豈不是越麻煩嗎？」

謝明哲也是擔心這一點，所以開局才沒有召喚出那麼多卡牌，以防止對手繞後，傳送來一波混亂控場突然襲擊。如今對方露了臉，至少有了防備，有楚江王在，他才不怕混亂。

易天揚見對方卡牌變多，果斷召喚出這一局換上來的暗牌——黑洞、白洞。

黑洞和白洞都是宇宙中存在的特殊現象，白旭這段時間將它們製成了新卡，還帶連動技能，黑洞可以將周圍全體敵對目標強行吸到自己的面前並恐懼三秒，白洞正好相反，它是宇宙中的噴射源，會從內部噴射出大量的射線，造成極高的群體傷害。

這兩張牌的配合也挺絕的，一張吸、一張噴，短短三秒內，涅槃所有的卡牌都被吸到黑洞面前，白洞趁機噴出一波刺眼的宇宙射線，全體卡牌大量掉血。

白旭和易天揚配合得很有默契，他的群攻牌緊隨其後，雙子座、獅子座兩張群攻牌同時出動，配合白洞的射線，一波把涅槃的卡牌全部打殘！

就在這千鈞一髮之際，謝明哲開啟了秦廣王的第二個技能——

孽鏡臺，在指定位置生成一個寬約十公尺的孽鏡臺，孽鏡臺上有一面重播罪惡的鏡子，鏡子存在五秒，存在期間，所有敵對目標的攻擊技能都會原封不動地返還給對手。

謝明哲這個技能開得太巧，涅槃有五張以上的卡牌都只剩百分之十左右的殘血，被對方單攻卡隨便打幾下就掛了，孽鏡臺一開，所有傷害全部反彈，對方的單攻卡想要收割殘血，卻被孽鏡臺彈回去，反倒是自己掉血慘重。

喻柯趁機出手，讓喬生、連城、公孫九娘集火去殺對手被反傷掉血的單攻卡。

易天揚沒想到秦廣王還有一個反傷技能，察覺到不妙，他立刻說道：「我來加血，小白你集火強殺喬生、連城！」

水瓶座的治療能力很強，直接一個「水瓶護盾」給射手、天蠍、金牛抬血，這三張牌不怕死一般頂著孽鏡臺的反傷迅速強殺連城、喬生這對鬼牌夫妻。

涅槃先死兩張卡，局面大大不利。

謝明哲無奈之下只好讓孟婆迅速衝進對方陣營中找到水瓶，給它餵了一碗湯遺忘技能。這樣一來，易天揚就不好打得太大膽，正好十秒時間到，傳送門即將關閉，自己的單攻卡也被對手給打殘了，易天揚立刻說：「撤退！」

利用第一次傳送門開啟的時間，迅速殺掉喬生、連城這對鬼夫妻，簡直是血賺。

水瓶的治療技能被孟婆遺忘，幾張群攻牌的技能也在冷卻，這時候「見好就收」是最冷靜的決定。因此，易天揚果斷開出宇宙蟲洞，將己方卡牌全部傳送走，其中包括只剩一絲血的射手座。

直播間內很多觀眾都覺得遺憾。

「喬生和連城被秒殺，對方射手絲血逃生，這麼打下去阿哲和小柯肯定輸！」

「看來易天揚這是打一波就立刻撤退，下次傳送門開了再來打一波撤退……這種節奏型打法真的很討厭！」

只要易天揚和白旭成功撤回A星，接下來兩顆星球之間傳送門關閉，會陷入長達三十秒的隔離期，他再讓恢復記憶的水瓶座慢慢加血，等下次傳送門打開後，十張牌傳過來打涅槃八張牌，結果還用問嗎？

對手呼啦啦地傳送過來，殺掉兩張牌，然後呼啦啦地傳送走，這種打法確實氣人。

直播間的很多觀眾都在幸災樂禍地刷屏。

「每次都是阿哲氣對手，沒想到阿哲也有被氣到的一天，哈哈。」

「易天揚控節奏，真是聯盟一流水準！」

「下一波再這麼打，阿哲心態要崩。」

三十秒的隔離期，謝明哲依舊神色平靜。

雖然喬生、連城的陣亡和對方卡牌的絲血逃生，似乎宣告了涅槃的敗局。但他一點也不緊張，有杜麗娘在可以慢慢奶回來，剩下的卡牌血量全部回滿再說。

第二波很快又來了！

傳送門開啟，易天揚依舊選了最佳傳送路徑，突然來到涅槃後方。

但這時候他卻發現了一絲不對勁，涅槃的所有卡牌都分散站位，他很難用黑洞把對面全部吸過來，時間有限，易天揚只好將附近的卡牌吸過來打一波。但秦廣王的保護技能開得很及時，他只能拚盡全力，用三張單攻卡在十秒內強殺距離最近的輸出牌聶小倩。

易天揚道：「撤！」

殺完就撤，見好就收。

這一次只殺了對方一張牌，下次殺光涅槃的輸出牌，謝明哲就只能陷入慢性死亡。

眼看易天揚又開出宇宙蟲洞的傳送，觀眾們都有些不忍心。

「阿哲好慘啊！」

「易天揚這種卡節奏的打法真討厭！」

「難道阿哲要被剃光頭，十牌全滅？」

哭月哭笑不得，「難得看見阿哲打得這麼被動，該不會他真的要慢慢等死吧……」

正說著，就見謝明哲突然召喚出又一張鬼牌。

——平等王，熾熱銅柱！

只見場地中突然出現三根高達三公尺的空心銅柱，火紅色的銅柱內部，不斷焚燒著熾熱的火

焰，銅柱周圍五公尺範圍內所有目標受到烈火烘烤，進入狂暴狀態——防禦力降低百分之五十、攻擊力提升百分之五十，且被火焰影響不能移動。

這是熾熱銅柱的技能效果，會讓目標提升攻擊、降低防禦，看似是個短期爆發buff，但關鍵在於最後一句描述：不能移動。

易天揚開了宇宙蟲洞，準備把所有星空卡傳送回A星。

就在傳送門關閉的那一刻，白旭才震撼地道：「臥槽！我的三張牌怎麼沒傳送過來？」

易天揚怔了怔，立刻問：「落下哪三張？」

他一看就明白了，正好是射手、天蠍、金牛這三張超強單攻牌，其中兩張技能還在冷卻。

白旭看到宇宙蟲洞開啟，迅速操控卡牌前往傳送點，眼角的餘光瞄到了火紅色的柱子突然出現，但接下來發生了什麼他就不知道了，眼前視野變幻，他的卡牌來到了A星。

誰能想到，尼瑪還落下了三張？

上帝視角的觀眾將一切都看得很清楚，謝明哲的三根銅柱，位置放得絕妙，正好卡住了射手、天蠍、金牛三張輸出牌，將它們禁足在銅柱附近。

——不能移動喔！你的隊友傳送走了，你們三個給我留下！

於是，B星被留下的三張牌，只能尷尬地面對涅槃七張牌的圍觀。

沒關係，我這裡七張牌圍觀你三張牌，有足足三十秒的時間折磨你們呢。

喬生和連城被殺？聶小倩也被殺？

三張牌被降低百分之五十防禦，銅柱一直烤，本身就會烤掉脆皮卡很多血，判官這時候結算傷害。剛才暴擊最高的射手直接被砍掉一半血量，公孫九娘再用鬼火遠距離慢慢攻擊。還有魏徵開賞賜之後，杜麗娘的加血量賞金也可以砸過去。

三張牌就像是被綁在了「恥辱柱」上，動也不能動，被對方七張卡牌圍觀，血量瘋狂往下掉。

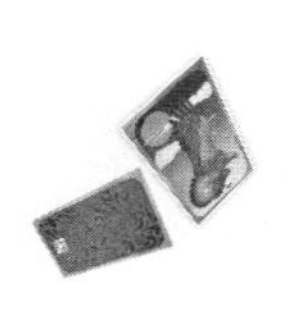

白旭簡直要氣死！

他有三張牌留在B星，所以他能看到B星的視野。可憐的三個娃，爸爸走的時候沒能帶上你們，讓你們落入了敵人之手！白旭只能欲哭無淚地看著三張脆皮卡被謝明哲和喻柯的七張鬼牌圍攻，迅速陣亡。

全場觀眾：「……」

剛才為什麼要同情謝明哲？這個傢伙根本不需要同情好嗎！

直到此刻，觀眾們才搞懂謝明哲的套路。

謝明哲會被對手氣死？不存在的。

他開局打得那麼被動，只是在抓時機而已。第一波傳送門開啟時，易天揚殺了他兩張牌，第二波傳送門開啟時易天揚又殺了他一張牌，他會坐以待斃？

不，一次就留下三張牌！

有來無回，直接將星空的三張卡牌用三根銅柱定身強行留在B星！

易天揚很無奈，此時兩顆星球處於隔離狀態，他是救都沒法救，沒想到自己很有信心的節奏流打法居然被謝明哲以這種奇葩的方式破解。

卡傳送門的關閉時間，謝明哲也卡得很準。

事實上，易天揚在第二波不傳送回A星，而是把全部卡牌留下的話反而勝算會很大。但易天揚太求穩了，當時兩張單攻卡技能在冷卻，他本想把十張牌全部傳回A星，全部補滿血、等技能冷卻結束之後，在第三輪一波殺光謝明哲的卡牌。可惜，謝明哲就是卡住這個時機，讓他臨走時留下三張關鍵牌。

這局比賽謝明哲和喻柯在開局陷入了極端劣勢，沒有任何人想到，他會以這樣的方式翻盤。

觀眾們激動地鼓掌，很多謝明哲的粉絲都熱淚盈眶，看他逆境翻盤真是太帥了！

蘇洋更關注的是謝明哲的新鬼牌，「我記得雙人賽開賽以來，出現了很多名字叫某某王的鬼牌對吧？這一局又有秦廣王、平等王兩張牌被放在了暗牌中……謝明哲到底做了多少個王？」

官方資料師們聽到這裡不由苦笑——謝明哲他做了十個王！

這才出場幾個？以後有得你們受了！

解說間內，聽到蘇洋前輩的問題，吳月的心裡也十分好奇，看向劉琛道：「目前出場的鬼牌有幾個王你還記得嗎？」

劉琛記得並不清楚，但他可以調取後臺的戰鬥記錄，劉琛一邊看記錄，一邊迅速搜索帶「王」字的卡牌，很快他就找到了，將卡牌資料放大在螢幕中，認真解說道：「阿哲和喻柯第一場打劉然、周小琪時，使用了一張鬼牌叫楚江王。今天的比賽他們也拿出了新的鬼牌，五官王、秦廣王和平等王，目前已經出現了四張帶王字的鬼牌。」

蘇洋看著四張牌，微笑著說：「我推測謝明哲很可能做了一整套名字叫『某某王』的鬼牌，或許還有連動技，想要見到全部的某某王，很可能要等到後期的團賽。」

在休息室觀戰的職業選手們聽到這裡，心情都有些忐忑。

光是楚江王、秦廣王、五官王、平等王就已經讓大家暈頭轉向分不清誰是誰了，如果謝明哲真的做了那麼多的鬼王套牌，團戰該怎麼打？到時候可能連技能都記不住吧！

葉竹吐槽道：「等團賽公布卡組時，我估計大家首先要做的，就是拿出紙和筆，仔細地記一遍他做的這些王！」

裴景山微微一笑，「這麼做，確實是在為難大家的記憶力。」

葉竹看向大螢幕，忍不住同情道：「小白今天被剃光頭了，零比二真可憐，他一定很難過。」

大舞臺上，摘下頭盔的白旭臉色蒼白如紙。

這段時間他一直在努力研究各大俱樂部，針對性地製作新卡牌。第一局拿出的「螺旋星雲」、

第二局的「黑洞」和「白洞」都是他費盡心血製作而成的，他還開出全聯盟目前為止最高的薪資待遇，邀請易天揚加入星空戰隊，就是想在下半年的比賽中拿下好成績。

今天A組的第一戰，以零比二輸給謝明哲和喻柯，就像是被人當面搧了一個響亮的耳光。鮮紅的比分放大在螢幕上，似乎在嘲笑他——你再努力都沒用，你還是這麼菜！

白旭眼眶通紅，心情沮喪極了。

謝明哲和喻柯摘下頭盔來握手的時候，白旭低著頭不敢看謝明哲，只伸出手應付了一下便轉身回到後臺。他垂頭喪氣地往前走，直到一頭撞進一個人的懷裡——對方結實的胸膛撞得他眼冒金星，白旭揉著腦袋抬起頭，驀然對上易天揚的眼眸。

易天揚無奈道：「叫你好幾聲，你也不理我，這是怎麼了？」

白旭嘴硬道：「沒事。」說罷就別過頭去，泛紅的眼角看上去快要哭出來。

易天揚輕嘆口氣，摟住他的肩膀低聲安慰道：「我知道你不大好受，但你別急著自責，今天的比賽連輸兩局並不是你的錯，我也有責任……」

白旭僵硬地躲開他的手，打斷他道：「不用安慰我。」

看著他眼眶紅紅的樣子，易天揚心裡不由一軟——平時的白旭就跟泰迪犬一樣活力十足，今天被連虐兩局，紅著眼睛難過的模樣，反而像是一隻受了欺負的小奶狗。

易天揚微微一笑，伸出手揉了揉他的捲髮，觸感比想像中還要柔軟。

白旭抬起頭用力瞪易天揚，結果卻對上易天揚溫和的目光，對方看著他的眼睛，一字一句地說：「我不是在安慰你，作為隊友，我想跟你詳細分析一下今天輸掉的原因，你願不願意聽我把話說完？」

白旭怔了怔，動了動嘴唇卻不知道說什麼好。

易天揚便自顧自地說：「第一局我們兩個都有問題，五方鬼帝的加速流打法很新穎，我們被打

得猝不及防，輸掉很正常。第二局，關鍵的責任在我。第一輪傳送門開啟的時候我們擊殺對方兩張牌，已經有了牌量上的巨大優勢，第二輪其實沒必要再傳送回去，直接留在B星的話勝算反而會更高，你同意嗎？」

白旭不知不覺被他帶到第二局的回憶中，易天揚見他認真思考，便說：「其實，歸根究柢是我對你不夠信任。你的三張牌，射手、天蠍技能都在冷卻，只有近戰金牛可以繼續攻擊。所以我想，不如把所有卡牌傳送回A星，一方面等技能冷卻結束，另一方面還可以讓水瓶給大家加血，回滿狀態再打下一波。」

「但是我忽略了一點，群體傳送一旦出錯，我們前期的優勢就徹底沒了。這是我指揮上的失誤，我應該對你多些信任，相信你可以配合我打防守反擊，而不是一味地以自己的節奏為準則，只讓你跟在我的身後……」易天揚耐心地解釋了一遍，認真地看著白旭道：「小白，對不起，這一場比賽，責任確實在我。」

「……」白旭愣愣地看著面前的男人，被他一大堆道理說得腦子嗡嗡作響，最後卻只剩下「對不起」三個字。

這個男人的身上有「聯盟第一輔助」的光環，白旭嘴上不服，心裡其實挺敬重他的，結果現在他居然放下架子跟自己道歉？白旭回過神來，臉一下子紅了，受寵若驚地擺擺手，「這、這也不能怪你吧……」

「確實怪我。」易天揚的聲音很溫柔：「其實你很出色，是我沒好好發揮出你的卡牌特色。」

「我、我沒那麼厲害。」白旭被誇得耳朵都紅了，小聲道：「比謝明哲差多了。」

「沒關係，今天只是第一場比賽，以後再努力。我們既然已經成了搭檔，就該互相多一些信任，你說呢？」易天揚微笑著看向面前的小少年。

「嗯嗯！」白旭很快就被說服，心裡暖暖的，感覺自己真是找了個好搭檔。之前的沮喪一掃而

空，臉上反而神采奕奕，跟著易天揚屁顛屁顛地走了。

旁邊休息室內，葉竹和裴景山本來想過來安慰一下白旭，聽到兩人對話，葉竹忍不住頭疼，「易天揚給人洗腦的本事還是這麼厲害，小白被他說得一愣一愣的！」

裴景山摸著下巴道：「天揚確實很擅長掌握人的心理，小白的天賦其實不差，但上面有唐牧洲這個哥哥壓著，又遇到謝明哲這樣的天才，他總會對自己缺少一些信心。天揚這種鼓勵方式的確非常有效。」

葉竹輕嘆口氣，「我就說讓你早點出馬讓易哥回來，結果被白旭半路截了胡！」

裴景山也很無奈，「全明星結束後白旭就聯繫上了易天揚，我確實慢了一步。」他拍拍小竹的肩膀，寬慰道：「現在說這些已經沒用了，天揚註定不會回暗夜之都，我們還是好好準備雙人賽吧，團賽的事到時候再說。」

兩人轉身從另一個通道離開。

白旭當晚回去後就在網路上發了條動態消息，他畫了一張圖，上面是被落在B星的射手、天蠍、金牛三張牌的Q版，然後配上文字：對不起，爸爸不小心丟下了你們Q_Q

粉絲們都湧上來安慰他。

「摸頭，小白怎麼學會自黑了？」

「沒事，輸給謝明哲那個大魔王，我們不急，至少我們比他年紀小，可以熬到他退役！」

「樓上你這話說的，好像小白這輩子都打不過謝明哲了一樣……」

A組的小組賽，形勢已經變得十分明朗。

謝喻組合連續幹掉了劉然周小琪、白旭易天揚之後，已經確定了出線的名額，因為剩下的三個搭檔實力都很一般，接下來的賽程對謝明哲和喻柯來說非常輕鬆。

至於第二個名額，就由他們自己去爭吧。

相對來說，陳霄和秦軒那邊壓力要大得多。他倆分在F組，同組的還有凌驚堂、許航這對強勢搭檔，每個小組只有兩個出線名額，陳霄和秦軒第一場輸給了凌許，接下來的比賽一場都不容有失。

好在秦軒性格冷靜，打輔助的時候特別細心謹慎，而陳霄又很擅長快攻、猛攻，兩個人配合，正好互補，接下來的小組賽兩人倒是一路披荊斬棘，積分也漸漸穩住了小組第二名。

謝明哲和喻柯自然不用多說，穩穩的小組第一名。

接下來連續十幾天的比賽都沒什麼壓力，謝明哲白天和喻柯配合練習雙人賽，晚上就抽出時間來繼續做卡。

他的仙牌還沒有達到能通過新增分類審核的數量。在團賽開始之前，至少要湊足三十張仙族卡牌，他得抓緊時間，一旦有了靈感就迅速把卡牌給做出來。

這幾天的比賽都很輕鬆，謝明哲正好抽空仔細思考了一下製作仙牌的素材。

【第十四章】

真正來無影、去無蹤的刺客

要製作新的仙牌，謝明哲首先想到了跟自然界相關的幾位神仙。

說起民間傳說中比較出名的神仙，雷公、電母必不可少——雷公掌管打雷，電母司掌閃電，這兩位神仙通常會一起出場，只要祂們到來，天空中必定電閃雷鳴。

手持法器的雷公和電母都可以做成金系暴擊輸出牌，連動技增強對方的輸出能力。

謝明哲仔細思考過後，先繪製好兩張卡牌的形象，騰雲駕霧地出場，一看就是神仙，祂們的技能也必須在天空中釋放。

雷公（金系）

等級：1級

進化星級：★

使用次數：1/1次

基礎屬性：生命值700，攻擊力1600，防禦力700，敏捷30，暴擊30%

附加技能：五雷轟頂（雷公可以操控雷聲，當他釋放「五雷轟頂」技能時，天空中會烏雲密布，並響起轟隆隆的雷聲，雷聲總共響起5次，間隔時間不定，總時長不超過15秒，每次響雷對指定23公尺範圍內的敵對目標造成60%金系群體傷害；冷卻時間30秒）

附加技能：雷霆之怒（雷公用力敲打手中的錘子，天空中突然響起一聲震耳欲聾的爆炸雷響，猝不及防的炸雷，可以對範圍23公尺內的敵對目標瞬間造成300%群體金系暴擊傷害，並使聽到炸雷的敵對目標陷入1秒恐懼；冷卻時間35秒）

附加技能：電閃雷鳴（連動技。雷公和電母同時在場時，互相配合使天空中電閃雷鳴——每當雷公讓天空中響起一次雷聲，電母的技能冷卻時間會立即縮短10%）

電母（金系）

等級：1級

進化星級：★

使用次數：1/1次

基礎屬性：生命值700，攻擊力1600，防禦力700，敏捷30，暴擊30％

附加技能：電光閃爍（電母敲擊手中的銅鑼，發出刺眼的電光，23公尺範圍內所有敵對目標被炫目的光線所影響，集體失明持續3秒；冷卻時間35秒）

附加技能：電擊斃命（電母操控閃電從空中直劈而下，對劈中的目標造成320％單體金系暴擊傷害，並對其周圍5公尺內的敵對目標釋放連鎖閃電，額外造成120％閃電濺射傷害；如果電母用閃電劈中的目標自身血量低於30％，則電擊將直接劈死該目標，並對目標周圍5公尺內其他敵對目標造成150％連鎖閃電濺射傷害；冷卻時間30秒）

附加技能：電閃雷鳴（連動技。雷公和電母同時在場時，可使天空中電閃雷鳴，每當電母釋放一次電光，雷公的基礎攻擊力永久提升10％）

這兩張連動牌，雷公的兩個技能都是群攻，電母的兩個技能則是群控加小範圍濺射攻擊。轟隆隆的雷響，加上劈里啪啦的閃電，對方的選手頭都要炸了吧？

但這還不夠。

光打雷不下雨，聽起來就不夠圓滿啊！

既然做了雷公電母，乾脆把風、雨、雷、電全套做齊。

神話傳說中掌管「風」這個自然元素的神仙叫「風伯」，掌管「雨」的神仙叫「雨師」。

這兩位神仙做成卡牌的話，謝明哲打算設計成雙向牌——狂風驟雨用來攻擊敵人，微風細雨就用來輔助友軍，可攻亦可守。

風伯（水系）

等級：1級

進化星級：★

使用次數：1/1次

基礎屬性：生命值700，攻擊力1600，防禦力700，敏捷30，暴擊30％

附加技能：風捲雲殘（風伯可以隨意操控風向，他能召喚出一片5平方公尺的龍捲風朝著指定的方向襲捲而過，對龍捲風經過直線路徑上的敵對目標造成260%群體傷害，並對龍捲風中心位置的敵對目標額外造成120%暴擊傷害；冷卻時間35秒）

附加技能：風過無痕（風伯操控微風吹過指定的23平方公尺區域，清除區域內友方身上的全部負面效果，並使友方目標身上的增益效果立刻生效；冷卻時間30秒）

附加技能：風雨交加（連動技。當風伯和雨師同時在場時，若二者的技能範圍重疊，則雨師的治療效果加成50％）

雨師（水系）

等級：1級

進化星級：★

使用次數：1/1次

基礎屬性：生命值700，攻擊力1600，防禦力700，敏捷30，暴擊30％

附加技能：暴雨如注（雨師在指定的5平方公尺小範圍內降下傾盆暴雨，暴雨持續10秒，在暴雨範圍內的敵對目標基礎防禦力降低50％，且每秒被疊加一層水毒狀態，每層水毒損失5％基礎血量，疊到5層時會被冰凍3秒；冷卻時間35秒）

附加技能：細雨綿綿（雨師在指定的23平方公尺範圍內降下綿綿細雨，持續5秒，範圍內友方目標每秒回復10％血量；冷卻時間30秒）

附加技能：風雨交加（連動技。當風伯和雨師同時在場時，若兩者的技能範圍重疊，則風伯的

技能傷害效果加成50%)

這兩張牌在大型團戰中會特別好用，小規模團賽也能發揮出效果。

雷公、電母、風伯、雨師——神仙一族中又增加了四張新牌。

可想而知，到了比賽現場，天上又是打雷、又是閃電，時而颳風、時而下雨，稍微走位不小心還有可能被閃電給劈死，卡牌們只是出來打個比賽，還要經歷這變幻莫測的天氣？

被炸雷嚇、被閃電劈、被風吹、被雨淋……

在謝明哲手裡當個卡牌可真不容易啊！

製作完四張新牌後，謝明哲跟師父討論了技能設定及資料分配，然後就叫秦軒幫忙製作技能特效，還把師父的朋友羅誠老師請過來製作音效。

羅老師是專業的音樂製作人，手裡音效素材極多，很快就根據謝明哲的要求給雷公、電母、風伯和雨師的技能都訂製了專屬音效。

做完音效後謝明哲將四張卡牌導入模擬擂臺，放技能聽了聽——驚雷、閃電、狂風、暴雨，逼真的音效，讓人有種身處自然界、經歷了一場暴風雨的錯覺。

喻柯興奮地道：「太真實了，我都想去給卡牌們買一把雨傘！」

羅誠臨走之前找到陳千林，笑咪咪地拍著他的肩膀道：「你這個徒弟很有才嘛！以後他要是不想做卡牌了，讓他來找我，我帶他去電影劇組當編導。」

陳千林：「……」

自家徒弟被誇，理應高興才對，但陳千林只覺得頭疼。

繼「八仙音樂會」之後，阿哲又做出了「風雨雷電自然交響曲」，他這是要在技能、特效、音效三合一的道路上一去不返了，做個卡牌比拍電影還要認真。

送走好友，陳千林把謝明哲單獨叫過去，「你的仙牌還差多少？」

謝明哲在陳列櫃裡單獨空出來一片區域專門存放可以歸入「仙族」的卡牌，看上去一目瞭然，他迅速數了數，道：「還差七張，我已經有想法了，等小組賽結束後我再抽空做吧。」

陳千林平靜地道：「我建議你等十六進八的比賽結束以後再做。」

謝明哲怔了怔，抬頭看向師父，「十六進八？我的對手還沒確定吧……」

陳千林調出職業聯盟官網的積分榜，道：「十五號是小組賽的最後一天，我提前訂了票，大家一起去現場看完全部的比賽，到時候就會有結果了。」

謝明哲聽話地點點頭，師父既然這樣說肯定有他的道理，做卡的事不急於一時，倒是接下來的雙人賽淘汰賽，他必須多花幾天認真準備。

謝明哲將四張卡牌提交審核。

收到人工審核申請的官方資料師們，又是一番吐槽。

「這雷聲聽得我心驚膽戰，耳朵差點被震聾了，謝明哲提交的打雷音效也太逼真了吧？」

「打雷、閃電、颳風、下雨，再配上王熙鳳的笑聲，我感覺就像是電影大片的現場！」

資料師們知道謝明哲做了多少卡牌，目前雙人賽拿出來的還只是鳳毛麟角，真期待謝明哲把全部新卡牌公布出來，到時絕對會是有史以來最精彩的一部卡牌電影。

卡牌審核通過後，謝明哲就將雷公、電母、風伯、雨師四張牌放在「仙牌」區域。

他暫時停下製作新卡的想法，密切關注起小組賽的狀況。

隨著小組賽接近尾聲，小組出線的名額和下一輪的對手也趨於明朗化。

A組這邊，謝明哲、喻柯組合已經取得五連勝的好成績，而且連續五場拿下二比零的比分，以十分的成績牢牢占據著小組第一，出線是毫無疑問的。其他小組也將在八月十五日這天決定最終的排名。

八月十五日中午，涅槃全員前往比賽現場，親自觀看今天的比賽。

這天正好是週六，放假的學生和上班族擠滿了整個會場。從下午一點到晚上十點排滿了比賽，第一場就是A組白旭、易天揚VS.劉然、周小琪的小組賽。

這是A組的最後一場比賽，雙方積分相近，這一場將決定A組第二名出線的到底是誰。

謝明哲在後臺看見了白旭，自從上次比賽後兩人就一直沒再聯繫，謝明哲還以為小白看見他會不好意思地躲開，沒想到小白卻主動走過來，認真地說：「你和喻柯已經確定A組第一出線了，我和易哥會第二名出線的，這次一定行！」

謝明哲其實也希望小白這次能打進十六強，畢竟他是唐牧洲的弟弟，每次都因為自己而進不去下一輪，謝明哲心裡不會好受。見白旭信心滿滿的樣子，謝明哲伸手拍拍他的肩膀，鼓勵道：「你可以的，加油。」

白旭用力握拳，「看我表現吧！」

比賽後臺，謝明哲一進VIP觀戰區，就見唐牧洲坐在第二排。唐牧洲對上他的目光後，微笑著朝他招了招手，「來這裡坐吧，這一排都沒人。」

聯盟給職業選手們專門留了一片VIP觀戰區，想去看比賽的選手都可以提前預約，但並不需要對號入座，可以隨意和熟人坐在一起。

陳千林見大徒弟主動招呼，也沒客氣，帶著大家走到第二排，謝明哲很自覺地走在最後，這樣

就可以和師兄坐一起了。

兩人表面上若無其事，等大家全部坐下後，唐牧洲卻在座位下面輕輕握住謝明哲的手。被他十指相扣，謝明哲心頭一跳，耳朵不禁有些發燙。

座位下面沒人看見吧？想到這裡，謝明哲便大著膽子回握住師兄，還撓了撓他的手心。

被撓掌心的唐牧洲唇角的笑意更深，臉上卻故作平靜，開口問道：「今天沒你們的比賽吧？怎麼全部來了現場？」

謝明哲說：「是師父要大家來的。」

陳千林聽到這裡便說：「在俱樂部待著也沒什麼事，帶大家來現場看看其他小組的情況。」

唐牧洲「嗯」了一聲，道：「今晚就能比出結果。」

正聊著，第一場比賽開始，四位選手走上大舞臺。

劉然和周小琪是本賽季出道的新人，他們對於「小組出線」充滿了渴望，甚至把「小組出線」當成本賽季的目標，所以今天必定會拚盡全力。

但白旭同樣對「小組出線」充滿期待。自從上次易天揚找他道歉之後，他心裡的疙瘩已經徹底解開了，將搭配卡組的事全權交給易天揚處理。

謝明哲回頭問：「一邊是你們風華的新人，另一邊是你弟弟，你希望誰贏？」

唐牧洲聳了聳肩，「我不偏心。但我覺得，白旭這邊贏面會更大一些。」

「因為易天揚嗎？」

「嗯，天揚這位選手大局觀很強，有他在，白旭能發揮出比平時還要強一點五倍的水準。」

「也是。」謝明哲認真地看向大螢幕。

比賽開始，雙方展開激戰。

第一場同樣是白旭的主場地圖雙子星，這一局他還帶上了三張新牌，全是白旭製作的特色星空

牌——鏈條星雲，將指定目標用鏈條鎖起來強制分攤傷害；時間漏洞，讓我方所有卡牌技能停滯在空中延遲五秒釋放，正好避開大榕樹的無敵；殭屍行星，一顆充滿死亡氣息的行星，籠罩在上空，會使對方一切增益效果、治療效果全部消失。

謝明哲看著場上層出不窮的新牌，第一次認真地審視白易這對組合。

他發現，自己似乎小看了白旭弟弟，白旭在製卡上的天賦並不輸於他，只是白旭的卡牌全部局限於天體、宇宙，就像蝶卡、蟲蟲卡一樣小眾——但這不能否認白旭的聰明。

這個小孩兒只是欠一些磨煉，易天揚的到來對星空戰隊、對白旭個人來說都是一場及時雨，謝明哲相信，小白以後肯定會成為一流選手！

真為自家弟弟高興。

謝明哲津津有味地看比賽，看到精彩之處，也會忍不住鼓掌叫好。

「漂亮！這一波打得好！」

「喲，這技能躲得好！小白很機智嘛！」

唐牧洲在旁邊看他為白旭加油，不由得揚起了唇角。

看來，阿哲是把白旭當成自家弟弟看，一點也不見外——他就喜歡謝明哲的「不見外」。

這一場比賽，最終白旭、易天揚以二比零獲勝。至此為止，A組的小組賽就全部比完了，積分榜公布在大螢幕中，現場響起了熱烈的掌聲。

隨著出線名單一個個被公布在螢幕中，現場粉絲們的情緒也越來越激動。

傍晚六點，F組的比賽比完，陳霄、秦軒確認出線，這是好消息——但壞消息是，他們下一輪的對手是來自C組的第一名：聶遠道、山嵐。

陳千林拍拍弟弟的肩膀，沒再多說。

其實早在分組名單出來的時候，陳霄就料到了這個結果，所以在看到大螢幕上的對陣名單時他

並不意外。他知道，這一屆的雙人賽他和秦軒應該會止步十六強了。

打聶嵐，他確實沒信心，倒不是自我否認，而是他有自知之明。別說是他帶著秦軒，就算單兵作戰能力最強的凌驚堂帶上聯盟第一輔助易天揚，也打不過聶嵐師徒。

聶嵐的默契實在是變態得有些過分。

此時，謝明哲的粉絲們心情很是焦灼。

A組第一名在十六強階段遇到的是H組的第二名，照理說，小組第二的實力應該沒那麼強，可偏偏H組是雙人賽出了名的「死亡之組」，其中就包括暗影戰隊的女隊長邵夢晨和她的搭檔沈紀平，暗夜之都戰隊的裴景山和葉竹組合，以及鬼獄的歸思睿、劉京旭。

三對擅長暗殺的組合被分在一起，小組賽階段的競爭就極為激烈，今晚裴葉、歸劉的對決，將決定小組第一、第二的名次。

H組的最後一場比賽一直拖到十點半才開始。

連續看了好幾個小時的比賽，有些選手已經撐不住回去了，但涅槃的全員卻依舊留在VIP房間觀戰，唐牧洲也留下來等結果。

大螢幕上，導播把鏡頭切到後臺，觀眾們正好看見唐牧洲和謝明哲湊在一起說話的一幕。

粉絲們紛紛刷起彈幕。

「唐神也留下來等結果嗎？」

「風華的比賽全都比完，下一輪的對手也都決定了，唐神這麼晚還不回去，肯定是關心小師弟下階段的對手！」

「聯盟好師兄，唐神對小師弟真的沒話說！」

唐謝兩人正聊天，看見大螢幕上突然出現了自己的臉，兩人都是一愣，謝明哲迅速放開座位下握住的師兄的手，故作淡定地朝觀眾們招招手，露出燦爛的笑容。

唐牧洲也微微一笑，配合地招手示意。

他倆坐一起的畫面太過溫馨，粉絲們總覺得哪裡不對，卻說不上來。

直到導播切換畫面，參賽選手走上了大舞臺。

裴景山、葉竹VS.歸思睿、劉京旭。

這四位選手，每一位單獨拿出來都是粉絲無數的頂級大神，如今同臺競技，現場震耳欲聾的尖叫聲頓時嚇走了直播間內觀眾們的瞌睡蟲，讓大家都精神抖擻。

論壇開始下注：到底誰能第一名出線？誰會是謝明哲下一輪的對手？

謝明哲心裡也沒底，不知道誰會贏。但理智地說他確實不希望下一輪碰上歸、劉組合，倒不是怕了歸思睿的鬼牌，而是因為歸思睿對鬼牌的心得遠勝於小柯，到時候一旦碰上真正的鬼牌創始人，小柯這邊很難頂住壓力。

相對來說，裴景山、葉竹組合反倒好打一些。

下一輪的命運，就看今天的比賽結果。

在全場熱烈的掌聲中，比賽正式開始。

裴景山、葉竹VS.歸思睿、劉京旭，第一局打得異常激烈，雙方不約而同地帶了大後期卡牌——裴景山成功養蠱，養成了攻擊力爆表的蜘蛛皇后，歸思睿在死了大批卡牌後召喚出食屍鬼。這也是「蜘蛛皇后」和「食屍鬼」的第一次公開對決。

後期卡VS.後期卡，觀眾們看得格外過癮。

眼看食屍鬼就要靠近蜘蛛皇后，粉絲們的心都快提到了嗓子眼。大家都知道食屍鬼是近戰牌，蜘蛛皇后是遠程牌，一旦被近身，防禦極弱的蜘蛛皇后肯定會被食屍鬼一招秒殺。

就在這千鈞一髮之際，一隻透明的小蝴蝶突然出現在遠處樹後。

葉竹的透明蝶依靠隱身在混亂的戰局中存活下來，並且靈活地飛到遠處——就在食屍鬼張開大

口的那一刻，透明蝶突然開技能召喚，將蜘蛛皇后強拉到自己的身邊。

食屍鬼的技能撲了個空，瞬移到遠處的蜘蛛皇后，吐出蛛絲，瞬間反殺！

現場觀眾激動地鼓掌，謝明哲也忍不住鼓掌，「小竹的這個召喚真是及時。」

唐牧洲讚道：「他和裴景山搭檔多年，打配合確實有默契。」

第一局，裴葉勝。

第二局裴景山乾脆沒帶食屍鬼，劉京旭卻帶上了妖王，出其不意的一波妖怪群體變形把葉竹的蝴蝶全給秒了。

一比一，雙方戰平，由於積分相等，加賽一局。

小組賽階段唯一的加賽，也成了決定四支隊伍命運的關鍵比賽！

謝明哲深吸口氣，目不轉睛地看向直播畫面。

加賽是系統隨機地圖，隨機選到的居然是地圖庫中的「女兒國」，全場觀眾哄笑出聲，紛紛吐槽。

「阿哲的心情怎麼樣？」

「誰的寶寶厲害誰就能贏，贏了打白旭，輸了打阿哲！」

葉竹平時一直說謝明哲做的卡牌很討厭，結果這場比賽他讓卡牌生寶寶比誰都要積極。

他居然迅速喝下子母河的水，複製出一隻拇指般大小的透明蝶寶寶！

結果就是裴葉組合原本的追蹤暗殺打法，變成了雙追蹤。兩隻透明的小蝴蝶追著鬼牌妖牌跑，連續兩次群體瞬間召喚，直接殺了對手的兩張關鍵牌。

歸思睿和劉京旭遺憾戰敗。

到此為止，雙人賽小組賽全部結束，裴葉組合以H組第一名晉級，下一輪對戰白旭、易天揚。歸劉組合以第二名晉級，將在十六進八的淘汰賽中與謝明哲、喻柯相遇。

此時已是晚上十一點鐘，比賽散場，謝明哲心情複雜。

該來的還是來了。

他不想對上的歸思睿、劉京旭組合，出現在他十六進八的對手名單裡。

唐牧洲看了眼小師弟的臉色，湊到耳邊低聲說道：「打歸思睿你得換個思路，不然很難贏。小柯雖然進步很快，但歸思睿對付小柯，就跟鬼王對付小鬼一樣容易。」

謝明哲無奈地點頭，「我明白，我回去認真想想。」

如唐牧洲所說，在歸思睿的面前用鬼牌，簡直是班門弄斧、自討苦吃。但小柯只會玩鬼牌，讓他捨棄鬼牌臨時去操控植物卡、人物卡，反而會不夠熟練。

該怎麼辦？

謝明哲皺著眉思考了很久。

在回去的車上，他突然想到師兄的那句話「換個思路」。

——對啊，換個思路！

他和小柯的組合，一直都是小柯的鬼牌主攻，謝明哲來輔助、控場或者協助攻擊，小組賽階段也一直是靠新穎的戰術來取勝。

那麼打歸思睿的時候，可不可以換一種打法？

謝明哲越想越興奮，拉著小柯到一邊說：「小柯，你願意放下喬生、連城這些輸出牌，拿控場鬼牌給我做輔助嗎？」

喻柯愣了愣，「鬼牌輔助？」

謝明哲認真點頭，「沒錯。」

他看著小柯的眼睛，聲音裡滿是堅定，「打歸思睿和劉京旭，我想換一種思路，由我做主力輸出，你的鬼牌來輔助我——我想試試看，我來打輸出的話，靠操作上的技巧，能不能打得過聯盟的

一流選手。」

團賽開始前公示卡組，涅槃所有的卡牌都會被對手知曉，不再存在沒人見過的新牌，大家會站在公平的舞臺上，拚戰術、拚意識、拚操作，這時候，他該怎麼辦？

是時候好好練一練輸出牌的操控了！

小組賽結束後，聯盟給了所有選手三天的假期，謝明哲和喻柯也投入到緊張的賽前訓練當中。

之前的雙人賽，喻柯總是拿喬生、連城、公孫九娘等輸出類鬼牌，謝明哲負責控場，如今既然要換一種打法，喻柯就必須改變思路，他不能再一味地往前衝，而是要綜觀全域，顧好自己的同時還要顧好謝明哲的卡牌，這樣的風格轉變讓喻柯一時很難適應。

比賽將近，喻柯信心不足，總擔心自己會拖阿哲的後腿。秦軒看出這一點，私下鼓勵他道：「你用的還是那些熟悉的卡牌，只是注意力偏重不同而已，沒必要太緊張。」

喻柯下定決心後動力十足，白天他和阿哲一起配合新的卡組，晚上就找秦軒開小灶學習輔助技巧。

或許是上天的眷顧，十六進八階段的比賽安排很快公布了，並不是按照A到H組的順序來打，而是隨機抽籤——八月十九日安排的是B組、G組的兩場比賽。二十日是E組、D組。二十一日是C組、F組。二十二日才是A組和H組的對決。

這樣一來，他和謝明哲又多了四天的時間可以練習，加起來就是整整一週。

一週的時間從輸出變輔助，對一流水準的職業選手來說綽綽有餘，高手通常大局觀很強，意識全面，打哪個位置都可以應對自如。小柯雖然已形成了輸出的慣性思維，但是有秦軒帶著，天天手

把手地教他，小柯又不笨，加上操作的都是之前就很熟練的鬼牌，一學就能上手。

三天後，他和阿哲的配合越來越順暢。五天後，已經能稱得上有默契了。

謝明哲毫不吝嗇地誇獎他，「小柯學得真快，好樣的！」

秦軒也道：「差不多了，比賽的時候多注意對手的關鍵技能，想好應對的辦法，別慌就行。」

聽著隊友的鼓勵，喻柯對自己也多了些信心。

八月二十一日，涅槃全員再次來到比賽場館，因為今天有陳霄、秦軒VS.聶遠道、山嵐的比賽。十六進八的比賽是三局兩勝賽制，本以為聶嵐打陳秦會是二比零碾壓，但觀眾們小看了陳霄和秦軒的韌性，兩個人在第一局失利的情況下咬牙扳回一局，戰成一比一平手。雖然最後的決勝局被聶嵐迅速擊敗，但能從Boss的手裡拿下一分，陳霄已經很知足了，回到後臺時臉上的神色也非常輕鬆。

陳千林問道：「雙人賽止步十六強，不遺憾嗎？」

陳霄笑著搖頭，「哥，你放心，我很清楚自己的實力，這次雙人賽就當是和秦軒練配合，我們兩個收穫挺多的，我已經很知足了。」

陳千林見他不像是裝的，而是真的不介意，心裡也鬆了口氣。

八月二十二日，A組和H組的十六進八淘汰賽將在晚上七點正式開始。

由於這兩個小組裡都有不少超人氣選手，比賽現場座無虛席，裴景山、葉竹、歸思睿、劉京旭的粉絲們占了大半個場館，讓謝明哲意外的是，有不少粉絲製作了應援周邊，在比賽現場拉起巨大的加油布條上面有他和小柯的Q版頭像。

喻柯激動地握緊雙拳，「粉絲來了這麼多，我們一定要好好打！」

謝明哲倒是很鎮定，微微一笑，拍了拍喻柯的拳頭道：「放輕鬆，別給自己太大壓力。」

喻柯深呼吸，鬆開拳頭，握緊、再鬆開，連續幾次後，心情才終於平靜下來。

——沒什麼大不了的，反正今天他打輔助，歸思睿來殺他，他求之不得！他只要全力保護好阿哲的卡牌，讓阿哲發揮就行了。

解說在前臺介紹完雙方選手，官方工作人員叫他們做準備。

謝明哲站起來，帶著喻柯往大舞臺走去，在走廊裡遇到了早就等在那裡的唐牧洲，他微笑著抱了抱謝明哲，「加油。」

謝明哲回抱了他一下，「我會的。」

兩人分開後，走在謝明哲身後的喻柯主動來到唐神面前，期待著唐神也給他一個「鼓勵的擁抱」。結果，唐牧洲完全沒有抱他的想法，兩人大眼瞪小眼，對視三秒，對上小柯期待的眼神，唐牧洲只好哭笑不得地拍拍他的肩，「你也加油。」

被鼓勵的喻柯的臉上立刻露出燦爛的笑容，「放心，我絕對不拖阿哲後腿！」

謝明哲和喻柯來到大舞臺，坐在熟悉的旋轉椅上，一起戴好頭盔。

大螢幕中出現了選圖框。

由於謝明哲和喻柯排在A組的第一名，歸思睿和劉京旭是H組的第二名，十六進八階段，排小組第一名的隊伍具有優先選圖權，第一局將是謝明哲、喻柯的主場。

謝明哲沒有猶豫，很快就提交了地圖——水淹下邳。

下邳城的天空中陰雨綿綿，加上護城河的水流注入，地面上的積水將隨著比賽時間的推移越來越多，全場景的卡牌都會因為積水而受到「減速」的影響，這個影響還會不斷地增加。

水平面每漲高一公分，減速效果就增加百分之十，最多增加至百分之九十。當城內的積水深度超過一點五公尺時，全場景卡牌將被水淹，短期內大量掉血，最終窒息而亡——當然那是大後期，通常在被水淹死之前，比賽就已經結束了，如果沒結束，會按雙方卡牌被淹死的前後來計算勝負。

這張地圖是負面buff 類地圖，不斷疊高的減速會讓卡牌的行動越來越遲緩，到最後減速百分之

九十，全體變蝸牛，很難挪動腳步。

而謝明哲拿出這張地圖，對鬼獄的針對效果也非常明顯，食屍鬼出場的大後期，城內的積水已經很深，全體卡牌的移速降低差不多達到了百分之九十，食屍鬼在原地沒法移動，自然就沒法收割。

雙方提交的卡組很快就放大在螢幕中。

歸思睿和劉京旭當然讀懂了「水淹下邳」地圖的意思，在卡組中去掉了全部的近戰牌。

歸思睿派出紅衣新娘、白髮女鬼兩張遠程連動雙群攻，吊死鬼遠程單攻，水鬼在遇到水時可以潛伏到水中並增加移速，很適合打這種有水的地圖。

劉京旭則拿出貓妖、狐妖、虎妖、花妖。

而阿哲和小柯今天公布的八張明牌，鬼牌包括孟婆、魏徵、杜麗娘、秦廣王——全是大家之前見過的鬼牌，但問題在於，四張鬼牌居然全是輔助！

另外的四張人物牌，林沖、燕青、花榮、潘金蓮，居然全是輸出？

吳月：「什麼？」

觀眾們也是滿臉茫然——這卡組是什麼情況？鬼牌全輔助，人物全輸出，所以這局是喻柯操控人物牌、謝明哲操控鬼牌？還是喻柯打輔助、謝明哲打輸出？

臺上，歸思睿和劉京旭對視一眼，心裡突然生起一絲不妙的預感。

歸思睿道：「看來他們徹底換了套路？」

劉京旭嚴肅道：「不管這些卡牌是誰在操控，待會兒先殺輸出牌吧。」

歸思睿贊同：「好。」

地圖載入，比賽正式開始。

在公布卡組的階段，觀眾們是看不到誰操作哪張卡牌的，但進入賽場之後，這一切就會非常明

朗——所有觀眾都看見，喻柯操作著鬼牌，謝明哲操作著人物牌。

也就是說，本局比賽喻柯擔任輔助，謝明哲主力輸出！

涅槃的粉絲們都不敢相信，大家認識小柯以來，小柯就一直是打輸出位的，上半年的團賽他主要負責突進暗殺；下半年雙人賽的小組賽他用鬼牌進攻，謝明哲輔助他。

連續五場小組賽都是如此，所以粉絲們也認為：小柯只擅長輸出。結果今天突然換了套路——喻柯打輔助？這小傢伙一看就不靠譜啊！

直播間內頓時發出大量的質疑，觀眾們都有些看不懂謝明哲的套路。

直到比賽正式開始。

下邳城外的護城河出現缺口，水流不斷注入，加上天空中的綿綿細雨，地面上漸漸出現了積水，系統提示「全場景卡牌減速百分之十」，這點減速不會造成太大的影響，但隨著積水的增多，減速也會越來越高。

趁減速還沒疊起來，雙方迅速操控著卡牌走位並試探性地攻擊。

對方卡牌數量增加到五張時，劉京旭突然放出虎妖——虎嘯，群體恐懼！

這是一張強控牌，虎形態的吼聲可以造成範圍內群體恐懼控場，而人形態的虎妖則是體格健碩的肉盾，幫隊友吸收全部傷害。

此時的妖牌還沒有變形，虎妖那一聲震耳欲聾的虎吼，徹底吹響了兩人進攻的號角。

歸思睿的紅衣新娘、白髮女鬼雙卡連動，一波頭髮密密麻麻從遠處纏繞過來，雙鬼牌暴擊群攻打出大量傷害，謝明哲和喻柯的卡牌在瘋狂掉血。緊跟著，吊死鬼在遠處用繩子勒向輸出牌潘金蓮，造成一次單體暴擊。

再然後，劉京旭的狐妖、貓妖也緊跟著出動，妖形態靈活的位移，迅速移動到潘金蓮面前，狐狸尾巴橫掃，貓爪連續撓臉，轉眼間潘金蓮就被集火變成五百點血量的危險狀態！

觀眾們忍不住吐槽：「潘金蓮的仇恨值這麼大的嗎？」

謝明哲這麼早召喚潘金蓮，後臺很多職業選手也有些疑惑——照理說這種大後期的收割牌可以留在手裡，等對面殘血了再召喚，這麼早召喚出來有必要嗎？難道真的是用臉拉嘲諷用的？

下一刻，喻柯就告訴了大家答案。

孟婆湯，遺忘！

潘金蓮將遺忘接下來五秒受到的一切傷害，就算只剩五百點血量也不會陣亡。

小柯的技能放得特別及時，結果就是劉京旭的狐妖、貓妖一波暴擊下去，潘金蓮直接無視了攻擊，硬生生地活了下來。

職業選手們：「……」這真的是用臉拉嘲諷啊！

蘇洋哭笑不得，「看來，阿哲今天帶潘金蓮是故意擺在這裡吸收火力用的。因為這張牌在小組賽表現太出色了，所以對手看見她，肯定會優先集火她。」

劉琛接話道：「咳，也算是另一種嘲諷卡，用臉拉嘲諷，很符合謝明哲的畫風。」

用潘金蓮拉仇恨，虧他想得出來。

鬼獄的三秒恐懼結束，謝明哲和喻柯立刻反打。

潘金蓮——魅惑！

用美貌吸引對方的「魅惑」是一個強拉技能，潘金蓮直接將歸思睿站在遠處甩繩子的吊死鬼瞬間拉到自己面前，緊跟著，花榮出場，手中銀槍毫不客氣刺向吊死鬼！

這時候觀眾們才明白過來。

「這局的潘金蓮不是收割牌，而是嘲諷位移控場牌？」

「花榮被減速走不過去，但潘金蓮可以把對手拉過來給花榮打，打殘了再由潘金蓮收割，刷新技能再拉一個過來繼續打！」

「……謝明哲真是絕了！」

觀眾們看懂了，歸思睿當然也察覺到這一點。

潘金蓮拉人，花榮近距離攻擊，配合非常完美。更讓他在意的是，燕青、林沖這兩張新出現的輸出牌，才是本場比賽的關鍵。

整體來看的話，喻柯的輔助鬼牌用於加血、保護、反彈傷害，保證輸出牌死不掉。而謝明哲的人物牌燕青傷害爆炸、操控靈活，林沖可以收割，潘金蓮要是死不掉後期也能收割。

這是典型的「多輸出核心」陣容。

你打死潘金蓮，後期還有林沖。

打死林沖，接下來還有燕青和花榮。

遇到這種「多核心」陣容時，先殺哪張牌會讓對手非常糾結，這也是一種戰術思路。

但是，這種多核心陣容對選手的操作要求也非常高。

一場比賽想操控一張核心輸出牌，需要消耗大量的精力，所以負責輸出的選手攜帶的卡牌，通常是好操作的牌和不好操作的牌搭配在一起，不至於到時候顧此失彼。

謝明哲今天居然大著膽子拿出燕青、林沖這兩張操作技巧極高的卡牌，以及潘金蓮這張非常需要意識的卡牌——同時操作這麼多高難度的輸出牌，他能顧得過來嗎？

就連唐牧洲都覺得，師弟這樣的做法有些冒險。

只有謝明哲心裡清楚——這是他對自己的一次挑戰。

歸思睿和劉京旭畢竟是大賽經驗豐富的老選手，最開始他們想集火強殺潘金蓮，結果喻柯連續開孟婆、秦廣王的保護技能，硬是讓潘金蓮絲血逃生，歸思睿無奈之下只好轉移目標，道：「先殺林沖！」

林沖是近戰牌，必須上前近身攻擊，到時候再控制住他，集火迅速殺掉。少了林沖這張收割

牌，謝明哲的輸出能力就會大打折扣。歸思睿的想法沒錯，劉京旭和他配合地很有默契，在見到林沖開「發配滄州」技能衝過來的那一刻，劉京旭立即讓花妖放出強控類技能「迷幻」，林沖被花妖的控制影響，陷入幻覺持續五秒！

五秒時間，足夠劉京旭和歸思睿聯手強殺掉一張被控制的脆皮輸出牌。

喻柯也知道這一點，心裡一時有些慌亂。

到底要不要開杜麗娘的大招救林沖？用冷卻時間很久的群體加血技能救下一張牌，感覺有些浪費，可不救的話，林沖必死無疑，開不開大招真讓人為難。

然而賽場上容不得猶豫，喻柯用力咬了咬牙，做出決定——不救！

因為歸思睿和劉京旭的暗牌都沒有出現，而且這兩人還有大量的後續輸出，如果為了救林沖把大招全部用掉，接下來涅槃會徹底陷入被動，再被反控很可能會崩盤。

他想到秦軒告訴他的那句話——身為輔助，關鍵時刻的救援要學會取捨。如果你救不了所有的牌，那麼，你就救你認為最重要的那張牌。

比賽之前，阿哲跟他反覆強調過，這局比賽最重要的輸出牌不是潘金蓮、不是花榮也不是林沖，而是操作最為複雜的燕青！

他必須留下技能保證燕青的存活，所以在林沖被集火時，喻柯忍住了放大招的衝動，而是選擇迅速調整卡牌的走位，讓孟婆、秦廣王、魏徵和杜麗娘四張牌後撤。

林沖孤立無援，很快就被歸劉兩人聯手擊殺。

解說間內，回過神的吳月有些遺憾地說：「真是可惜，今天是林沖在聯賽中的第一次出場，結果連後續技能都沒能放出來，就被對面反控秒殺。」

劉琛也嘆道：「林沖這張輸出牌幾乎沒發揮出任何作用，對謝明哲來說，很虧啊！」

蘇洋卻有不同的意見，道：「也不一定，林沖雖然陣亡，但剛才被潘金蓮強拉過來的吊死鬼也

活不了多久，雙方算是一換一吧。」

潘金蓮剛才把吊死鬼拉過來給花榮打，花榮的輸出本來就很高，把吊死鬼打殘後，潘金蓮又餵了一口毒，結果就是林沖前腳剛死，吊死鬼後腳也掛了，潘金蓮的技能刷新。

潘金蓮再次使用「魅惑」技能，這回強拉過來的是對面的輸出牌貓妖。

花榮繼續攻擊面前的貓妖，貓妖當然也不閒著，突然變形成長著一條貓尾巴的貓女郎，貓女郎可以用自己的尾巴將指定的目標禁錮在原地，並降低對方百分之五十的防禦。

——這個控制技能幾乎是宣告了潘金蓮的死刑。

歸思睿不愧是意識一流的選手，他早就放出了水鬼，一直潛伏在暗處伺機而動，在對面的潘金蓮強拉走貓妖的那一刻，水鬼迅速跟上，等隊友將潘金蓮控制住之後，水鬼現行，猛地一招暴擊將殘血的潘金蓮直接擊殺！

觀眾席傳來一陣驚呼，一是驚嘆於歸思睿的反應神速，二是突然從水裡冒出來一隻沒有形體的冰藍色鬼怪，大家都被嚇了一跳。

潘金蓮被殺，這也就意味著，潘金蓮和花榮拉一個、殺一個的組合打法被破解。

水鬼最強的地方就是遇水後隱身，這也是歸思睿後期做的新牌，謝明哲之前沒見過。

今天選水戰地圖，本來是想針對歸思睿的強勢近戰牌，結果反倒被歸思睿撿了個便宜，靠水鬼的埋伏突襲打得謝明哲措手不及。

潘金蓮一死，謝明哲冷靜地道：「不急，先殺水鬼！」

貓妖在變形為人形態的「貓女郎」後會從輸出牌變成單體控制牌，不但控制住潘金蓮配合水鬼來了一波突襲，還會讓自身輸出、防禦資料互換。

原本貓妖是十幾萬的輸出、幾萬的防禦，但現在的貓女郎卻是十幾萬的防禦！

謝明哲放棄了擊殺貓妖的計畫，先瞄準歸思睿那張潛伏起來搗亂的水鬼。

不知不覺中，下邳城內的積水已經達到五十公分的深度，全場景卡牌減速百分之五十，這時候，選手們能明顯察覺到卡牌的移動速度變得緩慢起來，但水鬼不一樣，它在水下的移動速度反而會有加成，而且它一旦潛入水中超過五秒，則會自動進入隱身狀態。

如果水鬼在水下隱身，以歸思睿的操作技巧，神出鬼沒的水鬼不斷騷擾，會讓謝明哲和喻柯徹底陷入被動，接下來只會被對手壓著打。

必須趁它還沒隱身之前迅速處理掉它——只有五秒時間。

謝明哲深吸口氣，語速飛快地道：「保護燕青，走！」

喻柯會意，立刻操控著輔助牌跟上。

同一時間，謝明哲召喚出本場比賽的第一張暗牌。

暗牌召喚時會有特殊的戰鬥提醒以及光效，這張牌一出場，現場的觀眾都盯緊了他，歸思睿和劉京旭也立刻提高警惕。

本以為又是一張毀天滅地的強控、收割類暗牌，沒想到，這次謝明哲帶的暗牌，居然是一張很簡單的功能牌。

——神行太保，戴宗，全團加速！

觀眾們都很好奇謝明哲下一步的動作。

結果下一刻，大家就明白了謝明哲為什麼要帶上戴宗。

因為燕青！

燕青是一張極為靈活的輸出牌，今天第一次登上職業聯賽的賽場，比賽開始後謝明哲一直沒召喚燕青，直到戴宗出場的這一刻，他才同時召喚出來。

有神行太保加速的燕青，移動速度本來就飛快，他迅速追上歸思睿還沒來得及隱身的水鬼，用「簫音渺渺」在對方身上疊了好幾個音符標記，緊跟著「浪子回頭」技能連續兩次瞬移，正好經過

水鬼的位置，再疊加兩個標記。

「啪」的一聲清脆音效，燕青疊在水鬼身上的標記全部爆炸，水鬼應聲倒地。

觀眾們不敢置信地看著大螢幕，剛才大家只看見一個身影在眼前飛快地閃過，又飛快地閃了回來，耳邊響起幾聲好聽的簫音——再仔細一看，水鬼居然瞬間被秒殺！

直播間內刷了一大片問號，解說也瞪大眼睛仔細看螢幕，吳月只能迅速求助導播，「我們來看一下慢鏡頭重播……」

螢幕右下角出現剛才那一幕的慢鏡頭重播。

只見燕青先是藉著「神行太保」的加速追上了還沒來得及隱身的水鬼，緊跟著一、二技能同時開啟，在短短三秒內來回移動，迅速給水鬼身上疊了五個音律標記——浪子回頭，標記爆炸，本就脆皮的水鬼瞬間被秒殺！

強殺水鬼後，燕青開三技能「歸隱山林」遠離戰場紛爭，瞬移回到大後方，遠遠地避開了對手可能會打到他身上的一切技能。

——殺敵於千里之外，殺完後瞬間失去蹤跡！

——真正「來無影、去無蹤」的刺客！

觀眾們驚呆了下巴，歸思睿和劉京旭面面相覷。

三秒殺一牌，職業聯盟的很多頂尖高手都可以做到，何況歸思睿的水鬼因為技能設計太強，防禦本身就很弱，被一套秒殺也很正常。

但問題是剛才水鬼在後撤的途中周圍還有不少隊友在保駕護航，包括準備開嘲諷技能的人形虎妖，謝明哲卻目光銳利地盯準了水鬼的位置，瞬移過來一套秒殺，就連歸思睿都沒反應過來。

歸思睿一直以為，謝明哲是靠奇怪的戰術取勝。但這一刻，他對面前的年輕選手不禁刮目相看——剛才三秒神一般的操作，直逼全聯盟操作最快的凌驚堂，謝明哲這是要上天啊！

這場比賽從一開始就火藥味十足，打得特別激烈。

原本大家以為潘金蓮被殺後，謝明哲和喻柯會被歸思睿的水鬼給欺負到團滅，結果謝明哲在關鍵時刻直接秒殺水鬼，破解了困局。

從卡牌數量來說八比八平手，但從牌面來說，歸劉組合的勝算依舊更大，因為謝明哲的卡組中輸出牌太少了。

花榮、燕青，該殺誰？歸思睿決定殺花榮。

然而，花榮這張牌可以將自身輸出的一定比例轉化為血量——是典型的近戰吸血牌。他的技能傷害很高，普攻傷害也很高，好不容易打掉他半管血量，放個大招又吸滿了，一時半會兒也沒那麼好殺。

局面陷入僵持，歸思睿冷靜地道：「速戰速決，不能再拖了。」

劉京旭也很贊同：「我準備召妖王。」

歸思睿點頭，「好，我配合你。」

話音剛落，劉京旭就召喚出本場比賽攜帶的暗牌——妖王。

妖王是萬妖之王，他的出場會讓所有妖牌同時變形並立刻刷新變形技能，這也就意味著，接下來劉京旭的妖牌相當於一卡兩用，攻守隨時切換。

同時，妖王自己也會召喚四個防禦較弱的普攻小妖去瞄準對手。

妖王這張牌的變態程度，絕對不輸於大後期收割牌。

其他選手的收割牌出來就是收人頭用的，而妖王這張牌是團隊增益卡，出場的那一瞬間，就是劉京旭的大節奏，所有妖族立刻變形、並刷新變形技能。在短期內，他相當於刷新了全部的卡牌技能，控制、輸出、防禦，一波打下去對手很可能直接崩盤。

被劉京旭的妖族群體變形打崩的選手，排隊都可以繞聯盟總部一周。

但是今天，他卻失算了。

喻柯緊張得手心都在冒汗，但是這一刻，機智的喻柯卻做出了一個讓全場觀眾掌聲雷動的操作——秦廣王，孽鏡臺。將控制、傷害類技能全部反彈！

就連後臺觀戰的唐牧洲都忍不住微笑起來，道：「小柯這個技能留得好。」

劉京旭的妖牌變形大節奏被強行打斷，只能等孽鏡臺時間結束後再想辦法。

但是，對面還有歸思睿。

歸思睿今天帶的暗牌也非常強——鬼博士，一個戴著銀邊眼鏡的年輕男子，穿著白大衣，脖子上掛著聽診器，一副醫生打扮，臉色蒼白如紙，是歸思睿製作的鬼牌中難得容貌正常的。

鬼博士的技能極為霸道——細菌腐蝕，讓對手的一切防禦罩、反彈牆類的技能失去效果；病毒擴散，三十公尺範圍內播散大量病毒，使敵對目標集體被病毒所感染，防禦力下降百分之五十，且受到百分之三百群體土系暴擊傷害！

這張牌的出場放在妖王之後，顯然是歸思睿和劉京旭的一次默契配合。

妖王出來，喻柯必定會防守，這時候鬼博士出場破解防守，並且一波「病毒擴散」群體降防，劉京旭就可以緊跟著接上妖牌變形的爆發輸出。

蘇洋忍不住讚道：「這配合真是漂亮！」

隨著鬼博士和妖王兩張強勢牌出場，歸思睿的紅白女鬼再次開啟連動群攻；劉京旭的四張妖牌控場的控場、攻擊的攻擊，一時間，謝明哲和喻柯被對手徹底壓制，全團殘血！

——遊園驚夢！春色如許！

喻柯果斷地讓杜麗娘的兩個大招同時開出來，魏徵也即時開啟賞罰時間。

只見花榮、孟婆、秦廣王等卡牌，在剩餘不到一千點血量的那一刻，驚險地保住了一條命，杜麗娘的群體治療迅速把全團血量給回了上來。

差一點點就團滅啊！

喻柯的心都快要跳出來了，跟高手打比賽，壓力真的好大。

要不是秦軒提醒他專門留技能，這一波根本就頂不住。

謝明哲看到這裡也鬆了口氣——歸思睿和劉京旭顯然是想打一波，還好小柯機智地留了技能，有驚無險地避免了團滅。歸思睿的兩張鬼牌已經被殺，紅白女鬼的技能冷卻時間比較久，只靠劉京旭的妖牌，接下來想一口氣殺光涅槃的卡可沒那麼容易。

劉京旭畢竟是一流選手，操作技術極強，他硬是頂著杜麗娘的加血要強殺花榮。當然，花榮也沒閒著，謝明哲讓孟婆給花妖餵了湯遺忘技能，謝明哲趁機讓花榮近身去收掉了花妖。

依舊是一換一，但關鍵在於對手死的花妖是個輔助，謝明哲陣亡的花榮是個輸出。

觀眾們都有些擔心。

「阿哲的輸出牌就剩一張燕青了吧？」

「只靠燕青，很難翻盤的吧？」

然而下一刻，觀眾們就感受到了集體被打臉的滋味。

因此燕青的技能冷卻又好了，戴宗的加速冷卻時間比燕青還要快。

此時，下邳城的積水量超過八十公分，全體卡牌減速百分之八十，幾乎挪不動腳步。

燕青擁有三個瞬移技能，加上戴宗的加速，他從超遠的位置突然飛過來，瞄準的正是劉京旭剛變成狐狸形態的脆皮狐妖——跟剛才一樣，簫音渺渺疊標記，浪子回頭爆標記，歸隱山林瞬移到遠處。

——飄然而來，又飄然而去。簫音消散，狐妖隨之陣亡！

觀眾們：「……」

吳月瞪大眼睛道：「阿哲這是要用燕青一張一張地收人頭嗎？」

劉琛也不敢相信，「好像是的。因為下邳城的積水已經達到八十公分，全體卡牌減速百分之八十，這時候戴宗和燕青配合，幾乎是無敵的存在，對手的遠端卡會……搆不著他們。」

蘇洋摸了摸鼻子，輕笑道：「謝明哲確實聰明，遠端牌的輸出距離是三十公尺，他把燕青放在三十五公尺開外，歸思睿和劉京旭確實打不到他，而燕青卻可以靠加速和瞬移過來收割。」

這就是「手長」和「手短」的區別。

直到此刻，觀眾們才終於懂得，謝明哲選「水淹下邳」地圖並帶上戴宗、燕青出場的思路。也終於知道，他為什麼要強殺水鬼——因為只有水鬼會對燕青造成威脅！

水鬼一死，鬼獄的遠程卡都打不到燕青。

何況還有孟婆，就算燕青瞬移過來殺對手的時候被對手強控，孟婆一碗湯餵下去，五秒內遺忘一切控制、傷害，相當於無敵。

燕青很難處理，該怎麼辦？

歸思睿和劉京旭都意識到了這一點。

既然打不到燕青和戴宗，那就先處理其他的卡牌。等最後只剩燕青和戴宗的時候，以多打少，直接形成包圍圈，比賽地圖就這麼大，看他們往哪裡跑！

接下來的幾十秒，雙方陷入激戰，秦廣王陣亡、魏徵陣亡、孟婆陣亡、杜麗娘也沒能扛住歸劉的集火！而燕青也靠著戴宗的加速，來回瞬移殺掉了劉京旭的貓妖和虎妖。

雙方卡牌剩下都不多了，鬼博士、妖王、紅衣新娘、白髮女鬼VS.燕青、戴宗。

歸思睿和劉京旭都不蠢，他們早就看出謝明哲卡距離的風箏打法。不知不覺間，兩人的卡牌站位發生了變化，四張牌站成一排，將燕青、花榮堵在下邳城的東南角落，燕青繞不過去，想過來打他們，就必須面臨被四張牌技能同時命中的悲劇。

燕青畢竟是防禦很低的輸出牌，在輔助死光的情況下沒人保護，群攻技能全命中，他必死無

疑。如果他不過來打對方，對方也可以繼續逼近。

下邳城內的積水已經達到九十公分，全圖減速百分之九十，但減速不代表定身，卡牌依舊可以緩慢移動，歸劉兩人剩下的四張牌一步一步往前逼，眼看和燕青的距離從三十五公尺漸漸縮短到三十四公尺……三十二公尺……

觀眾們都屏住了呼吸。

燕青背靠著牆角，想要瞬移，只能往對手的方向瞬移，免不了被群攻技能揍一頓，戴宗不具有保護能力，加速這時候沒用。

難道只能等死？

吳月心急地盯著螢幕，「可惜了，阿哲前期打得真的特別好，但是，歸思睿和劉京旭也確實很厲害，不動聲色地逼走位，居然把燕青給逼到了死角！」

劉琛道：「燕青動了！看來阿哲是想最後拚一波？」

畫面中，戴宗再次開啟「神行太保」加速技能，燕青飛快地過來吹奏出簫音！

他沒有去秒殺單卡，而是來回直線瞬移。

這一波操作確實華麗，觀眾們只見年輕男子身輕如燕，在賽場上畫了個標準的Z字形，兩次「浪子回頭」正好命中路徑上的四張牌，給所有敵方卡牌的身上都疊加了音符標記——音符一爆，對面的四牌集體殘血！

但歸思睿和劉京旭並不慌，有條不紊地開群攻強殺燕青和戴宗。

難道還是功虧一簣了嗎？

謝明哲的粉絲們遺憾地想。

可是，賽場並沒有顯示比賽結束，卡牌比那裡，顯示的是一比四。

——喻柯和謝明哲還有一張暗牌沒召喚！

歸思睿意識到這一點的時候，已經來不及了。

暗牌出場，是喻柯在操控——閻羅王！

技能「還陽伸冤」，我方被選定的陣亡卡牌立刻復活，攻擊力提升百分之五十，並刷新全部技能進行復仇，五秒後復仇結束，卡牌陣亡，無法再接受其他復活類技能。

剛剛陣亡的燕青居然就這麼復活了？

鬼獄的粉絲在這一刻很想集體爆出粗口！

復活的燕青攻擊力大幅度提升，技能全部刷新，再次響起的熟悉簫音，靈活飄逸的Z字形位移，來無影、去無蹤的燕青讓所有音符標記一個不落地打在了四張殘血牌的身上。

只聽一聲清脆的音效——音符全部爆炸，四牌全滅！

燕青擊殺四張殘血牌，五秒後陣亡。

場上只留下唯一存活的一張牌，閻羅王。

喻柯和謝明哲獲勝。

觀眾們：「……」

又是一個王！簡直是最後關頭來一次王炸！

這一場比賽謝明哲和喻柯贏得特別驚險，但是觀眾們不得不承認，阿哲的操作帥爆了好嗎？今天就是燕青的主場，在其他卡牌被群體減速的情況下，燕青卻在來回不斷地飛。

瀟灑、飄逸、來去無蹤的刺客，在謝明哲的手裡發揮出了百分之兩百的可怕威力！

謝明哲似乎在用這一局比賽告訴所有人。

他不但戰術布局很討厭。

他對這種靈活刺客牌的操作，更加討厭！

【第十五章】

該怎麼打？我全力配合

這場比賽謝明哲用燕青瞬秒水鬼，用燕青強殺對面妖牌，最後關頭又用燕青一打四完成翻盤——本場比賽的MVP卡牌毫無疑問是燕青，而喻柯的大部分輔助技能也是用來保護燕青。

蘇洋看著比賽重播，認真解釋道：「燕青這張卡牌的設計非常出色，毫無疑問，這是一張頂尖的刺客牌，有爆發、有位移，千里之外殺人於無形還能全身而退。浪子回頭的兩段位移，加上歸隱山林的超長位移，使他在團戰中來去自如，很難被對手抓死，除非對方專門留控制技能針對他，否則，這張牌拖到後期，真的很難處理。」

劉琛是典型的技術流解說，平時即使看到精彩片段也保持著客觀和平靜，可是此刻他的音量也忍不住拔高了，激動地道：「我很喜歡這張卡牌的設計，可以群攻也可以單殺，操作起來非常靈活。群攻的時候，浪子回頭需要儘量多選擇一些目標，單殺就必須把標記全打在同一個目標身上。每層標記造成的傷害是多少、疊到多少層能殺掉對手，都必須精確地計算。」

蘇洋贊同地點頭，「是的，這張卡牌的表現上限和下限差距極大。如果交給新手操控，可能量頭轉向地一張卡都打不死，但在高手的手中卻能發揮出翻倍的實力。謝明哲最後一打四，是精確地計算了對面卡牌的血量和需要疊加的標記層數，浪子回頭兩次直線位移，標記全部命中。被閻羅王復活後，燕青增加了百分之五十輸出，再打一波，這才完成了漂亮的反殺！」

吳月一直在仔細看重播，到這裡忍不住插嘴道：「其實這局比賽最後能獲勝，我覺得小柯的功勞也很大，當時妖王、鬼博士突然出現，那一波全面進攻如果沒能防住，早就被對手給團滅了，小柯專門留的群體治療大招非常關鍵。」

蘇洋道：「這是當然。我猜，小歸和京旭也沒想到喻柯第一次在正式比賽打輔助，在關鍵時刻居然會這麼冷靜，秦廣王的反傷和杜麗娘的群療都開得特別及時。」

劉京旭確實沒想到這一點。

剛才他只想一波快攻把對手打團滅，本想在妖王出場後全體妖牌變形時再群控打一波……結

果聰明反被聰明誤，連控制技都沒能打出來，被喻柯即時的防守打斷節奏。歸根究柢還是太自信，不夠謹慎。

劉京旭深吸口氣，無奈地道：「看來謝明哲今天準備得非常充分，第一張暗牌戴宗出場的時候我以為他帶的都是這種輔助性的暗牌，對第二張暗牌的戒心就小了許多，我應該留一張單控卡，專門針對最後出場的閻羅王。」

歸思睿沒帶控制牌，這一局比賽由劉京旭負責控場，所以輸掉之後劉京旭也非常自責。

歸思睿拍了拍好友的肩膀，笑道：「沒關係，上局我也太大意，關鍵牌水鬼在三秒之內被殺，我完全沒想到，應該更小心一些的。」

這話不是安慰對方，歸思睿自己確實在認真反省，如果水鬼不被秒殺的話，他們早就贏了。

歸思睿輕嘆口氣，「過去的就算了，第二局好好打吧。」

劉京旭點點頭，認真地道：「第二局，謝明哲的暗牌由我來防，我會專門留技能針對。」

中場休息時間很快過去，雙方第二局比賽正式開始。

第二局是歸思睿和劉京旭的主場，他們迅速選定了比賽地圖——鬼市。

這張地圖是歸思睿親自設計的，環境極為陰森。據說是位於鬼界的一處市集，周圍有不少在販賣各種小玩意兒的鬼怪來回走動，但這些NPC不會對卡牌造成任何影響，可以當成豐富環境設定的背景板——真正對卡牌造成影響的，是鬼市中的拍賣事件。

鬼市最中間是一處寬闊的廣場，這也是雙方卡牌對戰的場所。廣場旁邊就是一處拍賣攤位，每隔一分鐘，攤位上會有一位「鬼爺爺」拍賣一些稀有物品，拍賣開始後，全場景卡牌強制混亂

持續五秒。

場景混亂是沒法解除的，也就是所有卡牌必定會被混亂。這時候如果你在釋放攻擊類技能，你將會攻擊到自己的隊友；而如果你在放治療技能，你會反過來給對手加血。

不放技能，等待五秒混亂過去，便是應對「鬼市」地圖的最佳方案。

但謝明哲也知道，說起來容易，實戰中會很難做到。

雙方激烈對戰的時候，時刻盯著場景計時條，這本來就很耗費精神力，還要在混亂開始之前立刻停下全部技能，萬一這時候對手把你的卡牌打成一絲血皮，你能忍住不治療嗎？就算忍住了，能保證五秒混亂之後你的卡牌不被對手秒殺？

打這張地圖，必須極為精確地卡好場景事件的時間，一秒都不能差。

這簡直是對選手精神力的極端壓榨。

喻柯看到這張場景後，忍不住擔心地道：「這局不好打，要不要多帶一些防禦類卡牌？」

謝明哲皺著眉思考片刻，說：「你帶五張防禦牌，我再帶張防禦牌，試試跟對面拖下去。」

喻柯點頭，「好。」

雙方在三十秒的準備期後，同時公布了第二局的卡組。

歸思睿和劉京旭這邊的卡組大換血，吳月驚訝地道：「歸思睿的四張鬼牌全換了！這局換上的是無頭娃娃、殭屍新娘、骷髏將軍、鬼嬰。劉京旭的妖牌，帶了上局出現過的花妖、虎妖，還有新卡牌鼓妖和蛇妖！」

吳月抖了抖脊背上的雞皮疙瘩，道：「鬼嬰這張卡牌以前也沒出現過，謝明哲的王熙鳳是靠哈哈哈的笑聲攻擊對手，鬼嬰的哭聲……咳，我雖然從沒聽過，但想想也是精神上的折磨！」

謝明哲看到技能描述心裡也有些毛毛的——變鬼的嬰兒啼哭攻擊，歸思睿這是恐怖片看多了吧？做個卡牌這麼變態，不怕嚇壞小朋友嗎？

暗牌目前還不清楚，但從兩人帶牌的思路來看，劉京旭帶了大量的控場牌，單體控制比較多；歸思睿帶的全是單體輸出牌，這是要控住對手、集火秒殺的打法？

同時，謝明哲和喻柯的卡組也公布出來。

喻柯依舊帶了魏徵、杜麗娘兩張加血牌，秦廣王這張可保單體、可開反傷的輔助牌，另外他還帶了上局的閻羅王單體復活；謝明哲帶的是單攻卡燕青、花榮雙近戰，黃忠、黃月英雙遠程。

比賽開始，雙方起初只召喚幾張卡牌互相試探，直到比賽進行到三十秒，場上的卡牌才漸漸地多了起來。

歸思睿一口氣召喚出四張輸出鬼牌，直接瞄準喻柯的魏徵！

這個做法讓觀眾們很是意外。

哪怕輔助牌的血量都在十五萬以上，歸思睿也毫不介意——必須強殺輔助。

這也是歸思睿和劉京旭商量之後的決定。

上局他們一直打謝明哲，才讓喻柯有餘力綜觀全域，留技能保護住了謝明哲的關鍵牌，導致最後被燕青一波翻盤。但是這一局，他們從一開始就盯著喻柯殺，看你還怎麼留技能！

隊友被攻擊和自己被攻擊，完全是兩種體驗。

喻柯立刻條件反射般操控卡牌後撤，但他在操控上的技術顯然不如歸、劉兩位老選手。

歸思睿和劉京旭的默契配合在這一局體現得淋漓盡致，劉京旭先是用花妖群體幻覺控場，緊跟著放蛇女過去單體恐懼控住魏徵，歸思睿的無頭娃娃攻速加到最高，不斷地撞擊魏徵；殭屍新娘轉眼間疊了五層屍毒，骷髏將軍的四隻小骷髏前後左右包圍住魏徵。

眼看魏徵的血量被迅速打到百分之三十以下，喻柯迫於無奈，硬著頭皮召喚出孟婆！

魏徵一死，他和杜麗娘的賞罰加血體系就被破解了，而杜麗娘的群體回血技能只救一個魏徵的話太虧，所以他只能用單體保護技能來救下魏徵。

孟婆湯，遺忘傷害！

喻柯認為自己的反應足夠快，然而，在他放出孟婆的那一刻，他的耳邊突然傳來一陣詭異的哭聲——那是醫院裡寶寶出生後的嬰兒啼哭聲，非常逼真。但是在哭聲響起的同時，遠處那臉色蒼白、窩在紅色襁褓裡的鬼嬰卻突然咧嘴朝他笑，這詭異的場景讓喻柯的頭皮都要炸了！

鬼嬰，單體恐懼！

歸思睿的技能開得太巧妙，幾乎是孟婆出場的那一瞬就直接恐懼住了孟婆，導致孟婆的技能沒放出來，同時，鬼嬰的啼哭還會對指定目標造成大量法術傷害，若目標身上存在屍毒則屍毒立刻爆發，造成額外的土系暴擊傷害。

鬼嬰在恐懼孟婆的同時，攻擊技能對準了魏徵，引爆他身上的屍毒。

——魏徵陣亡！

直到這時候大家才明白，殭屍新娘和鬼嬰是一對母女連動卡。

吳月臉色蒼白地道：「聯盟禁止歸思睿做的卡牌身上出現血跡，這絕對是最正確的決定。殭屍新娘和鬼嬰這對連動牌，即使身上沒有血，我看著都脊背發毛！繼謝明哲王熙鳳的哈哈哈魔音攻擊後，歸思睿也做出了嗚嗚嗚哭聲攻擊的鬼嬰——觀眾們，你們的耳朵還好嗎？」

觀眾們表示：我們很不好。

這一屆的選手真是太壞了，還能不能好好地看比賽了？

不少女生甚至變成歸思睿的黑粉，恨不得把這位專注做恐怖鬼牌的選手扔到河裡餵魚。

但忽略卡牌形象的話，歸思睿和劉京旭剛才的配合和操作，確實是聯盟一流搭檔的水準，所有的技能釋放井然有序，劉京旭群控開場，單控住要擊殺的目標使目標無法逃脫，歸思睿單控要保護的輔助，緊跟上一套輸出把魏徵給秒殺掉。

乾脆俐落，毫不拖泥帶水。

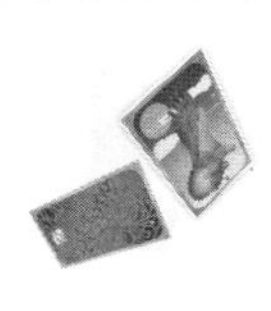

魏徵的陣亡，對喻柯和謝明哲來說絕對是個噩耗。杜麗娘的治療能力將被大幅度削弱，而歸思睿和劉京旭顯然是看準了這一點，接下來的攻擊全部衝杜麗娘砸過去。

孟婆解除控制，喻柯立即用孟婆保杜麗娘，但五秒的遺忘還是扛不住對手的火力，喻柯無奈之下只好繼續用秦廣王來保下杜麗娘。

比賽進行到一分鐘，對方的集火終於暫停——因為鬼市中的拍賣會馬上要開始了。

下一刻，觀眾們就看見謝明哲做出了一個巧妙的操作。

他突然把黃月英放出來，原地放置諸葛連弩，連弩的方向對準了自己。

剛擺好連弩，鬼市拍賣會正式開始，全場景卡牌混亂。

於是，黃月英的連弩因為混亂被調轉了方向，噗噗噗一通亂射，正好射向敵人。

蘇洋笑道：「黃月英這張牌的攻擊方式很特殊，是靠諸葛連弩道具來打傷害，被場景混亂之後，道具會調轉方向，那麼她完全可以在拍賣開始前，讓黃月英的連弩對準自己人，被混亂後，連弩方向調轉，不就正好攻擊到了對手？」

觀眾們：「……」阿哲真是機智！

謝明哲根據場景來帶卡牌的意識，也得到後臺觀戰職業選手們的讚賞。

唐牧洲看著螢幕中的計時條，道：「阿哲的思路確實很好，但這局想贏還是很難。」

陳千林平靜地說：「歸思睿和劉京旭是吸取了上局的教訓，全帶單攻、單控牌針對喻柯，除非小柯能扛住五分鐘以上，阿哲才能找機會收掉對手的牌。」

謝明哲的這一波反打獲得了現場熱烈的掌聲。

但謝明哲自己也清楚，只靠黃月英打傷害很難打死對手。

五秒混亂結束後，劉京旭立刻開花妖的群體治療，把剛才被連弩射掉的血慢慢補回來，同時劉京旭再次召喚暗牌——九尾妖狐！

劉京旭並沒有急著用九尾妖狐的控制技能，而是出場先一套爆發打殘杜麗娘，歸思睿的輸出牌立即跟上來。眼看杜麗娘要陣亡，謝明哲只好召喚出暗牌——劉備。

劉京旭對謝明哲的意識很是讚賞。大概謝明哲也料到了，這局對面必定會留單控技能專門針對他的暗牌，所以他乾脆在暗牌裡帶了「自身免控」的劉備。

劉備的出場，暫時緩解了喻柯的壓力。

但是，下一刻，歸思睿暗牌的出場，徹底宣告了杜麗娘的死刑。

——鬼博士！

居然又是鬼博士。

上一局用來針對秦廣王的孽鏡臺，這一局卻正好破解劉備的護盾！

鬼博士的大範圍「細菌腐蝕」正好能腐蝕掉一切護盾，劉備的金系護盾瞬間被破。大招「病毒傳染」打出群體暴擊，加上殭屍新娘的屍毒和鬼嬰的連動，杜麗娘最終迫不得已開群療技能給自己加血，可惜她的單體加血能力有限，被五張牌集火的時候真的很難自保。

杜麗娘陣亡，喻柯和謝明哲徹底陷入劣勢。

比賽進行到八分鐘，謝明哲、喻柯卡組全滅，謝明哲只殺掉了對手七張牌，歸思睿的鬼嬰、骷髏將軍和劉京旭的九尾妖狐依舊活著，這三張靈活的卡牌為歸劉組合奠定了這局的勝利！

大螢幕上的比分變成了一比一。

還剩最後的一局，決勝局。

場外展開了投票預測，謝明哲和喻柯的支持率迅速下降到百分之三十，粉絲們也沒什麼信心，對於謝喻兩人可能在十六進八階段被歸思睿劉京旭這對大神淘汰，也做好了心理準備。

但謝明哲並沒有放棄。

他深吸口氣，笑著拍了拍小柯的手背，「不用介意。第三局是背水一戰，我們拚一次試試

吧。贏了進八強，輸了也無所謂，回家睡覺！」

被他爽快的笑聲感染，喻柯的心裡也輕鬆了許多。這局是自己沒發揮好，被針對得有些慘，他必須冷靜下來，配合謝明哲打好最關鍵的決勝局。

謝明哲和喻柯在第二局輸掉，也在許多職業選手預料之中。外行看熱鬧、內行看門道，大家心裡其實都很清楚，謝喻兩人的綜合實力，目前還比不上歸劉組合。

只要歸思睿和劉京旭冷靜下來想清楚針對喻柯的最佳打法，謝明哲想再靠暗牌出奇制勝是很困難的，第三局大概會重演第二局的劇情——許多職業選手心裡都這麼認為。

歸思睿才是真正的鬼王，對鬼牌的操控技巧和意識的掌握甩了喻柯好幾條街。如果喻柯又被針對，第三局該怎麼辦？

粉絲們此時也很揪心，但大家此時能做的也只有默默祈禱，希望第三局的隨機地圖對阿哲更加有利。

決勝局開始之前的休息時間比普通小局要多三分鐘，謝明哲趁機跟小柯商量：「九尾妖狐在第二局給我們造成了很大的麻煩，第三局劉京旭如果繼續帶上牠，我想拚一波，直接用即死牌強殺牠。」

喻柯瞪圓眼睛，「你是說直接上沙僧嗎？」

謝明哲點頭，「用降妖寶杖強秒九尾妖狐，先解決掉這張煩人的單控卡。」

喻柯覺得很有道理——反正阿哲說什麼他都覺得有道理，於是他沒有任何猶豫地道：「好的，那我帶上沙僧。」

「還有一點。」謝明哲思索片刻，補充道：「劉京旭肯定會留技能專門針對我的暗牌，光殺九尾妖狐還不夠，他手裡的妖族牌像貓女郎、虎妖、花妖、蛇妖全都有控制技能，所以必須帶一張免控牌，保證我的暗牌順利出場，能做到嗎？」

謝明哲在他耳邊說了幾張牌的名字，喻柯用力點頭，「這幾張牌我都練過，就是……」

「我相信你可以。」謝明哲猜到小柯的擔憂，微笑著鼓勵道：「拚一次吧。」

「好！」阿哲都這麼說了，喻柯當然不會認慫……看著阿哲朝自己伸出來的手，喻柯心裡感動極了，他將手放在謝明哲的手心，用力地握了握，給彼此加油打氣。

喻柯在腦子裡迅速過了一遍謝明哲剛才提到的新卡牌。這一局，他一定要做好謝明哲最堅實的後盾。

決勝局，比賽開始，大螢幕中出現系統選圖框。

前兩局雙方各有一次主場，第三局則是系統隨機選圖。

為了保證公平，聯盟今年又新增了一個規則——如果打到決勝局需要系統選圖，系統會先從聯賽圖庫中隨機抽取三張地圖，雙方選手可以各自禁用其中的一張，以最後留下的一張作為決賽場景，這也在最大程度上去除了「運氣因素」的影響。

粉絲們緊張地盯著大螢幕，三張選圖框中，不斷跳動著聯賽圖庫中的場景縮圖，速度越來越快，直到最後戛然而止，三張被系統抽中的地圖放大在了螢幕上——夢幻泡影、魔鏡森林、兵器密室。

這個選圖結果，可以說是惡夢模式，三張地圖都超級難打！

雙方抽籤決定禁選順序，歸思睿抽到先禁，他毫不猶豫地禁掉鏡面迷宮「魔鏡森林」。

輪到謝明哲的時候，他沒有多想就禁用了暗殺地圖「夢幻泡影」。

結果，最後留下的地圖是——兵器密室。

來自眾神殿的地圖，常規賽階段謝明哲沒有用這張圖打過比賽，歸思睿同樣沒有，但他們都觀看過眾神殿和其他俱樂部在這張地圖的比賽，心裡大概有印象。

留這張圖作為決賽圖，對雙方而言也算公平。

後臺觀戰的凌驚堂微微一笑，輕聲朝坐在旁邊的隊友許航說道：「兵器密室的打法需要大量的走位，對選手的操作要求極高，第三局的對戰節奏，很可能會比前兩局都要快。」

——兵器密室，這是一張凌驚堂製作的經典機關圖。

所有卡牌進入一百平公尺大小的正方形封閉密室，密室內遍布機關，每隔三十秒四周會射來箭雨，無法躲避，對全場景卡牌強制造成一次百分之五基礎血量的傷害；每隔十秒，房間內東、南、西、北隨機區域出現大片刀陣，出現之前會有兩秒的預警，可以靠走位來躲避，而一旦沒躲掉，鋒利的刺刀將會對命中的卡牌疊加一層出血，每秒掉血百分之一，疊得層數高了之後，出血量會相當可怕。

十秒一次的隨機刀陣，意味著選手必須時刻觀察地圖並迅速調整走位，大量的卡牌走位會讓兵器密室的對戰節奏加快，因此這張地圖能在全聯盟快節奏地圖排行中排進前十名。如果不帶治療卡扛住傷害，不小心被對手控制的時候又正好中了刀陣，那簡直就是人間悲劇。

這張隨機圖的出現，在謝明哲的意料之外。但不管什麼地圖，他搭配的卡組都可以打，因為他留了幾張可以變換的卡牌隨時調整，遇到兵器密室，大不了多帶一張治療牌。

由於第二局魏徵、杜麗娘體系被針對，所以這局謝明哲讓小柯額外帶了一張治療卡華佗。雙奶陣容，你殺我一張，我還有另一張，必要的時候還可以互相加血，讓人很難迅速秒掉其中之一，這是謝明哲早就確定的思路。

另外一張牌，他帶上了畫皮——畫皮可以複製對手的卡牌，到時候複製一張關鍵的控制牌，緩解我方在控制上的壓力。複製輸出牌，也可以補充輸出上的不足，非常靈活。

地圖公布三十秒後，雙方的卡組同時公布。

觀眾們意外地發現，謝喻的八張明牌中除了熟悉的魏徵、杜麗娘群加體系外，其他卡牌全部換掉了——畫皮、華佗都是以前見過的，另外四張人物卡是清一色的水系卡：王熙鳳、賈探春、秦可卿、李紈。

久違的紅樓卡組再次出現，讓大家頓時有種回到上半年團賽的錯覺。

三位解說也是一愣，一時跟不上謝明哲的思路。

謝明哲是怎麼想的？唐牧洲也很好奇，問師父：「他這套王熙鳳體系早就被選手們研究透了，拿出來會不會太冒險？暗牌難道又要帶上巧姐來復活王熙鳳？」

陳千林的聲音很平靜，說道：「這套卡組其實還有一張卡牌，你師弟從沒用過，能搭配出不同打法，你等一下看就知道了。」

師父這麼一說，唐牧洲更好奇了，若有所思地看著螢幕。

歸思睿的卡組很快也亮了出來，殭屍新娘加鬼嬰的連動體系在上局表現很出彩；骷髏將軍在「兵器密室」地圖會非常好用，召喚骷髏兵去圍殺對手，哪怕骷髏兵被利箭射死還可以繼續召喚；另一張輸出牌他換成了吊死鬼，遠端攻擊，調整走位會比較方便。

劉京旭的牌變動不大，花妖、虎妖、蛇妖、九尾妖狐依舊出場，主要是這套體系他和歸思睿配合得很有默契，針對喻柯也非常好打，沒必要臨時換陣。

雙方的暗牌目前還不清楚，直播間內很多觀眾在刷屏——

「阿哲要不要這麼鐵齒？魏徵、杜麗娘連上三局？」

「我覺得小柯能在短期內練上手的輔助卡本來就不多，不能要求他像秦軒那樣掌握全部輔助牌吧？魏徵、杜麗娘連上三局，只能說明這兩張牌他用得最熟練。」

「第二局被針對得那麼慘，這還叫熟練？我看他倆也就走到這了，進八強不可能。」

「或許阿哲有別的應對辦法，別急著下結論！」

直播間內總是充滿爭吵，喜歡謝明哲的粉絲很想為他說話，當然也有更多人覺得他的實力走到十六強就是極限，只有後臺觀戰的陳霄和陳千林神色淡然，目光格外平靜。

因為他們相信，謝明哲是一位可以創造奇蹟的選手。

就如同觀眾們所猜測，在一場比賽中當某方的輸出牌嚴重不足時，對手完全可以迅速集火強殺掉你的輸出。活下來的輔助牌就算再多，也沒有任何輸出能力，自然不可能贏——那不過是慢性死亡罷了。

聯賽中，輸出牌太少是排兵布陣的大忌。

照理說，在這樣的局面下，強殺謝明哲的輸出牌是最好的策略。但他們不敢小看謝明哲，在不知道暗牌的情況下強殺卡牌的結果，第一局就是血的教訓。

歸思睿很快就做出決定，「還是從喻柯下手吧，先殺華佗。」

華佗、杜麗娘雙奶陣容明顯是要拖後期。如果先殺杜麗娘，華佗可以給杜麗娘加血，但是先殺華佗的話，杜麗娘只有一個群加大招，不能給華佗加血。

只是華佗的防禦很強，想擊殺他需要大量的火力，所以這局歸思睿在暗牌中帶了一張單體攻擊極強的卡牌——鬼童子。

這是他專門用來打肉盾的卡牌，可附身到鎖定目標的背後，無視對方的防禦，造成真實傷害。就算華佗防禦再高也頂不住。

比賽一開始，歸思睿和劉京旭的目標就很明確。

劉京旭讓蛇女單控華佗，歸思睿的鬼牌集體出動，暗牌也沒藏著。一時間，殭屍新娘、鬼嬰、骷髏將軍、吊死鬼、鬼童子所有火力全部集中砸向華佗，哪怕華佗防禦再高，被鬼童子「無視防禦的真實傷害」所命中，血量也是嘩啦一下瞬間見底！

觀眾席驚呼出聲，吳月也震驚地道：「歸思睿行動非常果斷，這是要開場直接強秒華佗！」

眼看華佗被打到只剩絲血，喻柯毫無猶豫地召喚出李紈——海棠詩社範圍免控，群體解除控制類技能！

直接開大招救華佗，這次他沒有猶豫，因為華佗是拖後期的關鍵牌，一旦華佗陣亡，他們這套卡組的防禦能力將大打折扣。

被解控的華佗立刻給自己丟了幾瓶「麻沸散」，麻沸散擁有止痛功效，可以讓服用者忽略痛楚，這是非常強大的減傷技能，服用一瓶麻沸散能減傷百分之二十；同時他又開啟「五禽戲」給華佗增加百分之百防禦；再然後開「刮骨療傷」，目標生命低於百分之二十時瞬間滿血，並且刷新技能。

喻柯的這一通操作速度極快，在李紈「海棠詩社群體免控」的保護下，華佗的急救能力發揮得淋漓盡致，三個技能同時開啟，驚險地把自己從死亡線上拉了回來！

歸思睿一通爆發打下去沒能打死華佗，粉絲們看到這裡都覺得很遺憾。

傷害還是差了那麼一點點，但沒有關係，歸思睿這局帶的鬼牌輸出力爆表，等十秒後華佗防禦力降低，再殺他也不遲！

看見華佗防禦翻倍，歸思睿和劉京旭立刻有默契地改變思路，同時去攻擊杜麗娘。

華佗的技能陷入冷卻，只剩六秒一次的麻沸散減傷，百分之二十減傷也頂不住鬼牌的猛烈攻擊，喻柯迫於無奈，直接開了杜麗娘的群加，魏徵開啟獎賞時間瘋狂保護杜麗娘。

觀眾們看到這裡，都覺得上一局的劇情又要重演。

一旦杜麗娘頂不住火力陣亡，喻柯和謝明哲將再次陷入被動！

歸思睿的鬼牌暴擊實在是可怕，哪怕杜麗娘開大招給自己加血，也很難在五張鬼牌的集火中生存下來，觀眾們聽到現場傳來熟悉的哭聲——嗚嗚嗚，那是鬼嬰的啼哭，而隨著恐怖哭聲的響

起，杜麗娘應聲倒地！

吳月很是遺憾地道：「還是頂不住，歸思睿的五張輸出牌爆發實在太可怕了！」

此時，第一次兵器密室的場景效果觸發，隨機方位出現刀陣，雙方立刻快速走位躲避刀陣，職業選手的反應能力讓現場觀眾看得大為過癮，所有卡牌全部有驚無險地避開了刀陣攻擊。

凌驚堂看到這裡說：「在沒有被控制的情況下，躲避刀陣並不難，除非很倒楣地遇到刀陣刷在所有卡牌的中間。」

旁邊老鄭道：「杜麗娘的群控沒放出來就陣亡，太虧了。但剛才京旭也沒放出花妖的群控，這張地圖節奏太快，十秒就出一次刀陣，確實很難照顧到方方面面。」

正說著，現場突然響起熟悉的笑聲——哈哈哈哈！

不用多說，王熙鳳出來了。

這魔性的笑聲觀眾們記憶猶新，未見其人、先聞其笑，王熙鳳聲波攻擊造成大範圍傷害，但比起掉血量來說，這聲音對大家的精神攻擊更強一些——嚇了大家一大跳。

本來鬼嬰剛才還在場上嗚嗚地哭，剛哭完王熙鳳接著開始哈哈大笑，觀眾們滿臉痛苦，紛紛捂住耳朵。

蘇洋哭笑不得地道：「王熙鳳的聲音攻擊，單次造成的傷害不高，但頻率快，很煩人，十幾秒就要笑一次，時間一長，累積的攻擊也挺可觀的。」

劉琛敏銳地道：「畫皮出來了！但是我們看到畫皮居然是謝明哲在操控！」

其實，後臺的職業選手們早就發現了不對勁——李紈是喻柯在操控，加上魏徵、杜麗娘、華佗、畫皮和可能存在的鬼牌暗牌，喻柯不可能同時操作六張卡牌，所以必定有一張卡牌是謝明哲在操作。這時候大家終於明白——就是畫皮！

這局的畫皮到了謝明哲的手裡，他要複製誰？

答案很快揭曉，只見畫皮突然瞄準鬼嬰，將襁褓中嬰兒的臉複製到自己的臉上，於是，畫皮也變成了一個鬼嬰兒，在王熙鳳「哈哈哈」笑完後，謝明哲複製的鬼嬰兒「嗚嗚嗚」地哭了起來，對準的正是歸思睿的殭屍新娘！

觀眾們目瞪口呆——這操作也太騷了。

以其人之道還治其人之身，一邊哭一邊笑，謝明哲你好皮啊！

更皮的還在後面，在畫皮複製完鬼嬰的那一瞬間，喻柯召喚出本場比賽的第一張暗牌。

沙僧。

謝明哲早期製作的即死牌之一，手握降妖寶杖，可對指定妖族卡觸發即死。沙僧寶杖一出，控制能力極強的九尾妖狐瞬間倒地，當然沙僧自己防禦很弱，被骷髏小兵碰兩下也掛了，出場一換一，完全不虧！

此時，謝喻組合中的杜麗娘、沙僧陣亡，還剩八張卡牌。

歸劉組合的九尾妖狐被即死牌強殺，還剩九張卡牌。但由於謝明哲用畫皮偽裝的鬼嬰一個暴擊打到殭屍新娘，加上王熙鳳的哈哈聲波攻擊，和緊接著出場的探春搧耳光，殭屍新娘的血量迅速降低！

劉京旭察覺到不妙，想開花妖加血，但就在此時，場景事件又被觸發。

四周射來的大量箭雨讓雙方都避無可避，殭屍新娘被利箭命中，血量降到百分之二十五，花妖同時開了加血技能，然而——加血失效！

原來是魏徵開啟懲罰時間，指定目標免疫任何增益效果。

殭屍新娘被懲罰，沒法受到隊友的治療！

秦可卿出場，自己掛掉，同時開啟了亡語技——臨終託夢給王熙鳳，讓王熙鳳攻擊力提升百分之五十；死後顯靈教唆別人上吊！

可憐的殭屍新娘被秦可卿指定，直接拿了根繩子把自己勒死。

歸思睿：「……」

鬼牌本身就是死的，還上吊自殺，這科學嗎？

吊死的殭屍新娘看上去格外淒慘，而它一死，和鬼嬰的連動自然被破解，歸思睿的輸出能力大打折扣。

秦可卿的自殺式襲擊換掉殭屍新娘，再次一換一，雙方卡牌變成七比八。

歸思睿突然有種不好的預感，難道謝明哲要用一換一的拚命式打法嗎？但比賽的戰況很激烈，他來不及細想，立刻說：「殺王熙鳳！」

杜麗娘已死，華佗防禦翻倍要花力氣擊殺，相對來說，王熙鳳攻擊力很高但防禦弱，會比較好殺一些。

劉京旭會意，這時候李紈的免控時間已經結束，他立即用虎妖群體恐懼控場為歸思睿的強殺創造了條件，歸思睿剩下的四張輸出牌集火王熙鳳，但是……

就在王熙鳳血量變殘的那一刻，突然有一張暗牌出場。

那是個打扮得很精緻的富家小公子，頭上戴著束髮金冠，身穿大紅色長袍，腳上蹬著小靴子，面如冠玉，眉若遠黛，眸若星辰。

觀眾們驚嘆：「好一個小帥哥！」

——暗牌，賈寶玉。

謝明哲正好卡住劉京旭開完群控的時候放出賈寶玉，而且他的操作速度比喻柯快得多，賈寶玉出場就立刻放出了技能，劉京旭想強控都來不及。

只見賈寶玉把脖子上的玉珮用力一甩，喊道：「我不要這玉了！」

然後，三十公尺範圍內敵對目標群體混亂，所有卡牌必須去幫他找玉。

歸思睿：「啊？」你東西不要了跟我有什麼關係？讓我們給你找？

被混亂後，鬼牌的攻擊全部打到自己人身上，歸思睿本想讓四張輸出牌強殺王熙鳳，結果反倒把劉京旭的花妖給打成殘血。

然而這還不夠，賈寶玉的第二個技能才真正讓人頭疼——男人是土、女人是水。友方水系女性卡牌的血量低於百分之三十時，賈寶玉會挺身而出，主動吸收全部傷害，並給隊友施加一個賈寶玉基礎生命值百分之十的土系護盾。

王熙鳳是水系女性卡，此時血量低於百分之三十，身上被賈寶玉套了個護盾，賈寶玉可是血量超高的土系牌，百分之十血量的護盾簡直厚得讓人絕望！

而同時，賈寶玉開啟第三技能，召喚出林黛玉、薛寶釵協助作戰。

薛寶釵每隔十秒微笑一次，給賈寶玉加一個百分之五基礎血量的土系護盾；林黛玉每隔十秒掩面哭泣，給賈寶玉回復百分之十的血量，如果治療溢出，則回復的血量自動轉移到友方血量最低的卡牌身上。

此時賈寶玉滿血，林黛玉的治療溢出轉移給了王熙鳳。

歸思睿和劉京旭這下是真的混亂了——腦子混亂啊！

王熙鳳哈哈哈聲波攻擊，鬼嬰嗚嗚嗚哭聲攻擊，薛寶釵微笑，林黛玉哭泣，這又哭又笑的簡直是一齣精彩大戲！

三位解說目瞪口呆，蘇洋都不知道說什麼才好。

謝明哲導演又要開始表演了，今天是家庭倫理劇？還是卡牌苦情戲？

後臺觀戰的唐牧洲無奈扶額，「賈寶玉這張牌很難處理，這局阿哲翻盤有戲了。」

聶遠道神色嚴肅地道：「謝明哲總是出人意料，賈寶玉是防禦數一數二的嘲諷牌，和水系的王熙鳳、賈探春等卡牌搭配，會有奇效。謝明哲在上半年的常規賽一直沒有用過，這時候才拿出

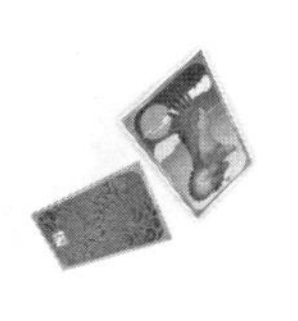

來，真是藏得夠深。」

山嵐眼中滿是讚賞，「水系牌血量在百分之三十以下，他會主動替女性卡牌承擔傷害，只要賈寶玉不死，王熙鳳、賈探春這兩張水系輸出牌就很難死掉，除非對方的暴擊能一次爆掉超過百分之三十的血。但殭屍新娘被殺，鬼嬰的暴擊打不了那麼高，鬼童子無視防禦和護盾倒是可以打出高傷害，但華佗還可以加血和減傷，不一定能秒得掉王熙鳳……」

這是一個循環。直到現在，歸思睿才意識到，謝明哲在決勝局的戰術安排，是想用賈寶玉這張卡牌把他們活活拖死。

秒殺王熙鳳的計畫落空，賈寶玉的存在讓他們很難強殺水系女性卡牌，而場景不斷射出的利箭和地面上隨機出現的刀陣，卡牌掉血只會越來越嚴重。雖然謝明哲輸出牌不多，但是，王熙鳳和賈探春，在賈寶玉的保護下一直存活到了最後！

「哈哈哈哈！」王熙鳳的魔性笑聲再次響起，同時賈探春一耳光搧死了歸思睿在嗚嗚啼哭的鬼嬰。

觀眾們：「……」頭疼，耳朵疼，我們看個比賽容易嗎？

解說間內的三人臉色複雜，蘇洋最後無奈地得出結論：「這一場比賽的MVP卡牌毫無疑問是賈寶玉，他給隊友提供了最強大的保護，歸劉兩人想要強殺王熙鳳、賈探春，但最終還是沒能殺死，華佗加上賈寶玉，還有林黛玉、薛寶釵兩個輔助隨從，真是超級難殺。我也沒想到，第三局謝明哲居然會用『活活拖死對手』的戰略。」

劉琛很官方地道：「讓我們恭喜謝明哲、喻柯組合以二比一戰勝歸思睿、劉京旭組合，成功打進八強！」

直播間內的觀眾們都不想刷「啊啊啊」了，這次統一地刷起了「哈哈哈」和「嗚嗚嗚」。

這真是一場讓人「哭笑不得」的比賽！

喻柯摘下頭盔後眼眶通紅，他迅速克制住激動的情緒，吸了吸鼻子，朝謝明哲問道：「我們贏了嗎？」

謝明哲微笑著給了喻柯一個擁抱，揉揉他的頭道：「幹得漂亮，我們贏了！」

喻柯用力抱住謝明哲把臉埋在阿哲懷裡，至於鼻涕有沒有蹭到謝明哲的身上，他已經管不了這麼多了，反正他只知道，他開心得想原地爆炸！

贏了啊啊啊！他們進八強了！

後臺，唐牧洲看到這一幕畫面，微不可察地皺了一下眉頭，但發現謝明哲很快地放開了喻柯後他也就釋然了——他相信謝明哲不會和小柯有絲毫曖昧關係。估計只把喻柯當弟弟看，就算有親密的動作也沒必要介意，當師兄的應該大方一點，小醋怡情，大醋傷身。

這樣一想，唐牧洲便微笑起來，回頭朝師父道：「您剛才說的卡牌，就是賈寶玉？」

陳千林點頭，「嗯，這張牌其實是和王熙鳳同一批做出來的，但一直沒有合適的出場機會，今天阿哲拿出來打歸劉組合算是一次大膽的嘗試。活活拖死對手，這並不是他擅長的風格，我想歸劉兩人大概也沒料到他會用這種極端的打法。」

唐牧洲讚賞地看向大螢幕，目光溫柔，「決勝局的戰術想法很新穎，不愧是我師弟。」

陳霄聽到這裡不由問道：「下一場比賽，阿哲的對手不知道會是誰？」

唐牧洲道：「還要等小白那邊打完了再抽籤。」

大螢幕中，鏡頭給到了舞臺上，謝明哲和喻柯離開旋轉椅，跟歸思睿、劉京旭友好握手，這也是賽後必要的禮儀。歸思睿微笑著說：「恭喜，今天的表現確實厲害。」

謝明哲謙虛地道：「太客氣了，能贏也是僥倖。」

戰術策略當然是關鍵，但運氣也占了一定的比例。

劉京旭不愛開玩笑，對卡牌的製作更有興趣，對謝明哲說：「最近又做了很多新卡牌吧？有

時間交流交流。」

謝明哲笑著答應了，「好啊，反正團賽開始之前會卡組公告，我也瞞不了多久。」

小柯跟在謝明哲的後面不好意思說話，就像是謝明哲的小跟班，好在歸劉兩個人對他很是客氣，還順口誇了他幾句，讓喻柯受寵若驚。走到歸思睿面前的時候，喻柯很認真地說：「您一直是我學習的榜樣。」

歸思睿倒是挺豁達，以前輩的身分拍拍小柯的肩膀，鼓勵道：「你很聰明，進步的空間還很大，加油吧，跟著阿哲好好練。」

喻柯撓著腦袋傻笑，「嗯嗯，我會的！」

兩人回到後臺就被記者們團團圍住，記者當然對謝明哲的表現大肆讚美了一番，「阿哲今天表現得太帥了，第一局對燕青的操作行雲流水，燕青真是我見過最飄逸靈動的刺客牌！很多粉絲都希望你開放這張卡牌的複製許可權，大家也想試試操作燕青是什麼感覺！」

謝明哲好脾氣地道：「開放卡牌版權的事我會考慮，不過，燕青這張卡牌的操作空間大，新手會很難上手，到了競技場暈頭轉向的時候可不要罵我。」

現場一陣哄笑，又有記者問道：「第三局用拖死對手的戰術，這是你賽前就想好的嗎？」

謝明哲點頭，「這套陣容我和小柯練了很久，雙治療體系保賈寶玉進後期，讓王熙鳳、賈探春兩張輸出牌存活下來，至於能不能拖死對手，也有一定的運氣因素……」

喻柯站在旁邊沒有任何人採訪他，所有的焦點都在謝明哲的身上，好像他不存在一樣……謝明哲察覺到他的失落，就主動把話題往喻柯的身上引，「小柯今天發揮得很不錯，要不是他頂住了對手集火的壓力，我也很難讓賈寶玉活到後期。而且他進步非常快，從輸出轉輔助，只用了一個星期，就練會了這麼多輔助牌。」

記者們這才把目光轉向喻柯，被圍住的喻柯受寵若驚，對上謝明哲溫和的目光後，心裡頓時

生起一絲被照顧的暖意。

明明年紀相仿，還是大學同學，但謝明哲對他總像兄長一樣溫和關愛，喻柯也不知不覺地把阿哲當兄長看了，真是奇怪，難道自己的心理年齡真的比阿哲幼稚好幾歲嗎？

要學習謝明哲，成熟一點想事情！

如果說阿哲距離一線選手只差一步，那他和頂尖選手之間還隔著遙遠的山海，雙人賽需要兩個人默契配合，今天謝明哲能帶著他躺贏，明天呢？阿哲帶著他會不會很吃力？當拖油瓶的感覺並不好受，喻柯也知道，自己除了努力沒有別的選擇。

兩人回到後臺時，現場響起了掌聲，不少職業選手對他們今天的表現給予了肯定，唐牧洲更是直接站起來溫柔地擁抱謝明哲，後者很配合地投入師兄的懷抱，兩人對視時，眼裡都是笑意。

這對師兄弟天天抱來抱去大家都看習慣了，除了知道真相的陳霄和裴景山外，其他人也沒有多想，就是覺得師兄弟感情是真的好。

裴景山也沒發表任何看法，他連忙站起來帶上葉竹去了準備區。

今天還有第二場比賽，是A組第二和H組第一的對決。

打完比賽的謝明哲心情輕鬆地坐在觀戰區，跟師兄討論著：「小白想贏還是有點難吧？裴葉組合可是老搭檔了，兩人之間的默契不是他和易天揚能比的。」

唐牧洲不客氣地道：「別說想贏很難，拿下一局都很難。」

「你的意思是，他們會零比二輸掉？」謝明哲覺得小白也沒那麼慘吧？

「裴景山和葉竹從第七賽季開始就一起搭檔，追蹤打法本就很難破解，白旭想靠傳送流打突襲，但葉竹的突襲能力比他更強。」唐牧洲冷靜地分析著，說道：「我猜這場比賽白旭一局都贏不了。」

話音剛落，就見葉竹用「透明蝶」跟上白旭的關鍵傳送牌「宇宙蟲洞」，緊跟著召喚裴景山

的蟲蟲牌來了一次繞後突襲，將白旭的蟲洞卡直接秒掉，乾脆俐落，毫不拖泥帶水。蝶系牌的靈活性在葉竹的操控下表現得淋漓盡致，加上裴景山無比默契的配合，這對追蹤能力極強的組合，以強悍的實力二比零打崩了白旭和易天揚。

謝明哲同情地看著螢幕裡的少年，「可憐的小白，真的是零比二啊。」

讓他意外的是，輸掉比賽的白旭並沒有表現得很沮喪，反而大大方方地跑過去恭喜了裴景山，易天揚則是雷打不動的招牌笑容，風度翩翩地跟老隊友裴景山來了個友好擁抱。

謝明哲疑惑道：「小白今天的情緒看上去很平靜？」

唐牧洲道：「可能是易天揚提前幫他做好了心理建設。他們真正發力的時機應該是在下個賽季，這次就當是累積經驗吧。」

謝明哲若有所思，「看來易天揚對小白的影響挺大的，小白看著成熟多了。」

唐牧洲贊同地點頭，「你不知道吧？易天揚在大學念的就是心理學，很擅長哄人，白旭這個傻小子被他一哄，肯定圍著他轉，我估計下個賽季星空戰隊就由易天揚說了算了。」

謝明哲覺得，從長遠來看白旭這迷迷糊糊的性子很難擔得起帶隊大任，如果讓易天揚說了算，星空戰隊或許會有更好的發展前景。

但這都是以後的事了，目前更重要的，還是八進四階段的對手會是誰。

唐牧洲心有靈犀地道：「現在八強已經確認了，下一輪你希望對手是誰？」

謝明哲開玩笑道：「不是師兄你就好。」

正好這時導播在大螢幕上放出了八對選手名單，吳月說道：「觀眾朋友們，雙人賽項目進行到這裡，打進八強的選手名單已經全部確定。在高手如雲的大賽中進入八強，這本身就是對選手實力的肯定，讓我們以熱烈的掌聲，恭喜八對參賽選手！」

現場觀眾瘋狂鼓掌，同時也在密切關注這八位選手下一輪的對局情況。

螢幕中出現了一條條箭頭，比賽對決順序也依次揭曉。

劉琛道：「八進四階段的對決將分成上下半區，上半區由聶遠道、山嵐組合對陣甄蔓和沈安，凌鷩堂、許航對陣鄭峰、衛小天……」

聽到這裡，謝明哲心裡突然有種不妙的預感。下一刻就見大螢幕上的紅色箭頭將他和唐牧洲直接連了起來，耳邊緊跟著響起劉琛平靜的聲音，「下半區，則是方雨、喬溪對陣裴景山、葉竹；唐牧洲、徐長風對陣謝明哲、喻柯。」

謝明哲：「……」

真是烏鴉嘴，剛才就不該說「不是你就好」這種插滿了flag的話啊！

陳千林看了兩個徒弟一眼，發現兩個人的臉色都有些複雜。

唐牧洲輕嘆口氣，看向謝明哲道：「沒想到會這麼早對上你。」

謝明哲無奈一笑，「不要搶我臺詞，我才不想這麼早對上你。」

身後一群職業選手都在圍觀師兄弟兩人，葉竹心裡快要樂瘋了，湊過去跟裴景山說：「師門內戰，哈哈哈，謝明哲那麼討厭，別人治不了他，唐牧洲總治得了他吧？他倆的比賽肯定很熱鬧哈哈哈！」

裴景山揉了一把小竹的頭，「小聲點，別太幸災樂禍。」

說罷，自己也不禁笑了起來——因為他也有點幸災樂禍怎麼辦？

唐牧洲和謝明哲不僅是師兄弟，還是情侶，這件事知道的人不多，裴景山想著，下一場不僅是師門內戰，簡直就是家暴現場嘛！這可太有意思了。

謝明哲很快調整好心態，玩笑道：「我回去好好準備，師兄你可千萬別手下留情。」

唐牧洲微微一笑，道：「我會手下留情？到時候別被打得太慘求饒就好。」

謝明哲挑眉，「我跟你求饒？你做夢呢！」

陳霄：「……」你倆互相放狠話的時候能不能別笑得那麼燦爛，這樣更像打情罵俏好嗎？簡直看不下去了。

裴景山也看不下去了，輕咳一聲，扭頭朝方雨道：「下一場比賽，多多指教。」

惜字如金的方雨點點頭道：「嗯。」

裴景山無奈，帶著還在哈哈笑的葉竹遠離了現場——這都是些什麼人啊！

表面上開著玩笑，但回去的車上，謝明哲卻一言不發。

他就知道，好運不會一直伴隨著他。

八進四的比賽安排比較緊。今天比完賽，明天休息一天，接下來是聶嵐VS.甄沈、凌許VS.鄭衛的上半區比賽；緊跟著是方喬VS.裴葉，唐徐VS.謝喻，下半區也要分出結果。雙人賽項目將在八月份全部結束，這也就意味著他和小柯只有短短幾天的準備時間。

這也太緊迫了。

且不說兩個人搭檔時間短，默契沒那麼強，更重要的是小柯轉輔助才一週，意識、操作都不是一流水準，只有兩三天時間要再換一套陣容去磨合，真的有點為難。

但不換陣容去打唐牧洲，簡直就是送死。

在對戰安排表出來的時候，謝明哲就知道下一場比賽凶多吉少。

想在師兄的眼皮底下用暗牌取勝難度很高。但如果不用新的暗牌，用舊卡去打贏唐牧洲，更是天方夜譚。

謝明哲皺著眉陷入沉思，其他人看見他嚴肅的表情，也沒敢打擾他。

好在回到俱樂部後，謝明哲的神色緩和了許多，攬住喻柯的肩膀往宿舍走，一邊笑一邊說：「下一場比賽你也不要有壓力，輸贏無所謂，我們盡力就好，我回頭仔細想想卡組的搭配，明天早上告訴你，我們抓緊時間練習。」

喻柯用力點頭，「你回去也別太累啊，好好休息！」

謝明哲「嗯」了一聲轉身離開。

看著他離開時挺拔的背影，喻柯突然有些心疼這個人。

製作卡牌要他操心，卡牌的特效、音效、陣法設定要他親自出馬，俱樂部的地圖設計是他提供的創意，陳哥那邊的植物牌他也幫忙做了幾張，現在就連雙人賽的戰術思路、卡組布局也全是親力親為。

一個人的精力有限，謝明哲這段時間真的太累了，就像陀螺一樣不停地轉。

但是他不能休息，雙人賽還要靠他，喻柯也知道自己在戰術上完全靠不住，這時候真是懊惱自己沒有那麼強，不能幫阿哲分擔些什麼……

回到宿舍後，喻柯翻來覆去睡不著覺，乾脆一骨碌從床上爬起來，摸到床邊的光腦，打開聊天軟體問秦軒：「秦軒你看了今天的比賽，我第二局是不是反應慢了啊？」

秦軒是個不會拐彎抹角的人，很直接地回覆，「慢了零點六秒。」

喻柯：「……」

零點六秒，在高強度的比賽中足夠讓對手反控自己打一波團滅了。

喻柯沮喪地想，自己果然還是不大適應輔助的控場打法吧？

看見對方的停頓，秦軒緊跟著安慰道：「你才練一個星期，打成這樣已經不錯了。下一場比賽阿哲不一定讓你玩輔助，一切等明早卡組出來再說，你現在著急也沒用。」

喻柯還是睡不著，道：「但我覺得我一直在拖後腿。你有沒有這種感覺，要不是我們兩個太

菜的話，阿哲和陳哥組隊去打雙人賽，說不定能拿獎……」

秦軒沉默。

有些話不用說出口，大家心裡都明白。

只是，喻柯無心地說出口的這一刻，心裡像是生起了一根尖銳的刺，將表面上覆蓋的溫和瞬間戳破，浮現出來的真相鮮血淋漓。

這次雙人賽和陳霄組隊，十六強階段就被淘汰出局，秦軒知道是自己拖累了陳哥，但他不願意開口說明白，那樣會顯得自己在這個戰隊特別多餘。喻柯沒他那麼多心思，很單純地說出來討論，對秦軒來講，這就像當面搧了他一個響亮的耳光。

——是你拖了陳霄的後腿，陳霄連八強都沒進去。

——都是你太菜，同樣輸出帶輔助的組合，凌神和許航進了八強，陳霄是被你連累了。

這幾天網上有很多這樣的言論，秦軒儘量避免去看、去聽，但心裡的內疚卻像是被水泡過的麵粉一樣不斷地發酵，被喻柯一提更讓他無法忽略。

陳霄和謝明哲太強，他和喻柯太弱，涅槃從組隊開始就一直這樣不平衡。

秦軒想了很多，從組隊以來的點點滴滴，陳哥對他的耐心指導，謝明哲總是開朗樂觀的樣子，每次做出新卡牌後大家在一起開心討論的時刻——這個團隊很溫馨、很和睦，不知不覺間，他也把自己當成了涅槃的一份子，哪怕他只是個微不足道的輔助。

秦軒的沉默讓喻柯察覺到自己說了不該說的話，趕忙亡羊補牢，說道：「我的意思不是你拖了陳哥的後腿，是我拖了阿哲的後腿。」

說完後，又覺得自己越描越黑，急得想撓牆。

好在秦軒並沒有生氣，反而迅速冷靜下來，回道：「別多想，我們是一個團隊，既然選擇留在涅槃，就盡全力去打好每一場比賽。記住，阿哲選擇了你這個搭檔，就會相信你。」

喻柯被說得眼眶發酸，吶吶道：「我知道，我也相信他，絕對相信他。」

秦軒道：「所以別再說雙人賽陳哥為什麼沒和阿哲組隊這種話了。你看看鬼獄，老鄭沒有和歸思睿搭檔，而是帶上衛小天，為什麼？」

喻柯毫不猶豫回覆：「培養新人啊！」說完這句，喻柯頓時明白過來：也是，如果阿哲和陳哥組隊去打雙人，把我們倆丟下的話，我們是不可能進步得那麼快的。

秦軒欣慰地道：「明白就好。涅槃不是只打這一個賽季就解散，阿哲和陳哥的目光很長遠，雙人賽他們沒有必須奪冠的想法，比賽之前不就說了嗎？雙人賽只當練手，讓我們跟著打比賽，多累積經驗，對後面的團戰有幫助。」

喻柯用力點頭，「聽你這麼一說我輕鬆多了。我明天一定好好練習！你也加油，我自己玩了輔助才知道你的不容易，之後的團賽，保護大家的卡牌就仰仗你了啊！」

秦軒難得揚起唇角露出個笑意，「一起努力吧。」

如果全隊只有自己一個菜鳥，那確實挺難堪的。可是，隊裡還有一個菜鳥在和自己一起努力，並肩前進的感覺倒也不錯。

記得剛認識的時候，喻柯每次看見秦軒就原地立正變成雕像，很怕他，覺得這個留著長髮、審美觀詭異的藝術生超難相處。但時間長了混熟之後，兩人卻成了無話不談的朋友，喻柯覺得秦軒挺細心、挺冷靜，能給自己不少幫助和建議。

鬱悶的時候把心裡的苦水倒出來，頓時覺得全身輕鬆。

次日醒來的喻柯又是活力滿滿，來到訓練室雙眼放光地看著謝明哲，問道：「阿哲，你想好卡組了嗎？」

謝明哲嘴角露出個壞笑，「我昨晚想了很久，已經想好了怎麼坑死師兄。」

同一時間，風華俱樂部的隊員們看見唐牧洲精神抖擻地大清早跑來訓練室，大家都不大相

信——前段時間打小組賽，唐牧洲和徐長風的實力碾壓全組，比賽非常輕鬆，兩人上午都不怎麼訓練，只有下午才會組合練雙人。今天倒是難得見到唐神大清早到訓練室做準備。

徐長風道：「下輪的對手是你師弟，你精神都來了是吧？」

唐牧洲道：「嗯，我已經想好了怎麼對付他。」

徐長風斜眼看去，發現唐牧洲臉上的表情無比認真——也只有對上特別強的對手時，他的臉上才會出現這種表情，看來，謝明哲在他心裡的分量不簡單。上一場比賽也證明謝明哲是個不可小覷的對手，歸思睿和劉京旭在謝明哲的手裡翻盤，的確出乎所有人的預料。

要是不謹慎，說不定他跟唐牧洲也會在謝明哲的手裡翻船。

不管私下關係如何，他相信唐牧洲在八進四的比賽中肯定會全力以赴。作為隊友，徐長風也收起了玩笑的心態，坐下來認真道：「說吧，該怎麼打，我全力配合。」

（未完待續）

【特別收錄】

作者獨家訪談第四彈，暢談卡牌設計花絮

Q15：在連載過程中有沒有遇上什麼困難？覺得寫這種牌卡對戰的劇情時，要透過文字寫出熱血對戰的訣竅是什麼？或是寫這種題材的故事，最大的挑戰是什麼？

A15：寫決賽階段時有遇到一些困難，想要把比賽情節寫好，要考慮的因素很多，很怕自己寫崩。
寫出熱血對戰的技巧，就和寫武俠小說一樣——高手過招，見招拆招。
最大的挑戰其實是設計卡池，各大俱樂部加上主角團，卡牌有幾百張，比賽的時候想挑出最合適的卡組，死了我不少腦細胞。

Q16：您寫過不少網遊小說，覺得《星卡大師》和之前的作品最大的不同之處（或精采看點）是什麼？

A16：當然是精彩的卡牌了！這種卡牌對戰的小說本來就不多見，而《星卡大師》裡的卡牌，結合了名著小說、神話傳說，應該是目前為止最豐富的作品了。

Q17：如果有機會穿越到《星卡大師》的世界，您會想變成哪位角色（或參加哪個戰隊）？做什麼事情（或設計什麼牌卡）？

A17：我要變成皮皮哲，發揚傳統文化，做出更多有趣的人物卡牌。

Q18：在書中設計的眾多卡牌中，有沒有最滿意的卡牌（不限主角的卡池）？為什麼？

A18：最滿意的是曹丕、曹植的連動卡牌，這兩張牌的設計，我個人覺得很有新意，曹丕的「集權」爆發、曹植的「七步成詩」，都展現出人物特色，而「兄弟相煎」的連動技也非常有趣。

Q19：雖然書中已經設計出許多五花八門的人物卡，但還是好奇想請問一下，有沒有想寫卻一直沒機會寫出來的遺珠角色？是誰？會想設計什麼有趣的技能？（不限一人）

A19：當然有，比如李白、嬴政、武則天……等歷史人物，考慮到主角只設計名著人物加上競技的平衡性沒法掌控，就沒在書裡寫出來。這些歷史人物可設計的技能很多，比如李白用「將進酒」把人灌醉，嬴政召喚兵馬俑，武則天女帝登基……等等。

（未完待續）

i小說 017

星卡大師4

國家圖書館出版品預行編目（CIP）資料

星卡大師4/ 蝶之靈著. -- 初版. -- 臺北市：
愛呦文創, 2019.12
冊；　公分. --（i小說；017）
ISBN 978-986-97913-9-7（第4冊：平裝）

857.7　　108019287

愛呦文創

作者	蝶之靈
封面繪圖	Leila
責任編輯	高章敏
特約編輯	劉怡如
文字校對	劉綺文
行銷企劃	羅婷婷
發行人	高章敏
出版	愛呦文創有限公司
地址	10691台北市忠孝東路四段59號10-2樓
電話	（886）2-25287229
郵電信箱	iyao.service@gmail.com
愛呦粉絲團	https://www.facebook.com/iyao.book
總經銷	聯合發行股份有限公司
電話	（886）2-29178022
地址	231新北市新店區寶橋路235巷6弄6號2樓
美術設計	廖婉禎
內頁排版	洸譜創意設計股份有限公司
印刷	沐春行銷創意有限公司
初版一刷	2019年12月
定價	380元
ISBN	978-986-97913-9-7